2004
올해의
문제
소설

2004 올해의 문제소설

2004년 2월 5일 초판 발행
2004년 7월 30일 재판 발행

엮은이 • 한국현대소설학회
펴낸이 • 한 봉 숙
편 집 • 김 윤 경
펴낸곳 • 푸른사상사

등록 제2-2876호
서울시 중구 을지로3가 296-10 장양B/D 202호
대표전화 02) 2268-8706(7) 팩시밀리 02) 2268-8708
메일 prun21c@yahoo.co.kr / prun21c@hanmail.net
홈페이지 //www.prun21c.com
ⓒ 2004, 한국현대소설학회
ISBN 89-5640-182-9-03810

☆저자와의 합의에 의해 인지 생략함
☆가격은 책 뒷면에 있습니다.

현대문학 교수 350명이 뽑은

2004 올해의 문제소설

한국현대소설학회 엮음

푸른사상

책머리에

『2004 올해의 문제소설』 선정 경위

'올해의 문제소설'은 전국의 대학에서 현대소설을 연구하고 가르치는 교수들이 주축이 된 〈한국현대소설학회〉에서, 매년 문예지에 발표된 소설을 대상으로 선정하여 엮고 있다.

『2004 올해의 문제소설』의 구체적인 선정경위는 다음과 같다.

대상 작품은 2002년 11월부터 2003년 10월까지 1년 동안 월간지·계간지·무크지 등의 문예지를 통해 발표된 중·단편소설로 하였다. 구체적인 문예지는 『문학사상』, 『현대문학』, 『동서문학』, 『작가세계』, 『창작과 비평』, 『세계의 문학』, 『문예중앙』, 『21세기 문학』, 『문학동네』, 『내일을 여는 작가』, 『실천문학』, 『한국문학』, 『문학과 사회』, 『라쁠륨』, 『문학판』, 『문학인』, 『Para 21』 등 17개이다. 이들에 게재된 모든 작품을 대상으로 하여 우리 소설문학의 오늘과 내일을 가늠할 수 있는 문학성과 문제성을 지닌 작품을 선정하고자 하였다.

이를 위해 한편으로는 학회에서 활동하고 있는 교수들로부터 문제소설의 후보작을 개별적으로 추천 받았고, 다른 한편으로는 학회의 위촉을 받은 고려대·동국대·서울대·숭실대·아주대·이화여대 등 6개 대학원 석·박사과정에 재학 중인 현대소설 전공자들이 중심이 되어 1년 동안 발표된 전 작품에 대한 예비적인 검토 작업을 진행하였다. 세미나 형식을 통하여 각 작품을 윤독하고 작품의 장·단점에 대하여 토론하였으며, 이메일을 통한 교수들의 개별적인 추천과 평가도 동시에 이루어졌다. 이 과정을 통해 추천된 60여 편의 후보작품들에 대한 종합세미나를 2002년 4월과 10월에 개최하여 최종 후보작을 선정하였다.
　이렇게 결정된 최종 후보작 26편은 〈한국현대소설학회〉의 이사진이 중심이 된 선정위원회에서 다시 검토하였다. 선정 위원들은 추천과정에서 제기한 각 작품의 특징을 토론하여 최종적으로 『2004 올해의 문제소설』을 선정하였다. 선정된 작품은 다음과 같다.

1. 권지예 「꽃게무덤」 (현대문학 2003. 5)
2. 김인숙 「그 여자의 자서전」 (창작과비평 2003. 여름)
3. 김종광 「김씨네 푸닥거리 약사」 (작가세계 2003. 봄)
4. 김 훈 「화장」 (문학동네 2003. 여름)
5. 박정규 「안녕, 먼 곳의 친구들이여」 (현대문학 2003. 10)
6. 박정애 「불을 찾아서」 (문학사상 2003. 3)
7. 백민석 「믿거나말거나박물지 둘」 (작가세계 2003. 가을)
8. 윤 효 「눈이 어둠에 익을 때」 (문학사상 2003. 2)
9. 이승우 「사령」 (문학동네 2003. 여름)
10. 정미경 「성스러운 봄」 (문학사상 2003. 4)
11. 천운영 「명랑」 (창작과비평 2003, 봄)
12. 최일남 「석류」 (현대문학 2003. 1)(작가 명 가나다 순)

위의 작품 외에도 김영하의 「그림자를 판 사나이」, 문순태의 「늙은 어머니의 향기」, 박완서의 「후남아, 밥먹어라」, 방현석의 「존재의 형식」, 우경미의 「섀도박스」, 윤대녕의 「낯선 이와 거리에서 서로 고함」, 최인석의 「그림자들이 사라지는 곳」, 한창훈의 「바위 끝 새 단편」 등도 좋은 평가를 받고 많은 관심을 끌었지만 다른 지면을 통해 게재할 예정이거나 작가의 개인적인 사정 등으로 인해 불가피하게 최종 선정 작품에서 제외됐다.

 선정된 작품에는 해설위원들의 평이한 해설이 각각 첨부되어 있다. 현대소설에 대한 강의와 연구를 활발하게 하고 있는 현직 대학 교수들의 평이한 해설은 독자들이 좋은 작품을 쉽게 이해하는 데에 도움을 주리라 생각된다.

 마지막으로 〈한국현대소설학회〉는 이러한 작업이 독자들의 성원에 힘입어 한국 현대소설사의 귀중한 한 자료가 되기를 진심으로 바란다.

그리고 그것은 동시에 우리 소설의 미래를 생각해보는 구체적인 자리가 될 것임을 믿어 의심치 않으며, 이를 위해 독자들의 의견을 항상 정중히 수렴하는 데에도 힘을 기울일 것이다. 한국현대소설학회의 홈페이지(http://web.edunet4u.net/~fiction)에서도 우리 소설을 사랑하는 독자들을 만나기를 바란다.

2004년 1월
2004 올해의 문제소설 선정위원회

차례

2004 올해의

권지예 꽃게무덤
자유의 세계, 공空에 이르는 길을 찾아 | 김현숙 · 41

김인숙 그 여자의 자서전
허구와 진실의 뒤바뀜, 혹은 아이러니 | 한승옥 · 80

김종광 김씨네 푸닥거리 약사
화해와 수용의 미학 | 류종렬 · 115

김 훈 화장火葬
일상적 삶의 무게 | 최병우 · 165

박정규 안녕, 먼 곳의 친구들이여
일과 유희, 삶이 곧 예술일 수 있는 길 | 이정숙 · 195

박정애 불을 찾아서
추위를 이겨내는 힘 | 이동하 · 223

문제소설

백민석 믿거나말거나박물지 둘 · 229
　　　　말로 하는 말이 안 되는 이야기의 의미 | 우한용 · 256

윤　효 눈이 어둠에 익을 때 · 261
　　　　어둠 속의 눈 | 정호웅 · 288

이승우 사령(辭令) · 291
　　　　권력과 근대적 삶의 방식 | 임환모 · 315

정미경 성스러운 봄 · 323
　　　　냉혹한 현실 뒤에 숨어 있는 소망 | 김상태 · 353

천운영 명랑 · 361
　　　　하얀 꽃버선발이 향유하는 의미 | 전혜자 · 385

최일남 석류 · 391
　　　　먹거리 문화와 한국 가족사 | 송현호 · 425

· 꽃게무덤 ·

권지예

___ 약 력 ___

1960년 경북 경주 출생
이화여대 영문과를 졸업, 파리 7대학 동양학부에서 박사학위 취득
1997년 《라쁠륨》으로 등단
작품집 『꿈꾸는 마리오네뜨』, 〈이상문학상〉 수상

꽃게무덤

권지예

아이보리색 버티컬 블라인드 위로 창 밖의 목련나무 가지 그림자가 바람에 흔들거리고 있다. 바람이 건들, 불 때면 그림자는 짙은 먹빛으로 가까이 다가온다. 잠시 바람이 자고 있으면 제자리로 돌아간 목련나무 그림자는 엷어진다. 맑고 섬세한 4월 햇살과 봄바람이 희롱하여 연출한 이 그림을, 그는 잠시 넋을 놓고 바라본다. 가만히 바라보면 절정을 향해 한 잎 한 잎 벙글어지고 있는 목련꽃잎의 농담(濃淡)마저도 느껴질 듯하다 먹을 묽게 갈아 그린 수묵화 같다.

붉은 펜을 들고 번역서의 교정지를 들여다보고 있던 그의 눈꺼풀이 천천히 내려온다. 오수가 잔물결처럼 서서히 밀려온다. 그의 손에서 붉은 펜이 떨어진다. 켜놓은 컴퓨터 화면은 화면보호기로 넘어가 있다. 전환된 화면 속에서는 새파란 바닷물 속의 물고기가 뱉어 내놓는 물방울 소리가 뽀르륵 뽀르륵, 떠지고 있다. 아래층 어디선가 불경 소리가 들릴 듯 말 듯 이어지고 있다.

바닥에 떨어뜨린 교정지엔 몇 군데 붉은 펜 자국이 나 있다.

"피들러 꽃게

로맨틱한 젊은 청년이 자기의 마음을 사로잡는 젊은 여인을 만나는데 가장 좋은 분위기라고 생각되는 장소가 한 군데 있다면 바로 햇빛 쏟아지는 해변의 모래밭이리라. 그것은 피들러 꽃게 Fiddler Crab 수컷이 암컷을 만나기 위한 것 이외에는 특별한 계획이 없이 나오는 장소이기도 하다. 수컷은 공중에다가 자기의 크고도 화려한 색깔의 발톱을 휘저음으로써 욕망을 나타낸다. 사실 그는 먹이를 구한다든지 교미를 하기 위한 잠깐 동안의 방해를 제외하고는 하루 시간의 대부분을 발톱 흔드는 일로 소비한다……"*

그의 감은 눈꺼풀 속의 눈동자가 움직이고 있다. 그는 꿈을 꾸고 있다. 바닷가 모래밭. 햇빛에 모래가 사금처럼 반짝거린다. 짙고 푸른 먼바다의 파도가 흰 이빨을 보이며 달려들지만 해변 근처의 바닷물은 얕고 투명하다. 햇빛이 반사된 수면은 거울처럼 고요하게 어룽대기만 할뿐이다. 미세한 움직임이지만 물은 썰물이다.

조금씩 후퇴하며 낮아지는 물 속에서 척후병들처럼 작은 게들이 발발거리며 기어나오고 있다. 물이 빠져나간 금빛 모래밭에서도 총구처럼 동그란 구멍들이 열린다. 그곳에서 아기 손톱처럼 투명한 껍질을 가진 새끼 게들이 끊임없이 기어나온다. 여덟 개의 발가락과 두 개의 집게발을 꼼지락거리며 게들이 나온다. 게들은 옆걸음으로, 반바지 밑으로 드러난 부숭부숭, 털로 뒤덮인 그의 종아리를 지나 넓적다리로 기어 올라가고 있다…….

눈 감은 그의 얼굴이 간지러움을 참는 듯, 아니면 재채기를 참는 것 같은 얼굴이 된다. 그러다 갑자기 그는 번쩍 눈을 뜬다. 눈을 뜬 그는 꿈과 현실의 경계, 어디에 자신이 있는 건지 잠시 멍해진다. 종아리에 스멀스멀한 느낌이 여전하다. 그는 손을 들어 천천히 반바지 밑의 자신의 종아리를 쓸어본다. 게 따위는 없다. 그제서야 자신이 현실로 돌아왔음을 느낀다. 그리고 일어나 염주알 같은 버티컬 블라인드의 줄을 잡아당긴다. 햇살이 기다렸다는 듯 폭포수처럼 쏟아진다. 그는 창문을 활짝 열었다. 재채기가 연거푸 터진다.

열린 창으로 기다렸다는 듯이 아래층 노파가 켜놓은 반야심경의 독경 소리가 올라온다.

"마하반야바라밀다심경
관자재보살 행심반야바라밀다시 조견오온개공 도일체고액 사리자 색불이공 공불이색 색즉시공 공즉시색 수상행식 역부여시 사리자……"

노파는 1층 자신의 집 앞, 햇빛 잘 드는 작은 텃밭에 쪼그리고 앉아 있다. 연한 연둣빛 푸성귀 사이를 웅크린 채 천천히 앉은걸음으로 가고 있는 노파의 작고 동그란 몸피는 위에서 보니 공벌레 같다. 가는귀가 먹은 노파가 텃밭에서 들으려고 일부러 크게 틀어놓은 건지 독경소리가 보통 때보다 더 시끄럽다. 그런데 이게 무슨 냄새일까? 느릿하게 이어지는 독경 소리에 냄새가 실려 올라오고 있다. 그는 코로 숨을 들이마신다. 간장을 달이는 냄새다. 그는 창문을 닫아버린다.

독경 소리는 작아졌지만 어느 틈에 들어온 간장 냄새는 이미 바이러스균처럼 침투하여 집 안 곳곳에 숨어버린 것 같다. 갑자기 바이러스에 감염된 듯이, 그는 맥을 놓은 표정이 되어버린다.

*

　밤. 그는 옷장을 열어 그녀의 옷들을 꺼내었다.
　오후에 독경 소리와 함께 창틈으로 들어온 그 냄새 때문에 그에겐 독감 비슷한 증세가 나타나기 시작했다. 머리가 혼미해지고 미열이 나기 시작했고 무기력해져버린 것이다. 방향제를 뿌렸지만, 간장 달이는 냄새는 송장에서 흐르는 진물 냄새처럼 지독하고도 집요했다.
　냄새는 한동안 모르는 척했던 기억을 자꾸 집적거렸다.
　해가 설핏 기울 무렵에 노파가 올라왔었다. 분홍색 플라스틱 소쿠리에 연둣빛 상추잎이 꽃잎처럼 포개어져 있었다.
　"이것 좀 봐. 이쁘지? 아주 이쁘게 잎이 올라왔더라구. 오늘 첨으로 한번 뜯어봤어. 잎이 야들하니 너무 더운밥엔 말구 약간 식은 밥에 한번 싸먹어보라구. 이 새 된장하고 먹어보라구. 오늘 장을 담궜잖어. 간장 떠서 달이고 메주된장 주물러 독에 퍼담다 남은 걸 좀 가져왔는데 맛은 좀 더 들어야 될 거야. 간장도 좀 주까? 하긴 인제 필요 없지……?"
　겨우내 노파의 집에서는 시체 썩은 냄새가 났다. 월세를 주러 내려가 보면 더운 방 안 여기저기에 메주가 걸려 있었다. 걸어놓은 메주가 뜨는 냄새였다. 그런데 얼마 전부터 2층에서 노파네 베란다를 내려다보면, 동그란 독 아가리 안에 검은 숯과 빨간 태양초 고추가 메주를 넣은 소금물 위에 동동 떠 있었다. 노파는 혼자 살았지만 봄이 오면 장을 담갔고 늦가을엔 꼭 김장을 담가 땅에 묻었다.
　상추잎은 정말 예뻤다. 먹기가 아까울 만큼. 그걸 보자 툭, 하고 팽팽한 활시위를 떠난 활처럼 순식간에, 강렬하게, 그녀가 떠올랐다.

아까 간장 냄새가 날 때부터 조마조마하게 눌러왔던 긴장감이 툭 터져 버린 것이다. 이렇듯 예쁘고 여린 상추잎과 집 안에 밴 간장 냄새를 어떻게 당해낼 수 있을 것인가.

그녀의 얼굴 모습은 선명하지 않다. 대신 게를 먹는 그녀의 모습은 마치 바로 앞의 무대에서 일어나는 일인 양 선명하게 떠오른다. 그녀는 간장게장을 먹고 있다. 집게발 하나를 들고서 뜯긴 자리를 입으로 가져가 먼저 쭉쭉 빤다. 남은 간장 물이 게 다리의 집게 끝으로 내려와 손에서 그녀의 벗은 흰 팔꿈치를 향해 쭈루룩 달려 내려간다. 게 다리를 빨고 있던 그녀는 재빨리 혀를 길게 내밀어 팔꿈치 쪽으로 가져간다. 혀는 팔꿈치에 닿을 듯 말 듯하다. 팔꿈치 쪽부터 손목 쪽으로 핥아 올라간다. 그럴 때 그녀의 붉은 혀는 아주 길고 뾰족하다. 그녀의 작은 입 속에 어떻게 저렇게 길게 늘어나는 혀가 숨어 있는지 그는 매번 경탄스러웠다.

아마 작년 봄 이맘때였으리라. 그날도 게를 먹는데 노파가 자신이 씨 뿌린 상추의 첫잎을 땄다면서 들고 왔다. 그녀는 아이, 앙징맞아라, 탄성을 질렀다. 그리곤 손바닥 위에 파릇하니 작고 여린 상추잎을 포개얹었다.

"애기 손 같죠?"

그녀가 속은 파낸 게살을 파릇하니 여린 상추잎에 얹으며 말했다.

"뭐니 뭐니 해도 게는요, 봄 게가 맛있어요. 초여름 산란기 전에 말이죠. 사실은 암놈보다 살이 달고 독특한 향과 부드러운 맛은 수놈이 훨씬 더 낫구요."

봄 저녁, 맛나게 게살을 얹어 상추쌈을 먹느라 꼭 다문 입술과 올록볼록해지는 그녀의 볼살을 쳐다보기만 해도 얼마나 입 안에 신 침이 고이던가.

그녀는 게에 관한 한 아는 게 많았다. 게라면 사족을 못 썼다. 게다가 간장게장이라면. 어릴 때 그는 삶은 게를 먹고 두드러기가 난 적이 여러 번 있다. 그는 사실 게를 싫어했다. 특히 간장게장 같은, 날것을 짜게 삭힌 음식은 어딘지 좀 지독하고 야비하게 느껴지곤 했다. 그러나 그녀와 함께 사는 동안 그는 알러지를 극복했고 게의 쫀득한 생살의 향취를 알게 되었다. 누군가를 사랑하는 일이란 이렇게 체질의 변화를 가져오기도 하는 이해할 수 없는 화학변화란 생각이 들 무렵, 그녀는 떠났다. 그러나 그 화학반응은 명백한 불가역반응이다. 입맛과 몸의 변화는 예전처럼 돌아가지 못했다. 마치 시간을 거꾸로 돌릴 수 없듯이. 간혹 그는 그녀를 그리워하듯이 게장을 그리워하고 있는 자신의 입맛을 느낀다. 그 그리움이 그녀를 향한 것인지 게 맛을 그리워하는 것인지 모호할 때도 있다. 그러면 그는 간장게장집을 찾아 홀로 앉아 천천히 게를 물고 빨고 뜯고 한다. 그녀만큼은 못 되지만, 그도 이제 제법 깔끔하게 게를 먹을 줄 안다. 젓가락으로 쑤시고 발라먹은 게 껍질은 상하지 않고 원형 그대로 소복이 상 위에 쌓인다. 밥 두 공기를 배불리 먹고 나면 텅 빈 게 껍질처럼 허전함과 그리움의 공기만이 들락거렸던 몸속으로 무언가 알이 꽉 찬 듯 충만감이 생생히 전해져오는 것이다. 어느 시에 나오는 구절처럼, 그래 이젠 살아봐야겠다, 하는 심정이 되는 것이다.

그녀가 떠난 것은 지난 늦가을이었다. 사실 그는 그렇게 놀라지 않았다. 그녀를 만난 것이 그렇게 쉬웠듯이 그녀는 또 쉽게 떠나갈 수 있는 여자였다. 그는 그녀에 대해 아는 것이 거의 없었다. 여태 그는 옷장 속에 그녀가 남긴 옷을 처리하지 않았다. 그것은 그녀에 대한 미련이라기보다는, 언제든 그녀가 오면 돌려주고 싶었기 때문이었다. 옷장에 그가 그녀를 위해 사준 제법 값나가는 가죽 재킷과 미리 겨울을 위해 세일 때 사둔 모직 코트가 있었다. 그녀는 거의 빈 몸으로 그의 집에 왔듯이 그것들을 그대로 둔 채 집을 나갔다. 옷장에 몇 점 걸어둔 여름옷은 그렇다 쳐도 유난히 추웠던 지난겨울, 민달팽이처럼 맨몸으로 그녀가 찬바람 속을 다닐 것 같은 생각에 그대로 걸어두었던 것이다. 그녀는 그의 집 열쇠는 몸에 지니고 나간 것 같았다. 언제든 돌아오리라 생각했던 것은 열쇠 때문이었는지도 모른다. 아니 그가 없는 새에라도 그녀가 잠깐 들러 옷장 속의 옷이라도 가져갔으면 하고 생각했다.

　옷장 속의 그녀의 옷들은 얌전히 걸려 있다. 마치 그 옷 속에 꽉 찼던 그녀의 육체가 빠져나가고 껍데기처럼 남아 걸려 있는 그 옷가지들은, 그녀가 살만 빼먹고 그대로 남겨놓은 게의 껍질처럼 완벽해 보인다. 으깨어지지도 않은 채, 마치 그 속에 있던 몸에 대한 기억을 고집스레, 어쩌면 영원히 간직할 것 같은 썩지 않을 게의 딱딱한 껍질처럼 말이다. 그는 그녀가 지난가을 내내 입었던 검은색 가죽 재킷을 쓸어본다. 그 안에, 재킷 속에 그녀의 몸이 그대로 들어 있는 것 같다. 유연하게 들어간 허리선이며 앞으로 둥글게 살짝 휜 소매엔 마치 그녀의 팔이 들어 있는 듯 팔 안쪽의 주름이 몇 겹 작은 구릉을 이루고 있다. 그는 재킷의 단추를 열고 코를 대고 킁킁, 냄새를 맡아본다. 희미한 그녀의 살 냄새가 나는 것 같다. 아니 사실은 거기엔 이제 그녀의 냄새가 사라지고 없다. 그녀의 냄새는 이미 서서히 휘발되었을 것이다. 대신 그는 음험한 간장 냄새를 맡는다.

　그녀와 일 년 남짓 함께 사는 동안 그는 몇 번인가 그녀와 함께 간장게장을 담근 적이 있었다. 사실 게장은 무척이나 비싸서 자주 사먹을 형편이 못 되었다. 소래포구나 시원하게 새로 뚫린 서해고속도로를 타고 서해안의 포구로 꽃게를 사러 다녔다.

게를 사러 가는 날은 그녀가 정했다.

"게는 보름엔 살이 마르고 그믐엔 살이 찬대요."

음력 그믐날에 그녀가 붉은 동그라미를 쳤다.

포구의 뱃전에 잡아놓은 게들을 구경하기도 하지만, 운이 좋으면 꽃게잡이 배를 타기도 했다. 그물을 올리면 그물 속 가득 꽃게들이 바글대는 배 위에서 어부와 흥정을 하기도 했다. 그 싱싱한 꽃게를 담은 커다란 플라스틱통을 뒷자리에 놓고 달리면 그녀는 무척 행복한 얼굴이 되곤 했다. 운전을 하는 그의 옆얼굴에 여러 번 키스를 해주곤 했다. 그럴 때면 몸과 마음이 달떠버려 핸들을 쥔 손에 힘이 빠져나갔다. 어느 날 밤엔가는 참지 못하고 고속도로를 빠져나와 어두운 국도 변에서 그녀를 안은 적도 있었다. 달도 없는 그믐날 밤의 칠흑 같은 어둠 속에서 게들도 덩달아 통 속에서 분탕질을 치느라 퉁퉁퉁, 플라스틱통은 타악기가 되어버렸다.

게를 깨끗이 씻고 간장의 간이 잘 배도록 하기 위해서 살아 있는 게 다리의 발끝을 조금씩 잘라내는 일은 그의 몫이었다. 그녀는 게를 잘 먹긴 했지만 살아 있는 게를 무척이나 무서워했다. 그는 그녀가 무서워하는 꼴을 보고 싶어 일부러 발 잘린 게를 풀어놓곤 했다. 발끝이 모두 잘린 게들은 더욱 맹렬하게 기어간다. 게에게서 피가 나지 않는 것은 천만다행이지만 발끝이 잘린 게들의 맹목적인 행진은 생각하기에 따라서는 훨씬 더 공포스럽다. 그녀는 비명을 지르고 밖으로 도망치고, 그는 부엌 바닥 가득 혼비백산하여 삶의 맹목성

하나만으로 각자 어딘가로 골똘하게 옆걸음치는 게들을 한참이나 내려다보곤 했다. 그러면 아주 천천히 공포가 잦아지면서 쓸쓸한 비애가 입 안 가득 고여오게 된다.

그 다음부터는 그녀의 몫이다. 그가 오지단지에 꽃게의 배가 위로 가게 차곡차곡 넣으면 그녀는 노파에게 얻은 조선간장을 들이붓는다. 뚜껑을 눌러 열두 시간 재워놓은 후 간장을 따라내고 소주와 청양고추, 대파, 마늘, 대추, 생강, 다시마, 조청을 비율에 맞게 넣고 끓여내어 식히고 나서 체에 걸러 다시 게 단지에 붓는다. 며칠 숙성시키고 간장 끓이는 일을 한두 번 더 한다.

그때마다 간장 달이는 냄새는 비슷한 것 같아도 조금씩 다르다고 한다. 농도가 다를 것이다. 점점 배어나온 게살의 진액이 짙어져 비린내가 더 나는 것 같기도 하다. 아래층 노파도 간장을 달일 때마다 올라와, "자고로 간장게장이 밥도둑이라 그랬거딩." 참견하며 이빨이 빠진 합죽한 입술을 달싹이곤 했다. 노파에게서 후하게 조선간장을 얻어 쓰는 탓에 그녀는 게장의 절반이나 노파에게 바쳤다. 노파는 이가 없는 탓인지 그녀에게 얻은 게장으로 오물오물 밥을 비벼 먹고 나서 장난감처럼 게 다리를 오래도록 빨다가 "나비야, 이리 온." 하고 고양이에게 물려주곤 했다.

하지만 그녀를 집으로 데리고 온 후 노파는 간혹 그의 옆구리를 쿡 치며 말하곤 했다.

"내 게장 잘 얻어 묵고 이런 말하긴 그렇다만 너무 마음 뺏기지는 말어. 시악시 얼굴이 곱상하긴 하다만 복이 없는 얼굴이야. 살빛이 팟기 없이 너무 말갛고 눈 검은 동자에 노란빛이 너무 과해. 턱이 너무 바르고 귓불도 얇고 눈꺼풀이 너무 얇아. 복이 붙을 데가 없어.

상이 안 좋아."

 그녀가 집을 나간 후에는 결국 노파는 험담을 참지 못했다.

 "잊어버려라. 사내 골을 뺄 년이었어. 예전에 딱 고렇게 생긴 계집이 있었는데 만나는 사내마다 잡아먹고 종당엔 바닷물에 몸을 던졌지. 보름날 밤에 그 계집의 자주색 비로드 치마가 물에 봉긋 떠올라 며칠을 바다 위를 떠돌았다네. 끝내 시신은 못 찾았지."

 간장게장을 담그면 그녀는 다른 반찬은 거들떠보지 않고 한동안은 게장 하나로 밥을 먹었다. 좁은 집 안은 게장의 냄새가 스며들어 버린다. 집 안의 공기뿐 아니라 게장의 지리고 비리고 달큰한 맛과 냄새는 그녀의 입과 손에도 배어 있다. 밤에는 그녀의 깊은 곳에서도 그 냄새가 나는 것 같았다.

 어느 날 밤에는 이상한 소리에 자다가 눈을 떠보니 그녀가 머리맡에 앉아 게를 파먹고 있었다. 잠자기 전의 모습 그대로 실오라기 하나 걸치지 않은 알몸으로 바닥에 앉아 젓가락으로 게 다리의 살을 발라먹고 있었다. 그는 조용히 게를 발라먹는 그녀의 옆모습을 바라보았다. 그녀는 아주 정교한 작업 중에 있는 사람처럼 보였다. 게 다리를 눈에 가까이 대고 젓가락으로 게 다리 속을 규칙적이고 신중하게 긁어대었다. 젓가락을 움직일 때마다 살집 없이 마른 몸인 그녀의 얇은 피부에 묻힌 갈빗대가 살짝살짝 윤곽을 드러내었다. 어찌 보면 고분에서 출토된 유골의 섬세한 뼈에 박힌 오랜 흙을 털어내는 것 같기도 하고 길쭉한 파이프 담뱃대를 청소하는 것처럼도 보였다. 마디에 붙은 옹이 살을 파낼 때는 사랑하는 이의 귓속에서 면봉으로 귀지를 살살 파내듯 더욱 조심스러웠다. 그렇게 해서 살이 조금씩 비어져 나오면 입을 대고 쪽쪽 빨았다.

한밤중에 게를 파먹는 그녀의 모습은 좀 괴기스럽고 엽기적이지만 또 몹시 에로틱한 느낌까지 준다. 그 순간 그녀는 자신의 온 존재를 집중시키고 집약한다. 그녀의 표정은 어딘가 절실하고도 진실해 보인다. 그 순간은 또 그가 지독히 외로운 순간이기도 하다. 상대가 하찮은 게 다리일망정, 순간적으로 그는 이해하기 힘든 서글픈 질투까지도 느끼는 것이다. 좀 전까지 그녀와 한 몸으로 껴안고 물고 빨고 했던 섹스의 모든 행위가 하나의 과장된 거짓 제스처였을 뿐이라는 생각이 드는 것이다.

"잠이 안 와. 왠지 속이 허해서……."

그가 뚫어지게 바라보는 것을 그제야 안 그녀가 변명 삼아 말하며 웃었다. 허하다니…… 잠자기 전에 그녀를 채우며 스스로도 충일감에 빠져 잠들었던 그는 맥이 빠진다. 섹스로도 채울 수 없는 그녀의 허전함을, 그 비어 있음을 아득하게 느낄 수밖에 없어 현기증이 날 지경이다. 그럴 때 그는 그녀에게서 보이지 않는 각질을 느끼게 된다. 갑각류의 껍질처럼, 속이 빈 대나무의 외피처럼. 단단한 껍질로 싸여 그가 닿지 못하는 그녀의 내부엔 무엇이 있는 걸까. 그녀를 만약 사랑했었다면, 그것은 끊임없이 단단한 외피 속의 그곳에 닿고 싶다는 안타까운 호기심의 몸짓이었을까.

그는 옷장 속에서 그녀의 옷들을 꺼내 상자 속에 모두 차곡차곡 넣었다. 그러나 막상 그 상자를 어쩌겠다는 계획은 없었다. 신발장의 구두도 생각난 김에 꺼내었다. 마치 방금 전에 빠져나간 것처럼 그녀의 발 모양과 주름이 생생한 양감으로 살아 있는 비둘기색 구두를 넣으며 그는 잠시 구두 안에 그녀의 영혼이 갇혀 있기라도 한 것처럼 생각되었다. 구두를 거꾸로 들고 흔들고 나서 비닐봉투에 넣어

상자 안에 넣었다. 상자를 봉인하려다 말고 그는 상자를 그냥 침대 밑 공간에 밀쳐둔다.

그리고 나서 그는 낮에 작업하다 만 교정지를 꺼낸다. 내일까지는 출판사에 넘겨야 한다.

"피들러 꽃게의 암컷은 덩치가 작고 똑같은 대칭적 발톱을 갖고 있으며 단조로운 갈색을 띤 회색인 반면, 수컷은 비대칭적인 발톱(그가 흔드는 한쪽 발은 다른 쪽보다 훨씬 크다)을 가졌으며, 몇 가지 선명한 색깔을 띠고 있다. 아침에 기상하자마자, 혹은 놀랐을 경우 수컷은 암컷과 똑같은 빛을 띤다. 해가 중천에 떠오르고 조수가 밀려나고 해변이 건조해지면 수컷은 재빨리 현혹적인 색깔만을 아름답게 혼합한 색깔로 변한다.

이 찬란한 색깔은 그 꽃게가 로맨스 분위기에 젖어 있다는 사실을 말해준다. 조심성 있는 암케가 초대에 응할 때, 수케는 혈관에 있는 성호르몬이 외부 색깔에 변화를 일으키며 화사한 빛을 띤 집게(게의 다리)가 도저히 더 이상 보고 있을 수 없는 것임을 스스로 느끼게 된다. 암컷이 모습을 드러내면 수컷들은 광적으로 발을 흔들고 춤을 춤으로써 욕망을 드러내게 된다.

댄스의 목적은 두말할 필요도 놀랄 필요도 없이 교미의 정점으로 암컷의 성 욕구를 끌어올리는 데 있는 것이 아니겠는가. 절정에 이른 두 마리의 꽃게는 감각적으로 서로의 다리를 애무한다. 이윽고 수컷은 해변의 모래 위에 난 구멍 밑에 만들어진 집으로 돌아간다. 잠시 후 수컷은 그 구멍을 막아버리기 위하여 발톱으로 진흙 한 줌을 움켜쥔 채 구멍 입구에 다시 나타난다.

결국 그들은 고독한 존재이다."*

그는 '암케'와 '수케'를 '암게'와 '수게'로 고치기 전에 사전을 뒤져 한 번 더 확인한다. 암컷을 유혹하는 화려한 수게의 '발톱'이라니…… 게에게도 발톱이 있는 걸까, 집게를 말하는 게 아닐까, 궁금하지만 원문이 없어 확인하는 걸 포기한다. 번역이 엉성한 것 같지만, 그가 맡은 일은 출판사에서 외주 받은 원고의 교정 작업일 뿐이다. 다만, 성교 후에 자신의 집의 구멍을 막아버리는 피들러 꽃게의 수컷의 행동과 '결국 그들은 고독한 존재이다'라는 마지막 문장이 머릿속에 깊숙이 박힌다.

*

넓은 갯벌엔 무리지어 자생한 자줏빛 함초밭이 끝없이 펼쳐져 있다. 아주 넓은 자주색 비로드 치마가 펼쳐진 것 같다. 하늘도 온통 함초잎 빛깔이다. 해는 이미 바다로 떨어졌다. 바다는 은갈치빛으로 창백하게 반짝인다. 이글이글 불타는 생피 덩어리 같던 석양이 지고 난 후 수평선 언저리는 점점 검붉은 자줏빛으로 변하고 있다.

그녀는 바다를 바라보며 꽃게를 먹고 있다. 쪄놓은 장밋빛 꽃게는 꽃처럼 아름답다. 그녀는 장미꽃다발에 묻힌 듯 온통 꽃게더미에 묻혀 있다. 번들거리는 검은 가죽 재킷을 입고 붉은 게를 먹는 그녀를 보고 그는 물큰, 반가운 마음이 든다.

"당신…… 어디 있었어?"

"……"

그녀는 대꾸 없이 심상하게 게를 먹는 일에 골몰하고 있다.

"그런데 어떻게 그 옷을 찾았지? 언제까지고 기다릴 수가 없어서 옷장에서 꺼냈는데…….”
"침대 밑, 상자에 넣어뒀더군요.”
"그래…….”
"너무, 너무……추웠어요.”
그녀의 얇은 입술은 파르스름하다.
"게를 좋아하는 건 여전하군. 그렇게 쌓아놓으니 꼭 패총 같다.”
"그래요. 꽃게무덤이죠.”
그녀의 입가에 흐릿한 미소가 떠올랐다. 꽃게더미는 그녀의 목까지 쌓여 있다. 가까이 들여다보니 게 껍질 속은 모두 텅 비어 있다. 모두 완벽할 만치 깨끗하게 파먹은 게 껍데기였던 것이다. 빈 게 껍질 속을 들어다보다 고개를 드니 방금 전까지 앉아서 꽃게를 먹던 그녀가 사라져버리고 없다. 수북하게 쌓인 꽃게무덤 안이 텅 비어 있다.

그는 미친 듯 바깥으로 달려 나와 바닷가로 달려 나간다. 갯벌의 검은 흙 속으로 온몸이 고꾸라질 듯 달려 나가지만 그녀는 보이지 않는다. 하늘은 이미 온통 흑자줏빛으로 변해버렸다. 그때 그의 발끝에 툭 걸리는 물건이 있다. 그는 무릎을 꿇고 앉아 그것을 집어든다. 그건 그녀의 비둘기색 구두다. 거푸집처럼 그녀의 발 모양이 오롯이 나타나는 구두는 체온이 남아 아직 따뜻하다. 구두를 가지런히 벗어 놓고 그녀는 바다로 들어간 것일까. 그는 바다를 향해 안타까운 소리로 그녀를 부른다.

그러나 가슴속엔 바위가 꾹 누르고 있는 것처럼 답답하기만 하다. 숨만 가빠오고 목에서 짜낸 소리는 어둠 속으로 스펀지처럼 빨려드는지 들리지 않는다.

그는 진저리치다가 꿈에서 깨어난다. 아침이다. 가위에 눌려 애타게 그녀를 부르다 잠이 깬 그의 얼굴엔 식은땀이 흘렀다. 오한이 난 듯 몇 차례나 몸서리를 쳤다. 꿈을 자주 꾸는 그이지만 어젯밤 잠들 때 그녀의 생각에 너무 깊이 빠져버렸던가. 어제는 참 이상한 하루였다. 그녀의 꿈을 꾸는 것도 당연한지 모르겠다. 숨은그림찾기처럼 숨겨진 암시들이 한꺼번에 나타난 날이었다. 아마 그런 것들이 꿈의 재료가 되었을 것이다. 간장 달이는 냄새. 여린 상추잎. 그녀의 검은 가죽 재킷. 그리고 그녀의 비둘기색 구두……

그는 침대 밑에서 상자를 꺼냈다. 조금, 이상한 기분이 든다. 왜일까. 상자 속 맨 밑에 넣었다고 생각했던 검은 재킷이 맨 위에 올라와 있고, 비닐봉투에 넣었다고 생각했던 구두는, 봉투는 어디 가고 맨 구두만 가죽 재킷 위에 올려져 있다. 마치 그녀가 꺼내어 입고 잠깐 꿈속에 나타났다 다시 상자에 반납하고 간 것처럼. 갑자기 머릿속이 하얘지는 것 같다. 새벽에 그가 다시 꺼내보았던 것일까? 아아 혼란스럽다. 출판사에 넘겨야 하는 교정원고일 때문에 어제 그는 거의 정신없이 밤을 새다시피 했다. 그는 몽롱한 머리를 흔들고 나서 상자를 다시 닫아놓는다.

오전에 그는 출판사에 교정 원고를 가까스로 넘겼다. 잠을 충분히 자지 못한 몸은 잔뜩 물먹은 빨래처럼 무거웠지만 아침에 꾼 꿈이 너무도 생생해서 머릿속은 맑은 거울처럼 꿈의 영상이 박혀 있다.

그 꿈은 보이지 않는 그의 무의식의 뢴트겐사진인지 모른다. 그 꿈은 그동안의 그의 숨은 무의식을 보여준 것일까. 그녀가 집을 나간 후 그는 그녀의 죽음을 예감하고 있었던 건 아닐까. 그녀에겐 오래 발효된 죽음의 냄새 같은 게 떠돌았다. 텅 빈 그녀에게 죽음은 대나무 속의 바람처럼 가볍게, 꽃게살 속의 연하고 향기로운 살처럼 찐득이면서 그녀의 생 안에 도사리고 고여 있었다. 처음 만난 날의 텅 빈 그녀의 눈빛 속에서 그는 그것을 보았다 그녀가 순순히 그를 따라왔던 것도 그것을 그에게 들켰기 때문이었을 것이다.

*

  오후에 그는 그녀의 옷상자를 차에 싣고 강화도로 떠났다. 배 시간만 맞으면 꿈속에서처럼 낙조를 맞을 수 있으리라. 점심때가 지나도록 꿈의 잔상이 머리에서 지워지지 않았다. 어제처럼 봄볕은 여전히 맑고 화사했다. 사위어가는 노을 속에 버려진 비둘기색 구두의 이미지와 패총처럼 수북이 쌓인 꽃게무덤이 한없이 밝은 봄빛 조명으로 어디서든 떠올랐다. 목련나무 꽃 위로도, 노파가 가꾼 녹두빛 남새밭 사이로도, 바다풍경이 바탕화면인 컴퓨터 화면에도, 그저 멍하니 바라본 방 안의 흰색 벽에도, 꽃게무덤이라······. 그는 그녀가 꿈속에서 말했던 그 단어를 입속으로 굴려보았다. 그래요. 꽃게무덤이죠······. 그리고 그녀의 지워질 듯 희미한 미소······. 꿈속의 그곳은 재작년 가을에 그녀를 처음 만났던 석모도였다.
  재작년 가을, 그는 함초밭의 사진을 찍기 위해 석모도에 갔었다. 함초는 서해안 개펄에 무리지어 자생하는 식물이다. 식물 중에서 염분을 함유하고 있으면서도 살 수 있는 유일한 식물이다. 소금기 많은 염전이나 개펄에서 짠 바닷물을 빨아먹으며 사는 풀이라서 뜯어먹으면 즙액이 짭짤하다. 함초를 이용해 다이어트 식품으로 제조하려는 한 중소기업체에서 홈페이지 홍보용으로 그에게 일을 맡겼기 때문에 사진을 찍고 작업을 위해 취재차 그곳에 들르게 되었다.

가을이 되면 꽃자주색으로 단풍이 드는 함초는 영종도 국제공항 가는 길에도 지천으로 깔려 있었다. 그러나 사진도 사진이려니와 오랜만에 조용하게 낙조를 바라보고 싶은 마음이 들었다. 석모도의 해넘이 광경이 유명하다는데 한 번도 가본 적이 없었던 것이다. 거기다 시간이 나면 보문사에도 들르고 싶었다.

강화도 외포리에서 카페리를 타고 10여 분 남짓 바닷길을 달려 석모도에 내려서 옛 염전이었던 소금개펄에 자주색 카펫처럼 깔린 함초밭을 찾아갔다. 함초와 나문재 같은 식물이 넓게 깔린 장엄한 자줏빛 뻘은 그야말로 압권이었다.

그가 마땅한 곳을 찾아 여러 장의 사진을 찍을 때 두 번인가 파인더에 어떤 여자의 모습이 언뜻 스쳐 지나갔다. 그녀는 보라색 더플코트와 청바지를 입고 있어서 함초더미에서 눈에 잘 띄지 않았었다. 줌을 당겨보니 함초잎을 따서 잘근잘근 씹고 있었다. 어디선가 청둥오리 떼가 폭탄의 파편처럼 하늘로 솟구쳐 오르자 그녀는 손차양을 만들어 하염없이 하늘을 올려다보았다. 그저 그 모습이 너무 자연스러워 셔터를 몰래 몇 번 눌렀다.

사진을 찍고 나서는 낙조를 감상하기 위해 설계된 듯, 바다로 면한 넓은 통유리가 있는 카페로 들어갔다. 햇살 비치는 서향 창을 바라보며 뜨거운 커피를 마시고 나자 맥주 생각이 났다. 하늘빛을 보니 좀 취하고 싶었다. 카프리를 한 병 마시고 나자 투명한 홍시 같은 해가 더욱 달아오르고 수평선엔 까치놀이 지기 시작했다. 눈길을 고정시키고 계속 보고 있기 때문일까. 해는 좀처럼 움직이지 않는 것 같다. 여전히 수평선에서 한 뼘만큼 떨어져 있다.

좀 지루했기 때문일까. 그는 디지털 카메라를 꺼내 찍은 사진들을 들여다보았다. 그러다 담배를 한 대 피우려고 주머니 속을 뒤졌다. 주머니 속에 라이터가 잡히지 않았다. 라이터를 개펄에 놔두고 온 것 같았다. 게다가 그곳에 삼각대까지 놓고 왔다는 생각이 들었다. 대충 만족스런 그림이 나올 것 같은 안도감에 카메라를 챙겨 넣고 삼각대는 놔둔 채 담배를 한 대 피워 물었던 것이다. 그리곤 기억은 거기서 그만이다. 그에게는 이렇게 못 말리는 건망증이 있다. 라이터는 그렇다 쳐도 삼각대는 찾아야 했다.

그는 할 수 없이 서향 창을 떠나야 했다. 곧 일몰 후의 어둠이 오기 전에 아직 잔광이 있을 때 그걸 찾아야 했다. 그가 차를 몰고 다시 그 개펄로 갔을 때 다행히 삼각대는 그대로 세워진 채였다. 그러나 하마터면 바다에 빼앗길 뻔했다. 밀물이 사정없이 밀려오기 시작했기 때문이다. 그는 자신의 머리통을 한 대 쥐어박은 후 그걸 챙겼다. 그런데 차로 돌아가려고 개펄을 걷던 그의 눈에 무언가 석양에 반짝이는 작은 물건이 보였다.

마지막 석양빛으로 안간힘을 다해 반짝, 하고 그것은 빛을 냈다. 그야말로 순간적으로 반짝! 이었다. 가까이 다가가 보니 그것은 잃어버린 그의 라이터였다. 그 하잘것없는 것이 개펄의 검은 흙 속에서 보석처럼 반짝일 수 있다니. 그런데 그걸 잡으려던 그는 더욱 놀랐다. 바로 그 옆엔 가지런히 벗어놓은 비둘기색 여자 구두 한 켤레가 놓여 있었다. 그 구두 옆에는 담배꽁초 세 개가 흩어져 있었다. 구두 임자는 그의 라이터를 주워다 이곳에 와서 담배 세 개비를 피우고 사라진 것이다.

그는 왠지 이상한 예감이 들어 밀려오는 바닷물을 바라보았다. 석양은 그 사이 수평선에 몸을 반쯤 담그었다. 하늘은 보랏빛으로 물들어가고 있다. 그런데 어떻게 설명할 수 있을까. 그 혼곤한 보랏빛 속에서 보라색 더플코트를 입은 여자가 눈에 화살처럼 순식간에 튀어 들어온 것을. 그녀는 그의 파인더 속에 잠깐 들어왔던 바로 그 여자였다. 그는 달렸다. 여자는 마치 보랏빛 대기의 일부인 것처럼 아무런 거리낌없이 바다로 스며들고 있었다. 여자는 눈을 감고 밀려오는 바닷물을 맞이하고 있었다. 바닷물이 여자의 가슴께로 달려든다고 생각한 순간 그가 달려가 여자의 어깨를 휘어잡아 팔을 끌었다. 여자는 생각보다 가볍게 딸려 나왔다. 개펄의 끝까지 끌려나온 여자는 저항하지 않았다. 여자는 힘없이 주저앉았고 그는 어쩔 줄을 몰랐다. 잔뜩 뻘흙이 묻고 바닷물에 젖은 여자는 지쳐 보였다. 아무 말 없이 바다를 바라보더니 무릎에 고개를 파묻어버렸다. 여자가 떨고 있는지 우는지 여자의 온몸이 떨렸다. 그는 무릎을 감싸 쥔 여자의 손을 보았다. 여름에 들인 봉숭아꽃물이 손톱 끝에 아주 조금 남아 있었다. 그는 망연한 느낌에 담배를 꺼냈다. 수평선엔 어느새 해가 쑤욱, 바다로 빠진 채 딱 여자의 봉숭아꽃물 든 손톱 끝만큼 해의 끝이 겨우 붙어 있다. 그리고 잠깐, 그가 라이터로 불을 붙여 담배를 입에 물고 바다를 향해 한 모금 빨고 나자 해는 완전히 사라져버렸다.

*

그날 그녀와 게를 먹었다. 외포리로 나가는 막배 시간을 놓치고 어쩔 수 없이 식당을 겸한 민박집에 방을 잡았다. 몸을 씻고 옷을 대충 말린 그녀에게 그가 저녁식사로 무얼 먹고 싶냐고 물었을 것이다. 여자의 대답은 기대하지 않고 물었는데 여자가 입을 열었다. 여자는 바닷물에서 나온 이후 반쯤은 넋이 나간 듯 줄곧 입을 다물고 있었지만 명확하게 게를 먹고 싶다고 대답했던 것이다. 마침 민박집 주인여자가 물 좋은 게가 있다면서 꽃게탕을 권했다.

그는 자신에게 게 알러지가 있다는 걸 기억했지만 그냥 꽃게탕을 주문했다. 어린 시절 이후 게를 먹지 않은 지 오래되었지만 싱싱한 꽃게가 전골냄비 속에서 발갛게 익어가는 것을 보자니 한번 먹어보리라 생각이 들었다. 게가 익어가는 냄비를 보자 그녀의 표정도 조금씩 환해지는 것 같았다. 꽃게탕이 끓자 그녀는 맹렬한 식욕을 나타냈다. 사실 게는 남녀가 함께 먹을 음식은 못된다. 내숭이 본능이랄 수 있는 여자들은 남자 앞에서 성욕만큼이나 식욕을 숨기는 족속들 아닌가. 그러나 그녀는 그날 처음 만난 사이, 그것도 자신의 치부를 드러냈던 상황에서 이해할 수 없을 만치 맹렬하고 적나라한 식욕을 드러냈다. 그가 주로 꽃게탕 국물을 떠먹었다면 그녀는 꽃게살을 탐했다. 쪽쪽쪽……. 손가락과 게 다리 빠는 소리, 등껍질에 붙은 내장과 살을 긁는 소리가 좀 민망해서 그는 여자를 바로 보지 못했다. 그리고 속으로 웃었다. 저 여자가 방금 전까지 죽으려고 바다에 몸을 던진 여자였던가……. 집요하게 젓가락으로 마지막 살점까지 집어내던 그녀가, 그가 귀찮아서 대충 살을 발라먹고 상 위에 내려놓은 게 다리와 몸통 조각을 바라보았다. 그리고 망설이듯 살풋, 웃었다. 처음으로 그녀의 웃는 모습을 보았다. 몹시 수줍은 웃음인데도 상대를 무장해제 시킬 만큼 강렬한 느낌을 주는 웃음이었다.

"저어, 그거……."

그는 그제서야 그녀의 웃음을 이해했다. 그가 고개를 끄덕이자 그녀는 그가 먹고 난 몇 개의 게 다리와 몸통 조각을 가져갔다. 그리고 서두르지 않고 아까처럼 게살을 파먹기 시작했다. 그런데 이상하게 기분이 나쁘지 않았다. 이 여자, 게에 걸신이 들렸나. 게에 환장을 하는 정말 이상한 여자군. 그런 생각은 들지 않았다. 그만큼 여자는 게를 깔끔하게 우아하게 먹을 줄 알았다. 오히려 여자가 무척 특별하게 느껴졌다. 조금 전까지 그가 입 속에서 빨다 버려둔 그것을 여자가 세심하게 빨고 훑는 것을 바라보고 있는 기분은 참으로 묘했다. 애무를 받고 있는 느낌이라고나 할까. 어처구니없는 과대망상인지는 모르지만 자신이 사랑받고 있다는 느낌까지 들었다. 3년 전 아내와 이혼한 이후로 그는 누군가에게 사랑받고 싶다는 생각을 버렸었다. 그는 그녀 앞에 거대한 한 마리의 꽃게가 되어 있는 자신을 그려보았다.

*

그는 재작년 가을에 왔던 그 섬의 함초밭으로 차를 몰았다. 자줏빛이 장관이었던 그곳은 이제 새봄의 들판처럼 푸릇하다. 함초는 봄, 여름엔 파랗다가 가을이 되어야 단풍이 든다. 차에서 내리지 않고 그곳을 바라보며 담배 두 개비를 태우고 그는 근처에 있는 민박집으로 갔다. 그녀와 함께 묵었던 곳이다. 그새 살이 더 오른 주인여자는 그를 알아보지 못했다. 그는 꽃게탕을 시켜놓고 소주잔을 홀로 기울이며 유리문 밖의 봄 바다를 바라본다. 주인여자가 자작하는 그가 안되었다는 듯이 다가와 술을 쳐준다. 그가 묻는다.

"혹시 이곳 바다에서 실종사건 같은 게 있었나요?"

주인 여자가 미간을 모으더니 무릎을 쳤다.

"그러고 보니 지난겨울에 애인 같아 보이는 젊은 남녀가 나란히 신을 벗고 들어가 나오지 않았어요. 실종인지 자살인지…… 아마도 동반자살이었는가 보데. 시신은 못 건졌다고 하데요. 원래 요기 앞바다는 밀물이 얼마나 빠르고 무서운가 몰라. 그전서부터 사고가 가끔 났어요. 옛날부터 바지락 캐고 앉았다 간혹 눈 깜짝할 새 휩쓸려 들어간 사람들도 몇 있었거든요."

그는 말없이 술잔을 입에 털어넣는다.

언젠가 TV에서 바다에 빠져죽은 사람들의 추모제를 뱃전에서 지내며 바다에 국화꽃을 던지는 장면이 나온 적이 있었다. 함께 TV를 보던 그녀가 말했다.

"저 사람들의 몸은 이제 흩어지고 사라졌겠지요? 저렇게 죽어서 무덤이 없는 사람들은 슬플까요?"

"죽은 사람이야 뭘 알겠어? 물고기 밥이 되어 살이 뜯어 먹혀도 죽은 사람은 아무 감각이 없지 않겠어? 산 사람이 슬프겠지. 무덤은 죽은 자의 안식처가 아니라 산 자의 의지처라는 생각이 들어. 끔찍하기로 말할 것 같으면 바다에 버려진 것보다 무덤 속에서 썩는 게 더 못 견딜 일일 걸. 수십 년 동안 흙 속에 묻혀 나날이 부패해가는 살을 생각해봐. 송장에서 나온 썩은 물이 구더기를 키우고 나무뿌리를 살찌게 하고……."

"저어, 그럼 말이죠. 죽은 사람의 살을 뜯어먹은 게나 물고기의 영혼은 어떻게 될까요? 또 그걸 먹는 사람의 영혼은요?"

"글쎄……."

"누군가를 바다에 묻은 적 있나요?"
"아니……."
그는 그때 그녀의 눈 밑에 차오르는 물기를 보았다.
1년을 함께 살았지만 그는 그녀에 대해 아는 게 별로 없다. 처음 본 날, 그녀가 왜 바다에 뛰어들었는지에 대해서도. 그녀가 왜 그렇게 게살을 탐하는지도. 그런 건 물어서도 안 될 질문인지도 모른다. 다만 짐작해볼 뿐이다. 그녀는 가슴속에 텅 빈 무덤을 가지고 있다는 것을.

*

처음 그녀를 데리고 와서 살기 시작했을 땐 단순한 생각이었다. 딱히 갈 곳도 없는 여자가 가여운 생각이 들기도 했지만 여자는 순순히 그의 집으로 들어왔던 것이다. 그녀는 그림처럼 조용하게 밥을 짓거나 집안일을 했다. 게다가 그와의 섹스를 한 번도 거절한 적도 없었다. 그럭저럭 곁에 둘 만한 여자라는 생각이 들었다. 그러나 손쉬운 섹스상대일 뿐 곁을 주고 싶지는 않다고 생각했다.

죽도록 사랑해서 결혼한 아내와 몇 년 간 살다가 이혼을 했을 때 그에게 남은 것이라곤 서울 근교의 월셋집과 여자혐오증이었다. 그녀는 예전의 아내처럼 잔소리가 심하지도 않았고 남들과 연봉을 비교하지도 않았고 사랑이 식었다고 앙탈을 부리지도 않았다. 무욕 그 자체였다. 그래서 그녀는 게에 집착할 때를 빼고는 대체로 모노톤의 정물화처럼 편안했다. 말도 별로 없고 그와 눈이 마주치면 살풋, 희미한 웃음을 물곤 했다.

그러나 시간이 지날수록 그는 안달이 났다. 그는 점점 그녀를 사랑하게 되는 자신을 느꼈던 것이다. 끝내 마음을 주지 않는 것 같은 그녀에게 스스로 상처를 입는 건 바로 그였다. 애초에 사랑을 원한 건 아니었지만 어느새 사랑이 싹을 틔우더니 점점 자라나 그에게 생채기를 냈다. 그녀의 육체를 모조리 장악하고 소유하더라도 바람 같은 한 줌 그녀의 영혼이 늘 손아귀에서 빠져나가는 느낌이었다.

그녀를 위해 옷을 사주고 그녀가 좋아하는 걸 먹게 하고 아낌없이 마음을 주어도 늘 무언가가 손아귀에서 빠져나가는 느낌으로 허전해졌다. 사랑이 일종의 재앙이라면 그것은 집착 때문일 것이다.

그런 그에게 그녀도 몇 번인가 경고한 적이 있었다.

"내게 너무 집착하지 말아요. 난 언젠가 떠나버릴지도 몰라요."

그녀가 떠난 것은 어쩌면 그의 집착이 불러온 재앙인지 모른다. 어느날 그는 애초부터 달랑 배낭 하나뿐인 그녀의 짐을 몰래 뒤져 한 남자의 사진을 발견하게 됐다. 불같은 증오가 활활 타올랐다. 게장으로 저녁식사를 한 그날, 먼저 식사를 마친 그는 담배를 피우며 오래도록 게를 발라먹고 있는 그녀를 바라보았다. 게를 탐하는 그녀가 미워지기 시작했다. 그가 식탁으로 가서 불쑥 사진을 내밀었다. 게의 집게발을 빨고 있던 그녀가 흠칫, 놀라면서 고개를 들어 그를 올려다보았다. 두려움과 체념이 섞인 표정이었다. 그러나 그것도 잠시 그녀는 다시 천연덕스럽게 게를 발라먹고 있었다. 그 천연덕스러움이 역겨울 정도로 가증스럽다고 생각된 순간, 이미 그의 팔은 그녀의 뺨을 후려치고 있었다. 그녀의 손에 들려 있던 집게발이 툭하고 바닥으로 나가떨어졌다. 머리카락이 온통 앞으로 쏠려 그녀의 표정을 알 수 없었지만 게 껍질이 모아진 식탁 위로 굵은 눈물방울이 세 방울 떨어지는 걸 그는 보았다.
 순간적으로 그는 폭력을 쓴 자신의 손을 놀라 바라보았다. 그리고 나서 그녀의 머리를 안아 어루만지며 진정으로 사과했다. 그날 밤. 침대에서 그는 절정에 다다를 무렵, 또 한 번 사진의 남자를 물었다. 그러자 그녀는 입을 꼭 다물고 그를 노려보았다. 그가, 사랑하는 사람? 하고 묻자 그녀의 두 눈에 어느새 눈물이 스며들기 시작했다.
 그 순간 왜 그랬는지……. 후회는 항상 늦다. 그는 그녀의 가는 목으로 손을 뻗쳐 그녀의 목을 조르기 시작했다. 그녀의 육체, 그녀의 영혼, 그녀의 생명까지 다 뺏어버리고 싶은 절절한 충동으로 몸이 떨려왔다. 그녀의 가는 목은 두 손 안에 너무도 헐겁게 들어와 참을 수 없이 서글펐다. 그녀는 그를 한없이 공허하고 슬픈 눈으로 쳐다보며 숨을 할딱일 뿐 저항하지 않았다. 그러다 전의를 상실한 듯 그는 갑자기 손을 놓으며 사정해버렸다. 심하게 반항했다면 순간적으로 죽여 버렸을지도 몰랐다. 그녀가 눈을 감자 갇혀 있던 눈에서 눈물방울이 떼 지어 흘렀다. 그녀가 사라진 것은 그날 새벽이었다.
 잠결에 그녀의 가는 흐느낌을 들은 것도 같다. 그리고 그녀의 독백소리도 들은 것 같다. 아니 어쩌면 꿈이었을지도.
 그 넓은 바다…… 당신, 어디 있는 거예요. 당신의 그 생생한 몸은 도대체 어디로 사라진 거예요…….

*

 그는 낙조가 지고 있는 바다로 나갔다. 그의 손에는 종이상자가 들려 있다. 석양은 그녀를 처음 만났던 그날만큼 붉지는 않았다. 마치 노른자처럼 노랬다. 그래서일까 하늘빛은 연분홍이다. 밀물이 밀려오고 있다. 그녀는 죽었을지도 모르고 아닐지도 몰랐다. 언제나 확률은 반반이다. 그러나 그는 그녀가 죽었다고 생각해버리고 싶었다. 그래야 마음이 편할 것 같았다. 지난겨울에 차가운 바다에서 애인과 죽은 여자는 그녀일 수도 있고 아닐 수도 있다. 그러나 그녀는 아침녘의 꿈에서 너무너무…… 추웠어요. 라고 말했다.

그는 상자를 열어 비둘기색 그녀의 구두를 갯벌 위에 꺼내놓는다. 노을 지는 해변에 가지런히 놓인 구두. 그러자 꿈속의 장면으로, 재작년 가을 그녀를 처음 만난 날의 장면으로, 그 시간 속으로 그가 들어가는 것 같다. 그는 상자 속에서 검은색 가죽 재킷과 모직 코트와 그녀가 남긴 옷가지들을 꺼내 구두 옆에 나란히 늘어놓는다. 마치 방금 전에 그녀가 몸에 걸쳤던 모든 옷가지를 벗고 알몸으로 바다로 뛰어 들어간 것 같다.

석양은 아주 조금씩 수평선으로 내려오고, 바닷물도 조금씩 밀려오고 있다. 그는 담배 한 개비를 입에 물고 라이터를 켰다. 불꽃이 튀어나오는 라이터의 금속부분이 날카롭게 빛을 내며 눈을 찔렀다. 해는 넘어갈 듯 넘어갈 듯, 그러나 질긴 목숨처럼 넘어가지 않았다. 그러다 방심한 어느 순간, 순식간에 떨어진다는 걸 그는 알고 있다.

갑자기 물살이 세어진다. 그는 뒷걸음질친다. 밀려오는 물살이 그녀의 옷가지를 건드려 흩뜨려놓았다. 물살이 더 거칠게 다가온다. 파도가 그녀의 신발을 앗아가 버린다. 물러섰다 또다시 다가온 물살이 그녀의 여름 옷가지를, 가죽 재킷을, 모직 코트를 차례로 물어 간다. 그는 밀려오는 물살을 피하며 뒷걸음질치며 그 광경을 낱낱이 보고 있다. 이제 해변엔 아무것도 남아 있지 않다. 바다로 밀려간 검은 가죽 재킷이 석양빛에 고래등처럼 반짝인다. 다른 옷가지들이 서서히 잠긴다. 그러나 검은 가죽 재킷은 오래도록 바다에 떠 있다. 왜 그 순간 노파의 말이 떠오르는 걸까. 보름날 밤에 그 계집의 자주색 비로드 치마가 물에 봉긋 떠올라 며칠을 바다 위를 떠돌았다네.

*

막배를 타고 그는 외포리로 다시 돌아왔다. 그는 이제 그녀를 바다에 묻었다. 이제는 그녀를 잊을 수 있을 것 같다. 꿈도 꾸지 않을 것 같다. 그녀는 없다. 어디에도. 그의 머릿속에도, 추억에도, 기억에도 이제 텅 비었다. 사랑이란 애초에 그런 것일까. 미친 듯 살을 탐하고 가슴속에 잔해만 남기는 텅 빈 꽃게무덤처럼…….

아아 오늘밤은 게를 먹고 싶다. 속이 허하다. 간장에 곰삭은 게를 오래도록 파먹고 싶다. 이 입맛을 이기기엔 얼마나 시간이 걸리는 걸까. 바닷게는 연인의 몸을 먹고 또 한 사람의 연인은 바닷게의 살을 파먹고……. 그는 갑자기 맹렬한 식욕이 돋는 걸 느낀다. 그는 간장 게장을 사기 위해 차를 몰아 포구로 간다.

* 하이 프리드만 지음, 『동물들의 사랑 이야기』에서 인용.

꽃게무덤 — 권지예

작품해설

자유의 세계, 공(空)에 이르는 길을 찾아

김현숙 | 이화여대 국어국문학과 교수

1

권지예 작가의 작품 「꽃게무덤」의 내용은 남자 주인공이 과거 1년 간 동거하다 헤어진 여자를 떠올리고 여자가 남기고 간 옷가지와 구두를 그녀와 처음 만났던 바다에 버린 후, 다시 자신의 일상으로 돌아온다는 이야기이다.

작품의 진행 흐름은 다음과 같다.

1) 주인공인 나는 4월 어느 날 사전에 삽입될 **'피들러 꽃게'**에 관한 교정을 보다가 낮잠에 빠진다.
2) 썰물로 물이 빠진 바닷가에서 **새끼 게**가 몸에 달라붙는 꿈을 꾼다.
3) 잠결에 반야심경 독경소리를 듣는다.
4) 간장게장 달이는 냄새가 난다.

5) 그녀가 남기고 간 옷을 장롱에서 꺼내 꾸린다.
6) ⑤그녀가 **간장게장**을 먹고 있다.
7) ⑩늦가을 그녀가 떠났다.
8) ⑥그녀는 **게장**을 아주 좋아했고, 나와 그녀는 **게장**을 담기 위해 게를 사러 다니다.
9) ⑦주인 노파는 그녀에 대해 부정적으로 말하곤 했다.
10) ⑧그녀가 한밤중에 일어나 앉아 게장을 먹다.
11) 그녀를 처음 만났던 장소에서 그녀를 만나는 꿈을 꾸다.
12) 그녀의 옷상자를 차에 싣고, 강화도로 가다.
13) ②재작년 어느 날, 함초 사진 찍으러 바다에 가서 자살하려는 그녀를 살려내다.
14) ① 3년 전 아내와 이혼하다.
15) ③그녀와 식당에 들어가 **꽃게찜**을 먹다.
16) 섬의 함초밭으로 차를 몰아가다.
17) 민박집 주인여자에게 실종 사건에 대해 묻고, 지난겨울 남녀의 실종 사건에 대해 듣다.
18) ④그녀를 데리고 와 1년간 함께 살다.
19) ⑨그녀의 짐에서 나온 남자 사진 때문에 그녀를 폭행하다.
20) ⑩밤새 그녀가 떠나다.
21) 바다로 나가 그녀의 옷과 구두를 물에 띄워 보내다.
22) 강화도 외포리로 나오면서 현실로 돌아오다.
23) 혼자서 **간장게장**을 사기 위해 포구로 가다.

위의 1~23의 단락은 서사 내용의 흐름이며 ①~⑩은 과거 기억을 기술하고 있는 것이다. 주인공은 일상에서 어떤 단서나 사건을 계기로 그녀를 기억해 내고 그녀와 연관된 일들을 정리하므로 소설의 전체 이야기가 종결된다. 이처럼 작품의 구조는 시간 배열을 중심으로 중층으로 되어있다. 또한 작가는 시간 혼재 양상의 서술기법을 사용해 과거와 현재를 넘나드는 속에서 의도적으로 사건을 반복 기술하고 있다.

2

그는 바닷가에서 그녀를 만났다. 3년 전 아내와 이혼하면서 이제는 더 이상 누구에게도 사랑받기를 포기했다. 그런 후라 그녀에 대해 책임지지 않아도 된다는 생각에 부담 없이 그녀를 집으로 데리고 온다. 그러나 함께 살면서 그가 그녀에게 일방적인 집착을 갖게 되면서 상처를 받는다. 그녀의 육체를 모조리 장악하고 소유했다고 생각했지만 바람 같은 한 줌 그녀의 영혼이 늘 손아귀에서 빠져나가는 것 같은 느낌을 갖는다. 때로는 그녀 앞에 거대한 한 마리의 꽃게가 되어 있는 자신을 그린다. 그는 끝내 마음을 주지 않는 그녀에 대한 그리움으로 스스로 상처를 입고 그녀를 폭행한다.

남자는 그것 때문에 떠나버린 여자를 기다리다 결국에는 그녀가 남겨놓은 옷과 구두를 가지고 그녀를 처음 만났던 곳으로 간다. 그는 그녀의 껍데기인 옷을 바다에 버리고 의식 속에서도 그녀를 버린다. 그녀가 죽은 것으로 인정하고 싶은 마음에 바닷가 민박집 주인에게 자살한 사람이 있는가를 묻는다. 민박집 주인이 말한 자살한 여자는 그녀일 수도 아닐 수도 있다. 그에게 그 진실은 무의미하다. 그는 자신에게 자살한 여인이 그녀의 죽음임으로 각인시키고 싶을 뿐이다. 그래서 이제 이혼한 아내처럼 그녀를 자신에게서 몰아내고 자유로워지고 싶은 것이다.

그녀로부터 자유로워지고 싶은 이유를 작품에서는 다음과 같이 표현되고 있다.

> 그녀를 집으로 데리고 온 후 노파는 간혹 그의 옆구리를 쿡 치며 말하곤 했다.
> "내 게장 잘 얻어먹고 이런 말하긴 그렇다만 너무 마음 뺏기지는 말어. 시악시 얼굴이 곱상하긴 하다만 복이 없는 얼굴이야. 살빛이 핏기 없이 너무 말갛고 눈 검은 동자에 노란빛이 너무 과해. 턱이 너무 바르고 귓불도 얇고 눈꺼풀이 너무 얇아. 복이 붙을 데가 없어. 상이 안 좋아."
> 그녀가 집을 나간 후에는 결국 노파는 험담을 참지 못했다.
> "잊어버려라. 사내 골을 뺄 년이었어. 예전에 딱 고렇게 생긴 계집이 있었는데 만나는 사내마다 잡아먹고 종당엔 바닷물에 몸을 던졌지. 보름날 밤에 그 계집의 자주색 비로드 치마가 물에 봉긋 떠올라 며칠을 바다 위를 떠돌았다네. 끝내 시신은 못 찾았지."

그녀는 떠나가는 것이 당연하며 죽을 수밖에 없는 복 없는 여자이다. 또한 절대 인생의 동반자일 수 없는 여자로 곳곳에 그녀에 대한 부정적인 표현을 볼 수 있다.

그러나 그의 마음 깊은 곳에 남아 있는 것은 그녀에게 집착할수록 눈빛에서 보게 되는 절망감이다. 지금을 살고 있는 것이 아니라 영혼을 다 파 먹히고 텅 빈 껍질로 살아가는 여자, 옛 남자를 찾아 헤매며 죽음을 안고 사는 여자에 대한 허망함이다.

> '그녀는 가슴속에 텅 빈 무덤을 가지고 있다.' '그녀에겐 오래 발효된 죽음의 냄새 같은 게 떠돌았다.' '텅 빈 그녀에게 죽음은 대나무 속의 바람처럼 가볍게, 꽃게살 속의 연하고 향기로운 살처럼 쫀득이면서

그녀의 생 안에 도사리고 고여 있었다.' 처음 만난 날의 텅 빈 그녀의 눈빛 속에서 그는 그것을 보았다. 그녀의 비어있는 모습에서 보게되는 죽음의 냄새와 공허함, 그녀의 '내게 너무 집착하지 말아요. 난 언젠가 떠나버릴지도 몰라요.'

사라져버린 남자를 찾아 다시 바다로 갔을 여자, 그 여자를 영원히 보내기 위해 옷과 구두를 가지고 바닷가를 찾아간 남자, 바다는 그녀의 무덤이다. 그녀는 스스로 무덤을 향해 가고, 그는 그녀를 집착하는 자신으로부터 자유로워지기 위해 바다로 가서 그녀를 버리고 돌아오는 것이다.

3

작가에게는 사물을 표현하는 문체의 몇 가지 특징이 있다. 첫째는 정물화를 보는 듯한 묘사를 하고 있다. 다음의 표현을 보자.

> 아이보리색 버티컬 블라인드 위로 창 밖의 목련나무 가지 그림자가 바람에 흔들거리고 있다. 바람이 건들, 불 때면 그림자는 짙은 먹빛으로 가까이 다가온다. 잠시 바람이 자고 있으면 제자리로 돌아간 목련나무 그림자는 옅어진다. 맑고 섬세한 4월 햇살과 봄바람이 희롱하여 연출한 이 그림을, 그는 잠시 넋을 놓고 바라본다. 가만히 바라보면 절정을 향해 한 잎 한 잎 벙글어지고 있는 목련꽃잎의 농담(濃淡)마저도 느껴질 듯하다 먹을 묽게 갈아 그린 수묵화 같다.

형용사, 부사로 아름답다는 식의 표현이 아니라 방안의 모습과 바람에 일렁이고 있는 목련가지의 움직임, 꽃잎의 모양을 마치 눈으로 보듯 묘사하고 있다. 작가는 4월 한낮의 정태를 정물화로 그리 듯 시각적으로 표현하고 있다.
　두 번째 특징은 감각적 표현이나, 추상적 언어들을 구체적인 사물로 대체시켜 표현하고 있다. 설명하기보다는 추상적인 단어를 물질이나, 사물에 빗대어 표현하므로 독자들이 구체적인 확인을 할 수 있도록 하고 있다.
　다음의 문장은 그 예이다.

- 오수가 잔물결처럼 서서히 밀려온다.
- 햇살이 기다렸다는 듯이 폭포수처럼 쏟아진다.
- 간장 달이는 냄새는 송장에서 흐르는 진물 냄새처럼 지독하고도 집요했다.
- 냄새는 한동안 모르는 척했던 기억을 자꾸 집적거렸다.
- 상추잎은 정말 예뻤다. 먹기가 아까울 만큼. 그걸 보자 툭, 하고 팽팽한 활시위를 떠난 활처럼 순식간에, 강렬하게, 그녀가 떠올랐다.
- 수평선엔 어느새 해가 쑤욱, 바다로 빠진 채 딱 여자의 봉숭아꽃물든 손톱 끝만큼 해의 끝이 겨우 붙어 있다.

　이러한 문체는 30년대 작가 이상(李箱)의 작품에서 볼 수 있는 표현으로 작가의 감각적인 표현능력을 보여주는 것이다. 글의 표현을 위해 문장을 다듬고, 단어를 선택하는 데 노력한 모습을 보여주는 것이기도 하다.
　세 번째 특징은 작가의 어휘력과 관련된 연상작용이다. 이 작품의 제목인 「꽃게무덤」의 의미는 독서를 통해 알게 되는 하나의 수수께끼의 시작이다. 작품의 흐름과 심층적 의미를 알기 위해서는 몇 개의 단어를 분석해 볼 필요가 있다. 앞에 제시한 서사흐름의 단락에서 볼 수 있듯 중심언어는 '게'이다. 그리고 이 단어들은 게장, 여자, 죽음으로 파생되고. 다시, 게장의 어휘는 꽃게 사랑, 꽃게 무덤으로, 여자는 꽃게찜, 게장, 자살, 죽음의 어휘들과 어울리고 있다. 죽음의 단어는 자살, 꽃게무덤의 어휘들과 이어지고 있다.

네 번째는 상징적 표현이다. 작가는 피들러 꽃게가 사랑하는 모습에서 인간 남녀의 사랑의 모습을, 그리고 내용물을 다 빼먹고 난 게의 껍질에서 사람이 빠져나간 옷의 모양을, 그리고 알맹이가 빠지고 껍데기만 남아 있는 인간의 모습과 대비되는 상징적인 표현들을 통해 뛰어난 언어감각과 표현의 미학을 보여주고 있다.

4

소설의 서두에 독자들의 시선을 잠깐 멈추게 하는 문장이 있다. 반야심경의 독경소리이다. 잠결에 듣는 반야심경의 독경소리는 주인집 노인이 듣는 것으로 설정되어 가볍게 지나가고 있지만, 독자들은 이 작품에서 불교의 사상이 중심을 이루고 있음을 알 수 있을 것이다. 그 사상의 기본을 반야심경으로 설정하고 있다.

『반야심경』은 총 260자로 되어있는 가장 짧으나, 불경 중에서 가장 기본적이면서 중요하게 여기는 경전이다. 반야는 범어(梵語)로 "쁘라즈냐" 즉 지혜라는 뜻으로 미혹한 세계에서 깨달음의 세계, 차별의 세계에서 무별의 세계에 이르게 되면 그것이 '공(空)' 즉 '자유'라는 것이다. 반야바라밀다심경(般若波羅蜜多心經)은 '지혜의 완성'을 의미하는 불경이라는 뜻이다. 이 작가가 단지 쉽게 읽히는 소설로만 쓴 것이 아님을 알 수 있게 하는 부분이다. 그리고 작품이 담고 있는 심층적인 의미를 생각하게 하고 있다.

이 작품은 작중 두 인물을 통해 반복되고 있는 인연의 고리의 순환과 인간의 마음이 무엇을 할 수 있는가를 반복하고 있는 것이다. 「꽃게무덤」에 인용한 반야심경의 다음 구절을 보자.

> 관자재보살(觀自在菩薩) 행심반야바라밀다(行深般若波羅蜜多) 시조견오온개공(時照見五蘊皆空) 도일체고액(度一切苦厄) 사리자(舍利子) 색불이공(色不異空) 공불이색(空不異色) 색즉시공(色卽是空) 공즉시색(空卽是色) 수상행식(受想行識) 역부여시(亦復如是) 사리자(舍利子) …

위 구절은 관자재보살이 지혜의 완성을 실천할 때 존재의 다섯 가지 구성요소에 실체가 없음을 보고 중생의 모든 괴로움과 재난을 건졌다. 그리고는 물질적 현상은 공과 다르지 않고 공은 물질적 현상과 다르지 않으므로 물질이 곧 공이요 공이 곧 물질이며, 느낌과 생각과 의지작용과 의식도 그와 같이 실체가 없음을 설명하는 내용이다.

이 부분에서 말하고자 하는 색불이공 공불이색 색즉시공 공즉시색은 마음이 공(空)과 다르지 않고, 마음은 모든 물질적 현상과 다르지 않으며 모든 물질적 현상은, 곧 마음으로부터임을 의미한다. 만나고, 헤어지고, 사랑하고 미워함이 모두 마음에서 연유함을 나타내고 있다. 이는 인간의 만나고 헤어짐이나, 살고 죽음이 다르지 않고, 모든 욕심과 집착이 마음에서 나옴으로 마음을 정리하면 모든 것이 다 정리될 수 있음을 말하는 것이다.

그 외에도 작가가 잘 쓰고 있는 '담배꽁초 세 개', '3년 전 아내와의 이혼', '눈물방울이 세 방울'로 표현된 3이라는 숫자이다. 불교에서는 3과 관련된 것으로 계율(戒), 선정(定)과 지혜(慧)의 삼학(三學)과 견도(見道) 수도(修道)와 무학도(無學道)를 말하는 삼도(三道)를 말한다. 이는 수도를 통해 인생을 관찰하고, 성숙시키는 길을 거쳐, 더 이상 배움이 필요 없는 길인 열반에 들어 해탈에 이르는 것을 말한다. 수도의 과정과 해탈과 열반에 이르는 의미를 담고 있는 3이라는 숫자의 반복 사용과 그 의미를 생각할 수 있도록 하는 점에서 작품은 불교적 색채를 담고 있음을 알 수 있다.

5

옷깃만 스쳐도 인연이라는 불교의 인연설, 세상 모든 것은 공(空)이며, 공(空)은 마음에서 연유함을 작가는 한 남자와 한 여자의 만나고 헤어지는 이야기를 통해 독자들에게 전하고 있다. 그 이야기를 하기 위해 정물화를 보는 듯한 문체의 기법과 현재와 과거를 넘나드는 시간 혼재 현상의 서술기법이 사용되었다. 표현 언어는 작품의 중심언어로부터 연관 고리에 의해 파생되고, 기억의 연상 작용을 이용한 상상력의 활용과 상징적인 기법 등이 적용되고 있다.

한 작가의 작품은 독자들에 의해 재생산된다. 작가가 제시하는 수수께끼인 작품의 해독은 독자들의 몫이다. 독자들은 작품의 소비자로만 존재하는 것이 아니라 작품을 읽고 해독해 내는 또 다른 생산자가 되는 것이다.

「꽃게무덤」이 독자에게 어떻게 해석될 수 있을지 기대해본다.

· 그 여자의 자서전 ·

김인숙

약 력

63년 서울 출생
작품집 『상실의 계절』 『유리구두』 『브라스벤드를 기다리며』
장편소설 『그래서 너를 안는다』 『꽃의 기억』 『우연』 등

그 여자의 자서전

김인숙

고양이를 좋아해요? 처음 만났을 때, 그가 내게 던진 질문이었다. 나는 긴장한 채 그의 말을 들었다. 그것이 단순한 질문이 아니라 그쪽에서 먼저 나를 파악하고자 하는 의도로 생각되었기 때문이었다. 불쾌해할 필요는 없었다. 우리 관계에 있어서 파악되고 탐색되어야 할 쪽은 그쪽이었지만, 바로 그 때문에 그 역시 나를 알아두어야 할 필요가 있을 것이다. 고양이를 좋아하느냐, 이것은 심리테스트의 첫 번째 문항을 연상시킨다. 예스와 노에 따라서, 다음 문항으로 넘어가는 화살표의 진행방향이 달라지는 것이다.

아내가 고양이를 좋아해요. 뜻밖에도 그는 내 대답을 오래 기다리지 않았다. 아비시니안 종의 회색 고양이죠. 본 적이 있어요? 아니, 라는 대답이 이번에는 좀 쉽게 나왔다. 그가 고개를 끄덕였다. 나도 아내가 그걸 일본에서 사가지고 오기 전까지는 한번도 본 적이 없었죠. 아내는 그걸 일본에서 사가지고 왔어요. 외국에서 고양이를 사가지고 오는 여자라니, 참 기가 막히죠. 짜식이 근사하기는 합디다. 남의 집 고양이라면, 나도 한번쯤은 등을 쓰다듬어주고 싶었을 거예요. 그런데 이게 내 집에 사는 고양이라…… 아내가 싫으면 이혼이라도 하겠지만, 이게 고양이니 어쩝니까. 고양이 없이 편하게 있고 싶을 때, 가끔 이 호텔을 이용합니다. 그래서 전에 같이 일하던 사람하고는 자연스럽게 이 호텔룸에서 작업을 하게 됐지요.

화살표의 진행방향이 엉뚱한 쪽을 가리키는 것 같았다. 하긴 고양이에 관한 질문에서 심리테스트 따위를 연상하다니, 내 긴장이 지나친 것일 터였다. 그와 나는 소개팅을 하러 나온 이십대 청춘도 아니고, 인생상담 때문에 만난 정신과 의사와 환자 사이도 아닌 것이다. 52세, 이호갑, 현재 내가 그에 대해서 정확하게 알고 있는 것은 그의 나이나 이름 정도에 지나지 않는다. 물론 그를 만나기 전 미리 건네받은 자료를 통해, 내가 알고 있는 어떤 사람에 관한 것보다도 더 많은 것을 그에 대해 알게 되었지만, 그런 정보들은 가변적인 것에 지나지 않았다. 나와 호텔룸에서 작업을 하고 싶다는 말을, 고양이를 좋아하냐는 질문으로부터 시작한 52세 이호갑을 나는 다시 한번 신중한 시선으로 바라보았다. 나이보다 젊다거나 지나치게 정력적으로 보인다거나 하지는 않았지만, 적어도 비만은 아니었고 머리가 벗겨지지도 않았다. 외모에서 전해져오는 혐오감이 없다는 것은 일단 다행스러운 일이었다.

객실까지 올라가는 동안, 엘리베이터 안에는 그와 나뿐이었다. 기묘한 느낌이 부드러운 카펫 위에 놓인 내 발바닥을 간질인다. 내가 관계했던 어떤 남자도 '나와의 관계'를 위해 이처럼 비싼 투숙비를 지불한 적은 없었다. 이 사람과 일 때문에 만난 게 아니라 관계를 위해 만난 거라면, 지금 엘리베이터를 타고 최고급 호텔의 스위트룸으로 올라가는 기분은 어떤 것일까. 그러나 나는 곧 홀로 머리를 저었다. 이제부터 내가 해야 할 일은, 정계에 진출하고 싶어하는 한 돈 많은 남자의 자서전을 대필하는 일이지 소설적 상상력을 동원하는 일은 아닌 것이다. 23층, 엘리베이터가 멈췄다. 문이 열리자 오후의 햇살이 부드럽게 머물고 있는, 브라운색 카펫의 복도가 정적 속에 놓여 있는 것이 보였다.

내가 그의 자서전 대필을 결심한 이유는 겉으로 어떤 이유를 둘러댄다고 하더라도, 결국엔 돈 때문이었다. 이미 그의 자서전 작업을 반 넘어 진행한 선배가 개인적인 사정으로 그 일을 중도에서 포기할 수밖에 없게 되었을 때, 선배는 자신이 받은 선금을 내게 지급하지 않는다는 조건으로 자신이 해온 일체의 작업결과를 내게 넘기겠다고 했다. 느닷없이 전화를 걸어와 '자서전 대필' 운운할 때는 '이 사람이 날 어떻게 보고 이러나' 불쾌한 기분이 들었지만, 통화를 끝낼 즈음에는 '한번 생각해보겠다'고 승낙이나 다름없는 대꾸를 하게 되었다.

그러나 전화를 끊은 뒤, 곧바로 찾아온 것은 참을 수 없는 모멸감이었다. 자서전 대필이라니…… 한 2, 3년 혹은 한 1년만이라도 돈걱정 없이 쓰고 싶은 것만 쓸 수 있기를 바란 건, 이미 10년도 전부터의 일이었다. 그런데 자서전 대필로 내가 받게 될 목돈이 지난 10년 동안 내가 벌어들였던 어떤 돈보다도 크다는 사실을 무시할 방법이 없었다.

그날 밤, 나는 여느날이나 다름없이 노트북 앞에 앉아 있었다. 책상 반대편에 놓아둔 텔레비전에서는 홈쇼핑 광고가 끝없이 반복되고 있었다. 누군가는 글을 쓰기 시작하면, 책상 위에 묻는 먼지 하나도 견딜 수가 없고, 시곗바늘 돌아가는 소리조차 견딜 수가 없다지만 나는 오히려 정적을 참지 못하는 편이었다. 한동안은 클래식씨디를 틀어놓고 일을 했고, 또 한동안은 라디오 음악프로를 틀어놓았지만 최근에 들어서는 티브이를 틀었다. 등뒤에서 울려오는 홈쇼핑 광고처럼 내게 더이상 안온한 소음은 없었다. 나는 노트북의 자판을 두들기거나, 책을 읽다 말고 마치 뭣에 잡아채인 듯이 등을 돌려 정신없이 수화기를 집어들곤 했다. 내가 전화기의 버튼을 누르는 순간에도, 침구세트며, 건강보조기구, 신소재 가정용품의 현장판매 숫자가 숨막히게 올라갔다. 걸려라, 걸려. 정해진 차수의 착신자에게는 보너스 사은품까지 지급된다는 광고를 초조하게 바라보면서, 나는 잭폿을 바라기나 하는 것처럼 소리내어 외치기까지 했다. 걸려라, 걸려!

그러나 그날 밤, 나는 아무것도 구매하지 않았다. 눈앞에 현실화된 목돈이 느닷없이 내게서 그런 자질구레한 구매충동을 사라지게 하기라도 한 것일까. 한 줄의 글도 쓰지 못하고, 한 페이지의 책도 읽지 못하고, 10장들이 란제리세트를 구매하는 정확하게 오십 번째의 고객이 되기 위해 수화기 쪽으로 몸을 던지지도 않은 채, 그 밤이 그냥 그렇게 깊었다.

전형적인 자수성가형. 선배가 내게 넘겨준 자료에 특별히 밑줄표시가 되어 있는 글귀였다. 그 소제목 밑으로, 그의 가족관계와 성장배경, 업적(!) 등이 정리되어 있었다. 그는 부농 집안에서 태어났으나 부친이 가산을 탕진하는 바람에 소년기를 참담한 가난 속에서 보낸다—— 전형적이로군! 그는 쌀집 배달부로 청춘을 시작하는데 그의 뚝심과 성실성을 인정한 쌀집 주인의 후원으로 고등학교 졸업자격을 검정고시로 딸 수 있었을 뿐만 아니라, 자기 몫의 가게를 낼 수 있게까지 된다—— 이건 어디서 많이 들어 본 듯한 얘기잖아. 쌀장사로 치부의 기반을 마련한 그에게 다가온 첫 번째 행운은 누구한테 거저 가져가라고 해도 거들떠보지 않던 고향 땅의 값이 상승한 것이었다. 이때부터 그는 부동산투자에 적극적으로 나서기 시작했고, 이것은 그가 엄청난 재산증식을 하게 되는 결정적 요인이 된다.—— 선배는 이 부분에 또다른 색깔의 밑줄을 그어놓았다. 적어도, 겉으로 내세울만한 이야기는 아니라는 얘기다. 뒤늦은 나이에 그는 대학에 입학하는데 그가 선택한 전공은 사회사업학과, 왜냐하면 자신이 증식한 돈을 사회에 환원하고 싶었기 때문에—— 이쯤 되면 더 이상 토를 달 말도 없다! 그후 복지재단과 장학재단의 설립 등등.

선배의 노트는 정리가 어찌나 잘되어 있던지 오래 읽어가면서 곱씹을 필요도 없었다. 선배의 노트를 뒤적이면서 내가 곱씹은 것은 그의 경력들이 아니라, 오히려 선배가 밑줄을 그어놓은 소제목 '전형적인 자수성가형'이라는 글귀였다. 선배는 아마도 자신이 써나가게 될 자선전의 방향을 그런 식으로 잡고 싶었던 모양이었다. 하기야 우리 사회에 깔고 앉은 땅의 값이 폭등해 치부의 밑바탕이 되고 인생의 소중한 교훈이 되어, 내친김에 부동산투자에 전념, 졸부가 되는 케이스처럼 '전형적인' 것이 어디 있겠는가. 고작 쌀집 배달부였을 뿐인 청년이, 쌀부대에서 떨어진 낱알들을 한 알 한 알 모아 마침내 자신의 쌀부대를 다 채우고도 남아 복지재단과 장학재단까지 설립했을 뿐만 아니라 거액의 돈을 들여 자서전을 대필시킬 정도로 부자가 됐다는 것은, 우리 사회에서는 확실히 비전형적인 일일 것임에 틀림없다.

얼마 동안 작업은 순조롭게 진행되었다. 갑자기 복권에라도 당첨된 것인지 거의 다된 일을 내게 넘기면서 했던 선배의 말처럼, 정말이지 어려울 것은 없어 보였다. 그에 관한 자료들은 이미 전부 녹취되어 있었고, 버려야 할 것과 버리지 말아야 할 것들에 대한 별도표시들도 일목요연했다. 오십대 남자의 자서전을 여자작가가 대필하는 일이 의뢰인에게 만족스러운 일이겠는가 싶었으나, 오히려 여자작가를 원한 것은 그쪽이었던 모양이다. 52세 이호갑의 인생역정 중에 유일한 불행은——그 자신에게가 아니라 그의 자서전에 있어서 말이다——공식적으로만도 이혼을 두 번씩이나 한 경력이었다. 그는 자신의 자서전에다 그 세세한 사연들을 전부 밝히고 싶어하지는 않았지만, 혹시 여성유권자들에게 야기될지도 모를 오해를 막기 위해 그들을 사로잡을 수 있는 글쓰기가 필요하다고 생각했던 모양이다. 집필을 시작한지 한 달만에 그에게 초고를 보여주었을 때, 그가 가장 만족스러워했던 것도 바로 그 부분이었다. 사실 나는 몇 명인지도 알 수 없는 그의 아내들이 어떤 사람들인지에 대해서는 거의 아는 바가 없었다. 알고 있는 게 있다면, 외국여행에서 돌아오는 길에 유명상표의 향수나 핸드백이 아니라 아비시니안 종의 회색 고양이를 사들고 왔다는, 현재의 아내에 대해서 뿐이었다. 나는 최근의 추세를 감안하여 그녀를 동물애호가로, 그런 만큼 사랑과 헌신이 풍부한 여자로 묘사했다.

그러나 아무리 일이 순조롭다고 해도, 넘기 힘든 부분은 있는 법이다. 자서전에서 그가 가장 잘 표현하기를 바라는 핵심적인 부분은 그의 말을 빌리자면 그 자신의 '민주주의에 대한 기여'였다. 이 경멸스럽기 짝이 없는 조어는, 그 나름대로는 고심 끝에 만들어낸 것인 모양이다. 그는 애석하게도(!) 감옥에 가본 적이 없고, 지난 세기의 그 어떤 정치적인 사건에도 연루된 바가 없는 사람이다. 더욱 애석하게도 그는 정치적으로 가장 엄혹한 시기에 그의 재산 대부분을 축적했다. 그는 세 번의 이혼을 감상적인 묘사로 슬쩍 넘기기를 바랐던 것과는 달리, 이 부분만은 어떤 방식으로든 명확하게 표현되기를 바랐다. 그러니까 그의 재단에서 지원을 한 단체 중에 재야단체가 있었다는 것, 그 재야단체의 유명한 누군가에게는 비밀리에 사적인 지원을 한 바도 있다는 것, 물론 극도로 엄혹했던 시대의 일은 아니지만 그래도 당시까지만 하더라도 그건 매우 위험한 일이었다는 것, 그랬음에도 재단 이사회의 우려에도 불구하고 그가 지원을 결정한 것은 그 일이 우리 사회의 민주주의를 앞당기는 데에 있어서 매우 필요한 일이라고 생각했기 때문이라는 것……

나는 그가 원하는 것이 무엇인지를 이해했다. 시대는 변했고, 이제 변화한 시대의 이력서에는 과거의 운동경력이 명문대학의 졸업장만큼이나 필수적인 것이 되어버린 것이다. 그를 이해하는 것은 어렵지 않았으나, 내가 하는 일을 받아들이기까지는 좀 시간이 걸렸다. 나는 내가 쓰고 있는 게 그의 전기가 아니라 자서전이라는 사실을 반복해 떠올렸다. 그러니 글을 쓰고 있는 건 내가 아니라 내 손일 뿐이었다. 내게는 그가 원하는 무엇이든, 그것이 설령 진실이 아니고 사실도 아니라고 하더라도 써야만 할 의무가 있는 것이다. 나는 밤을 새워 쓰고 또 썼고, 그러면서 이 일이 빨리 끝나 내 손에 목돈이 들어와 주기만을 바랐다. 그러나 그는 적어도 그 부분에 관한 한은 내 원고에 쉽사리 만족하려고 들지 않았다.

"이봐요, 작가양반."

그는 늘 나를 그렇게 불렀다.

"작가들이란 게 없는 말도 잘 불려서 하더구만, 있는 일에 살도 못 붙인단 말이요?"

그의 자서전 원고를 쓰는 동안에도 내 등뒤의 티브이에서는 낮이고 밤이고 홈쇼핑 광고가 방영되었다. 순조롭게 글이 씌어지던 동안에는 내용을 구분할 수 없는 그저 편안한 소음으로만 들리던 광고가 일이 꼬이기 시작하면서부터 다시 충동적으로 들리기 시작했다. 홈쇼핑에서 사들인 물건들은 옷장 속이나 싱크대 안, 심지어는 신발장과 침대 밑에도 가득했다. 충동적인 구매를 억제하기 위해 나는 방안의 전화기를 거실로 옮겨놓았다. 노트북의 자판을 두드리다 말고 거실까지 뛰어가는 동안 방문턱에 걸려 넘어지듯, 내가 지금 뭘 하고 있는 건가, 하는 생각이 번쩍 들었다. 충동구매에 관한 한은 기대 이상의 효과가 있었지만, 다시 노트북 앞으로 돌아와 앉았을 때는 더이상 자판을 두드리고 싶은 욕구도 사라져버렸다.

그 즈음에 늘 그게 그거이던 홈쇼핑 광고 중에, 뜻밖에도 전집류의 서적 판매광고가 방영되었다. 보통 사람들보다 한 옥타브쯤은 높은 목소리를 지닌 쇼핑호스트들이 날카롭고 선정적인 음성으로 그 책이 얼마나 재미있는지, 얼마나 문학적인지, 또한 얼마나 지적인지 선전하는 것을 나는 귀가 먹먹해지도록 들었다. 내게는 전혀 필요도 없는 남성정력제 광고에조차 간혹 충동구매욕을 느끼던 내가 무슨 까닭인지 그 광고에 대해서는 아무 구매욕이 일어나지 않았다. 결국 티브이를 껐고, 잠시 후에는 노트북도 꺼버렸다.
　어린시절, 내 가난한 집의 마루에 놓여 있던 책장에는 위인전이나 역사 소설 따위의 전집류들이 가득했다. 아버지는 책에 대한 애착이 대단했다. 그는 한가한 시간마다 책에 쌓인 먼지들을 닦아내고, 혹시 순서가 뒤바뀌어 꽂혀 있는 책들이 있으면 그걸 정성껏 바로잡아 가지런히 해놓기도 했다. 그러나 정작 그가 그 책들을 꺼내 읽으면서 손끝에 묻어 있던 침을 책갈피 사이에 적셔놓는다거나, 어느 한 귀퉁이에라도 접힌 자국을 만들어 놓은 것을 본 적은 없다. 지금 생각해보면 그는 독서광이었다기보다는 수집광이었던 것 같다. 그런데도 그는 아직 어렸던 아들을 그 전집류의 책들이 꽂혀 있는 책장 앞에 불러 앉혀놓고 말하곤 했다.
　—— 책을 읽어야 한다. 바로 이 안에 세상이 있고 진리가 있고 길이 있단 말이다.
　그리고 아버지는 이렇게도 말했다.
　—— 아버지가 너희들한테 가르쳐주지 못하는 것들도 이 안에는 있단 말이다.
　책 속에 들어 있는 세상과 진리와 길을 이야기할 때와는 달리, 이런 말을 할 때의 아버지의 목소리는 조금 슬프게 들렸다. 그러나 어떤 이야기든, 어린 소년이 듣기에는 지루하기 짝이 없는 연설일 뿐이었다. 쉬 끝나지 않는 아버지의 말이 이어지는 동안 오빠는 허리를 비틀고 다리를 꼬았다. 딸이어서 그런 연설을 들을 필요가 없었던 나는 오히려 아버지의 그 길고 장황한 연설이 듣고 싶어서 애가 달았다. 나는 그때부터 이미 작가가 되고 싶었고, 내 책이 언젠가 아버지의 책장에 꽂히는 것을 상상하는 것만으로도 가슴이 벅찼다. 깊은 밤, 마당에 있는 화장실에 갔다가 마루로 올라설 때, 아버지의 빛나는 책장 한 칸에 오두마니 앉아 있는 내 모습이 보이기도 했다. 나는 사람들이 책꽂이에서 나를 꺼내어, 내 삶의 책갈피마다 담뱃내가 풍기는 손 냄새나 들척지근한 침을 적셔주기를 바랐다. 침이 묻고, 접혀지고, 끝내는 나달나달해져가는 내 생은, 그러나 온갖 빛나는 사건들로 화려하리라고 믿었다. 그러고 보면 내가 되고 싶었던 것은 작가가 아니라 책이었던 것일까. 그리고 아버지는 그걸 알아차렸던 것일까. 내가 작가가 되겠다고 했을 때 아버지의 말은 이러했다.

—— 시집이나 가라니까, 팔자 사납게 글은 무슨…… 돈도 안되는 것을 직업이라고, 어쩌겠다는 건지……

지금은 돌아가신 아버지의 혀 차는 소리가 집안의 정적 속에서 짯짯, 울리는 것 같다. 그 환청을 참을 수가 없어서 리모컨을 들어 다시 티브이의 전원을 켜는데, 동시에 전화벨이 울렸다. 홈쇼핑입니다. 어떤 물품을 구매하시려는지요? 수화기를 집어드는 내 손이 습관처럼 경쾌해졌다.

"여보세요."

수화기 속에서는 곧바로 말이 없었다. 나는 다시 한번 여보세요, 했다. 어떤 물품을 원하시는지요? 만일에 불로장생 신비의 영양제를 원하신다면 당신은 백 번째의 구매고객으로, 정력팬티 한 세트를 보너스로 받게 됩니다. 그러나 굳이 정력팬티를 구매하시겠다면, 당신은 역시 백 번째의 구매고객으로 불로장생 신비의 영양제 한 세트를 보너스로 받게 되겠군요.

"여보세요?"

"……나다."

　머뭇머뭇 소심하게 울려오는 목소리가 오빠의 것임을 확인하는 순간, 수화기를 잡고 있던 내 손목에서 경쾌함이 바스라졌다. 오빠가 이렇게 머뭇머뭇 전화를 걸어올 때의 용건이란 뻔했다. 이번엔 또 뭔가 했더니 난데없이 영업정지 운운이다. 지난밤 오빠네 통닭집에 느닷없이 경찰들이 들이닥쳤는데 하필이면 그때 홀에서 술을 마시고 있던 애들이 미성년자였다는 것이다. 경찰서에서 밤새 조사를 받고 나오는 길이라는데, 영업정지는 물론이고 벌금이 만만치 않을 것 같다는 얘기였다. 더듬더듬 사정을 얘기하면서 오빠는 몇 번이나 '걔들이 미성년잔지는 정말 몰랐어'라고 반복했다. 오빠는 내게 그렇게 몇 번이나 반복해 말하지 않더라도, 내가 오빠를 믿지 못할 이유가 없었다. 그는 내게든, 누구에게든 거짓말을 하는 사람이 아니었다. 그는 늘 정해진 대로만 살았고, 그의 삶은 늘 가난한 정답으로만 가득 찼다. '너한테 정말 미안하다.' 그 고지식한 남자는 내게 늘 그렇게 말했다. 미안하기도 할 것이다. 그의 고지식한 삶의 대가가 그 자신에게는 물론이거니와 가족들에게 얼마나 지긋지긋한 짐인지, 그 역시 모를 리가 없을 테니 말이다. 나는 조금만 기다려보라고, 곧 목돈이 생길지도 모르겠다고 대답했다. 별수 없는 일이니 가급적 다정하게 말하려고 애를 쓰기는 했으나, 가슴속에서는 노여움과 분노가 벌레처럼 버글거렸다. 아버지가 돌아가신 후 내 대학학비를 전부 대주었고 고향집을 처분했을 때는 그 몫을 떼어, 비록 전세 반지하 연립이나마 내 몫의 집까지 마련해주었던 오빠였다. 그때마다 한번도 선의에 찬 표정을 지우지 않았던 오빠였으나, 어쩌면 오빠도 매순간 몸 속에서 벌레가 버글거리는 느낌을 받았을지도 모를 일이다.

한번 꼬이기 시작한 원고는 도무지 풀릴 기미가 보이지 않았다. 이호갑이 불만스러워하는 부분을 도대체 어떻게 채워넣어야 할지도 알 수가 없는데, 설상가상으로 그의 첫 번째 아내라는 여자에게서 전화가 걸려오기까지 했다. 간혹 이호갑의 비서에게서 전화를 받기는 했지만 이호갑의 아내에게서, 그것도 전부인에게서 걸려올 전화 같은 게 있을 리 없었다. 내가 영문을 모른 채 네, 네 하고 있는 동안 여자가 쏟아 붓듯이 한 말은, 이호갑이 천하의 사기꾼이라는 것, 인간말종이라는 것, 심지어는 사람을 죽여도 여럿 죽인 살인마이기까지 하다는 것이었다. 처음에는 네, 네 했지만 나중에는 아무 대꾸도 없이 수화기를 들고 있기만 했는데, 여자는 그런 내 반응이 모욕적으로 여겨지기라도 했던 것일까.

"돈 몇 푼에 그런 인간의 전기를 쓰겠다고 나서다니, 부끄럽지도 않아?"

느닷없는 반말과 함께 전화가 탁 끊겼다. 전화가 끊기고 나서도 나는 한참 동안이나 수화기를 든 채로 멍하니 있었다. 시간이 조금 흐르고 나자 내가 일방적으로 당하기만 했다는 생각이 들었고, 좀 분하다는 생각이 들기도 했다. 나는 뻔히 끊긴 줄 알고 있는 전화기에 대고 여보세요, 했다. 여보세요, 내가 쓰고 있는 건 그의 저서전이지, 전기가 아닌데요. 게다가 자서전을 쓰는 건 그 사람이지, 내가 아닌데요.

그러나, 그렇다면 나는 뭔가.

"이봐요. 작가양반."

그의 전부인에게서 이상한 전화 걸려왔었다는 얘기를 했을 때, 이호갑은 대수롭지 않다는 듯, 언제나 그렇듯이 나를 어색하기 짝이 없는 호칭으로 불렀다.

"작가양반만큼 나를 잘 아는 사람도 없지요. 안 그런가요? 이제는 어쩌면, 나 자신보다도 더 날 잘 아는 사람이 작가양반일지도 몰라요. 그러니 작가양반이 나에 대해서 생각하는 것, 그게 아마 나에 관한 진실이겠지요."

이상한 전화의 내용이 무엇인지는 묻지도 않은 채, 그는 그렇게 말하고 더 해명해야 할 말이 있느냐는 듯 의연한 시선으로 나를 바라보았다. 이호갑은 말을 잘하는 사람이었다. 혹시 정계에 진출하기 위한 준비로 어디 웅변학원 같은 데서 화술을 배운 적이 있지 않은가 여겨질 정도였다. 그러나 이호갑이 내게 진실 운운하는 말을 했을 때 비로소 나는 문제는 화술이 아니라는 것을 깨달았다. 갑자기 두통이 시작되면서 머릿속이 쿵쿵 울렸다. 이호갑, 그와 나의 관계에 있어서 나는 뭔가. 이것을 해명해야 할 상대는 이호갑의 전부인이 아니라 바로 이호갑 본인에게서였고, 또는 나 자신에게서였다. 나는 대필자에 지나지 않는다는 것, 내가 받은 대가는 그것에 관한 것뿐이라는 것, 적어도 내게는 그의 진실을 감당할 이유 같은 건 없다는 것, 그러니 당신이 천하의 사기꾼이든 살인마든, 그런 건 내가 알 바 아니라는 것…… 그 중의 어느 한마디라도 똑똑히 해둬야만 한다는 생각이 들었으나, 기껏해야 생각일 뿐이었다. 두통에 이어 속이 메스꺼워지는 기분을 견디기가 힘들었다.

그날 내가 선배에게 전화를 걸었을 때, 선배는 강의 준비 중이라고 했다. 느닷없이 무슨 강의인가 했더니 실은 모교에 자리가 생겨서 일주일에 몇 시간씩 강의를 하게 되었다는 것이다. 복권이라도 당첨되었나 했더니, 선배의 복권이란 게 기껏해야 정식 교수 자리도 아닌 일주일에 몇 시간짜리 시간강사 노릇이었다. 그러나 번번이 정식 교수 자리를 따내는 것에 실패한 선배로서는, 어쨌든 서울의 중앙에 있는 대학에서 강의 경력을 쌓아가는 게 중요한 일이기도 한 모양이었다.

나를 만나자마자 그는 내 얼굴이 안 좋아 보인다고 했다. 얼굴이 안 좋아 보이기는 그 역시 마찬가지였다. 그는 아무도 기억하지 못하는 소설을 몇 편 쓰기도 했고, 사람들이 잘 알지 못하는 출판사의 기획위원이기도 했고 무슨 시민단체의 명목상 집행위원이기도 했다. 그러나 그가 갖고 있는 여러 가지 명함 중에, 진정으로 그를 만족시키는 것은 아직 없는 듯했다. 그에게 정식 교수 명함이 생긴다고 하더라도, 그것이 그에게 가장 행복한 명함이 될지는 알 수 없는 노릇이었다.

"아직 두 번째 마누라는 안 나타났나?"

이호갑의 첫 번째 아내라는 여자에게서 기분 나쁜 전화를 받았다고 내가 말했을 때 선배는 대수롭지 않다는 듯, 그렇게 내 말을 받았다. 농담을 참 재미없게 하는구나 하며 기분이 언짢아지려고 하는데, 선배의 말은 정작 농담이 아니었던 모양이다.

"두 번째 아내라는 여자는 자기 전남편을 세상에 둘도 없는 파렴치범이라고 하더라. 공식적인 부인은 아니었던 모양인데, 어쨌든 자기랑 헤어지기도 전에 이미 딴 여자랑 살림을 차리고 있었다구. 그러고는 툭하면 자기를 두들겨 팼다는 거야. 그때 떼어놓은 진단서가 열두 장이라나 열세 장이라나……"

내 얼굴이 질리기라도 했던 것일까. 선배가 가벼운 말투를 접으면서, 비로소 진지하게 말을 이었다.

"내가 보기엔 그들이 원하는 건 한가지야. 이호갑의 자서전에 자기들이 등장하지 않기를 바라는 거지. 이호갑이 어떤 인물로 그려지는가가 문제인 게 아니라 그 속에 등장하는 자신들의 이미지가 걱정이란 거야. 그런데 그들한테는 자신을 지킬 수 있는 수단이란 게 없어. 이호갑을 나쁜 놈으로 만드는 것밖에는 말이야."

"그럼 선배의 말은, 이호갑이 그렇게까지 나쁜 사람은 아니라는 소린가요?"

내 말에는 선배가 의외라는 표정을 지어 보였다. 내게서 그런 질문을 받게 되리라고는 생각도 못했다는 듯이 그는 좀 어이가 없다는 듯한 목소리를 내기까지 했다.

"물려받은 재산도 없는 빈털터리가 지금 그 정도로 부자인데다가, 더군다나 정치를 하겠다고 꿈꾼다면, 대답은 간단한 거 아니니?"

그럴까, 대답은 간단한 것일까. 내가 선배에게 묻고 있는 것이 그의 인간성에 관한 진실은 아니었다는 생각이 들었으나, 그럼 뭔가, 라는 질문에는 다시 대답이 나오지 않았다. 한동안 커피잔만 만지작거리고 있는데 선배가 말을 이었다.

"넌 이호갑이 너한테 말한 것 중에 몇 프로나 사실일 거라고 생각하니? 부친이 가산을 탕진하는 바람에 쌀집 배달부로 청춘을 시작했다는 거, 그게 사실일 거라고 생각해? 그럼 고등학교 검정고시는? 대학졸업장은? 그리고 재단은? 그런 재단이 실제로 존재하기나 하는 걸까?"

"무슨 뜻이에요?"

"그 인간에 대해서 뭘 알고 싶어? 이호갑은 그냥 이호갑일 뿐이야. 네 소설 속 주인공이 아니라구."

나는 좀 멍한 표정으로 선배를 바라보았다. 이호갑이 내 소설 속 주인공이 아니란 건 나도 안다. 내가 쓰고 있는 것이 소설이 아니란 건 누구보다도 내가 잘 알고 있다. 그러나 그가 소설 속의 주인공이 아니고 내가 쓰고 있는 게 소설이 아니라면, 현실은 무엇이고 소설은 무엇일까.

"자서전은 왜 그만둔 거예요?"

나는 미심쩍은 목소리를 감추지 못한 채 선배에게 물었다. 시간강사 자리는 따냈다고는 해도, 그것이 이호갑의 자서전 작업을 포기하게 할 정도로 바쁜 일은 아닐 것 같았기 때문이었다. 선배는 조금 망설이는 듯하다가, 할 수 없다는 듯이 입을 열었다.

"우리 아버지가 화병이 나서 돌아가실 뻔했다는 얘길 한 적이 있지?"

어렴풋이 기억이 날 듯도 했다. 선산과 관계된 이야기였던 것 같다. 평생 땅 일구는 재주밖에는 없던 선배의 아버지가 어느날 나타난 서울 사람들이 밥 사주고 술 사주고 하자 재미에 빠져 얼마 동안 신선놀음을 하고서는, 손에 쥔 돈도 없이 선산만 뺏기게 됐다…… 그러나 화병으로 죽을 지경이었다던 사람은 선배의 아버지가 아니라 선배 본인이 아니었던가. 그러잖아도 선배는 선산을 팔아 돈을 챙기고 싶어 안달이 나 있었던 것이다. 그는 '미련한 아버지' 때문에 헐값으로 사라져간 선산을 생각하면 화병이 나 죽을 지경이었으나, 그런 일이 없었다면 선산이 돈으로 변하는 것은 결코 구경도 못했을 선배의 입장에서는 오히려 잘된 일이라 할만 했다. 당시 선배는 열 평이나 넓은 아파트를 구입해 이사를 했었다.
"근데 하필이면 그게 이호갑의 재단하고 관계가 됐던 모양이야. 내가 이호갑의 자서전을 쓴다는 걸 아시고는 노인네 어찌나 길길이 날뛰시는지……"
"선배는 몰랐던 거예요?"
선배는 대답대신 피식 웃음을 지어 보였다. 나도 더 이상 묻지 않았다. 선배는 몰랐을 것이다. 그렇게 생각하면 간단한 일이다. 이호갑에 대해서도 마찬가지다. 어차피 이호갑의 자서전에 대필자의 이름 같은 건 존재하지 않을 거니까.
나는 홈쇼핑에서 구매한 고성능 주방세척제를 싸들고 오빠를 만나러 갔다. 오빠랑 한바탕 싸움이라도 한 걸까, 얼마나 울었는지 눈이 퉁퉁 부은 올케가 가게의 쪽문을 따줬다. 생색도 내지 못한 채 주방세척제를 테이블 위에 슬몃 내려놓았다가, 잠시 후 그걸 도로 테이블 아래로 감추었다. 일이 생길 때마다 나 같은 동생한테 밖에는 전화를 걸 데가 없는 오빠나, 그런 오빠를 찾아오면서 주방세제 따위나 싸들고 오는 나나, 한심하기는 매한가지였다. 올케에게 영업정지에 관해서는 물을 엄두도 나지 않아서 다시 쪽문을 열고 바깥으로 나왔더니, 상가 한켠의 평상에 앉아 있는 오빠가 보였다. 손에 담뱃갑을 든 채로 우두망찰 달리는 차들만 바라보고 있는 오빠의 옆모습이 오래 전의 아버지와 꼭 닮아 있었다.
——씨는 못 속인다고, 지 애비만 똑 닮아가지고……
고지식한 오빠가 답답하게 여겨질 때마다 어머니가 했던 말이다. 아버지 살아 생전에도 어머니는 툭하면 그런 말을 하곤 했는데, 어머니가 뭐라고 하든 아버지는 가타부타 대꾸가 없었다. 아버지의 그런 침묵은 어머니의 모욕적인 언사에 대한 동의처럼 여겨졌다. 그는 당신이 원하는 대로 아들을 키웠고 아들은 아버지의 뜻대로 컸으나, 아버지는 그런 아들이 흡족하지 않은 것 같았다. 툭하면 어린 아들을 불러 앉혀놓고 책 속의 길을 설파하던 아버지는, 그러나 아들이 그 길 속의 길을 봐주기를 바랐을 것이다. 위인들은 어떻게 위인이 되었나. 아버지에게 중요한 것은 위인들의 삶이 아니라 그들이 마침내 거머쥔 명예와 출세와 돈이었다. 위인은 가난할 수 있지만 가난한 사람은 위인이 될 수 없다는 사실, 위인은 성공을 부정할 수 있지만 성공하지 못한 사람은 위인이 될 수 없다는 사실, 무엇보다도 가난하고 무능한 인간은 절대로 전집류의 책에는 등장할 수 없다는 사실…… 당신의 아들이 책 속에서 배우기를 바란 것은 바로 그런 것들이었다.

정년이 되기 전에 돌아가신 아버지는 평생 동안 시골 읍내 중학교의 서무직원이었다. 아버지에게 그 직업은 만족스러운 것이 못되었다. 아버지는 평생 교사가 되기를 꿈꿨고, 평생 교원자격시험 준비를 했다. 그러나 책장 가득히 꽂혀 있는 전집류의 책들을 읽지 않은 것처럼 아버지는 교원자격시험의 예상문제집을 풀지도 않았다. 아버지 본인만이 모르고 있는 사실이었지만, 아버지가 진실로 꿈꿨던 것은 교사가 되는 것이 아니었다. 그가 진심으로 꿈꾸고 있었던 것은, 어느날 아침에 일어나 봤더니 깔고 앉은 알량한 몇십 평짜리 낡은 구옥의 집값이 갑자기 천정부지로 뛰어올라 있다든가, 그가 깨알같은 글씨와 숫자들로 가득 채워놓은 노트 속의 사업계획서가 현실화되어 돈이 무더기로 쏟아져 들어온다든가 하는 따위의 일들이었다. 평생 성실하기만 했던 시골 읍내 중학교의 서무직원에게 그렇게 꿈 같은 행운이 나타나줄 리가 없었다. 아버지가 전집류의 책을 사 모으고 교원 자격시험을 준비하고 했던 것은, 적어도 자식들에게만큼은 당신의 초라한 삶을 들키고 싶지 않아서였을 것이다. 그는 자식들에게 존경받는 아버지가 되고 싶었고, 그렇게 되기 위해 평생 스스로 당신 자식을 속였다.

아버지에겐 불행이었는지 다행이었는지, 오빠는 진심으로 아버지를 존경했고 아버지가 서무직원으로 살았던 것처럼 자신도 공무원이 되어 평생 성실하게 사는 것이 꿈이었다. 작가가 되겠다는 내게 혀를 차던 아버지는 그런 오빠에게 '딸년만도 못하구나' 했다. 그러나 그 순간에도 오빠는 자신의 무엇이 아버지를 실망시키는 것인지 몰랐다. 학창시절 내내 단 한해도 빼놓지 않고 개근상장을 받았던 오빠, 숙제를 안해간 적도 없는 오빠, 평생 딱 한번 '나쁜 친구들의 꼬임'에 빠져 학교수업을 한시간 빼먹고는 그게 괴로워서 아버지에게 장문의 편지를 썼던 오빠, 그런 오빠……

"왔니?"

뒤늦게야 곁에 서 있는 나를 발견하고는 오빠가 화들짝 놀라 아는 체를 했다. 오빠의 옆자리 평상에 앉자 바람이 시원했다. 오빠가 그랬던 것처럼 차도만 바라보다가 내가 문득 물었다.

"오빠, 옛날에 그 고양이 말이야."

오빠는 무슨 말인지 모르겠다는 듯 나를 바라보았다. 난데없이 고양이라니…… 그가 듣고 싶은 얘기는 내게 돈이 준비됐는지, 아니면 얼마나 기다리면 되겠는지, 그런 이야기들일 텐데…… 나는 말을 멈추고 다시 차도를 바라다보다가 애써 명랑하게 말했다.

"한 열흘 정도, 그쯤 기다려볼래? 책이 하나 나오거든. 초판을 많이 찍는다더라. 잘 팔릴 거 같다구."

나를 보던 시선을 거두고 묵묵히 땅바닥만 내려다보던 오빠는 한참 뒤에야 입을 열었다. 어려운 말을 할 때면 늘 그런 것처럼 머뭇머뭇,

"나는 말이다…… 항상 네가 자랑스러웠어."

돈 때문에 미안해서 하는 말은 아닐 것이다. 거짓말을 못하는 오빠, 아버지가 읽으라고 건네준 책 속에서 거짓말을 해도 좋다는 구절 같은 건 한번도 발견해보지 못했던 오빠, 그런 오빠의 말이니까 말이다.

고양이를 좋아해요? 자서전이 아니라 소설 속에서, 그렇게 묻는 사람은 이호갑이 아니라 나다. 소설 속의 주인공 '나'는 이호갑이 대답하기 전에 먼저 말한다. 소설 속에서의 '나'는 이호갑에게 말할 기회 같은 건 주고 싶지 않다. 나도 고양이를 기른 적이 있어요. 비록 아비시니안 종의 회색 고양이는 아니지만, 예쁜 새끼고양이였죠.

그랬다. 예쁜 고양이였다. 게다가 그 고양이는 당시 나와 관계하고 있던 남자가 준 선물이기도 했다. 어느날 술에 만취해서 내 집에 찾아오는데, 한밤중의 거리에서 개와 고양이를 파는 행상이 보이더란다. 그는 택시를 세우고 그 중에서 가장 예뻐 보이는 강아지를 한 마리 샀다. 술에 잔뜩 취한 그가 내 집의 초인종을 누르고는, 내가 문을 열자마자 아이 같은 음성으로 '써프라이즈!' 하고 내민 선물은 그러나 강아지가 아니라 고양이였다. 그는 강아지와 고양이조차 구분하지 못할 정도로 취해 있었고, 얼마나 취해 있었으면 자기가 그

날 그 늦은 시간에 반드시 나를 만나야 한다고 생각한 이유가 나와 헤어지기 위해서라는 것조차 잊어버렸다. 그날 밤, 그는 마지막으로 내 다리를 베고 누워 내 소설의 줄거리를 들었다. 말해봐, 어떤 걸 썼어? 처음에 남자가 그런 말을 했을 때, 나는 모욕을 당하는 기분이었다. 이 남자는 말할 수 있는 것과 말할 수 없는 것의 경계도 모른단 말인가.

그러나 모든 관계는 길들여지기 마련이었다. 시간이 얼마 지나지 않아 나는 더듬더듬 내 소설의 줄거리를 말하기 시작했고, 나중에는 그에게 들려주기 위한 이야기들을 새로 지어내기도 했다. 내가 이야기를 하는 동안 내 다리를 베고 누운 그는 잠에 빠져들었고, 때로는 코를 골 때도 있었다. 그러나 내가 이야기를 끝낼 때쯤이면 어느 틈에 눈을 뜨고는 한마디했다.

―좋은 소설이다. 그렇지만 잘 팔리지는 않겠어.

당시 나는 팔리는 소설 따위에는 관심이 없었다. 그러나 내 남자에게 칭찬을 들을 수 있는 소설을 쓰고 싶은 것은 사실이었다. 게다가 나는, 내 남자에게 내 소설의 줄거리가 아니라 내 소설 속의 길을 말해주고 싶기까지 했다. 내가 원하는 것, 내 삶, 내 행복과 고통의 전부…… 그런 생각을 하고 있으면, 나는 글 속의 허구로 변하는 듯했고, 그 허구는 진짜보다 더 빛나거나 더 가혹했다.

고양이를 사가지고 왔던 남자가 떠나버린 후, 나를 한동안 견딜 수 없게 한 것은 나와 나 아닌 것이 섞여 흐려진 먹물 같은 혼돈이었다. 내 집, 반지하 연립주택, 그 비현실적인 공간에 고양이 한 마리가 있었다. 나는 그 고양이를 어찌해야 할지 도무지 알 수가 없었다. 어려서 집 마당에 개를 키워본 적은 있었지만 고양이가 내 집에 있었던 적은 단 한번도 없다. 개와 달리 고양이는 귀여워해 달라고 조르지도 않고, 자기가 몸 바깥으로 내보낸 배설물을 뻔뻔스럽게 마당이나 마루 한복판에 놓아두지도 않고, 씻어달라고도 하지 않고, 산책을 가자고도 하지 않는다고 했다. 그 독립적인 동물은 단지 자기 쪽에서 내가 필요할 때, 내가 그곳에 존재한다는 것을 보여주기만 하면 된다고 했다. 그러다가 정이 들면, 그 까끌까끌한 혀로 손등을 핥기도 하고, 병들어 누워 있는 주인에게는 자기가 먹다 남긴 생선 뼈다귀를 물어다가 가만히 베개 옆에 놓아주기도 한다고.

어떤 관계든 최초의 길들이기가 중요했다. 그러나 내 새끼고양이에게는 길들여질 의사가 전혀 없는 듯했다. 그의 손에서 놓여나자마자 마치 바람처럼 방안의 책장 위로 몸을 숨겨버린 고양이는, 적어도 내가 보는 앞에서는 절대로 그곳에서 내려올 생각을 하지 않았다. 아침에 일어나면, 책장 위에 쌓여 있던 먼지들이 방바닥에 덩얼덩얼 굴러다녔다. 의자를 갖다놓고 고양이를 끌어내리려고 했지만, 손등만 날카롭게 할퀴어졌을 뿐이다. 비린 생선을 책장 아래에 갖다놓고 유혹해 봐도 소용이 없었다. 고양이는 내가 외출할 때 아니면 절대로 먹이를 건드리려고 조차 하지 않았다. 날이 눅눅한 날은 온 집안이 고양이 오줌냄새로 지린 듯했다.

내게는 방법이 없었다. 고양이를 굶어죽게 하지 않으려면 매일같이, 그놈의 식사 때마다 집을 비워주어야 했지만 남자와 헤어진 후, 내겐 갈 곳이 별로 없었다. 나는 밤마다 고양이가 숨어 있는 책장의 맞은편 침대에서 잠들어야 했다. 한밤중에 뭔가가 와당탕 떨어지는 소리가 들려 놀라 눈을 뜨면, 우르르 쏟아져 내린 책들과 함께 배가 고파 내려왔다가 다시 부리나케 책장 위로 올라가 버리는 새끼고양이가 보였다. 그러고는 노란 눈의 집요한 응시……

그때 나는 그 새끼고양이를 좋아할 수가 없었다. 싫어했다는 게 아니다. 적어도 그 고양이에 관한 한은 내게 아무 방법이 없었다는 것, 그러니 좋아할 수도, 싫어할 수도 없었다는 것. 여기에 진실 같은 건 없다. 수십 번, 수백 번을 생각해봐도 내게는 방법이 없었다는, 누구에게도 말할 필요가 없는 진술이 나올 뿐이다.

그런데 그 고양이는 내 집에서 어떻게 사라졌을까. 오빠의 얼굴이 겹쳐진다. 말단 공무원 월급으로는 애들 대학도 못 보내겠다는 올케의 성화에 못 이겨 이른바 사업을 시작한 오빠는 그 즈음 툭하면 내 집엘 들르곤 했다. 그냥 지나던 길에…… 내 집을 방문할 때마다 오빠가 하는 말은 한결같았다. 비좁은 연립주택에 아무렇게나 쌓여 있는 책들 사이에 앉아서 오빠는 커피도 마시고 내가 깎아 놓은 사과도 먹곤 했다. 방안이 형편없이 어지러워 앉을 자리가 마땅찮을 때에는 쌓인 책 더미 위에 엉덩이를 놓기도 했다. 그는 편안해 보였고, 그가 찾을 수 있는 유일한 휴식공간에 머물러 있는 듯 보이기도 했다. 그의 방문이 잦을 때면, '이러려고 내게 집을 마련해줬나' 심술이 날 때도 있었다. 어머니가 그랬던 것처럼 나 역시 오빠가 답답했다. 오빠가 돌아가고 나면 나는 창문을 열었고, 오빠가 나 모르게 1, 2권의 순서를 가지런히 맞춰놓은 책들을 다시 흩뜨려놓았으며, 반지하 습기 찬 공기 속에 가득 고여 있던 곰팡내 스민 책 냄새들을 바깥으로 내보냈다.

그날 오빠가 내 집에 들렀을 때, 나는 다른 때와는 달리 커피 한 잔도 내놓을 수가 없었다. 고양이와의 동거는 나를 죽도록 피곤하게 만들었다. 안색이 좋지 못한 나를 보고 오빠가 무슨 일이냐, 물었을 때 나는 저 고양이 때문에 글을 쓸 수가 없어, 라고 화를 냈다. 그러나 그때 내가 화를 낸 것은 고양이에게가 아니라 오빠에게였다. 오빠라도 그렇게 답답하게 안 살았으면, 나한테 이런 반지하 연립이 아니라 좋은 아파트 한 채를 사줬더라면, 아니, 다 관두고라도 그렇게 한심한 얼굴로 나를 찾아오지만 않는다면……

의자도, 방석도 놔두고 하필이면 고양이가 떨어뜨려 놓은 책더미 위에 오빠가 엉덩이를 붙이는 것을 보면서 나도 잠깐 침대에 앉았는데, 어느틈에 잠이 들었던 모양이다. 새벽녘에 깨어났을 때 어두운 방안에는 오빠도 없었고 고양이도 보이지 않았다. 다만 오빠가 앉았던 책더미와, 그 책들의 갈피마다 적셔놓은 고양이 오줌이 보일 뿐이었다. 전화를 걸기에는 적당치 않은 시간이었으나 그날 새벽 나는 오빠에게 전화를 걸었다. 전화벨이 오래 울리기 전에 오빠가 전화를 받았다. 나는 오빠가 내 집을 방문할 때마다 하는 말처럼 그냥 걸었다고 했다. 그리고 오빠는 내게 잘 자라고 했다.

끝내 나는 오빠에게 내 고양이 얘기를 물을 수가 없었다. 오빠가 내 고양이를 가져갔느냐고, 그래서 밤의 공원이나 시장 한 귀퉁이에다가 내다 버렸느냐고, 내가 밤마다 꿈꾸었던, 견딜 수 없이 참담한 욕망과 슬픔으로 몸이 달았던 그 일을 오빠가 대신 해주었느냐고, 날 위해 해줄 수 있는 일이 생겨서, 살아 있는 것을 버리던 그 순간이 기쁨이었느냐고…… 그러나 나는 가만히 수화기를 내려놓을 뿐이었다.

바로 다음날, 나는 내 뱃속에서 거의 다섯 달 가까이나 머물고 있던 아이를 없애버렸다. 넉 달이 넘어 위험할 줄 알았더니, 이전의 몇 번처럼 간단하고 수월한 수술이었다. 병원 아래층의 식당에서 나는 설렁탕을 사먹었다. 국물 하나 안 남기고 다 먹을 작정으로 그릇 밑바닥을 숟가락으로 긁으면서 나는 생각했다. 살아야지, 감상에 빠지지 않기 위해 악착같이 꼬리곰탕 그릇의 밑바닥을 긁는 것처럼 감상에 빠지지 않기 위해 무엇이든 생각을 해야만 했으나 살아야지, 따위의 생각은 아무 생각이 없는 것보다도 더 나빴다. 그러나 그것 말고는 더 이상 떠오르는 생각이 없었다.

잠시만, 하고 양해를 구한 뒤 화장실에 갔던 이호갑은 내가 앉아 있는 테이블로 돌아오는 대신 아무 말 없이 침실로 들어가 버렸다. 마지막 원고를 다시 한번 손보면서 삼십분 정도를 기다렸으나, 그는 좀처럼 침실에서 나오지 않았다. 내게 한마디 말도 하지 않은 채 그냥 잠이라도 들어버렸단 말인가? 아니면, 내 원고가 여전히 부족하다고 여겨져서, 버럭 화를 내기 위해 숨을 고르고 있기라도 한 것일까. 그가 화를 낸다면 목돈을 챙기는 날이 조금 더 늦어지긴 하겠지만, 이젠 더 이상 두려울 것도 없단 생각이 들었다. 그가 원한다면 독립투사의 일생이라도 쌤플링해 올 수 있을 것 같았다. 무엇이든 처음이 어렵지 일단 시작하고 나면 어려울 것도 없었다. 이호갑이 원한다면, 아니 돈을 챙기기 위해서라면 나는 그를 하느님으로라도 만들어줄 수 있을 것 같았다.

삼십 분쯤을 더 기다리다가 더이상은 안되겠어서 침실 문을 노크하려고 할 때 완전히 닫히지는 않았던 침실 문이 마치 바람에 밀리듯이 조용히 미끄러져 열렸다. 그는 강이 내려다보이는 창가에 서 있었다. 그의 옆모습이 붉었다. 믿을 수 없는 일이지만 아무래도 그는 울고 있었던 모양이었다.
 "난 정말 힘들게 살아왔소."
 물기를 감추지 못하는 목소리로 그가 돌아보지도 않고 문 밖의 내게 말했다.
 "사람들이 내게 뭐라고 욕을 하든…… 그런 건 상관없소. 난 정말 힘들게 살아왔단 말이오. 그걸 대체 누가 알 수 있겠소."
 그가 나를 보고 있지 않았음에도 나는 고개를 끄덕였다. 그렇다. 그걸 누가 알겠는가. 어린시절의 참담했던 가난, 고작 쌀집 배달부로 시작해야만 했던 청춘, 그리고 몇 번이나 갈아 치워야만 했던 아내, 자신을 인간쓰레기, 살인자라고 몰아붙이는 험담, 그리고…… 그리고, 결코 좋아할 수가 없는 아비시니안 종의 회색 고양이…… 그걸 누가 알겠는가. 살인자에 파렴치범이고 부도덕한 욕망덩어리인 그를…… 누가 알겠는가.
 그의 어깨가 들썩이는 것을 보면서 나는 조용히 그의 방문을 닫았다. 화를 내는 대신 울음을 터뜨리는 것을 보면, 원고는 더 이상 손 볼 것이 없으리라. 다시 테이블로 돌아왔으나 더는 할 일이 없었으므로 나는 잠시 가만히 앉아 있었다. 그러다가는 창을 등지고 있던 의자를 돌려놓고 앉아서는 이호갑이 바라보던 창 밖을 내다보기 시작했다. 어느새 일몰 무렵이었다. 가로등이 희미하게 점등되기 시작하는 강변의 도로가 보였다. 언젠가 가난한 연인과 함께 가로등이 점등되기 시작할 무렵의 도로를 달린 적이 있었던 것 같다. 아직 아무것도 버리지 않고, 버린다는 게 무엇을 의미하는지도 몰랐던 때의 일이었을 것이다. 버리는 것은 버려지는 것이란 것, 타인으로부터가 아니라 바로 자기 자신으로부터…… 그런 생각은 언제나 슬픔을 동반한다. 만일에 내가 앉아 있는 이곳이 호텔의 스위트룸만 아니라면, 나는 언제나 그랬던 것처럼 조금쯤 눈물을 흘렸을지도 모른다. 그러나 이 순간 나는 마치 이 객실의 주인과 같은 기분이 든다.

가로등이 점등되고 시간이 얼마 지나지 않아 창 밖이 야경으로 빛나기 시작했다. 저물 무렵의 회색빛 하늘이 검게 물들고 가로등이 빛나는 불빛으로 퍼져나가고 현란하기 짝이 없는 고층빌딩들이 숨막히는 유혹의 불빛으로 모습을 드러냈다. 스위트룸의 창 밖, 서울의 야경은 아름다웠다. 아니, 아름다움 그 이상이었다. 그것은 소유할 능력이 있는 사람만이 소유할 수 있는, 생의 숨가쁜 어느 한순간의 표상과 같았다.

아버지가 꿈꾸고, 아버지가 그 아들에게 꿈꾸었던 것 역시 바로 이러한 순간이었을 것이다. 어린시절 아버지의 책장을 가득 채웠던 전집류의 책들이 떠오른다. 허구가 진실이 되는 때에 이르면 진실도 허구가 되는 거라고, 아버지의 책장에 가득 차 있던 전집류의 책 중에는 그런 구절이 있었을 것이다. 홍루몽, 아마 그 책의 서문이 아니었던가? 어린 자식들에게 읽히기에는 적당치 않았던 그 중국고전은 침 묻은 흔적이나 접힌 자국 대신에 먼지 하나 없이 반들반들 윤을 내는 겉장 속에, 그런 말을 감추어두고 있었다.

——아버지가 너희들한테 가르쳐주지 못하는 것들도 이 안에는 있단 말이다.

아버지의 슬픈 음성을 떠올리며, 나는 아버지의 책장에 이호갑의 자서전이 꽂히는 것을 상상해본다. 전집류가 아닌 책을 좋아하지 않던 아버지였으니, 이호갑의 자서전은 1편 2편 계속되는 여러 권이어야만 할 것이다. 그 책장 앞에 서 있는 어린 오빠와 내가 보인다. 어려서부터 착하고 온순하기만 했던 오빠는 하루종일 졸라대는 어린 여동생의 청을 이기지 못하고는, 전집류 중에서도 가장 두꺼운 책을 한권 꺼낸다. 나는 그 책갈피 사이에다가 나뭇잎을 말릴 작정이다. 책을 사 모으기만 할 뿐 읽지는 않는 아버지였으니, 오빠가 걱정하듯 그런 불경스러운 일을 들킬 염려는 없다. 오빠와 나는 매일 한번씩 그 책을 꺼내 나뭇잎이 얼마나 말랐는지를 들여다본다. 연초록색 나뭇잎의 물기가 다 빠지고, 살아 있던 생명의 주름이 조금씩 가시면서, 그것은 실제보다 더 아름답고 더 영원하다. 오빠와 나는 집 마당에 있는 온갖 꽃잎들과 온갖 나뭇잎들을 뜯어, 책갈피 사이마다 끼워넣는다. 책갈피에 노랗고 빨갛고 푸른 물이 여리게 스며든다. 밤이면 마루에 놓여 있는 책장에서 꽃 냄새가 퍼져나와 온 집안을 향기롭게 적신다. 밤마다 오빠와 나는 좋은 꿈을 꾼다. 그런 밤에는 도둑고양이의 울음소리도 다정하다. 어린 오빠와 어린 내 얼굴에, 선량하고 따뜻한 미소가 번지다.

작품해설

그 여자의 자서전 — 김인숙

허구와 진실의 뒤바뀜, 혹은 아이러니

한승옥 | 숭실대 국어국문학과 교수

삼중 구조의 틀

이 소설은 삼중구조로 짜여져 있다. 첫 번째 층위는 서술자인 내가 이호갑의 자서전을 집필하는 이야기가 주가 되어 서사가 전개된다. 수단과 방법을 가리지 않고 부동산에 투기하여 졸부가 된 후 정계 진출을 노리는 이호갑의 이야기다. 그리고 작품을 읽어가다 보면 독자는 자연스럽게 두 번째 층과 만나게 된다. 시골 중학교 서무직원으로 일생을 마감한 아버지, 말로는 책 속에서 진실을 배우라고 아들에게 가르쳤지만, 그러나 늘 속으로는 일확천금을 꿈꾸었던 가난한 아버지와 아버지의 속내는 알아내지 못한 채 아버지의 말대로 책 속의 진실만을 진실로 알고 가난을 대물림한 정직한 아들의 이야기다. 그러나 양파를 벗기듯 이 두 껍질을 벗기고 들어가면 그 안에

핵처럼 웅크리고 있는 또 다른 하나의 다른 층위를 만난다. 서술자 나의 이야기다. 서술자 나의 이야기는 넋두리이거나 아니면 지나가는 이야기처럼 짜여져 가볍게 지나쳐 버릴 수도 있다. 그러나 절제된 어조와 생략 속에 숨겨져 있는 나의 이야기는 이 소설의 핵심이나 다름없다. 이를 읽어내지 못하면 이 소설을 제대로 독서하지 못한다.

만일 이 소설이 부동산 졸부 이호갑의 자서전을 대필해 주는 이야기가 전부였다면 우리는 소설을 다 읽고 너무나 상식적인 이야기에 속상해 하거나 식상해 할 것이다. 돈 많은 사람이 작가를 고용해서 자서전을 대필하는 사건은 세상에 널려 있는 흔하디흔한 이야기이지 않는가? 작가들이 돈을 목적으로 그것이 허위인 것을 알면서도 진실인 양 꾸며 그들의 자서전을 그럴듯하게 수식하여 집필하는 것도 이미 널리 알려진 사실이다. 하기에 이 소설에서는 자서전 대필은 그럴 듯한 명분에 지나지 않는다. 진실은 나의 가계의 역사를 펼쳐나가고 나의 아픈 과거를 들춰내는 데 있다. 아버지와 오빠를 중심으로 한 소시민의 삶과 부에 이어 권력까지 욕망하는 이호갑의 허위적 삶이 서로 대비되면서 현실의 아이러니는 비로소 그 모습을 드러내는 것이다.

허구와 진실의 뒤바뀜

이 소설에서는 세 부류의 인물이 나온다. 이호갑같이 수단과 방법을 가리지 않고 축재를 하여 그를 이용해 권력까지 넘보려는 지극히 세속적인 욕망형의 인물, 아버지와 오빠와 같이 돈에 대한 욕망은 강하면서도 양심적으로 살아갈 수밖에 없는 대부분의 서민의 삶을 표상하는 소시민, 소설 창작이라는 진실을 추구하기 위해 자신의 자존심까지 팔아가면서 졸부의 자서전을 대필해야 하는 나와 같은 인물이 그들이다. 세속적인 욕망형의 인물, 평범한 소시민, 진실을 추구하지만 타락한 방법으로 살 수밖에 없는 문제적 개인은 소설 속에 자주 등장하는 전형적인 인물들이다. 첫 번째 유형에는 이호갑의 버려진 여인들이나 외국 여행에서 아비시니안 종 회색 고양이를 사들고 들어오는 현재의 아내가 부속물로 채워진다. 이들 여인들 모두 인격적인 대우를 받거나 사랑이 있어 관계를 맺은 여인들이 아니라 모두 돈이라는 재화의 욕망에 포로가 된 여인들이며, 그에 의해 희생된 여인들이다. 두 번째 유형에는 아버지와 아들이 주축이 된다. 이들 인물들은 서술자 나의 가계의 중심을 이루는 축으로 가부장제의 한 전형이기도 하다. 아버지는 아들에게 전집을 읽으라고 강조하면서도 자신은 전혀 그것을 읽지 않는 허위의 인물이지만, 아들은 그 말을 진실로 알아듣고 정직함을 신조로 생을 살아가는 성격 유형이다. 이때는 신조라기보다는 아버지로부터 자연스럽게 물려받은 생활 태도이기도 하다. 이로 볼 때 아버지도 대박을 꿈꾸는 욕망을 지니고 있었지만, 그의 삶은 정직했고, 행동은 진실했던 것으로 보인다. 대부분의 서민의 삶을 상징적으로 대변해 보여주는 인물이다. 세 번째 유형의 인물에는 목돈을 포기하면서 자서전 대필을 서술자에게 넘겨 준 선배의 삶도 포함된다. 그러나 그가 자서전을 포기한 것이 이호갑의 허위적 삶을 대필해 주는 것에 혐오감을 느껴 그렇게 결정한 것이 아니라 이호갑에게 사기 당한 아버지 때문에 그 일을 포기한 것으로 보아 진실한 의미에서의 문제적 개인이라고는 할 수 없다. 그럼에도 불구하고 그가 하는 일이나 현실 인식의 태도나 질로 보아 현실의 허위를 꿰뚫어 볼 수 있는 능력을 지니고 있기에 세 번째 유형에 근접해 있다. 여기서 가장 진실에 근접하는 인물은 역시 서술자 나다. 그녀가 하는 행위로 보아서는 그녀 역시 세속에 물들고 욕망에 휩쓸리는 인물이지만 그녀가 소설의 말미에서 꾸는 꿈을 분석해 보건대 그녀의 진실은 참다운 자기 정체성을 찾아 떠나는 데 있음이 간파된다.

그녀가 비록 허위 덩어리인 이호갑 자서전 대필을 마치고 그가 머물고 있는 최고급 호텔 스위트룸에서 서울의 아름다운 야경을 내려다보면서 '허구가 진실이 되는 때에 이르면 진실도 허구가 되는 것'이란 인식에 이르지만, 그것은 서울 야경의 현란함이 보여준 착시에 지나지 않을 뿐 그녀가 진정으로 추구하는 세계는 어린 시절의 동화와 같은 아름다운 꿈의 세계로의 복귀이다. 바로 그것이 이 소설이 추구하는 진실의 세계이다. 이 지점에 와서야 우리는 왜 이 소설의 제목이 「그의 자서전」이 아니라 「그 여자의 자서전」이 되었나를 이해할 수 있게 된다. 이러한 진실한 자아 정체성의 회복 열망은 이호갑의 허위가 없었다면 불가능했을 것이다.

고양이의 상징적 의미

소설에도 시처럼 상징적 장치가 있게 마련이다. 상징은 직유나 은유처럼 원관념과 보조관념으로 이루어져 있지만 그것이 반복하여 나타나면서 의미가 심화 확대된다는 점에서 차이가 난다. 이 소설에서 가장 눈에 띄는 상징적 장치는 고양이다.

이 소설은 화두를 고양이로부터 열어간다. 이 소설의 서두는 '고양이를 좋아해요?'란 질문으로부터 시작된다. 이 질문은 자서전을 대필해 주기로 하고 만난 이호갑이 나에게 던진 질문이다. 나는 이 뚱딴지같은 탐색적인 질문에 긴장하지만 그것이 이호갑의 아내에 관계된 질문이란 점에서 일단 마음을 놓는다. 그러면서 그는, 고양이를 싫어하면서도 아내가 사온 것이기에 어쩌지 못하는, 막강한 부를 소유하고 있지만 진실된 삶을 살지 못하는 한 가련한 남자를 만나게 된다. 그는 '아내가 싫으면 이혼이라도 하겠지만, 이게 고양이니 어쩝니까.'라고 말할 정도로 본말이 전도된 삶을 살아가고 있는 인물이다. 이 소설이 지니고 있는 아이러니가 처음 얼굴을 드러내는 부분이다. 그의 아내도 마찬가지다. 외국 여행에서 보석 대신 외국산 고양이를 사 들고 들어온 이유는 간단하다. 그녀가 동물 애호가이기 때문이라거나 교양이 풍부해서가 아니다. 단지 그녀는 남편 대신 사랑을 쏟을 대상이 필요했기 때문이다. 그녀는 남편이 필요한 것이 아니라 그가 지니고 있는 돈이 필요했을 뿐이다. 물신화된 관계, 사용가치가 아닌 교환가치로 맺어진 타락한 관계만이 존재할 뿐이다. 고양이는 '단지 자기 쪽에서 내가 필요할 때, 내가 그곳에 존재한다는 것을 보여주기만 하면' 되는 동물이다. 이 점에서 보면 이호갑에게 그의 아내는 고양이나 다름없는 존재다. 이호갑은 고양이를 버릴 수 없는 것이 아니라 그의 아내를 버릴 수 없는 것이다. 그것을 아이러니로 표현한 것일 뿐이다.

고양이의 존재는 소설의 말미에서도 중요한 상징적 장치로 다시 등장한다. 서술자 나와 관계를 맺고 있는 남자가 술에 취하여 개를 사온다는 것이 고양이를 사온 것이다. 고양이는 '개와 달리 귀여워

해달라고 조르지도 않고, 자기가 몸 바깥으로 내보낸 배설물을 뻔뻔스럽게 마당이나 마루 한복판에 놓아두지도 않고, 씻어달라고도 하지 않고, 산책을 가자고도 하지 않는 독립적인 동물'이라 안심했으나, 그가 나에게 사다준 고양이는 첫날부터 적의를 품고 나를 멀리하고 책장 위로 몸을 숨기며 애를 먹인다. 적의를 품는다는 것은 무엇을 의미할까? 그것은 나중에 밝혀진다. 오빠가 고양이를 처분한 후 나는 바로 '내 뱃속에서 다섯 달 가까이나 머물고 있던 아이'를 없애버린다. 생명을 죽인 것이다. 감상에 빠지지 않기 위해 악착같이 꼬리곰탕을 바닥까지 비운다.

  결론적으로 말해 나는 고양이를 증오한 것이 아니라 뱃속에 있는 무책임한 남자의 씨앗, 나를 버리고 떠나가 버린 그의 흔적을 증오한 것이다. 그렇다고 유산이 어떤 의미에서건 정당화될 수는 없다. 소설의 말미에서 오빠와 책갈피 속에 꽃잎을 말리는 환상이 펼쳐지지만 다섯 달이나 된 생명체를 현실 논리로 합리화시키며 지워버리는 것은 잔인하기 그지없다. 비록 그 속에 비정한 현대사회를 고발하려는 역설이 숨겨져 있다 해도 말이다.

・김씨네 푸닥거리 약사・

김종광

약 력

71년 충남 보령 출생
중앙대학교 문예창작학과 졸업
98년 계간 《문학동네》에 단편소설로 데뷔
2000년 중앙일보 신춘문예에 희곡 「해로가」 당선
2000년 대산창작기금 수혜, 2001년 신동엽창작기금 수혜
소설집 「모내기블루스」「짬뽕과 소주의 힘」 등, 중편 「71년생 다인이」

김씨네 푸닥거리 약사

김종광

낯모를 어른들이 들이닥쳤다. 아줌마는 「전설의 고향」에 뻔질나게 등장하는 무당과 무척 닮았다. 생김생김도 복색도. 아줌마의 두 눈에서는 대낮인데도 도깨비불이 펄펄 뛰는 듯했다. 소년은 기가 눌려서 바싹 움츠러들었다. 아줌마 뒤에는 풍물패 차림을 한 아저씨 둘이 사물악기 등속을 짊어지고 있었다. 소년은 어머니가 시키는 대로 그들에게 큰절을 올렸다.

밥상에 웬 돼지가 올라앉아 있었다. 더할 나위 없이 미련하게 생겨서는 구정물에 죽자 사자 달려들 줄이나 아는 돼지. 그 돼지도 여남은 가지나 되는 진미를 거느리고 사람 밥상에 버티고 있으니까, 제법 폼이 났다. 몸뚱이는 어디다 떼어놓고 왔는지 대가리만 달랑이었음에도 불구하고.

아저씨들은 사물을 바꾸어가며 두드리고 때리고 쳤다. 무섭게 생긴 아줌마는 악기 소리에 맞추어 주문인지 염불인지를 한없이 종잘댔다. 높고도 날카로운 목소리로. 더러는 참새가 짹짹대는 소리처럼, 가끔은 듣기 좋은 노랫소리처럼 들렸다. 또 어쩌다가는 귀신 씨나락 까먹는 소리로 들렸다.

두어 시간이 흐르자 안방은 후끈 달아올랐다. 아저씨들의 연주는 격렬해졌고, 아줌마는 춤사위를 풀어놓기 시작했다. 아줌마는 한바탕 몸 흔들기를 끝내고는 주문인지 염불인지 대신 무가를 불렀다. 아줌마는 막걸리로 목을 축이고는 다시 춤을 추었다. 그런 식으로 아줌마는 노래와 춤을 되풀이했다. 마당이 더해감에 비례해서 아줌마의 몸짓은 점점 거세져갔다. 막바지에 이르자 아줌마는 혼이 빠진 킹콩 같았다.

돼지머리한테 무릎 꿇고, 이마가 방바닥에 닿도록 조아리고, 두 손을 싹싹 비벼대기만 하던 어머니. 나중에는 어머니도 아주머니처럼 집이 들썩거릴 만큼 큰 소리를 내질렀고, 천장에 머리가 닿을 것만 같이 아슬아슬하도록 껑충껑충 뛰어댔다.

소년이 보기엔 어른들은 날뛰고 있었다. 그런데 날뛴다고 생각하면 큰일 날성싶었다. 돼지머리가 꿈속마다 찾아와 불알을 물어뜯을 것만 같았다. 자기가 왕 노릇하던 날 불경한 생각을 했다고.

푸닥거리는 오후 한 차례로 그치지 않았다. 밤에 2차, 새벽에 3차가 치러졌다.

소년이 그날의 굿을 먼 훗날에까지 기억하게 만든 사건은 밤 차례에 일어났다. 밤의 푸닥거리 무대는 안마당이었다. 소년은 텔레비전을 전혀 못 보았기 때문에, 자고 싶어도 잘 수 없기 때문에, 심통이 단단히 나 있었다.

마당에서 춤추던 어머니가 방으로 뛰어들더니 소년의 손을 움켜잡았다.

"잠깐이면 되니께 마당으로 나가자잉."

소년은 청개구리처럼 버티었다.

"싫어, 못나가. 안 나갈 텨."

아마 밖으로 나가면 당하게 될 일을 본능적으로 예감했던 모양이다.

"죽어도 못 나가."

어린것은 지가 죽음을 뭐 한다고, 죽음까지 동원하며 사뭇 개겼다. 어머니는 어린것한테 울며불며 애걸복걸했다.

"이놈이 왜 그런댜. 금방 끝난다니께."

실은 어린것이 이길 수 있는 실랑이가 아니었다. 소년은 내나 마당으로 나갔다.

아버지가 놓은 화톳불이 일렁거리고 있었다. 동네 아주머니들이 원을 그리며 비손 하고 있었다. 그리고 무당 닮은 아줌마가, 어쩌면 진짜로 무당인지도 모를 아줌마가 서슬이 푸른 목소리로 자꾸만 울부짖고 있었다. 연신 솟구쳐 오르면서. 아줌마 발 밑에 작두날이 없다는 게 어째 아쉬웠다.

아줌마는 커다란 보자기를 소년에게 씌웠다. 소년은 아무것도 보이지 않았다. 아주 단단한 것이 머리통으로 날아왔다. 이상하게도 아프지는 않았다. 대신 이런 생각이 들었다. '머리통 깨지겠다. 수박처럼. 그럼 나 죽을 텐데. 나 죽기 싫은데.'

또래보다 머리통 하나는 작은 꼬마가 웅크리고 있으니 때릴 데가 많을 리 없었다. 아줌마의 매는 소년의 머리통과 등허리를 부지런히 옮겨 다녔다. 그렇게 다듬잇돌처럼 얻어맞는 소년의 귀청을 북 소리, 꽹과리 소리가 빨았다.

이후로 소년의 집에서는 해마다 굿을 했다. 설 세고 다음날이나 다음 다음날이나. 아무리 늦어져도 정월 대보름 안에는 그 아줌마와 악기를 든 아저씨 한두 명이 왔다.

소년은 머리통이 부서질 뻔했던 기억이 몹시도 생생하여 아줌마가 떠나갈 때까지 파들파들 떨고는 했다. 하지만 아줌마가 소년의 머리통을 때린 것은 그 해가 처음이자 마지막이었다.

안골댁은 처녀적부터 잔병치레가 잦았다. 여섯 해에 걸쳐 아이를 셋 낳는 동안 더욱 부실해졌다. 둘째를 낳고 나서가 가장 심했다. 안골댁이 곧 죽는다는 소문이 삼동네에 자자했었다. 안골댁이 충청도와 서울의 병원을 순례하는 동안, 둘째는 큰어머니들이 끓여주는 암죽을 먹고 자랐다.

그러하게 안골댁은 시난고난 앓았다. 그런 상황에 처해 있는 사람이라면 누구나 그러했겠지만, 그녀도 가능한 모든 방편을 찾아다녔다. 그때 만난 이가 소교댁이었다.

아팠다 하면 남편의 간담을 들었다 놓았다 할만큼 심하게 앓았던 안골댁은, 소교댁을 만난 이후 잔병꾸러기로 돌아갔다.

안골댁은 30여 년 동안 한결같이, 1주일에 하루 이틀은 병원에 들렀다. 하루에 두세 곳의 병원에 가서 치료받고 오는 날도 허다했다. 오전에 외과에 가서 물리치료 받고, 오후에는 한의원에 가서 신경통에 좋다는 처방을 받고, 치과에 들러 치아를 심는 그런 날 말이다.

남편은 자식들에게 일상적으로 이런 말을 했다.

"네 엄마 약값만 없었어도 논 열 마지기는 샀다."

안골댁은 잔병까지 싹 고쳐주지는 않는 신령에게, 그리고 또 부처에게 깊이 감사하고는 했다.

"아니면 난 벌써 죽은 사람이여. 이렇게 살아 있는 것만이두 백 번 고쳐 죽어도 못 갚을 은혜인디 더 뭘 바란댜. 여기 쪼금 저기 쪼금 쑤시고 저리고 아린 거야, 팔자가 그러려니 허고 참아야지."

또 그들에게 열렬히 비손 하기만 하면 만사가 형통하리라 믿게 되었다.

안골댁은 남편에게 버스비까지 타서 썼다. 남편은 아내를 대폭 고쳐준 소교댁의 굿과 신령을 신뢰하지 않을 수 없었다. 하지만 굿은 정초에 한 번으로 족하고 비손은 부처님 오신 날이나 특별한 일이 있을 때로 족하다고 생각했다. 그 이상은 아내의 절대자를 위해 돈을 풀지 않았다.

안골댁이 버스 두 번 갈아타고도 한참 걸어 들어가야 하는 소교댁의 신당에 빈번히 출입하게 된 것은 맏아들이 막 입대했을 무렵부터다.

안골댁은 취직을 했다. 혼주시에서 둘째가라면 서러워하는 제과점의 유리를 닦고 바닥을 걸레질하는 일이었다. 40여 년 동안 밭고랑과 논바닥만 발이 닳도록 옮겨 다니다가, 하루아침에 월급쟁이로 탈바꿈을 했던 것이다.

남편으로부터 경제적 독립을 쟁취한 안골댁은 무슨 일만 있으면 소교면으로 갔다. 소교댁의 신당과 불당에 끊임없이 절하며 비손 했다. 암소들 새끼 쑥쑥 잘 낳게 해달라고, 소값 좀 오르게 해달라고, 술 좀 조금씩만 들게 해달라고, 남편을 위해서도 빌었다.

하지만 대부분의 시간은 자식들에게 투자했다. 장남 군대에서 몸 건강하라고 빌고, 차남 대학 기말고사 잘 보라고 빌고, 막내 4년제 대학교에 꼭 붙게 해달라고 빌고…… 자식새끼들이 대가리가 굵어지니까 시시때때로 빌 일이 생겼다.

오서산에는 집채만한 바위가 하나 있었다. 예로부터 당대에 이르기까지 그 바위 속에 신령이 산다고 믿었던 사람들은 부지기수였다. 어느 시대이건 바위 속 신령과 정신적으로 교류했다거나, 계시를 받았다거나, 육체적으로 교접을 했다거나, 뭘 했다고 주장하는 사람들이 한둘씩은 있었다.

미친놈이라고 손가락질이나 받다가 진짜로 미쳐버리는 이가 있었는가 하면, 팔도는 몰라도 삼도에 이름을 떨칠 만큼 유달리 성공하는 자도 있었다.

소교댁은 혼주 시민이 다 아는 무당까지는 못 되었어도, 소교 면민은 다 아는 무당까지는 되었다. 바위 신령을 내걸고 먹고살아 보겠다고 나섰던 이들 중에, 크게는 아니더라도 나름대로 성공했다 할 만 했다.

아무튼 꽤 많은 사람들이 소교댁 덕분에 만사형통하고 무탈하였다. 병을 고치고 부자가 되고 좋은 대학에 붙고 결혼을 하고 아이를 낳고 닥쳐오는 재앙을 막았다. 소교댁의 신통력이 미치지 않는 일이란 지상에 없는 모양이었다.

물론 소교댁은 천부당만부당하다고 손사래를 쳤다.

"큰일 날 소리. 벼락 맞을 소리. 어디 그게 내가 한 일인가. 모두가 신령님의 영험이시네. 나는 그저 신령님의 말씀을 그대로 전해주었네. 신령님이 티끌세상 이들을 애틋이 여기어 기적을 베풀어준 것이었단 말일세."

 모든 신적 존재들이 그러하듯이, 오서산 바위신령도 모든 중생들을 갸륵히 여기고 무한한 사랑을 아낌없이 베풀어주는 분이었던 것이다.
 그런데 소교댁은 부처님도 섬기었다. 오서산 바위신령이 부처님을 섬기었기 때문이다. 그래서 소교댁의 집에는 당이 두 개였다. 바위신령을 모시는 신당과 부처를 모시는 불당.

 김씨는 예순한 살이 되기 몇 해 전부터 환갑 잔칫상을 꼭 받겠다고 별렀다. 한번은 회갑연 없이 회갑년을 넘긴 동네 선배가 이러쿵저러쿵했다.
 "요새 누가 환갑을 한디야. 나두 안혔어. 참았다가 칠순 때 실컷 혀. 나두 그럴 생각여."
 김씨는 웃기지 말라는 식으로 받았다.
 "남이사 모르겠구, 나는 꼭 혀야겄슈. 조실부모혀 가지고 육십 평생 뼛골 빠졌는디, 뒈져라고 자식새끼 키워놨는디, 환갑도 못 얻어먹으면 억울해서 어찌 산대유?"
 하지만 막상 회갑년이 되자 김씨는 마음이 복잡해졌다. 아내에게 몇 번이나 한탄을 했다.
 "혹시 잔치 생각하고 있거들랑 때려쳐. 잔치는 무슨 얼어죽을! 웃어줄 손주가 있어, 노래 불러 줄 며느리가 있어. 허깨비 같은 놈. 죽어라고 키우고 가르쳐놨더니 애비 환갑 되도록 결혼도 못혀. 결혼만 못하면 말을 안혀. 그게 사는 겨?"

그러다가 춘삼월 어느 날 아내가 식당을 예약했다면서 계약서를 보여주었다. 자신이 하지 말랬다고 가솔들이 진짜로 잔치를 안하면 어떡하나, 조바심이 나기도 했던 김씨는 가슴을 쓸어내렸다.

하지만 또 실지로 하겠다니 걱정되는 게 한두 가지가 아니어서, 아내와 자식들을 불러 앉혔다.

"꼭 불러야 할 사람이 대충 7백 명이고, 안 불러도 좋겠지만 이왕이면 불렀으면 좋겠다는 사람까지 더하면 9백 명여. 부담돼서 헐 수 있겠어? 부조는 받을 겨, 말겨? 요새 부조 받고 환갑잔치 허면 자식들이 욕 삼태기로 먹는다는디? 특히 장남아? 너는 담뱃값도 빠듯한 놈이잖여? 뭘로 어쩌겠다는 겨?"

아내와 자식들은 자세한 말은 해주지 않았지만 각오를 단단히 한 모양이었다. 걱정하지 말고, 웃으면서 기다리다가 잔칫날 신나게 놀라는 소리뿐이었다. 김씨는 못 이긴 척 회갑연을 받아들이고, 잔칫날은 두 달이나 남았지만 일찌감치 초대장 명부 작성에 들어갔다.

평생 들판을 맞대고 백팔번뇌를 나눠온 동네 사람들, 광부 생활 20여 년 동안 맺었던 인연들, 초등학교 동창, 중학교 동창, 소 키우면서 만난 이들, 언제 어떻게 만났는지 모르겠는 사람들까지, 이름들을 하나하나 적노라니 육십 년 인생이 주마등처럼 떠올랐다. 일찌감치 가버려 부르고 싶어도 부를 수 없는 사람도 적잖았지만, 그래도 아직은 더불어 살아가는 인연들이 훨씬 많았다. 대개는 경조사 부조 봉투로 유지되어온 인간관계였지만, 어쨌거나 한때를 함께 나누었던 이들이었다. 또 앞으로도 함께 부추 이파리 위에 이슬 같은 이 생을 부대껴야 할 동무들이었다.

회갑연이 한 달쯤 남았을 때 아내가 두통을 앓기 시작했다. 아내의 두통은 워낙 자주 있는 일이라 처음엔 대수롭지 않게 보아 넘기려고 했다. 그런데 생각해보니 잔치하는 데 돈 마련이 되지 않아 그렇게 머리가 아픈가 싶었다. 그러기에 누가 잔칫상 얻어먹는다고 했는가. 안해도 된다는 걸, 왜 한다고 설쳐서는 머리가 아픈가. 김씨가 성질이 나서 회갑 잔치인지 돈잔치인지 당장 때려치라고 윽박지를 참이었는데, 두통을 견디다 못한 아내가 먼저 사정을 털어놓았다. 들이울면서.

소교댁이, 그러니까 오서산 바위신령이 예언했다는 것이다.

"환갑 잔치를 했다가는 세 자식들에게 골고루 무서운 화가 미치리라."

김씨는 1주일 동안 내치락들이치락했다. 그리고 식당에 전화를 걸어 자신의 입으로 자신의 회갑연을 취소했다. 그날 밤 김씨는 처연한 어조로 아내에게 말했다.

"나 좋자고 자식들 앞길 막을 수는 없잖여."

그렇게 해서 김씨의 평생 소원이었던 회갑연은 말짱 도루묵이 되고 말았다. 예약금 30만 원만 통째로 날리고.

아내는 식당 사장이 예약금 전액 30만 원이 아니더라도 그 절반은 돌려주리라고 믿었다. 그러나 식당 사장은 소도시의 중흥을 책임진 젊은 세대답게 법을 정확히 적용하여 단돈 10원도 돌려주지 않았던 것이다. 아직도 세상이 법보다는 인정으로 돌아가는 줄 알았던 아내는, 법적으로 전혀 하자가 없는 문제를 가지고 두어 달이나 억울해했다. 아내는 천생 법 무지렁이였던 것이다.

안골댁이 며느리의 부모를 처음으로 만난 건 아들의 결혼식 날이었다. 낮에 결혼식장에서가 아니라 새벽에 대문 앞에서 만났다.

자정이 훨씬 넘었건만 집 안은 아직도 복닥판이었다. 나이 많은 조카들은 잘 생각을 않고 이 방 저 방에서 떠들고 패 돌리고 노래부르며 잔치 분위기를 살리고 있었다.

겨우 누워 눈을 붙였던 안골댁은 화들짝 놀라서 일어났다. 활짝 열어놓은 대문 밖에 웬 소복 입은 남녀가 머뭇거리고 있었다. 겨울 날씨에 얇디얇은 소복이라니. 한참 전부터 저러고들 있었던 모양인데 얼마나 추울까.

안골댁을 본 소복 남녀는 넙죽 엎드려 큰절을 했다. 안골댁도 황급히 마주 자세를 낮추고 절 시늉을 했다. 소복 남녀가 얼굴을 들었다. 그들은 눈물을 철철 흘리고 있었다. 그들의 얼굴이 하나로 겹쳐지더니 며느리의 얼굴이 되었다. 안골댁은 그들이 사돈 부부라는 걸 알았다.

"아이구, 먼길을 오셨어유. 들어갑시다. 왜 추운 밖에서 이러구들 있대유. 몸들이 단단히 어셨네유. 일단 들어가서 몸 좀 녹이고……"

사돈 부부는 안골댁의 말은 듣는 둥 마는 둥 하고, 입을 모아 자기들 하고 싶은 말을 했다.

"저희 여식을 잘 보살펴주세요. 그저 부탁드립니다. 조실부모하고 외롭게 큰 저희 여식을 친딸처럼 생각해주셔요……"

"예? 그야 당연히 그래야쥬. 일단 들어가자니께유. 춰요. 춰."

"모자란 게 많더라도 그저 어여삐 여기시……"

"아, 글쎄 말 드럽게 안 들으시네유. 얼른 들어가서 술이라도 한잔 하면서……"

소리 지르다가 깨어보니 꿈이었다. 안골댁은 꿈속이었지만 사돈 부부에게 술 한잔 못 따라준 것이 못내 섭섭했다. 그리고는 중얼댔다.
 "얼마나 걱정되시면 그 먼 데서 여까장 오셨대유. 으이구, 부모 사랑은 죽어서두 끝나지 않나보내유. 걱정마시고 편히 쉬셔유. 걱정을 붙들어 매라구유. 저두 딸 가진 부모여유. 내 딸이거니 잘 보살펴 줄께유. 내가 내 뱃속으로 난 자식이거니 하고 보살필 테니께……"
 정신없이 하루가 흘러가고, 안골댁은 신혼여행지에 잘 도착했다는 아들, 며느리의 전화를 받았다. 안골댁은 이제 다 끝났구나, 애들만 잘 살면 되는구나, 하고 만족의 긴 한숨을 내쉬었다.
 그런데 바로 그 순간 그놈의 두통이 엄습해왔다. 안골댁은 평생 두통과 싸워와서 또 왔구나 데면데면하면서도, 무슨 문젯거리가 생긴 것도 아니고, 이렇게 좋은 날, 아들 장가간 날, 며느리 들어온 날, 왜 찾아왔는지 갸우뚱거렸다.
 안골댁은 두통에 시달리다가 새벽녘에 가까스로 잠이 들었다. 그런데 또다시 사돈 부부가 찾아왔다. 사돈 부부는 전날처럼 큰절을 하더니 며느리를 잘 부탁한다는 요지로 한참 되뇌었다.
 이후로 사돈 부부는 사흘걸이로 찾아왔다. 안골댁의 두통은 깊어져 갔다. 사돈 부부가 찾아오지 않는 날에도, 눕기만 하면 사돈 부부가 떠올랐고 머리가 깨어져서 으스러지는 듯이 아팠다.
 두통이 시작된 지 한 달쯤 되었을 때, 그러니까 아들과 며느리가 예식을 올린 지 한 달쯤 되었을 때, 안골댁은 아들을 따로 불러서 꿈 이야기를 해주었다. 그리고는 덧붙였다.
 "굿을 해야 한다고 하더라."
 "굿이요? 무슨 굿을요? 소교 아줌마가요?"

"그게 어디 소교 아줌마 말이냐, 신령님 말씀이지."

"오서산 바위신령요?"

"이놈아, 입조심해. 어디 함부로 신령님 함자를 입에 올려. …… 애기가 혹시 종교를 가지고 있니?"

"옛날에 천주교를 믿었다는데 지금은 잘 모르겠어요."

"굿을 하기는 해야 되는데 애기가 어떻게 생각할까 봐 말을 못해서 끙끙 앓고 있잖냐."

시모를 만나고 온 남편은 대뜸 일러두려고 했다.

"우리 굿 받아야 된대."

"굿?"

"음. 오서산 바위신령님이 그렇게 말했다네. 바위신령 애기, 내가 저번에 해줬지? 우리 아버지 환갑 잔치 못하게 한 그분 말야."

"굿이라고? 작두칼 위에서 무당이 날뛰고 막 그러는 굿 말하는 거야?"

"굿에도 여러 종류가 있어. 우리가 받을 굿은 그냥 간단히 축원하는……"

해는 숨이 턱 막혔다. 굿이라니! 시모는 며느리가 고아라서 내내 께름칙했던 모양이다. 결국에 굿을 해야만 속이 편할 지경에 이르렀나 보다. 해는 머리를 싸쥐고 뇌까렸다.

"나를 놓고 푸닥거리를 하겠다니!"

"왜 그래? 별거 아니라니까."

"미쳤어. 내가 굿을 받게. 못해. 안해!"

"그냥 가만히 앉아 있다 오면 되는 건데."

"내가 왜 신령인지 바위인지 앞에서 무릎 꿇고 있어야 돼."
"내도 바위신령을 믿는 게 아냐. 어머니가 원하시니까……"
"어머니의 종교일 뿐야. 내가 왜 그딴 무당집 여자 말에 놀아나야 돼? 돈 벌어먹고 사는 것도 가지가지지, 나한테 더러운 기운이 달라붙어 있어서 그걸 털어내야 된다는 거야? 그런 말로 사람 꼬드겨서 벌어먹고 살아야 한단 말이지? 내가 왜 그딴 여자 말에 휘둘리고 살아야 돼? 난 못해. 하기 싫어. 시어머니가 아니라 시할머니가 와서 말한다고 해도 싫어 내가 어머니 말이라면 다 고분고분 따를 줄 알았어? 싫은 건 싫은 거야. 어머니에게 내 종교를 강요하지 않듯, 어머니도 내게 그런 걸 강요하지 않으셨으면 좋겠어. 며느린 사람 아냐? 그렇게 께름칙하면 이 결혼 반대하시든가 그러실 일이지, 왜 이제 와서 고아라서 굿을 해야 한다는 거야! 언니도 결혼했지만 고아라서 푸닥거릴 하진 않았어. 믿지 않으면 그만 아냐. 믿고 싶은 사람 혼자 믿으면 그만 아냐. 굿을 하고 싶으면 어머니 혼자 하면 되는 거 아냐. 왜 며느리를 갖고 난리야. 며느리니까 마누라니까 시부모나 남편 마음대로 할 수 있다는 거야? 내 이름을 걸어놓든 내 사진을 걸어놓든 나를 저주하든 마음대로 해. 하지만 난 못 가. 안 가!……"

해는 입에 거품을 물고 소리소리질러댔다. 맺힌 응어리를 풀어놓는 듯 했다. 그러고 보면 해는 그간 쌓인 게 많았다. 너무나도 다른 30년을 산 남자와 우연히 만났다. 두어 달 연애하고는 막바로 살림을 차렸다. 그리고 지난 달에 결혼식을 올렸다.

혼자 사는 것에 익숙했던 해는, 정신을 차려보니 아내가, 며느리가, 형수가 되어 있었다. 물설고 땅선 촌구석에 내팽개쳐져 있었다. 신혼이고 뭐고, 미치고 팔짝 뛰겠는 순간이 하루에도 몇 번씩 습격

해왔다. 겨를만 나면 도시에서 혼자서 살 때가 그리웠다. 결혼하지 않았다면, 남편을 만나지 않았다면 이렇게 힘들어야 할 까닭이 없었다.

이러저러하게 쌓인 화가 누가 건드리지 않아도 폭발할 지경에 이를 만큼 차올라 있었는데, 남편이 기막히게도 굿 말을 꺼낸 것이었다. 울고 싶자 때린다더니, 남편이 제때에 구실을 준 셈이었다.

남편은 벙벙해져서는 어쩔 줄 몰라하더니 담배를 들고 나가버렸다. 해는 갑자기 적막이 무서웠다. 이불을 뒤집어쓰고 누웠다. 눈물이 솟기 시작했다.

밤늦어 들어온 남편은 시모의 꿈 이야기를 들려주었다.

아빠, 엄마를 만났다고? 20년 전에 저승으로 떠난 분들이다. 딸년이 중학생이 된 이후로는 그리움에 사무쳐 애원을 해도 머리카락 한 올 보여주지 않았던 분들. 그런 아빠, 엄마가 뭐 아쉬울 게 있다고, 생면부지인 시모를 찾는단 말인가. 그건 시모가 만든 환상에 불과하다. 아빠, 엄마의 출현에도 불구하고 해는 꿈쩍도 하지 않았다.

남편도 밖에 나가서 각오를 단단히 하고 왔는지 쉽게 물러서지 않았다. 남편은 이후로 사흘 동안이나 갖은 수다를 부렸다. 협박했고, 졸랐고, 빌었고, 화를 냈고, 주장했고, 설명했다. 그러나 해는 굿을 받겠다는 말을 절대로 해줄 수가 없었다.

해는 묵묵부답으로 꿀쩍대기만 했는데, 남편의 게정거리는 끝이 자지리 성가셔서 간혹 이런 대거리를 하기도 했다.

"제발 그런 말로 나를 설득하려 들지 마. 내가 자기더러 천주교 미사에 가자고 하면 가겠어?"

그러면 남편은 반색하며 대답을 쉽게 했다.

"꼭 가야 한다면 가야지. 모두의 평화를 위해서 딱 한 번 가는 거라면 미사가 아니라 불구덩이 속에라도 갈 수 있지."

해는 아주 어렸을 때부터 공무원이 되기 전까지는 성당에 다녔다. 모니카라는 세례명을 얻기까지 했다. 지금도 완전히 천주교를 버렸다고 말할 수는 없다. 언젠가는 다시 성당의 미사에 나갈 생각을 하고 있으니까.

왜 교회에 나가지 않게 되었을까? 죄의식? 부채감? 게으름? 아무튼 해는 성당에 나가지 않는 것을 복잡다단하게 설명하고 싶지 않아서, 누가 종교를 물으면 간단히 없다고 대답했다.

결혼하기 전의 일인데, 해의 전세방에 벌거벗고 누워있던 남편이 벌떡 일어나더니 두려운 얼굴로 아름작대었다.

"예수님이시네. 눈이 마주쳤어. 갑자기 등골이 서늘하네. 내가 지은 죄들이 한꺼번에 생각나. 아, 섬뜩해. 그런데 자기 예수님 믿나 봐?"

"아니, 안 믿어."

"어? 그런데 왜 걸어놨어?"

"옛날엔 믿었는데 지금은 안 믿어."

"그럼 떼지."

"그냥 걸어놓은 거야. 그냥."

"그래도 십자가를 걸어놓고 살 정도라면 아직 믿음이 있는 거지. 교회에 안 나가더라도."

"절대로 안 믿는다니까."

그때는 절대로 안 믿는다고 떠댔지만, 이런 문제에 부닥치고 보니까 어쩌면 여전히 믿고 있는 건지 모른다고, 해는 생각했다. 만약 자신이 여전히 그리스도를 믿고 있는 것이라면 굿은 더더욱 할 수 없는 것이었다.

남편의 말 중에 가장 무서웠던 건 "만일 어머니가 쓰러지신 대두?"였다. 뼈가 부서져라 일하면서도 가난한 분, 그럼에도 불구하고 남에게 손톱만한 악의도 품어본 적이 없을 것만 같은 분, 세상에 이런 분이 있을 수 있단 말인가 탄식하게 만드는 분. 그런 분이 하필이면 굿에 의지하게 되었단 말인가. 해는 그런 시어머니에게 착한 며느리가 될 자신이 없었다.

남편은 결국 항복 선언을 했다.

"자기는 내가 어머니 편만 들었다고 생각하겠지만, 꼭 그렇지만도 않았어. 어머니한테도 여러 번 말씀드렸다고. 나만 받으면 안되냐고. 아, 모르겠어. 어머니하고 자기가 알아서 해. 자기가 어머니한테 직접 말씀드려. 그 수밖에 없어. 아까 어머니한테 다녀왔어. 자기의 뜻을 최대한 전달하기는 했는데, 제대로 했나 몰라. 아무튼 어머니가 내일 들르신다고 했어. 잘 말씀드려봐. 그리고 그만 좀 앙앙거려라. 한겨울에 홍수 난 것도 아니고 으우샹, 바위신령 때문에 내가 그냥 올해에 두 번이나 미치네."

시모가 직접 아파트로 찾아오겠다는 것이다. 다른 무엇도 아닌 굿 때문에. 해는 어질어질해서 몸을 가눌 수가 없었다. 남편한테는 죽어도 못하겠다는 말을 쉽게 할 수 있었지만, 시모한테도 그 말을 할 수 있을까?

"소교 아줌마는 당최 이해할 수 없다더라. 그렇게 어렵냐는 거지. 지 애비 에미 달래주는 굿인디도 말여. 속옷은 되겠냐고 하더라. 애기가 속바지도 안 된다고는 안 겠지?"
 "속옷 가지구도 된대요?"
 설은 모든 고통이 한순간에 날아가버리는 듯한 기쁨에 젖었다.
 "아쉬운 대로 된디야. 애기가 속옷도 안 된다고 하면 어쩌냐?"
 "걱정하지 마세요. 속옷은 돼요. 무조건 돼요."
 그러나 어머니는 못내 아쉬운 듯했다.
 "잠깐 몸뗑이 들이밀고 있으면 되는 건디. 참, 그게 그렇게 싫을까."
 설은 소교 아줌마에게 감사해야 할지, 병 주고 약 주냐고 분통을 터뜨려야 할지 헛갈렸다. 처음부터 그렇게 말했으면 한결 쉬웠지 않은가. 설마 아내가 속옷까지 못 내놓겠다고야 하겠는가. 둘이 다 안 갈 수는 없고, 아내 속바지 들고 혼자 가면 되는 것 아니겠는가.
 이게 바로 중용이구나. 아내는 의지를 지키고, 어머니는 굿을 하고, 중간에 낀 놈은 편하고. 설은 어머니 심정이야 어쨌든 홀가분해서 날아갈 듯했다.
 "아, 참 깜박혔다. 고무신도 꼭 있어야 된다. 니이, 고무신."
 "고무신요? 하얀 거요, 꺼먼 거요?"
 "하얀 거다."
 "알았어요. 그럼 내일 언제 모시러 와요?"
 "너는 저녁때 와."
 "어머니는요?"
 "난 아침에 미진이 차 타고 나갈 테니께."
 "아침부터요?"
 "그려. 나는 아침부터 치성을 드릴 테니께, 넌 저녁때 와. 속바지하고 고무신 꼭 챙겨갖고."
 어머니가 불쑥 탄식했다.
 "근디 네 마누라 참 고집세다. 너 이놈아 잘못하면 편생 쥐여살겄어. 그리고 왜 그렇게 눈물이 많냐. 그끄저께 마주 앉았는디 어찌나 훌쩍대는지 무슨 말을 할 수가 없더구나."
 "고집이야 아버지 닮고, 울음 많은 거야 어머니 닮았나 보죠. 며느리 참 제대로 얻으셨어요."

 김씨는 아내가 아침바람 맞아가며 나서는 걸 보고, 딸한테 전화로 캐물은 뒤에야, 그간에 있었던 푸닥거리 소동을 알았다. 어쩐지 요새 아내 얼굴이 샛노랗다 했다.
 아내가 시초로 굿을 했던 게 언제였던가. 정확하게는 기억나지 않지만 첫째가 취학할 무렵이었을 거다. 그때 아내는 어디서 무슨 말을 듣고 왔는지 굿을 받게 해달라고 졸랐다. 아내는 한번도 뭘 해달라고 한 적이 없었다. 그런 사람이 처음으로 해달라고 애원한 것이었지만, 일고의 가치도 없는 말이라, 김씨는 코방귀를 뀌었다.
 "대학교 의사들도 못 고치는 걸 무당이 고쳐? 오줌 지리지 마."
 자수성가한 김씨 사전에 굿은 있을 수가 없는 거였다. 김씨는 자기 자신 이외에는 그 누구도 믿지 않았다. 모든 신적 존재들을 사기꾼으로 치부했다. 심지어는 삼동네 사람들이 죄다 절절히 섬기는 부처도 믿지 않았다.
 아내는 한 보름 간을 울며불며 매달렸다. 죽어도 굿을 받고 죽겠다는 거였다. 김씨는 견고한 침묵으로 응수했다. 병이 다시 한 차례 아내를 휩쓸었고, 김씨는 나약해졌다. 사실 지푸라기라도 잡아야 할

판이었다.
"딱 한 번만여. 딱 한 번만!"
막상 굿판이 이루어지자, 김씨는 절대로 믿지 않았던 무당을 자꾸만 믿는 마음이 생겼다. 아내가 시초로 굿 받던 날, 그날은 김씨가 자신 이외의 그 누군가에게 진심으로 뭘 빌어본 첫날이기도 했다.
김씨는 소똥을 치우다 말고 오서산 쪽에다 대고 구시렁댔다.
"신령님도 참 대단하슈. 나 속썩인 걸로 모자라갖구, 며늘아기 속까지 썩였구만요. 그나저나 어쩌야 옳대유. 속바지만 모시면 섭섭허시겠지유? 신령님 대답을 좀 해보슈."
김씨는 곰곰이 생각하다 점심을 먹고 나서는 며느리에게 전화를 걸었다.
"내가 옛날부터 네 시어매한테 신신당부했었다. 며느리는 신당인지 불당인지에 끌고 다니지 말라고 말여. 사람마다 믿음이 다 다른 거이니께. 근디 세상 일이 뜻대로 안될 때가 많더라. 그래서 이번 한 번만 부탁을 하자. 네가 딱 한 번만 굽혀줬으면 좋겠다. 눈 딱 감고 말여. 대신 다시는, 두 번 다시는 이런 일이 없도록 헐 테니께. 어떠냐? 그렇게 해줄 수 있겄지?"
며느리는 쉽사리 대답을 못했다. 전화기에서 무슨 이상한 소리가 들린다 했더니 며느리 흐느끼는 소리였다.
김씨는 아내를 위해서, 아니 오서산 바위신령이 무서워서, 며느리한테 뭔가를 강요했다는 것이 분했다. 홧덩이가 왈칵 치밀어서, 며느리 대답을 못 듣고, 전화를 툭 끊고 말았다.

설이 나갈 참인데 아내가 주섬주섬 옷을 챙겨 입었다.

"자기는 어디 가는데?"

"나도 같이 가는 거야."

"굿 받으러 간다고?"

아내는 힘없이 고개를 끄덕였다. 〈죽어도〉 못하겠다던 사람이, 어머니를 물리치기까지 한 사람이, 자기 대신 속바지를 보내기로 했던 사람이, 왜 갑자기?

아무려나 설은 이 기쁜 소식을 얼른 어머니에게 전해주고 싶었다. 소교 아줌마 댁에 전화를 걸었다. 아내와 동행한다는 말을 전하자, 어머니는 "진짜라니? 왜 온다니?" 놀라면서도 기쁨을 감추지는 못했다.

함박눈이 펑펑 내렸다. 설은 아내의 침묵이 부담스러웠다. 그래서 마구 지껄였다.

"그런데 소교 아줌마네 되게 웃긴다. 아줌마한테는 내 또래쯤 되는 아들이 하나 있어. 중식집 주방장 하는 사람인데 아내 되는 사람이 희한해. 아줌마가 좀 사납냐. 사나운 시어미 밑에서 그 여자가 시집살이를 고되게 하나봐. 근데 그 여자가 어느 날 갑자기 사라지는 거야. 애가 둘인데 그냥 팽개쳐 놓고. 대신 결혼 패물을 싸그리 긁어 갖고 나가지. 아줌마는 별로 안 찾고 싶어하지만 주방장은 열심히 찾아다녔나 봐. 찾아서 데리고 오면 또 한 반년 고분고분 일만 하다가, 재차 홀연 잠적해버려. 물론 또 뭘 들고 나가지. 근데 설령 못 찾아도 제 발로 걸어 들어와, 패물 판 돈이 다 떨어지면 돌아오는 거지. 그래서 이제 집을 나가도 찾지 않더라고. 그렇게 나가고 들어온 횟수가 벌써 대여섯 번이래. 오서산 바위신령이 남들은 다 챙겨 주고 소교 아줌마네 자식들은 별로 안 챙겨 준 모양이더라고. 뭐야, 우와샹, 내 얘기 안 듣고 또 쩔쩔대고 있었던 거야?"

정말이지 아내는 가슴속 어딘가에 눈물주머니를 하나 매달고 있는 모양이었다.

"아, 참, 내가 소교 아줌마 댁에 갔던 얘기 해줬었어? 아버지가 갑자기 경련이 나신 거야. 그때 얼마나 섬쩍지근했다고. 소교 아줌마한테 침을 맞으러 간 거야. 자기 침맞는 거 못 봤지? 굿을 그렇게 무서워하니까 침맞는 거 봐도 많이 무서울 거다. 실은 나도 무섭더라. 침맞다가 아버지가 눈이 허옇게 되서 갖고 10년 감수했다야. 그래도 아줌마가 용하긴 용하대. 침 몇 방에 아버지 확 나으셨어. 그런데 문제는 나올 때였어. 내가 겁 없이 아줌마네 마당까지 차를 끌고 들어가기는 갔는데 나올 수가 없더란 말야. 차 운전은 안 해보셨고 오토바이 운전 경력만 10년인 아버지가 운전 코치하는데 어찌나 겁나든지. 아버지가 열을 내시면 좀 내시냐. 열내시다가 또 경련하실까 봐 겁났던 거지. 하여튼 간신히 빠져나오는데 벽을 긁어버렸어. 근데 벽은 말짱하고 내 차만 빗살무늬토기가 됐더라고. 그때 내 차가 이 모양이 된 거야. 아버지가 다시는 내 차에 안 탄다고 하시더라. 우와샹, 아직도 찔찔대네. 참, 많이도 운다."

소교 아줌마네 마을 동구에 어머니가 서 있었다. 하염없이 내리는 눈을 내리는 대로 다 맞고 있었다. 어머니가 마치 신령 같아 보였다.

설은 소교 아줌마가 읊어대는 소리는 오른쪽 귀로 들어와서 왼쪽 귀로 빠져가게 놔두고, 딴 생각에 바빴다. 아줌마는 올해 연세가 예순아홉이랬다. 그러면 아줌마를 처음 봤을 때는 몇 살이었나? 4반세기 전이니까, 아, 빼기가 이렇게 안되냐.

아무튼 그때의 아줌마 얼굴은 무서워서 쳐다볼 수 없었다. 눈이 마주치면, 아줌마의 눈에서 불덩이가 솟아 나와 자신을 송두리째 먹어치우는 듯했다.

그랬는데 언제부터인가 아줌마가 무섭지 않았다. 아줌마가 육체만 늙어왔던 게 아닌 모양이다. 아줌마를 휘감고 있던 그 무서운 기운들도 시나브로 늙어왔던가 보다.

신당에는 또 한 사람이 있었다. 소교 아줌마를 처음 봤을 때를 연상시키는 여자. 설은 아줌마가 힘이 빠져서 고용한 무당일 거라고 넘겨짚었다.

소교 아줌마의 외는 소리는 고조되더니, 무당이 사위를 펼치기 시작했다.

무당은 누군가를 애타게 불렀다. 설은 소름이 좍좍 끼쳤다. 아내는 고개를 수그리고 울먹거리는 데에만 열중하고 있었다. 어머니는 무당을 향해 오로지 비손 하고 있었다. 설은 무당과 눈이 마주쳤다. 머리카락이 모조리 곤두서는 듯했다.

무당의 음성이 묘하게 바뀌었다. 하는 말을 들어보니 장인과 장모다. 처부모는 설과 아내를 잔뜩 주물럭대면서 이 말 저 말을 했다. 아내한테는 부모가 해준 것도 없이 일찍 떠버렸는데도 곱고 예쁘게 잘 커서 대견하다는 요지의 말을 해주는 듯했다. 설한테는 감당하기 힘든 무지막지한 칭찬을 늘어놓더니 해를 잘 부탁한다는 요지로 말했다. 설은 저도 모르게 우러나온 진정어린 마음을 주체하지 못하고, 군대식으로 "예!"라는 대답을 네 번이나 했다.

처부모는 물을 머금더니 품기도 했다. 설은 얼굴로 날아온 침인지 물인지 하는 것을 맞으면서, 이게 다 처부모가 끼얹어주는 손길이겠거니 여기고 꾹 참았다. 아내는 제 부모가 왔는데 한 번 쳐다보는 일 없이 초지일관 방바닥만 노려보고 있었다.

무당은 신혼부부에게는 할 만큼 했는지, 어머니에게로 달려들었다. 처부모는 꿈속에서 그렇게 자주 부탁하고도 모자랐나 보았다. 어머니의 꿈속에서 했다는 말을 잔뜩 늘어놓았다. 처부모는 어머니를 아예 부둥켜안고 울부짖어대기 시작했다.

그날 밤 안골댁은 사돈 부부를 맞이했다. 사돈 부부는 달처럼 환한 얼굴로 속닥였다.

"이제 마음 편히 쉴 수 있게 됐어요. 이제 가면 안 올랍니다. 감사하고 또 감사합니다. 만수무강하세요."

그것이 안골댁과 사돈 부부의 마지막 만남이었다.

신기하게도 안골댁의 두통은 그날 밤새에 씻은 듯이 나았다. 하지만 안골댁의 머릿속 평화는 오래가지 못했다. 더욱 대가리 굵어진 자식새끼들이, 안골댁이 오서산 바위신령에게 빌어야 할 일들을 줄기차게 만들어냈으므로.

김씨는 소설 한 편을 지었다. 2백 자 원고지로 따지면 스무 장이 될까 말까 했다. 맏아들이 보라고 가져다 준 책에 엽편소설집이라고 있었다. 그 책을 보고 짧아도 소설이 될 수 있다는 걸 알았다.

김씨는 중학교 때 교과서에서 몇 편 읽은 걸 제외한다면, 쉰여덟에 이르러 소설이라는 걸 처음 읽었다. 처음엔 아들이 쓴 것만 읽었지만, 차차로 대 소설가로 이름을 날리고 있는 중학교 동창 것, 맏아들이 집에 있을 때 놀러 왔던 전라도 애가 쓴 것, 등등을 비롯해서 맏아들이 권해주는 것도 읽게 되었다. 읽다가 보니까 자기도 쓰면 쓸 수 있을 것 같았다. 하지만 자기가 소설을 쓰다니 졸던 황소도 웃을 일이어서 시도할 염은 꿈에도 하지 않았었다.

김씨는 회갑년에서 진갑년으로 넘어가던 겨울 고개에 육십 평생을 정리하는 무슨 특별한 일인가를 하고 싶었다. 무슨 일을 할까 하다가, 옳다거니 하고 소설을 쓴 것이었다. 그러니까 이번에 김씨가 쓴 소설은 회갑 기념 소설인 거였다.

김씨는 자신의 소설 제목을 「회갑 선물 중에 회갑 선물」이라고 지었다.

제목에 암시되어 있지만 회갑년에 겪은 여러 일들을 적고 있다. 자신이 생각해도 소설 막바지에 갈수록 정황 진술을 하지 못하고 대화에만 의지하는 등 소설적 폼은 나지 않았다. 주제는 회갑연이 도로아미타불이 되고 난 이후 몰려온 엄청난 상실감이 치유하는 과정이라고 할 수 있겠다. 이러한 주제를 독자들이(가솔들이) 느껴줄는지 몰랐다.

김씨는 독자들을 소집했다. 김씨는 저녁식사를 마치고, 아내와 아들과 딸과 며느리를 의미심장하게 둘러본 뒤에 소설 원고를 꺼냈다. 혼주시평라면장이 발행한 〈가축자가사육사실확인원〉 용지 뒷면에 석 장, 어느 사료가게에서 준 두꺼운 공책에서 뜯어낸 종이 앞면에 석 장, 총 일곱 장에 만년필로 쓴 것을 종이집게로 묶은 거였다.

아버지 회갑은 원래 2001년 6월 10일인데, 여름 더위를 피해 4월 8일에 잔치를 치르기로 어머님과 우리 삼남매 상의했었다. 그런데 갑작스런 일로 회갑연을 파기해야만 했다. …(중략)…

"아버지 서운하시지요? 나는 고개 숙여 말씀드렸다. "내가 웬 회갑이냐. 며느리 사위 하나 없는 놈이 원체 생각도 안했다." 홧김이지 진심은 아니신 듯했다. 아버지 뒷모습이 그렇게 쓸쓸하게 보일 수가 없었다. …(중략)…

아버지께서는 "너는 잠지가 없냐, 배운 게 적으냐, 남들 다 가는 장가도 못 가고 속을 썩이냐" 야단을 치시고는 했다. 아주 얼큰하게 들어가시면 "내가 무어라고 하드냐, 어릴 적부터 그 무엇이냐, 소설 장인가 글장인가는 배고픈 직업이라 예부터 여자가 안 따른다고 했잖느냐. 지금 세상 어느 계집애가 너 같은 것을 택할 것이냐, 뻔할 뻔자야" 한탄하시고는 했다.

평생을 한결같이 화염 뙤약볕 들판 뛰어다니시고, 지하 수백 미터 지하 갱 속에서 피땀 흘리셨건만, 회갑이 되었어도 며느리 하나 못 본 채 몸과 마음만 늙었으니, 어떤 분인들 속이 안 쓰릴까.

…(중략)… 잔치는 못해드리고 오토바이를 사드리기로 했다. …(중략)… "오토바이는 무슨 오토바이, 지금 있는 놈이면 10년도 더 타겠다. 돈도 없는 놈이 장가갈 생각은 않고, 별꿍꿍이 소리를 다한다" 하시면서 단칼에 거절하셨다. …(중략)…

"미진아, 오늘 아버지한테 한방 먹었다. 너는 어쩔래?" "싱크대가 엉망이잖아. 시집가기 전에 겸사겸사 해서 싱크대나 바꿔드릴려고." "그거 비쌀 텐데." "2백 정도 될 거야." "말씀드렸냐?" "뻔할 뻔자지. 나도 한 방 먹었어. '애들이 정신 나갔냐, 야, 이 자식아! 시집갈 꿈이나 꿔. 지금 있는 싱크대 앞으로 10년도 더 쓰고도 남는다. 오토바이, 싱크대 같은 걸로 애비 마음 달랠 생각 말고 얼른 시집 장가나 가. 꼴도 보기 싫다' 하셨어."

…(중략)… 헌데 아버지께서는 오토바이, 싱크대, 핸드폰, 그 무엇도 반가운 표정이 아니고 늘 쓸쓸한 모습이었다. "어머니, 아버지 마

음이 어떻게 해야 편안하실까요." "시간이 가면 되어." "불안해서 못 견디겠어요."

…(중략)… 아버지가 그렇게 기다리던 며느릿감을 데려갔다. …(중략)… 아버지께서 하시는 말씀. "처음 믿음, 처음 마음 끝까지 갖고 행복하게 잘 살아라. 고맙다." 며느리 손목을 잡고 좋아하는 모습. 그렇게 기뻐하시는 모습은 내 나이 서른에 처음 보았다. 진작 결혼 못한 것이 죄송했다. 다음엔 무슨 선물로 아버지 기뻐하는 모습을 볼까.

김씨는 긴 낭독을 끝내고 독자들을 하나씩 둘러보았다. 다들 비슷한 표정인데 저게 비웃는 얼굴인지, 감동 먹은 얼굴인지, 분간이 되질 않았다. 반응이 제일 걱정이 되었던 며느리는 뭐 나쁘게 들은 것 같지는 않았다. 장남이 그래도 지가 소설가라고 가장 먼저 평을 했다.

"너무 잘 쓰셨는대유."

자식, 그것도 평이라고 하나. 지 소설에다가 뭐라고 해대는 사람들처럼 폼나게 말 못하나.

며느리와 딸은 뭐라고 말할 생각이 없나 보았다. 반응이 없으니까 참 멋쩍었다. 젊은 애들이 툭하면 쪽 팔리다고 해쌓더니만 이런 경우를 두고 그렇게 말하나 보았다. 그나마 아내가 한 말씀 해주었다.

"노인네가 소설 쓴다고 밤새 불 켜 놓고 끙끙대서는 내가 대체 잠을 잘 수가 없었시야."

김씨는 이렇게 소리치고 싶었다. '내가 뭘 쓴 줄 아냐. 오서산 바위신령한테 뻐기는 얘기를 썼다. 신령님이 내 평생 소원이던 잔치를 못하게 만들었지만, 나 하나도 안 섭섭했다고.'

김씨는 원고를 장남에게 툭 던져주었다.

"잘 다듬어서 책에 실리는 소설로 만들어봐라. 그렇게 할 수 있잖냐? 내가 소설 하나를 준 겨. 그래서 너를 주인공으로 한 겨. 너 고치기 편하라고."

동네 잔치마당에서 최씨 아저씨가 설에게 느닷없이 물었다.
"넌 네가 잘해서 성공한 건 줄 아냐?"
"예?"
"아니다, 넌 어차피 성공할 수밖에 없어시야. 왠지 알아?"
"저 성공 안했슈."
"왜 성공을 안해. 신문이 났잖어. 라디오하고 텔레비전이도 나왔다메?"
"그거하고 성공은 아무 상관이……."
"네 어매가 좀 빌러 다녔냐? 네 어매가 30년을 빌었다. 바윗댕이가 아니라 태산도 감동하겄다. 바윗댕이한테만 빌었냐? 부처님한테는 또 얼마나 빌었냐. 저번에도 내가 무슨 절에 갔더니 거기 무슨 장부엔가 네 어매가 얼마 냈다고 적혀 있더라. 빵집 청소해서 돈 좀 번다드니. 참, 그만 두셨다메? 그려? 아무튼 많이도 냈더라. 네 어매가 바윗댕이도 모자라, 좋다는 절은 다 찾아다닌 거 아니냐. 그러니 네가 워칙히 안 잘될 수가 있겄냐? 니이, 안 그려?"

김씨네 푸닥거리 약사 — 김종광

화해와 수용의 미학

류종렬 | 부산외국어대 국어국문학과 교수

처음부터 드문 재능과 좋은 연장을 소유한 작가들이 더러 있다. 그러한 축에 김종광을 들 수 있겠다. 김종광은 능청맞고 의뭉스런 태도로 은근짜하게 질러대는 충청도 사투리의 구사에 특유의 장기를 인정받아온 작가이다. 때문에 이문구의 입담을 뒤따를만한 자질로 평가받기도 했다. 또한 과격하진 않지만 재치 있는 형식실험과 정공법을 벗어난 새로운 이야기 구성방식을 꾸준히 시도해왔고 그 성과가 역시 김종광식 스타일의 개척에 한몫을 차지했다. 내용 면에서 볼 때 김종광의 소설들은 다양한 제재를 선택하면서 주로 몰락해가는 농촌공동체의 풍경과 낙오되거나 좌절한 도시 주변부 인생들의 단면 그리고 71년생 90학번 세대들의 정체성과 고민 등을 그려낸다. 현재 그는 두 권의 소설집과 한 권의 장편소설을 통해 자신만의 독특한 스타일과 소설세계의 하부를 구축하고 있다.

이 글은 김종광의 「김씨네 푸닥거리 약사」라는 작품에 대한 개괄적인 해설이 목적이므로 본론으로 바로 들어가기로 한다.

「김씨네 푸닥거리 약사」는 삼십여 년 동안 해마다 굿을 해온 김씨네 집안의 내력에 관한 이야기이다. 그런데 이 작품에는 그의 다른 소설과 마찬가지로 일정하게 고정된 주인공이 없다. 병약한 소년에서, 소년의 어머니인 안골댁으로, 그리고 안골댁의 며느리인 ―이제는 자라난 소년의 아내― 해, 자라나 어른(소설가)이 된 소년 설, 소년의 아버지인 김씨로 소설의 주된 관심은 계속 이동해간다. 단편의 짧은 분량 안에서 말이다. 물론 그 중심에는 언제나 무당 '소교댁'이 있다. 말하자면 '소교댁'은 그야말로 갈등의 핵이며, 다양한 가족 구성원들과 삼십 년에 가까운 시간적 거리를 단편의 형식적 제약 속에서 소화해내게 해주는 중추적 역할을 하는 인물이다.

작품은 소년 무렵의 '설'이 처음으로 대면한 '소교댁'의 모습으로부터 시작된다. 병약한 아들의 보호를 위해 어머니가 벌인 굿판을 통해 설은 갑작스레 '소교댁'과 만난다. 어린 소년이 무당 '소교댁'을 대하면서 느끼는 감정은 '미신'에 대한 혐오, 즉 근대적 합리성의 세례로 인한 불쾌함과는 거리가 멀다. '낯모를 어른들이 들이닥쳤다'는 작품 서두의 묘사처럼 무당은 소년에게 있어 신험한 존재도, 제거당해야 할 '미신'도 아닌 그저 갑작스레 등장한 낯설고 독특한 인물로서 묘사된다. 그가 무당의 존재에 대해 거부감을 느낀 것은 단지 '좋아하는 텔레비전을 전혀 못 보았기 때문에' 또한 '자고 싶어도 잘 수 없기' 때문이다. 그래서 그는 무당의 접신의 과정을 '혼이 빠진 킹콩 같았다.'고 묘사하는가 하면 '비신'하는 어른들의 모습을 '날뛰고 있었다.'고 느끼는 것이다. 그러나 소년이 지닌 이와 같은 중립적 시선은 어머니 '안골댁'의 관점으로 이어지면서 균형감각을 상실한다.

처녀 적부터 잔병치레가 잦았던 '안골댁'은 결혼 후 여섯 해에 걸쳐 아이를 셋 낳는 동안 몸이 더욱 부실해져 급기야는 유명 병원을 순례할 정도에 이르게 된다. 죽는다는 소문이 돌 정도로 허약해진 '안골댁'의 건강은 무당 '소교댁'을 만나면서 사소한 잔병치레 수준으로 구원받는다. 이후 '안골댁'에게 있어 '소교댁'은 '무슨 일만 있으면······ 소교댁의 신당과 불당에 끊임없이 절하며 비손'할 정도의 의미를 지니게 된다. '소교댁' 역시 이와 같은 '안골댁'의 무조건적 신뢰에 답하기나 하듯 '안골댁'의 골칫거리, 작품 내 표현을 빌자면 '두통'의 근원거리를 찾아내어서 씻어준다. 가령 '안골댁'이 남편 김씨의 회갑연 비용 때문에 두통이 시작되면, 회갑연이 아들의 목숨을 앗아간다는 식으로 그 영험한 신통력을 기묘하게 연출하여 회갑연을 자연스레 포기시킴으로써 '안골댁'을 치병시켜주는 것이다.

'소교댁'의 영험은 그녀가 지닌 신령한 능력으로부터 비롯되는 것이라기보다는 자신의 사회적 의미와 현실적 상황을 교묘하게 연결시켜내는 그녀의 기지 및 연기력에 크게 빚지고 있다고 할 수 있다. 이쯤 되면 '안골댁'에게 있어서 '소교댁'은 미래를 점지해주는 신통한 점지자의 의미를 떠나 가장 효력 있는 의사이며 약사인 것이다. 이는 작가가 '소교댁' 즉 무당과 같은 합리적으로 설명될 수 없는 존재의 신통력이나 영험함을 부정하는 것은 결코 아니다. 작가는 단지 '소교댁'과 '안골댁'의 관계 속에서 무당이 지닌 신통력이나 영험의 의미를 새롭게 읽어내고 있을 뿐인 것이다. 이와 같은 작가의 의도는 결말 부분 소교댁으로 인해 발생한 아내 안골댁과 며느리 해 사이의 갈등을 해결해 가는 남편 김씨의 태도에서도 드러난다.

'안골댁'의 극심한 두통이 다시 시작된 것은 아들의 결혼식날 아침이다. 이미 죽은 지 오래인 사돈 부부가 '안골댁'의 꿈에 나타난 것이다. 이후 사돈 부부는 재차 '안골댁'의 꿈에 나타나 딸의 안위를 부탁하고 이로 인해 안골댁의 극심한 두통이 다시 시작된다. 물론 여기서 '안골댁'이 자신의 약사인 '소교댁'을 찾아간 것은 당연하고 '소교댁'은 며느리 부모를 위한 굿을 건의한다. 이 일로 천주교 신자이자 근대적 교육을 받은 며느리는 시어머니와 갈등을 일으키게 된다. 시어머니인 '안골댁'의 입장에서 보자면 며느리와 며느리 부모의 평안을 위한 일인데 반대하는 며느리가 이해가 되지 않는 것이며, 며느리의 입장에서 보자면 시어머니의 행위는 도대체 이해되지 않는 비합리적 세계인 것이다.

결코 시어머니의 세계를 이해치 않으려는 며느리와 애타게 굿을 종용하는 시어머니, 그 사이에서 어느 편에도 설 수 없는 남편이자 아들인 '설'. 김씨의 집안이 말하자면 일대 위기 국면에 들어선 것이다.

여기서 일을 해결해내는 것은 영험력 있는 '소교댁'이 아니라 시아버지이자 집안의 어른인 김씨이다. 김씨는 굿판이 열리기 전 며느리에게 전화해서 굿판에 참석토록 부탁하는가하면 자신의 가장 큰 회갑 선물이 며느리였다는 기묘한 소설을 집필하여 손상 당한 며느리의 자존심을 어루만져주기도 한다. 이로써 작가가 고부간의 갈등, 신구간의 의식의 대립을 통해 그려내고자 했던 것은 무당을 둘러싼 비합리적 세계와 합리적 세계간의 갈등이 아니었다는 것이 어느 정도 명확해지는 것이다.

모르는 사람들의 병과 고통은 치유해내면서, 바람난 자신의 며느리 하나 단속치 못하는 '소교댁'의 영험의 모순점 같은 것은 작품의 구도 내에서 별반 의미를 차지하지 못한다. 오히려 작가는 소교댁의 영험을 그처럼 비웃고 희화화시키는 이들의 시선도 인정하면서, 그 '소교댁'의 영험함의 효력을 톡톡히 맛보는 '안골댁'과 같은 인물들의 입장도 충분히 이해한다. 말하자면 중요한 것은 어느 편에 손을 들어주느냐가 아니라, 이 양편간의 차이를 어떻게 화합시켜 가면서 그 화합의 근원을 찾아내는 것이다. 바로 이 지점이 「김씨네 푸닥거리 약사」가 빛을 발하는 부분이다.

김씨의 소설이 소설이라고 할 수 없는 구성에도 불구하고 따뜻한 감동을 자아내는 것은 바로 그 때문이다. 합리성과 비합리성의 경계 같은 것은 김씨에게는 아무런 의미가 없다. 물론 신령님의 분노도 그에게는 크게 중요치 않다. 단지 그에게 중요한 것은 사랑하는 가족들의 화합이었던 것이다. 그런 점에서 볼 때 집안의 환난을 치유시켜주는 진정한 주술사는 '소교댁'이 아니라 바로 김씨였던 것이다. 그리고 이는 곧 김종광이 세계를 바라보는 시선이기도 하다.

우리는 합리적인 것과 비합리적인 것의 경계를 쉽게 구분해낸다. 과학적으로 설명될 수 없는 것, 수로 환원될 수 없는 것은 쉽게 비합리적 영역으로 구분되어 배제시켜버리는 것이다. 그러나 합리성과 비합리성 혹은 현실과 비현실, 실재하는 것과 실재하지 않는 것의 경계가 과연 그렇게 간단한 것일까. 수로 환원될 수가 없다고 해서, 과학의 해설 범주를 넘어섰다고 해서 간단하게 실재하지 않는 환영과 같은 것이라고 단정해버릴 수 있는 것일까. 근대라는 한 시대의 시작과 더불어, 과학적으로 설명될 수 없는 많은 '영험'한 경험들이 쉽게 이해의 선 밖으로 밀려나 소외되어 왔다. 말하자면 중심과 주변부가 명확하게 설정되고 위계가 설정되었던 것이다. 그와 같은 경계 지음 혹은 위계의 형성이 과연 합당한 것일까. 김종광의 「김씨네 푸닥거리 약사」는 그와 같은 점에 의문을 제기하면서 이들을 화해시키고 각자의 삶의 방식을 수용하게 하는 작품이다.

• 화장 •

약력

1948년 서울 출생
산문집 『내가 읽은 책과 세상』 『선택과 옹호』 『자전거 여행』 『문학기행』(공저) 『풍경과 상처』
장편소설 『빗살무늬토기의 추억』 『칼의 노래』
〈동인문학상〉 수상

화장(火葬)

김훈

1

"운명하셨습니다."
 당직 수련의가 시트를 끌어당겨 아내의 얼굴을 덮었다. 시트 위로 머리카락 몇 올이 삐져나와 늘어져 있었다. 심전도 계기판의 눈금이 0으로 떨어지자 램프의 빨간 불이 깜박거리면서 삐삐 소리를 냈다. 환자가 이미 숨이 끊어져서 아무런 처치도 남아 있지 않았지만 삐삐 소리는 날카롭고도 다급했다. 옆 침대의 환자가 얼굴을 찡그리면서 저편으로 돌아누웠다.
 이 년에 걸친 투병의 고통과 가족들을 들볶던 짜증에 비하면, 아내의 임종은 편안했다. 숨이 끊어지는 자취가 없이 스스로 잦아들 듯 멈추었고, 얼굴에는 고통의 표정이 없었다. 아내는 죽음을 향해 온순히 투항했다. 벌어진 입술 사이로 메말라 보이는 침이 한 줄기 흘러나왔다. 죽은 아내의 몸은 뼈와 가죽뿐이었다. 엉덩이 살이 모두 말라버려서 골반뼈 위로 헐렁한 피부가 늘어져서 매트리스 위에서 접혔다. 간병인이 아내를 목욕시킬 때 보니까, 성기 주변에도 살이 빠져서 치골이 가파르게 드러났고 대음순은 까맣게 타들어가듯 말라붙어 있었다. 나와 아내가 그 메마른 곳으로부터 딸을 낳았다는 사실은 믿을 수 없었다. 간병인이 사타구니의 물기를 수건으로 닦을 때마다 항암제 부작용으로 들뜬 음모가 부스러지듯이 빠져나왔다. 그때마다 간병인은 수건을 욕조 바닥에 탁탁 털어냈다.

"시신은 병실에 두지 못합니다. 곧 냉동실로 옮기겠습니다."

수련의가 전화로 직원을 불렀다. 직원 두 명이 병실로 들어와 아내의 침대 주변과 쓰레기통, 변기에 분무소독액을 뿌렸다. 직원들은 아내의 시신을 벨트로 고정시켜서 침대를 밀고 나갔다.

아침 일곱시였다. 십오층 병실 창문 밖에는 빌딩 사이로 날이 밝아왔다. 봄 안개가 거리에 낮게 깔렸다. 청소부들이 거리를 쓸었고 음식점 앞 쓰레기통에 비둘기들이 모여 있었다.

딸에게 전화를 걸까 하다가 좀더 재우기로 했다. 아내의 임종을 지키며 새운 간밤에도 나는 오줌을 눌 수가 없었다. 아내의 심전도 그래프가 어느 정도 안정될 때마다 병실을 빠져나와 화장실에 다녀왔지만 오줌은 나오지 않았다. 여자처럼, 좌변기에 앉아서 오줌을 눈 지가 여섯 달이 넘었다. 남자의 방식대로 서서 오줌이 나오기를 기다리기 힘들었다. 변기에 앉아서 방광에 힘을 주었더니, 고환과 항문 사이로 날카로운 통증이 방사선으로 퍼져나갔다. 성기 끝에서 오줌은 고드름 녹듯 겨우 몇 방울 떨어졌다. 붉은 오줌방울들이었다. 요도 속에서 오줌방울들은 고체처럼 딱딱하게 느껴졌고, 오줌이 빠져 나올 때 요도는 불로 지지듯이 뜨겁고 쓰라렸다. 몸 속에 오줌만 남고 사지가 모두 떨어져나가는 느낌이었다. 밤새 나온 오줌은 붉은 몇 방울이 전부였다. 배설되지 않는 마려움으로 내 몸은 무겁고 다급했다. 다급했으나 내보낼 수는 없었다. 밤새 다섯 차례나 화장실을 들락거렸지만, 오줌은 성기 끝에서 이슬처럼 맺혔다가 떨어졌다. 죽은 아내의 시신이 침대에 실려 나갈 때도 나는 방광의 무게에 짓눌려 침대 뒤를 따라가지 못했다.

회사에서는 일주일 동안의 휴가를 줄 것이었다. 장사를 치르려면 우선 비뇨기과에 가서 오줌을 빼고 몸을 추스려야 했다. 비뇨기과가 문을 열려면 두 시간쯤 남아 있었다. 그 두 시간은 난감했다. 혼자서 아내의 병실 앞을 지키고 있을 만한 근력이 남아 있지 않았다. 병원 근처 사우나에 가서 잠을 청해 보기도 했다. 사우나 프론트에서 딸에게 전화를 걸었다.

"아침에 엄마 돌아가셨다."

딸아이는 흑, 숨을 몰아쉬더니 한동안 대답이 없었다.

"너도 회사에 알리고 준비해서 병원으로 와라. 파출부 아줌마한테 연락해서 집 봐달라고 하고, 오기 전에 개밥 줘라."

"아빠, 고생하셨어요. 소변은 보셨나요?"

딸아이의 목소리가 울음으로 변해가고 있었다.

"그래 조금. 올 때, 영정에 쓸 사진하고, 아빠 갈아입을 속옷도 챙겨와라."

거기까지 말했을 때, 휴대폰 배터리가 끊어졌다. 휴대폰은 꼬르륵 꼬르륵…… 소리를 내면서 죽었다. 휴대폰이 죽자 나는 아내의 죽음이나, 오늘부터 치러야 할 장례절차와도 단절되는 것 같았다. 휴대폰이 죽는 소리는 사소했다. 새벽에, 맥박이 0으로 떨어지면서 아내가 숨을 거둘 때도 심전도 계기판에서 그런 하찮은 소리가 났었다.

사우나 프론트에는 휴대폰 급속 충전기가 설치되어 있었다. 나는 종업원에게 충전을 부탁하고 탕 안으로 들어갔다. 밤을 새운 사내들 몇 명이 물 속에 몸을 담그고 늘어져 있었다. 충전기에 물려 놓은 휴대폰으로 전화가 걸려 올 때마다 종업원이 탕 안으로 들어와서 사내들을 호명했고, 벌거벗은 사내들은 고환을 덜렁거리며 탕 밖으로 불려나갔다.

뜨거운 물 속에서 오줌에 찬 방광은 더욱 부풀어오르는 듯했고, 나는 내 몸 속의 오줌에 빠져 허우적거리는 꼴이었다. 몸 속으로 스미는 더운 증기가 오줌과 삼투되는 느낌이었다. 아내와 살아온 세월들, 잡지사 여기자인 젊은 아내가 벌어온 돈으로 대학원을 마치고, 결혼해서 딸을 낳고, 단칸 전세방에서 시작해서 십억 짜리 단독주택을 장만하고 재벌급 화장품회사 말단사원에서부터 상무로까지 승진한 세월들이 애초부터 존재하지 않았던 것처럼 종잡을 수 없이 사우나탕 증기 속에서 풀어졌다.

아내의 병은 뇌종양이었다. 발병 초기에는 편두통인 줄 알았다. 아내는 이 년 동안 세 번 수술을 받았다. 그때마다 증세는 더욱 악화되었다. 아내는 발작적인 두통을 호소하며 먹던 것을 뱉어냈고, 시퍼런 위액까지 토해놓고 정신을 잃곤 했다. 아내의 수술을 집도한 의사는 내 대학 동기였다. 학번은 같았지만 전공이 달라서 안면은 없었다. 아내가 병실에 누워 있는 동안 그는 주치의 방으로 나를 불러서 뇌종양 판정을 내렸다. 그때 그는 설명했다.

……뇌종양은 암의 계통이다. 인간의 두개골 안에서 발생할 수 있는 종양은 백삼십여 종류다. 조직 내의 모든 신생물이 종양이다. 종양은 어떤 신체조직 안에서도 발생할 수 있다. 종양이 발생하게 되는 환경과 조건은 알 수 없다. 종양은 생명 속에서만 발생하는 또다른 생명이다. 죽은 조직 안에서 종양은 발생하지 않는다. 종양의 발생과 팽창은 생명현상이다. 생명 안에는 생명을 부정하는 신생물이 발생하고 서식하면서 영역을 넓혀나간다. 이 현상은 생명현상의 일부인 것이다. 종양과 생명을 분리시킬 수는 없다. 그래서 치료는 어렵다. 고생할 각오를 하고 환자의 마음을 준비시켜라.

그때, 나는 의사의 설명을 알아들을 수가 없었다. 그의 말은 비어 있었다. 그의 말은, 죽은 자는 종양에 걸리지 않고, 살아 있는 자만이 종양에 걸리는 것인데 종양 또한 삶의 증거이기 때문에 이도 저도 아니라는 말처럼 들렸다. 나의 이해가 아마도 옳았을 것이다. 뻔한 소리였고, 하나마나한 소리였지만, 나는 그때 그의 뻔한 소리의 그 뻔함이 무서웠다. 그리고 그 무서움은 그저 무덤덤했다. 그의 설명은 뻔할수록 속수무책이었다. 새벽에 아내가 죽고 나서, 팔목에 꽂힌 링거 주사관을 걷어내면서 병원 창 밖으로 안개 낀 시가지의 아침을 내려다볼 때, 나는 그 뻔한 소리에 대한 나의 이해가 그다지 틀리지 않았음을 알았다.

주치의가 뇌종양 판정을 내리던 날, 나는 의사의 판정을 아내에게 전했다. '생명현상'을 강조하던 의사의 설명은 전하지 않았다. 환자를 상대로 하나마나한 얘기를 하고 싶지 않았다.

"여보, 당신 뇌종양이래. 엠알아이 사진에 그렇게 나왔대."

울음의 꼬리를 길게 끌어가며 아내는 질기게 울었다. 울음이 잦아들 때 아내는 말했다.

"여보, 미안해…… 여보, 미안해."

"만땅꼬입니다."

사우나를 나올 때 종업원은 충전된 휴대폰을 내밀며 그렇게 말했다. 폴더를 열어보니, 배터리 눈금 네 개가 돋아나 있었다. 비뇨기과가 문을 열 시간이었다. 늘 다니던, 회사 근처의 비뇨기과는 거리가 멀었다. 사우나 옆 골목, 교회와 정육점이 들어선 건물 삼층에 비뇨기과 간판이 붙어 있었다. 간호사가 물걸레질을 하고 있었고 늙은 의사는 조간신문을 들여다보고 있었다.

"전립선염인데…… 오줌을 좀……"

"저리 누우시오."

나는 의사가 가리킨 침대에 누워서 허리띠를 풀었다. 의사는 옷 위로 내 아랫배를 더듬었다.

"아이고, 어찌 이리 고이도록……"

"어젯밤에 잠을 못 잤소……"

"신경 쓰면 더 안 나옵니다. 연세가 얼마나 되시오?"

"쉰다섯이오."

"전립선염은 나이 먹으면 저절로 생기기도 합니다. 병이라고 할 수도 없는 노화현상이지요. 옛말에 늙으면 오줌줄기가 약해진다는 게 바로 이겁니다. 선생은 증세가 좀 심한 편입니다만."

의사는 물걸레질을 하는 간호사에게 지시했다.

"이봐 최양, 이분 배뇨해드려. 양이 많다. 시간 좀 걸릴 거야. 오줌통 두 개 준비하고."

간호사가 다가왔다. 간호사는 머리에 흰 두건을 뒤집어쓰고 두 눈만 내놓고 있었다. 나는 누워서 두건 쓴 간호사를 올려다보았다. 밍밍한 향수냄새와 융기한 젖가슴이 아니라면, 그가 여자라는 것을 알아볼 수 없었다. 간호사는 내 성기를 주무르게 될 자신의 얼굴을 내가 혹시라도 기억하게 될까봐 흰 두건을 뒤집어쓴 모양이었다.

"허리를 좀 드세요."

나는 허리를 들었다. 간호사가 바지와 팬티를 한꺼번에 끌어내렸다. 간호사는 고무장갑 낀 손으로 애무를 해주듯 손을 움직여 내 성기를 키웠다. 고무장갑 낀 간호사의 손 안에서 내 성기는 부풀었다. 성기는 내 몸의 일부가 아닌 것처럼 낯설었지만, 내 몸이 아닌 내 성기가 나는 참담하게도 수치스러웠다. 간호사가 성기 쪽으로 고개를 숙이고 성기 끝 구멍을 두 손가락으로 벌렸다. 간호사는 그 구멍 안으로 긴 도뇨관을 밀어넣었다. 도뇨관은 한없이 몸 안으로 들어갔다. 요도가 쓰라렸고 방광 안에 갇혀 있던 오줌이 아우성을 쳤다.

"움직이시면 안 됩니다. 시간이 좀 걸릴 거예요. 요도에 통증이 심하시면 벨을 누르세요."

간호사가 물러갔다. 도뇨관을 따라서 오줌은 장난감 물총을 쏘듯 간헐적으로 흘러나왔다. 쪼르륵 쪼르륵…… 침대 밑 오줌통으로 오줌이 떨어져 내리는 소리가 들렸다. 방광의 압박이 서서히 줄어들면서, 몰아쉬는 숨이 쉬어졌다. 병원 유리창으로 아침 햇살이 쏟아져 들어왔다. 나는 눈을 감았다. 눈에 해가 비치어 눈꺼풀 속으로 분홍의 바다가 펼쳐졌고, 그 바다 위에 반점 몇 개가 떠다녔다. 눈꺼풀 속 분홍의 바다 위에서 반점들은 수평선 쪽까지 흘러갔다가 되돌아오곤 했다. 눈꺼풀 밑의 바다는 내 생애로 건너갈 수 없는 낯선 바다처럼 보였다. 쪼르륵…… 쪼르륵…… 오줌 떨어지는 소리가 들렸다.

소리는 멀고도 선명했다. 그 분홍의 바다 저쪽 끝으로 죽은 아내의 상여가 흘러가고 있었다. 방관의 통증이 수그러드는 어느 순간에 나는 깜빡 잠이 들었다.

2

아침 열 시가 좀 지나서 나는 다시 병원으로 돌아왔다. 원무과에서 지정해준 영안실은 3호실이었다. 아내의 사체는 냉동실로 들어갔고 빈소에는 시체도 문상객도 아직은 없었다. 아내의 영정 앞에서 딸이 엎드려 울었고 까만 양복을 차려입은 딸의 약혼자 김민수가 우는 딸의 어깨를 쓰다듬었다. 딸은 이 년 전에 대학을 졸업하고 무역회사에 취직했다. 두 달 후에 결혼해서 유학 가는 신랑과 함께 뉴욕으로 옮겨 살 계획이다.

딸의 얼굴과 몸매는 죽은 아내를 빼다박은 듯이 닮아 있었다. 눈이 동그랬고 귀가 작았고 볼이 도톰했다. 쓰려져서 우는 딸은 어깨의 둥근 곡선과 힘없어 보이는 잔등이까지도 죽은 아내를 닮아 있었다. 나는 영정 속의 아내의 얼굴과 쓰러져서 우는 딸의 얼굴을 번갈아 바라보았다. 죽은 사람의 얼굴 표정이 아직 죽지 않은 사람의 얼굴 위에서, 살아서 어른거리고 있었다.

어쩌다가 저녁 식탁에 세 식구가 마주 앉아 있을 때면, 나는 아내와 딸의 닮은 모습에 난감해했다. 그때, 살아서 마주 앉아 밥을 먹는다는 일은 무겁고 또 질겨서 헤어날 수 없을 듯했다. 그러나 죽은 아내의 영정과 죽지 않은 딸의 얼굴이 닮아 있다는 사태는 더욱 헤어나기 어려울 듯싶었다. 오래고 또 가망 없는 병 수발의 피로감에 불과한, 쓸데없는 생각이었다. 아침에 아내의 임종을 관리하던 당직 수련의가 "운명하셨습니다"라고 말하던 순간, 터질 듯한 방광의 무게에 짓눌려서 그 자리에 주저앉아버리고 싶었던 그 무거움 같은 느낌이었을 것이다.

문상객들은 저녁 일곱시가 지나서야 하나둘씩 나타날 것이고 부산이나 광주에 사는 친척들은 다음날에나 도착할 것이었다. 친척이라야 내 남동생 부부와 조카들, 그리고 미혼으로 늙어가는, 죽은 아내의 여동생이 전부였다. 친척들에게 초상을 알리는 일은 딸이 알아서 할 것이고, 신문에 부음을 내거나 내 고등학교 대학교 동창회, 학군단전우회, 향우회, 거래은행임원, 지역대리점사장, 감독관청공무원, 동종업계임원, 광고매체간부, 광고제작대행사, 광고모델, 원료납품업체사장, 용기제작사사장, 어음할인거래처, 미용전문잡지기자, 일간신문 미용담당기자들에게 알리는 일은 회사 비서실에서 오전 중에 처리할 것이었다. 장례용품과 상복, 육개장을 국물로 주는 접대용 식사와 음료수까지 모두 병원 영안실에 준비되어 있었고, 영안실 직원은 진단서를 첨부해서 사망신고를 제출하는 일과 시립 화장장에 연락해서 화장 순번을 받아내는 일을 맡아주었다. 운구용 버스를 예약하고 납골함을 구입하고 납골당의 자리를 교섭하는 일까지도 영안실 직원은 전화 몇 번으로 끝냈다. 아내의 죽음을 몸으로 감당해야 할 사람은 나였지만, 아내의 장례일정 속에서 나는 아무 할 일이 없었다.

빈소에 설치된 전화기가 울렸다. 병원 경리직원이었다. 경리직원은 고인의 명복을 빈다고 말하고 나서, 아내가 죽기 전 일주일 동안의 치료비와 병실료를 납부해달라고 요구했다. 아내가 발병한 후 병원비는 삼천만원쯤 들어갔다. 수술을 여러 번 했고, 의료보험이 적용되지 않는 정밀검사와 고액처치가 많았다. 나와 딸이 병 수발하느라고 쓴 돈을 합치면 사천만원쯤 들어간 셈이었다. 환자가 이미 죽었는데, 살아 있던 동안의 마지막 치료비를 내놓으라는 요구는 공정한 거래가 아닌 것도 같았지만, 죽음은 죽은 자 그 자신의 사업일 뿐 병원이 거기에 대해서 책임을 질 수는 없을 것이었다. 나는 지갑에서 신용카드를 꺼내 딸의 약혼자 김민수에게 건네주고 경리창구에 가서 계산을 하도록 시켰다.

마무리를 추스르는 동안의 긴 울음까지도 딸은 아내를 닮아 있었다. 딸이 내게 물었다.

"새벽에 엄마 많이 아파하셨나요?"

"아니, 아주 고요했어. 난 네 어머니 숨 넘어가는 것도 몰랐다. 자는 줄 알았어."

"그 동안, 그렇게도 아파하시더니……"라면서 딸은 또 울먹였다. 아내는 두통 발작이 도지면 머리카락을 쥐어뜯고 시퍼런 위액까지 토해냈다. 검불처럼 늘어져 있던 아내는 아직도 저런 힘이 남아 있을까 싶게 뼈만 남은 육신으로 몸부림을 치다가 실신했다. 실신하면 바로 똥을 쌌다. 항문 괄약근이 열려서, 아내의 똥은 오랫동안 비실비실 흘러나왔다. 마스크를 쓴 간병인이 기저귀로 아내의 사타구니를 막았다. 아내의 똥은 멀건 액즙이었다. 김 조각과 미음 속의 낱알과 달걀 흰자위까지도 소화되지 않은 채로 쏟아져 나왔다. 삭다 만 배설물의 악취는 찌를 듯이 날카로웠다. 그 악취 속에서 아내가 매일 넘겨야 하는 다섯 종류의 약들의 냄새가 섞여서 겉돌았다. 주로 액즙에 불과했던 그 배설물은 흘러나오자마자 바로 기저귀에 스몄고, 양이래 봐야 한 공기도 못 되었지만 똥냄새와 약냄새가 섞이지 않고 제가끔 날뛰었다.

계통이 없는 냄새였다. 아내가 똥을 흘릴 때마다 나는 병실 밖 복도로 나와 담배를 피웠다.

"엄마, 이제는 안 아프지? 다 끝났지?"

딸은 아내의 영정을 바라보며 혼잣말로 중얼거리면서 또 울먹였다.

숨이 끝나는 순간, 아내의 몸 속에 통증이 있었다 해도 이미 기진한 아내가 아픔을 느낄 수 없었고 아픔에 반응할 수 없었다면 아내의 마지막이 편안했는지 어땠는지는 알 수 없는 일이었다. 아내가 두통 발작으로 시트를 차내고 머리카락을 쥐어뜯을 때도, 나는 아내의 고통을 알 수 없었다. 나는 다만 아내의 고통을 바라보는 나 자신의 고통만을 확인할 수 있었다. 밤새 뒤채는 아내의 병실 밖으로 겨울의 날들과 봄의 날들은 훤히 밝아왔고 병실을 지키는 날 아침에 나는 병원에서 회사로 출근했다. 뇌종양이 '생명현상'의 일부라고 강조하던 주치의에게 아내의 고통과 나의 고통 사이의 상관관계에 대하여 묻는다면, 그는 뻔하고도 명석한 답변을 준비하고 있을 것이었다.

— 생명현상은 그 개별적 생명체 내부의 현상이다. 생명은 뒤섞이지 않는다. 생명에서 생명으로 건너갈 수 없고, 이 건너갈 수 없음은 생명현상이다

라고.

김민수가 계산을 마치고 빈소로 돌아왔다. 김민수는 신용카드와 영수증을 나에게 내밀었다.

"빈소 사용료까지 합쳐서 백오십 만원이 나왔습니다. 아버님, 어

젯밤에도 못 주무셨을 텐데 좀 쉬시지요."

약혼 뒤부터 김민수는 나를 '아버님'이라고 불렀다. 듣기에 쑥스러웠으나 다른 호칭을 일러줄 수도 없었다.

문상객이 몰려오기 시작할 저녁 일곱시 무렵까지는 긴 하루가 고스란히 남아 있었다. 딸과 김민수를 데리고 사체도 문상객도 없는 빈 빈소를 지켜야 하는 일은 감당하기 어려웠다. 자꾸만 아내의 영정과 겹쳐지는 딸의 얼굴도 견디기 힘들었다.

"너희는 집에 가서 엄마 물건 정리해놓고 일곱시께 오너라. 그전에 할 일이 없을 거다. 엄마 옷을 골라서 양로원으로 보내라. 동사무소에 물어보면 마땅한 양로원을 소개해줄 거야. 라면박스에 넣어서 택배로 보내라."

나는 그렇게 딸과 김민수를 빈소에서 내보냈다.

빈소의 한구석에는 작은 부속실이 딸려 있었다. 문상객이 없는 시간에 상주들이 틈틈이 눈을 붙일 수 있는 방이었다. 부속실은 전기 온돌방이었고 창문이 없었다. 나는 부속실로 들어가 누웠다. 출입문을 닫자 방 안은 캄캄했다. 어제, 그제 사이에 병원에서 죽은 사람이 아내 이외에는 없었는지, 영안실 전체가 조용했다. 오줌이 빠져나간 방광이 빈 들판처럼 느껴졌다. 눈이 쓰렸고 입이 말라왔다. 아내의 영정 하나가 지키고 있는 빈소 옆 부속실의 어둠 속에서 나는 잠들었다.

휴대폰 울리는 소리에 잠이 깼다. 눈을 떴을 때, 내가 어디에 와서 누워 있는지 알 수 없었다. 철지난 벌레가 울듯이 멀고 희미한 휴대폰 소리가 어둠 속에서 나를 부르고 있었다. 그 희미한 소리가 아내의 죽음과 오늘 저녁부터 시작될 장례일정과 내가 아내의 빈소에 누워 있다는 사실을 일깨워주었다. 바지 주머니에서 휴대폰을 꺼냈다. 사장이었다. 해소에 전 노인의 목소리는 메말랐다.

"오상무, 소식 들었네. 지금 어디 있나?"

"병원 영안실에 있습니다."

"이 박복한 사람아, 그 나이에 상처란 견디기 힘든 거야."

"진작부터 각오했던 일입니다."

"그 동안 자네 정성이 유별나서 고인도 여한이 없을걸세. 자네가 걱정이야. 회사의 기둥 아닌가."

"저야, 하던 일이 있으니 이럭저럭……"

"그 일 말인데 말이야, 여름 광고 전략은 자네가 끝까지 마무리해 주게. 상중이라고 미뤄둘 수가 없는 일 아닌가. 자네한테 면목없지만. 어쩔 수 없어. 전화로 보고받고 지시할 수 있겠지?"

"모레 중역회의에서 논의되겠지요."

"그야 그렇지만, 회의에서 나온 얘기 대충 들어보고 자네가 판단해서 밀어 붙여주게. 늘 그래왔잖아."

"컨셉이 어느 정도 좁혀졌으니까, 얘기 들어보고 결정하겠습니다."

"고맙네. 난 오늘은 선약이 있고, 내일 저녁 때 빈소를 들르겠네."

사장은 팔십 노인이었다. 무릎 관절염이 만성이었다. 사장실을 온돌로 꾸며놓고 여름에도 무릎에 담요를 덮고 있었다. 이십 평이 넘는 온돌방 한가운데 불상을 모셔놓고 늘 향을 피우고 있었다. 직원들은 사장실을 대웅전이라고 불렀다. 사장은 삼십대 초에 단신 월남해서 기초화장품 세 종류만으로 회사를 차렸다. 세상의 모든 감각들이 관능화되고 세분화되는 세월 동안에 사장의 회사는 번창했다. 지금은 기초화장품 이십여 종에 색조화장품 삼십 여종을 생산하고 유통시키는 시장점유율 1위의 회사로 성장했다. 기초화장품은 클렌징 로션, 폼클렌징, 스킨로션, 밀크로션, 메이크업 베이스, 자외선차단용 선블록, 리퀴드 파운데이션, 콤팩트 파운데이션들이었고 색조화장품은 립스틱, 립글로스, 아이섀도, 아이라이너, 마스카라, 블로셔, 매니큐어들이었다. 색조화장품들이 다시 울트라 마린블루나 쇼킹 핑크 또는 인디언 레드, 헌터스 그린 같은 색의 계통별로 분류되면 출시되는 상품 종수는 훨씬 더 다양했다. 작년부터 사장은 화장품이 아니라 의약부외품인 질 세철제와 질 방향제 연구사업에 개발비 오십억을 투입하면서 임원진을 다그쳐왔다. 연구개발 중인 질 세척제는 인체 적용실험에서 많은 문제를 드러냈다.

 세척효과는 좋았으나 젤리 타입의 약물이 멘스의 찌꺼기와 부작용을 일으켜서 질 내부에 염증과 작열감을 일으켰다. 또 질 깊숙이 투입된 약물이 오줌으로 완전히 씻겨 내려가지 않고 자궁 입구에서 악취 나는 침전물로 변질되어 흘러나오는 경우가 있었다. 연구개발실은 원숭이 암컷 수십 마리로 적용실험을 거듭했으나, 그 실험결과는 여성의 질 내부온도와 분비물의 산성농도에 따라 수많은 편차를 드러냈고 개발실은 시제품이 인체에 적용되는 과정에서 발생하는 생화학적 과정의 문제들을 해결하지 못하고 있었다. 중역회의 때 연구개발실장은 여성 생식기의 여러 부위들을 크게 확대한 해부학 사진들을 천연색 환등으로 보여주면서 인체 적용의 난점들을 설명했다. 연구개발실장은 수많은 질들의 개별성을 극복하기가 어렵다고 보고하면서 아마도 질 내부의 산성 정도를 서너 계통으로 분류해서 거기에 맞는 제품들을 별도로 생산해야 할 것 같다는 대안을 제시했다.

사장은 생산비가 두 배 이상 들어가고, 선전에서 추가비용이 발생하며 유통과정 관리가 힘들어진다는 이유로 연구개발실장의 대안을 승인하지 않았다. 질 방향제는 스프레이 타입이었다. 인체 적용에서 문제점은 드러나지 않았으나, 생산라인을 가동시키는 문제에 대해서 사장은 생각이 달랐다. 사장은 질 내부의 향기를 아무리 절묘하게 만들어놓아도 그 향기가 질 밖으로 발산되는 휘발성 향기가 아니라면 수요는 극히 제한적일 수밖에 없으므로 수요를 창출해낼 수 있는 선전, 마케팅 전략을 확실히 수립한 다음 생산에 착수하라고 지시했다. 회의석상에서 중역들은 사장의 판단에 대해 일제히 침묵할 수밖에 없었다. 사장이기 때문이 아니라, 그의 판단이 영업적으로 옳았기 때문이었다. 그때 사장은 질 내부의 여러 부위들을 보여주는 환등 화면을 볼펜으로 가리키며 "저게 다 제가끔이란 말이지. 제가끔이라 하더라도 따로 따로 맞게 만들어줄 수는 없지 않은가. 시장은 무진장인데, 들어서기가 어렵구만"이라고 중얼거렸다.
　회사의 직제는 상무인 내가 회사의 모든 업무를 관장하고 결재하기로 되어 있으나 연구개발실의 신제품 개발업무는 의사나 약사, 생리학, 약리학 교수들에게 용역 발주되어 있었다. 나는 보고를 듣고 영업적 판단을 할 뿐 연구과정에 간여할 수는 없었다.
　사장이 아내의 빈소를 지키는 나에게 전화를 걸어서 지시한 사항은 올 여름시장에 출시되는 제품 다섯 종의 선전과 마케팅 전략을 기한 안에 확정해서 집행에 착수하라는 것이었다. 작년 하반기부터 대리점들로부터 올라오는 판매대금 회수가 세 달 이상씩 지연되었다. 지방 대리점에서 올라오는 결제 대금은 전부가 어음이었는데, 미수율이 십 퍼센트였고 부도율은 삼 퍼센트였다. 지방 대리점들은 담합했다. 미수금 청산을 거절했고, 마진폭 인상을 요구해왔다. 본사 기획팀을 내려보내 총판장들을 구슬렸으나 성과는 없었다. 미수금 총액이 십억을 넘어서자 지방 총판장들은 물건을 팔고도 일정 부분은 대금을 받을 수 없는 영업현장의 애로를 본사가 인정해줄 것을 요구했다. 본사는 미수금을 자꾸만 이월시켜나갔지만, 이월된 미수금 액수는 단지 숫자일 뿐 수익은 아니었다. 작년 하반기 이후 회사의 유동 자금은 극도로 경색되었고, 금년 여름에는 단기성 개발비 동결로 시장에 내놓을 신제품이 없었다. 이 년 전에 재고 처리했던 쇼킹 핑크 계통의 립스틱 세 종과 울트라 마린블루와 코발트 블루 계통의 마스카라 네 종류와 여름용 선탠크림을 라벨과 용기와 포장만 바꾸고 십오억 원의 선전비를 투입해서 시장으로 떠밀어내는 것이 올 여름의 영업내용이었다. 건더기는 없고 껍데기뿐이었지만, 이 업계에서 건더기와 껍데기가 구별되는 것도 아니었고 껍데기 속에 외려 실익이 들어 있는 경우는 흔히 있었다. 여름시장에 내놓을 이 재고상품 여덟 가지 전체의 선전과 광고에 적용될 리딩 이미지와 문구를 결정하기 위한 회의는 부서별, 직급별로 다섯 차례 열렸다. 그 회의에서 논의된 리딩 이미지의 문구는 '여름에서 가을까지―여자의 내면여행'과 '여름에 여자는 가벼워진다', 그렇게 두 가지로 압축되어 중역회의에 제출되었다. 장례휴가가 계속되는 일주일 동안 그 둘 중의 하나를 리딩 이미지로 결정하고, 거기에 따른 포스터와 영상제작, 모델, 촬영기사, 디자이너를 교섭하는 일, 광고매체를 확보하는 일과 전국 영업조직에 판매 전략을 시달하고 훈련시키는 일들을 해당 실무부서에 분담시켜야 했다.

3

　당신의 이름은 추은주(秋殷周), 제가 당신의 이름으로 당신을 부를 때, 당신은 당신의 이름으로 불린 그 사람인가요. 당신에게 들리지 않는 당신의 이름이, 추은주, 당신의 이름인지요.
　제가 당신을 당신이라고 부를 때, 당신은 당신의 이름 속으로 사라지고 저의 부름이 당신의 이름에 닿지 못해서 당신은 마침내 삼인칭이었고, 저는 부름과 이름 사이의 아득한 거리를 건너갈 수 없었는데, 저의 부름이 닿지 못하는 자리에서 당신의 몸은 햇빛처럼 완연했습니다. 제가 당신의 이름과 당신의 몸으로 당신을 떠올릴 때 저의 마음속을 흘러가는 이 경어체의 말들은 말이 아니라, 말로 환생하기를 갈구하는 기갈이나 허기일 것입니다. 아니면 눈보라나 저녁놀처럼, 손으로 잡을 수 없는 말의 환영일 테지요.
　당신의 이름은 추은주, 오년 전 신입사원 공채 때 인사과장이 가져온 최종합격자 이력서에서 당신의 이름을 읽었을 때, 이제는 지층 밑에 묻혀버린 먼 고대국가의 이름이 내 마음에 떠올랐습니다. 그리고 당신의 몸은, 구석자리에서 컴퓨터 자판을 두드리며 결재서류를 작성하고 있던 당신의 둥근 어깨와 어깨 위로 흘러내린 머리카락과 그 머리카락이 당신의 두 뺨에 드리운 그늘은 내 눈앞에서 의심할 수 없이 뚜렷했고 완연했습니다. 아, 살아 있는 것은 저렇게 확실하고 가득 찬 것이로구나 싶어서, 저의 마음속에 조바심이 일었습니다. 당신은 광고파트의 신입사원으로 입사했고, 상무인 저와는 보고계통이나 결재라인에서 마주칠 일이 없는 업무일선에 배치되었습니다.

회사가 신축사옥으로 옮겨가기 전에는 부서별로 방이 없이 칸막이 사무실을 쓰고 있었는데, 내 자리 칸막이 너머로 바라보이는 당신의 둥근 어깨는 공중에 떠 있었습니다. 분기 말마다 미결업무들을 한꺼번에 결재하느라고 직원들은 중국음식을 배달시켜놓고 야근을 했었지요. 그 분기 말의 저녁에 당신은 아마도 새로 출시된 아이섀도의 소비자선호조사 보고서나 매체별 광고효과분석 보고서나 또는 선탠크림 부작용에 대한 무더기 고발사건의 뒤치다꺼리를 위해 소비자단체와 신문기자들에게 풀어 먹인 홍보비와 접대비 지출내역 보고서를 작성하고 있었겠지요. 장마비가 며칠째 쏟아지던 여름 분기 말의 저녁이었습니다. 당신은 목둘레가 둥글게 파인 블라우스를 입고 있었고, 당신의 목 아래로 당신의 빗장뼈 한 쌍이 드러났습니다. 결재서류가 올라오기를 기다리던 나는 내 자리에서 일어서서 칸막이 너머로 당신을 바라보았습니다. 당신의 가슴의 융기가 시작되려는 그곳에서 당신의 빗장뼈는 당신의 가슴뼈에서 당신의 어깨뼈로 넘어가고 있었습니다. 그 빗장뼈 위로 드러난 당신의 푸른 정맥은 희미했고, 그리고 선명했습니다. 내 자리 칸막이 너머로 당신의 빗장뼈를 바라보면서 저는 저의 손으로 저의 빗장뼈를 더듬었지요. 그때, 당신의 몸을 생각했습니다. 당신의 몸속의 깊은 오지까지도 저의 눈에 보이는 듯했습니다. 여자인 당신, 당신의 깊은 몸속의 나라, 그 나라의 새벽 무렵에 당신의 체액에 젖는 노을빛 살들, 그 살들이 빚어내는 풋것의 시간들을 저는 생각했고, 그 나라의 경계 안으로 제 생각의 끄트머리를 들이밀 수 없었습니다. 당신은 흰 블라우스 위로 구슬이 많은 호박 목걸이를 드리우고 있었습니다. 비구름이 갈라지고, 빌딩의 옥상 간판들 사이로 내려앉는 저녁 해가 당신의 목걸이에 비쳐, 목걸이 구슬마다 해는 저물었습니다. 사위는 잔광 한 줌씩을 거두어가면서 구슬 속으로 저무는 일몰은 위태로웠습니다. 그때, 저는 저의 생애가 하얗게 지워지는 것을 느꼈습니다. 그때, 지체 없이 당신의 이름을 부르지 않으면 당신이 당신의 몸속의 노을빛 살 속으로, 내가 닿을 수 없는 살의 오지 속으로 영영 저물어버릴 것 같은 조바심으로 나는 졸아들었고, 분기 말의 저녁마다 당신의 어깨는 저무는 날의 위태로운 노을로 내 앞에 번져 있었습니다. 당신은 부서의 동료들끼리 중국음식을 배달시키고 나는 설렁탕을 시켜서, 당신은 당신의 자리에서 먹고 나는 내 자리에서 먹었습니다. 고개를 숙일 때마다 흘러내리는 머리카락을 한 손으로 쓸어 올리면서 당신은 젓가락질을 했습니다. 당신은 휴대백에서 실핀을 꺼냈습니다. 당신은 앞니로 실핀 끝을 벌리고, 그 실핀을 귀밑머리에 꽂아 흔들리는 머리타래를 고정시켰습니다. 빗장뼈 위로 솟아오른 당신의 목은 흰 절벽과도 같았습니다. 당신은 계속 먹었습니다. 볶음밥을 한 숟갈 입에 넣고 나서 국물을 한 숟갈 떠넣기를 당신은 반복했습니다. 당신이 밥을 먹는 모습에서는 끼니때를 놓친 시장한 노동자의 식욕이 느껴졌습니다. 당신이 음식을 넘길 때마다 흔들리는 당신의 턱 밑의 흰 살들을 저는 칸막이 너머로 바라보았습니다. 그리고 또 제 손으로 제 턱 밑 살을 더듬어보았지요. 사무실 안에 인공조미료의 느끼한 냄새가 가득 찼고, 당신이 젓가락질을 할 때마다 당신의 목걸이 구슬들은 마구 흔들렸습니다. 당신의 몸 속으로 들어가서 당신의 체액과 비벼지면서 당신의 몸 속을 흘러가는 볶음밥 낱알들의 행로를 저는 생각했습니다. 아니지요. 그 고대국가의 지층 밑을 저는 엿볼 수 없었습니다. 내 두 눈을 찌를 듯이, 그렇게 확실하게 살아서 머리타래를 흔들며 밥을 먹고 있는 당신의 모습은 매몰된 지층 밑의 유적이나 풍문처럼 아득하고 모호했습니다. 그 확실함과 모호함 사이에서 저는 아둔하게도 저 자신의 빗장뼈와 목 밑 살을 더듬고 있었지요. 그리고 그 확실함과 모호함 사이에서 당신은 계절마다 옷을 바꾸어 입었고 야근하는 저녁마다 볶음밥을 시켜다 먹었고, 입사한 지 여섯 달 만에 청첩장을 돌리며 결혼했고, 동료직원들이 당신의 부푼 배를 위태로워할 때까지 만삭의 배를 어깨끈 달린 치마로 가리며 출근했고, 당신을 꼭 닮았다는 딸을 낳았고, 산후휴가가 끝난 뒤 다시 당신의 자리로 돌아왔습니다. 어쩌다가 회사 복도나 엘리베이터에서 당신과 마주칠 때, 당신의 몸에서는 젊은 어머니의 젖냄새가 풍겼습니다. 엷고도 비린 냄새였습니다. 가까운 냄새인지 먼 냄새인지 분간이 되지 않는 냄새였지요. 확실하고도 모호한 냄새였습니다. 당신의 몸냄새는 저의 몸 속으로 흘러 들어왔고, 저는 어쩔 수 없이 당신의 몸을 생각했습니다. 당신이 볶음밥을 먹으며 야근하는 저녁에 저는 저의 자리에 앉아서, 당신의 모든 의식과 기억을 풀어헤쳐서 다만 숨쉬게 하는 당신의 잠든 몸을 생각했습니다. 당신이 잠들 때, 당신의 날숨이 당신의 가슴에서 잠든 아기의 들숨 속으로 흘러 들어갈 것이고, 아침이 오도록 당신의 방에서 익어가는 당신의 몸냄새를 생각했습니다. 여자인 당신의 모든 생물학적 조건들 속에 깃들이는 잠과 당신이 잠드는 동안 당신의 몸 속에서 작동하고 있을 허파와 심장과 장기들을 생각했습니다. 그리고 당신의 몸 속 실핏줄 속을 흐르는 피의 온도와 당신의 체액에 젖는 살들의 질감을 생각했습니다. 내 마음속에서, 당신의 살들은 손으로 만질 수 없는 풍문과도 같았습니다. 그 분기 말의 저녁에도 오줌이 빠지지 않는 저의 몸은 무거웠고, 몸 전체가 설명되지 않는 결핍이었습니다. 몇 년 전에 신입사원인 당신이 상무인 내 자리로 찾아와 웃으면서 청첩장을 내밀고 결혼휴가를 청할 때도 저의 몸은 그렇게 무거웠고, 결핍의 덩어리였습니다. 그때 저는 방광의 무게가 힘들어서 자리에서 일어서지 못하고, 아마도, 축하한다, 신랑은 뭐 하는 사람인가, 사장 명의로 식장에 화환을 보내줄게, 결혼 후에 아기 낳더라도 회사에 다닐 건가, 결혼식날 지방출장 갈 일이 있다. 식장에 못 가더라도 섭섭하게 생각하지 말라, 라는 말을 주절거렸던 것 같습니다. 저는 봉투에 수표 두 장을 넣고, 그 봉투 위에 '축 화혼'이라고 써서 당신에게 내밀었지요, 당신은 두 손으로 봉투를 받았습니다. 당신이 고개를 깊이 숙여 절할 때, 당신의 뺨 위로 흘러내리는 머리타래를 저는 외면했습니다. 당신은 뒤로 돌아서서 제자리로 돌아갔습니다. 그때 당신은 결혼을 앞둔 신부의 정장 차림이었습니다. 돌아선 당신의 몸은 블라우스와 스커트 속에서 완연했고 반팔 블라우스 소매 아래로 노출된 당신의 팔에는 푸른 정맥이 드러났습니다. 당신의 정맥은 먼 나라로 가는 도로처럼 보였습니다. 그 정맥 속으로 내가 확인할 수 없는 당신의 시간이 흐르고, 저와 사소한 관련도 없을 당신의 푸른 정맥이 저의 눈앞에 드러나서 이 세상의 공기에 스치게 되는 여름을 저는 힘들어했습니다. 저는 여름에도 당신이 긴팔 블라우스를 입기를 바랐고, 당신은 여름마다 짧은팔 블라우스를 입었습니다. 저희 두 사람이 여러 어른과 친지들을 모시고 백년해로의 기약을 맺으려 하오니 부디 축복하여주시기 바랍니다.—당신이 놓고 간 청첩장에는 그렇게 적혀 있었습니다. 당신이 결혼하던 날 저는 전라북도 지역으로 출장을 떠났습니다. 미리 예정되었던 출장이었지요. 상무인 제가 부하직원의 결혼식에 가지 않아도 좋게 된 이 공식일정에 저는 안도했습니다. 그 무렵, 새로 출시된 피부 미백제가 대량 부작용을 일으켜 전라북도 지방의 소비자 단체들이 고발할 움직임을 보이고 있었습니다.

저의 출장 목적은 피해자들을 돈으로 진정시키고 소비자단체 대표들을 구슬러 고발을 막는 일, 그리고 아이섀도와 립글로스의 마진율 인상을 요구해 온 지방 총판장들과 타협을 보는 일이 있습니다. 당신의 결혼식이 시작되었을 시간쯤에 저는 군산, 익산 지역을 돌며 피해자들을 만나서 돈을 건네고 "민형사상의 문제를 제기하지 않겠다"는 각서를 받았습니다. 당신이 신혼여행지인 제주도에 도착했을 시간쯤에 저는 김제에서 소비문화보호협회 대표라는 중년여성들을 만나 "제품을 감시하는 여러분들의 노력이 기업을 긴장시켜 주고 있다"고 치하하면서 돈 봉투를 나누어주었습니다. 저녁에는 총판장들을 김제 시내의 한 룸살롱으로 불러모아서 술을 마셨습니다. 총판장들은 농산물 개방 이후 농촌 경기는 수렁으로 빠졌으며 주소비층인 젊은 여성들이 모두 사라져버려서 마진율을 인상하지 않으면 총판이고 대리점이고 영업권을 반납하겠다고 으름장을 놓으면서, 미수금 전액을 본사가 떠맡아줄 것을 요구했습니다. 저는 마진율과 미수금은 연동시킬 수 없는 전혀 별개의 회계이며, 만성적인 유동성 자금난으로 월급 때마다 단기융자를 끌어다 써야 하는 본사의 어려움을 설명했습니다. 제가 "잘 아시면서 왜들 이러십니까?"라고 말하면, 총판장들도 똑같은 말로 대답했습니다. 아무런 소득도 없이 술이 취했습니다. 여자들이 옷을 벗었고, 술 취한 총판상들이 여자들의 사타구니 밑으로 손을 넣었습니다. "너는 낯짝을 보니까 구멍 속이 인디언 레드겠구나. 너는 쇼킹 핑크겠고." 전주 총판장이 여자 사타구니를 더듬던 손을 코에 대고 냄새를 맡았습니다. "좀 씻고 다녀라, 이 더러운 년아." "사장님 그게 조개 냄새가 좀 나야 맛있는 거예요." "이게 지금 조개 냄새냐? 썩은 곤쟁이 젓 냄새지."

회사 법인카드로 술값과 팁을 계산했습니다. 김제 들판이 끝나는 만경강 어귀의 포구마을에 전주 지사장이 저의 여관을 잡아놓았습니다. 저는 대리 운전을 불러서 여관으로 갔습니다. 당신이 결혼하던 날, 저의 하루 일과는 그렇게 끝났지요. 여관 창문 밖으로 썰물의 개펄이 아득히 펼쳐져 있었고 흰 달빛이 개펄 위에서 질척거리면서 부서졌습니다. 바다는 개펄 밖으로 밀려나가 보이지 않았고, 거기에는 아무것도 없었습니다. 저승에 뜬 달처럼 창백한 달빛이 가득한 그 공간 속으로 새 한 마리가 높은 소리로 울면서 저문 바다로 나아갔습니다. 저는 제가 어디에 와 있는지 알 수가 없었습니다. 그 여관방에서 당신의 몸을 생각하는 일은 불우했습니다. 당신의 몸 속에서, 강이 흐르고 노을이 지고 바람이 불어서 안개가 걷히고 새벽이 밝아오고 새떼들이 내려와 앉는 환영이 밤새 내 마음속에 어른거렸습니다. 당신의 이름은 추은주. 제가 당신의 이름으로 당신을 부를 때, 당신은 당신의 이름으로 불린 그 사람인가요. 당신에게 들리지 않는 당신의 이름이, 추은주, 당신의 이름인지요.

4

저녁 일곱시가 지나자 문상객들이 몰려왔다. 사장이 어른 키만한 조화를 보내왔다. 사장의 조화는 영정 가까이, 거래처 대표들이 보낸 조화는 영정 좌우로 진열되었다. 동창회와 향우회, 전우회에서 만장을 보내와 빈소 입구에 세웠다. 회사 경리직원이 나와서 부의금 접수업무를 맡았다. 절을 마친 문상객들은 식당으로 가서 그룹별로 모여 앉아 육개장으로 저녁을 먹었다. 저녁 아홉 시가 좀 지나서 추은주가 빈소에 나타났다. 추은주가 결혼하던 날 내가 지방출장을 갔듯이, 아내의 장례기간 중에 추은주가 어디론가 출장을 가거나 휴가를 가서 빈소에 나타나지 말기를 나는 바랐다. 추은주는 함께 온 여직원들과 나란히 서서 아내의 영정을 향해 두 번 절했다. 나는 두 손을 앞으로 모으고 바닥에 엎드린 추은주의 몸을 내려다보았다. 추은주는 블루진 바지에, 양말을 신지 않은 맨발이었다. 추은주의 머리가 바닥에 닿을 때 머리타래가 흘러내렸고 맨발의 뒤꿈치가 도드라졌다. 뒤꿈치의 각질과 엄지발가락 밑의 둥근 살도 보였다. 엎드린 추은주의 등과 엉덩이는 완연한 몸이었다. 세상 속으로 밀치고 나오는 듯한 몸이었다. 그리고 그 몸은 스스로 자족(自足)해 보였다. 추은주가 결혼하던 날, 만경강 개펄가의 여관방에서 보낸 밤이 생각났다. 나는 고개를 흔들어서 생각을 떨쳐냈다. 생각은 떨어져나가지 않았다. 영정 속에서 아내는 엷게 웃고 있었다. 미소 띤 사진은 영정으로 쓰지 말라고 미리 유언이라도 남기고 싶었다. 나는 추은주와 맞절했다. 절을 마친 추은주는 내 앞으로 다가왔다.

"상심이 크시겠습니다. 너무 일찍 가시는군요. 저희 어머님하고 동갑이신데……"라고 추은주는 말했다.

"뭐, 병원에서 해볼 만큼 다 해봤으니까……"

나는 겨우 그렇게 대답했다. 추은주는 여직원들과 함께 식당으로 물러갔다. 저녁 열 시가 넘어서 광고기획1과장 박진수와 광고기획2과장 정철수가 빈소에 나타났다. 그들은 화장품 광고업계의 신예들로 사장이 고액연봉으로 스카우트한 사람들이었다. 박진수는 기초화장품 담당이었고 정철수는 색조 화장품 담당이었다. 두 과장들은 까만 양복에 까만 넥타이를 매고 까만 양말을 신고 있었다. 병원 영안실에서 빌려 입은 상복이었다. 과장들이 잘할 때, 망사처럼 얇은 양말 밑으로 발바닥이 비쳐 보였다. 절을 마친 과장들은 내 팔을 끌어서 빈소 옆 부속실로 데리고 들어갔다.

"황망 중에 예의가 아닙니다만, 여름 광고 이미지 문안을 시급히 결정해 주셔야겠습니다. 경쟁사들이 먼저 치고 나올 기세입니다."

2과장 정철수가 말했다.

"딴 중역들은 별 의견 없으실 겁니다. 상무님하고 저희들이 결정해서 밀어붙이면 될 겁니다."

1과장 박진수가 말했다. 과장들은 스스로 회사의 실력자임을 의식하고 있었다.

"알고 있네. 아침에 사장께서도 전화로 지시하시더군."

2과장 정철수는 까만 양복 윗도리를 벗고 넥타이를 느슨하게 풀었다. 넥타이를 풀 때 그는 고개를 좌우로 힘있게 흔들었다.

"그런데 말입니다. '여자의 내면여행'은 너무 관념적이고 스모키하지 않겠습니까? 오히려 가을 시즌에 맞는 이미지가 아닐까 싶은데. '내면여행'을 채택한다면 영상제작도 쉽지 않을 겁니다. 이미지를 돌출 시켜내기가 어려울 것 같습니다."

"연상연출로 이 관념성을 넘어가야 합니다. 사인화(私人化)된 정서가 도시 여성에게 어필합니다. 도시로부터 이탈하려는 게 여자들의 여름 정서의 핵심이라고 봅니다."

"그게 문제지요. 밖으로 뛰쳐나가지 못해 안달인 판에 '내면'이란 고루하고 폐쇄적인 느낌이 듭니다. 화장품은 내면사업이 아니라 외면사업입니다."

"전 '여름에 여자는 가벼워진다' 쪽으로 가야 한다고 봅니다. 올여름은 유례없이 질퍽거리고 끈끈할 것이라는 예보가 나와 있습니다. 한국 여자들의 심성에는 물기가 너무 많지요. 물주머니들이 돌아다니는 거예요. 여자들은 자신들의 이 대책 없는 물기를 증오하는 겁니다. 그러니, 이걸 거꾸로 타넘어가려면 역시 '가벼움'의 이미지를 밀고 나가는 게 좋을 겁니다."

"여름엔, 여성 존재의 전환감을 강조해야 합니다. 존재의 전환, 낯섦과 설레임, 이런 쪽으로 가야지요. 그러니 '내면여행'을 영상으로 잘 다듬어내는 것도 좋을 겁니다."

"'내면여행'은 품격 있는 이미지가 될 수야 있겠지만 도발성이 모자라요. 기초에는 어떨지 몰라도 색조에까지 적용하기엔 좀 엉성할 겁니다. 꽉 조여드는 힘이 없잖아요."

"나는 '가벼워진다' 쪽이 오히려 존재의 전환감과 합치된다고 봅니다. 여기에 촉촉함과 메마름의 이미지를 함께 연출해낼 수 있다면 먹혀들 겁니다. 여름은 무겁고 질퍽거리니까요."

"'가벼워진다'에는 이탈적 정서가 확실히 들어 있기는 하지만, 이 가벼움이 그야말로 너무 가벼워서 중량감이 전혀 없는 게 문제지요. 거기에 비하면 '내면여행'의 중량감은 안정돼 있다고 봐야지요."

'내면여행'과 '가벼움' 사이에서 박진수와 정철수는 오랫동안 갈팡질팡했다. 젊은 과장 둘은 그 두 개의 리딩 이미지 중에서 어느 한편을 택할 경우에, 거기에 맞는 여자 모델들의 이름을 열거하면서, 머리카락의 질감, 눈동자의 깊이, 눈두덩이 높이, 눈썹의 긴장감, 아랫

입술의 늘어짐, 아랫입술과 윗입술이 만나는 두 점의 극한감, 어깨의 각도가 주는 온순성과 애완성을 분석해나갔다. 두 과장들은 리딩 이미지가 아직 결정되기도 전에 이미 광고 영상제작에 따른 대비를 하고 있었다. 여성의 신체부위의 질감을 분석하고 거기에 이미지를 입히려는 그들의 의견은 때때로 충돌하기도 했으나 '광고는 스모키해서는 안 된다'는 점에는 일치했다. 두 과장들은 또 이미지에 따른 로케이션과 영상 구성의 내용, 손톱, 입술, 눈동자, 허벅지, 장딴지, 눈썹 같은 부분모델을 기용하는 문제와 그 모델들의 신체 특징을 열거해나갔다. 박진수가 들고 온 가방 속에는 모델들의 신체부위를 찍은 천연색 사진이 수십 장 들어 있었다. 정철수는 지난 일 년 동안 TV드라마, 영화, 가요, 패션, 무용에 나타난 여성성의 이미지들을 수집하고 분석한 자료를 꺼내 보였다. 그의 자료는 A4 용지에 깨끗하게 정리되어 바인더에 묶여 있었다.

"모레까지는 결정을 봐야 합니다. 이미지의 내용이 스모키하더라도 표현은 명료해야 할 텐데요."

정철수가 말했다. 그의 어투는 늘 단정했고 단호했다. 모레라면 발인해서 화장하는 날이었다.

"자네들의 판단을 믿고 있네. 그게 늘 워낙 아리송해서 말이야. 다른 임원들 얘기도 좀 들어보고……"

과장들의 말은 돌격을 지휘하는 장교의 언어처럼 전투적이었으나, 그들의 말은 그야말로 스모키하게 들렸다. 헛것들이 사나운 기세로 세상을 휘저으며 어디론지 몰려가고 있는 느낌이었다. 나는 그 스모키한 헛것들의 대열 맨 앞에 있었다. 과장들은 자정 무렵에 자리에서 일어났다. 그들은 영안실 접수 창구 옆 의상보관소에서 상복을 반납하고 제 옷으로 갈아입고 돌아갔다. 자정이 넘자 문상객들은 오지 않았다. 부의금을 접수하던 경리과 직원도 명부를 걷어서 돌아갔다. 밤샘을 할 작정인 직원 몇 명과 대학동창생들이 식당에서 고스톱을 쳤다. 추은주도 돌아가고 없었다. 빈소는 또 비었고, 영정 속에서 아내는 엷게 웃고 있었다.

수술 전날, 간호사가 아내의 머리카락을 잘랐다. 간호사는 머리카락을 한 움큼씩 손으로 쥐고 밑둥에 가위질을 했다. 머리통을 간호사에게 내맡기고 아내는 울었다. 머리카락이 잘려나간 아내의 얼굴은 낯설어 보였다. 간호사가 잘려진 머리카락을 흰 보자기에 싸서 들고 나갔다. 그날, 주치의는 나에게 아내의 뇌를 찍은 엠알아이 사진을 보여주었다. 그는 슬라이드 여러 장을 벽에 걸어놓고 설명했다.

"좋지 않습니다. 이 오른쪽에 골프공처럼 자리잡은 환한 부분이 종양의 핵입니다. 벌써 크게 자리잡았지요. 종양 속에서 이미 출혈이 시작되었습니다. 이 종양이 뇌를 압박해서 두통을 일으키고, 온갖 신경계통을 교란시키게 됩니다. 아직 사진에 나타나지 않았지만, 세포 속에서 진행되고 있는 종양도 있을 수 있습니다."

슬라이드 속에서, 두개골 안쪽으로 들어찬 뇌수는 부유하는 유동체처럼 보였다. 뇌수는 아직 형태를 갖추지 못하고 흐느적거리는 원형질이었다. 인간의 지각과 기능을 통제하는 사령부가 아니라, 멀어서 아물거리는 기억이나 풍문처럼 정처 없어 보였다. 저것이 아내였던가. 저것이 아내로구나. 저것이 두통 발작 때마다 손톱으로 벽을 긁던 아내의 고통의 중추로구나. 슬라이드 속에서 종양이 번진 부위는 등불처럼 환했다. 환한 덩어리 주변으로 반딧불이 같은 빛들이 점점이 흩어져 있었다. 뇌수는 아무런 형태감도 없었다. 그것은 그저 안개나 바람 같은, 스쳐 지나가는 기류처럼 보였다. 살아 있다는 사태의 온갖 느낌을 감지하고 갈무리하는 신체기관이라고 하기에는 그곳은 꺼질 듯이 위태로웠고, 그 안에서 시간이나 말이 발생하지 않은 어둠에 잠겨 있었는데, 점점이 흩어져서 반짝이는 종양의 불빛들은 저녁 무렵인 듯싶었다. 수면제의 힘으로 아내가 깊이 잠들어 마음이 소멸하는 밤에도 그 종양의 불빛들은 잠든 아내의 뇌수 속에서 명멸한 것이었다. 그때 의사는 또 말했다.

"어려운 수술이지요. 종양 뒤쪽으로 시신경이 지나고 있습니다. 종양이 시신경을 압박하면 반맹이나 실명이나 착시가 될 수 있습니다. 수술은 다섯 시간쯤 걸릴 겁니다. 두개골을 열고 현미경으로 들여다보면서 0.1mm씩 작업을 하게 됩니다. 가족들도 마음을 단단히 먹어야 합니다."

나는 아내의 뇌수 사진을 들여다보면서 혼잣말을 하듯이 의사에게 물었다.

"수술 후에 재발하지는 않을까요?"

"그렇지 않기를 바랍니다. 종양을 제거하면 우선 두통과 구역질은 없어질 겁니다. 뇌종양이라 해도, 병은 환자마다 제가끔입니다. 병은 개인에게 개별적이고도 고유한 징후이지요. 의사가 종양을 들어낼 수는 있어도, 종양을 빚어내고 키우는 환자의 생명에 개입할 수는 없습니다."

의사는 불필요하게 친절했다. 그의 친절한 설명은 종양의 나라를 규율하는 헌법처럼 들렸다.

아내의 두통은 발작이 시작되면 곧 극점으로 치달았다가 서서히 가라앉았다. 두통이 극점에 달했을 때 아내는 헛소리를 하면서 위액을 토했고, 두통이 가라앉을 때 아내는 식은땀을 흘리며 기진맥진하였다. 간병인이 뒤채는 아내의 팔다리를 벨트로 묶었다.
"여보······개밥······개밥······"
두통에서 겨우 벗어나기 시작했을 때 아내는 묶인 몸으로 가슴을 벌떡거리며 개밥을 걱정했다. 집에 파출부가 오지 않는 날 개는 하루종일 빈집에 묶여서 굶었다. 누런 털의 순종 진돗개였는데, 콩알처럼 생긴 마른 사료는 거들떠보지도 않았고 국에 말아주는 밥만 먹었다. 딸이 취직해서 출근을 시작하자 집 안이 썰렁하다고 아내가 얻어온 개였다. 아내가 입원한 뒤, 개는 하루 종일 혼자 묶여 있었다. 비 오는 날, 개는 개집 속에 엎드려 앞발을 내밀고 앞발에 떨어지는 빗방울을 혀로 핥았다. 개는 몇 시간이고 그러고 있었다.
"여보······개밥 줘야지, ······개밥."
간병인이 아내의 아랫도리를 벗기고, 두통 발작 때 흘린 사타구니 사이의 똥물을 닦아낼 때도 아내는 개밥을 못 잊어했다. 개의 이름은 보리였다. 내세에 사람으로 태어나라고, 아내가 지어준 이름이었다. 나는 개밥을 걱정하는 아내의 머리를 두 손으로 감싸주었다. 면도로 민 아내의 머리는 형광등 불빛에 파르스름했다. 종양을 키우고 있는, 작고 따스한 머리였다. 혈관을 흐르는 피의 맥박이 내 손에 느껴졌다. 그 핏줄의 아래쪽 뇌수 속에서 종양의 저녁 불빛들은 깜박이고 있을 것이었다.
"아침은 내가 줬어. 저녁은 미영이가 가서 줄 거야."
내 말이 들리지 않는지, 아내는 개밥······ 개밥을 신음처럼 중얼거리다가 까무룩이 늘어져 실신하듯 잠들었다.
첫 번째 수술은 성공적이었다고 의사는 말했다. 두통과 구역질이

멎었다. 아내는 퇴원해서 집으로 돌아왔고, 개는 끼니때마다 국에 만 밥을 먹었다.

　아내의 종양은 여섯 달 뒤에 재발했다. 두 번째 수술을 하기 전날에도 의사는 나를 불러서 엠알아이 사진을 보여주었다. 먼젓번의 종양의 핵심부는 보이지 않았지만, 그 주변에 점점이 흩어져 있던 반딧불이 같던 불빛 두 개가 영역을 넓혀가며 자리잡고 있었다. 의사는 재수술을 결정했다.

　"먼젓번 종양은 없어졌습니다. 이건 재발이 아닙니다. 새로 태어난 종양입니다"라고 의사는 말했다.

　두 번째 수술이 끝나고 아내가 회복실에서 병실로 실려 왔을 때, 나는 아내가 이제 그만 죽기를 바랐다. 그것만이 나의 사랑이며 성실성일 것이었다. 아내는 삭정이처럼 드러난 뼈대로 다만 숨을 쉬고 있었다. 종양이 뇌 속의 후각중추를 잠식하면 냄새를 맡는 신경이 교란되고 이 증세가 미각에까지 영향을 미치는데, 신경조직 속에서 후각과 미각은 긴밀히 연결되어 있다고 의사는 설명했다. 두 번째 수술 후, 아내는 거의 아무것도 먹지 못했고, 체중은 삼십 킬로그램으로 떨어졌다. 새벽에 목이 마르다고 해서 아이스크림을 떠 먹여주면 아내는 뱉어버렸다.

　"아이스크림은 구린내가 나요"라고 아내는 울먹였다. 나는 냉수를 떠 먹여주었다. 병실 유리창 밖으로 여름의 새벽이 밝아오고 있었다. 빌딩 사이로 새벽은 멀리 울트라 마린블루의 하늘을 펼쳐놓고 있었다. 음식에서 구린내가 나서 입에 댈 수 없다며 아내는 도리질을 쳤다. 간병인이 피자에 얹힌 치즈와 베이컨을 걷어내고 가장자리의 밀가루 빵만 떼어먹여도 아내는 혀를 내밀어 뱉어냈다. 아내가 가장 견딜 수 없어했던 냄새는 김이 나는 더운 쌀밥의 냄새였다. 냄새는 혐오할수록 더욱 날카롭게 느껴지는 모양이었다. 아내는 옆 침대 환자가 김 나는 밥을 먹을 때도 고개를 돌리고 구토를 일으켰다.

"더운밥이 구린내가 더 심해요. 냄새가 김으로 퍼지거든요"라며 아내는 간병인을 들볶았다. 아내가 야채즙이나 크림수프를 먹을 때도 간병인은 코를 막아주었고, 아내는 삼키고 나서는 입 안을 물로 헹구어냈다.

아이스크림이나 더운밥 안에 애초부터 구린내가 깊이 숨어 있었던 것인지를 나는 의사에게도 아내에게도 물어볼 수 없었다. 알 수는 없지만, 후각중추가 교란되었기 때문에 음식 자체의 냄새가 바뀌지는 않을 것이다. 알 수는 없지만, 아내의 후각중추가 온전했을 때, 아내가 맡던 냄새가 음식이 본래 냄새였다고 말할 수도 없을 것이었다. 알 수는 없지만, 아내가 치를 떨던 그 구린내는 본래 음식 깊은 곳에 종양처럼 숨어 있던 냄새가 아니었을까. 그래서 뇌가 온전할 때 맡을 수 없었던 그 냄새가 종양이 번지자 비로소 아내에게 감지되는 것은 아닌지, 그래서 누리고 비리고 향긋하고 상큼하던 냄새들이 아내에게는 모두 구린내로 느껴지는 것은 아닌지를 나는 생각했지만, 아무런 생각도 더듬어낼 수 없었다. 먹는 것이 급격히 줄어들자 아내의 똥은 새까맣고 딱딱하게 굳어졌다. 바싹 졸여진 환약처럼 물기가 없었고 찌를 듯한 악취를 풍겼다. 아내의 똥은 창자와 음식물 사이의 사투의 고통이 응축된 사리처럼 보였다. 간병인은 아내의 기저귀를 갈아채울 때마다 향을 피우고 마스크를 썼다. 사지가 늘어진 아내는 기저귀를 갈아채울 때면 수치심으로 두 다리를 버둥거리며 간병인을 밀쳐내려 했지만, 이내 기진맥진했다. 아내는 제 똥이 발산하는 그 지독한 악취에는 아무런 반응도 보이지 않았다. 아내는 완전히 뒤바뀐 냄새의 세계에서 마지막 날들을 숨쉬고 있었다.

　새벽에 빈소에서 라면을 먹었다. 딸과 약혼자는 자정께 돌려보냈다. 빈소에는 나 혼자뿐이었다. 영정 속의 아내는 여전히 웃고 있었다. 머리카락에 윤기가 돌았다. 라면은 짜고 누리고 느끼했다. 조미료 냄새가 빈소에 퍼졌다. 그 냄새 속에서 아내의 사진은 웃고 있었다. 장례일정의 첫째 날은 그렇게 끝났다.

5

　당신의 이름은 추은주. 제가 당신의 이름으로 당신을 부를 때, 당신은 당신의 이름으로 불린 그 사람인지요. 당신에게 들리지 않는 당신의 이름이, 추은주, 당신의 이름인지요.
　아내의 빈소를 혼자서 지키던 새벽에 당신의 이름을 생각하는 일은 참혹했습니다. 당신의 딸이 두 살인가 세 살쯤 되던 여름에, 직원 몇 명이 회사에 나와서 특근을 하던 어느 일요일이 떠올랐습니다. 그날, 당신은 당신의 어린 딸을 데리고 출근했지요. 당신은 컴퓨터 자판을 두드리며 아마도 소비동향 분석 보고서를 작성하고 있었고, 그 옆자리에서 당신의 딸은 봉제곰을 안고 있었습니다. 그리고 당신의 책상에는 아이에게 먹일 우유와 딸기 몇 알이 놓여 있었습니다. 출근한 직원 몇 명이 아이 옆에 모여서 머리를 쓰다듬었지요.
　그 여름에, 마린블루 계통의 아이섀도와 마스카라는 대박이 터졌습니다. 대리점들은 마진율을 낮춰가며 물건을 요구했고, 광고와 시장관리 업무로 회사는 여름휴가를 연기해가며 분주히 돌아갔습니다. 그 여름에 제작한 광고 포스터 속에서, 정오의 햇살이 직각으로 내리쬐는 지중해는 생선의 푸른 등처럼 무한감으로 빛났고 수평선 쪽 물이랑 너머로부터 바다는 다시 새로운 색조로 피어나고 있었습니다. 그 무한감의 바다 위로 여자의 눈동자가 클로즈업되고 바람에 주름지는 물결이 여자의 눈동자 속에서 출렁거렸습니다. 광고담당 부장들의 분석에 따르면, 그해 여름 장마는 유난히 길고 끈끈하고 질퍽거렸으며, 공기 속에 곤쟁이젓국 냄새가 자욱했는데, 마린블루 계통의 광고는 바스락거리는 환절기를 그리워하는 여름 여자들의 감성을 강타했다는 것이었습니다. 그 포스터는 전국 백화점과 헬스클럽과 찜질방과 지방대리점에 나붙었고 아홉시 뉴스 직전의 TV광고에도 나갔습니다. 저는 판촉비를 풀어서 소비자단체간부들, 광고매체간부들, 미용담당기자들과 매일 저녁 술을 마셨습니다. 또 새로 생긴 주간지나 월간여성지의 광고담당자, 새로 차린 광고대행업자들과 쌍꺼풀, 입술, 손톱, 허벅지의 부분모델을 지망하는 여자들의 매니저들은 나를 불러내서 그들의 판촉비로 나에게 술을 먹였습니다. 질퍽거리는, 마린블루의 여름이었지요.

　특근하던 그 일요일 아침에, 저는 당신의 옆 통로를 지나면서 당신의 아기를 보았습니다. 저는 놀라서 주저앉을 뻔했지요. 아직 이목구비의 윤곽이 뚜렷이 자리잡지 못한 그 아기의 얼굴에 당신의 표정이 살아 있었습니다. 눈매인지, 입술 언저리인지, 두 뺨인지 어딘지는 알 수 없었지만, 그 아기는 당신의 생명의 질감과 냄새를 그대로 빼닮아 있었습니다. 그 아기는 땅을 겨우 디디는, 뒤뚱거리는 걸음으로 사무실 안을 돌아다녔습니다. 그 아기의 걸음을 바라보면서, 저는 당신과 닮은 아기를 잉태하는 당신이 자궁과 그 아기를 세상으로 밀어내는 당신의 산도(産道)를 생각했습니다. 그리고 거기는 너무 멀어서, 저의 생각이 미치지 못했습니다. 등 푸른 생선의 빛으로 빛나면서 또다른 색조를 몰고 오는 광고 속의 지중해보다도, 아내의 뇌수 속에서 빛나는 종양의 불빛보다도, 그곳은 더 멀어 보였습니다.

그날 점심때, 저는 특근하는 직원들을 모두 데리고 회사 근처 설렁탕집에 갔습니다. 당신도 아기를 데리고 왔었지요. 직원들이 긴 밥상에 둘러앉고, 당신은 저의 왼쪽 세 번째 자리에 앉았습니다. 설렁탕과 수육이 나왔고, 남자 직원들이 "날씨 더럽게 좋구만"이라고 투덜거리면서 소주를 마셨습니다. 당신은 빈 그릇에 당신의 국밥을 덜어서 아기 앞에 놓았습니다. 숟가락질이 서툰 아기는 밥알을 많이 흘렸습니다. 당신은 손수건을 아기의 턱 밑에 걸어주었습니다. 당신이 숟가락으로 뜨거운 국밥을 떠서 입으로 후후 불어서 식혔고, 당신이 반쯤 먹고 숟가락 위에 남은 밥을 아기에게 먹였습니다. 아기가 입을 크게 벌렸지요. 아기의 입 속은 분홍색이었고 젖어 있었습니다. 당신의 아랫입술처럼 아기의 아랫입술이 아래로 조금 늘어져서 입술의 속살이 보였습니다. 작은 혀도 보였지요. 아기의 입 속은 피부로 둘러싸이지 않은 맨살처럼 부드럽고 연약해 보였습니다. 코를 들이대면 거기서 당신의 몸냄새가 날 것 같았습니다. 숟가락이 커서 아기는 자꾸만 밥알을 흘렸습니다. 당신은 아기의 뺨에 붙은 밥알을 떼어서 당신의 입으로 가져갔고 아기의 턱밑으로 흐르는 국물을 손수건으로 닦아주었습니다. 종업원이 작은 찻숟가락을 가져다 주었습니다. 당신은 찻숟가락으로 아기에게 밥을 먹였습니다. 당신은 물에 헹군 무김치를 당신의 이로 잘라서 숟가락 위에 얹어서 아기에게 먹였습니다. 자반고등어도 그렇게 먹였지요. 때때로 당신 가까이서 당신의 생명을 바라보는 일은 무참했습니다. 당신의 아기의 분홍빛 입 속은 깊고 어둡고 젖어 있었는데, 당신의 산도는 당신의 아기의 입 속 같은 것인지요. 그 젖은 분홍빛 어둠 속으로 넘겨지는 밥알과 고등어 토막과 무김치 쪽의 여정을 떠올리면서, 저의 마음은 캄캄히 어두워졌습니다. 어째서, 닿을 수 없는 것들이 그토록 확실히 존재하는 것인지요. 먹기를 마친 당신의 아기가 밥상 주변을 걸어다녔습니다. 아기는 넘어질듯이 아장거렸습니다. 아기가 저에게 와서 저의 어깨를 짚었습니다. 아기를 안아주고 싶은 충동에도 불구하고 저는 몸을 움츠렸지요.

그날 저녁 때, 저는 퇴근길에 바로 아내의 병실로 갔습니다. 간병인이 오지 않는 날이어서, 저는 병실에서 딸과 교대했습니다. 아내는 두 번째 수술을 받고 나서 시각중추까지 마비되어 있었습니다. 그날 밤 병실에 딸린 욕실에서 아내를 목욕시켰습니다. 침대에 누인 채로 아내의 옷을 모두 벗겼습니다. 저도 옷을 모두 벗었지요. 아내의 몸은 검불처럼 가벼웠고, 마른 뼈 위로 가죽이 늘어져서 겉돌았습니다. 저는 벌거벗은 아내를 안고 욕실 안으로 들어갔습니다. 아내의 상반신을 저의 어깨에 걸치고, 저의 등을 구부려서 아내의 허벅지와 다리를 씻겼습니다. 습기가 빠진 피부가 버스럭거렸습니다. 유아용 아이보리 비누를 풀어서 아내의 늘어진 피부를 손빨래하듯 씻어냈습니다. "여보……미안해요"라면서 아내는 울었습니다. 요강처럼 가운데가 뚫린 의자 위에 아내를 앉혔습니다. 의자 위에서 아내는 사지를 늘어뜨렸습니다. 아내의 두 다리는 해부학 교실에 걸린 뼈처럼, 그야말로 뼈뿐이었습니다. 늘어진 피부에 검버섯이 피어 있었습니다. 죽음은 가까이 있었지만, 얼마나 가까워야 가까운 것인지는 알 수 없었습니다. 저는 의자 밑으로 손을 넣어서 아내의 허벅지와 성기 안쪽과 항문을 비누칠한 수건으로 밀었고 샤워기 꼭지를 의자 밑으로 넣어서 비누를 닦아냈습니다. 닦기를 마치고 나자 아내가 똥물을 흘렸습니다. 양은 많지 않았지만, 악취가 찌를 듯이 달려들었습니다. "여보……미안해……" 아내는 또 울었습니다. 시신경이 교란된 아내는 옆을 볼 수가 없었습니다. 아내의 시각은 앞쪽으로만 고정되어 있었습니다. 울면서, 아내는 자꾸만 고개를 돌리면서 두리번거렸습니다. 아마도 수치심 때문이었을 것입니다. 저는 샤워 물줄기로 바닥에 떨어진 똥물을 흘려보내고 다시 아내를 의자에 앉혔습니다. 아내의 항문과 똥물이 흘러내린 허벅지 안쪽을 다시 씻겼습니다. 환풍기를 켜서 욕실 안에 냄새를 뽑아냈습니다. 마른 수건으로 몸을 닦아 침대에 뉘었습니다. 아내는 자꾸만 울었습니다. 아내의 울음소리는 가늘고 희미했습니다.

"여보 울지 마…… 내가 있잖아"라고 나는 말해주었습니다. 나는 선풍기를 틀어서 그루터기만 남은 아내의 머리카락을 말려주었습니다. 자정께 아내는 다시 두통 발작을 일으켰고, 진통제와 수면제 주사를 맞고 잠들었습니다. 아내가 깊이 잠들어서, 아내의 의식이나 수치심이 더이상 작동되지 않는 시간에 저는 안도했습니다. 아내가 잠든 뒤 저는 다시 욕실로 들어가서, 저의 손에 밴 악취를 비누로 닦아냈습니다. 악취는 잘 빠지지 않았습니다. 저는 복도로 나와서 담배를 피웠지요. 새벽 두 시였습니다. 누군가가 또 숨을 거두려는지, 당직 수련의와 간호사들이 복도 저쪽 끝으로 급히 달려갔습니다. 그 새벽 두 시의 병원 복도에서 당신의 아기의 입 속을 생각했습니다. 당신께 달려가서, 사랑한다고 말하고 싶었습니다. 사랑한다고, 시급히 자백하지 않으면 아내와 저와 그리고 이 병원과 울트라 마린블루의 화장품과 이미지들이 모두 일시에 증발해버리고 말 것 같은 조바심으로 저는 발을 구르고 싶었습니다. 그리고 당신께서 저의 조바심을 아신다면, 여자인 당신의 가슴은 저를 안아주실 것만 같았습니다. 당신의 이름은 추은주. 제가 당신의 이름으로 당신을 부를 때, 당신의 이름으로 불린 그 사람인지요. 당신에게 들리지 않는 당신의 이름이, 추은주, 당신의 이름인지요.

6

유리창 너머에서 마스크를 쓴 화장장 직원이 유족들을 향해 거수경례를 보냈다. 직원은 버튼을 눌러 소각로 입구를 열었다. 소각로 바닥에 열판 코일이 깔려 있었다. 소각로는 엘리베이터 식이었다. 직원은 아내의 관을 소각로 안으로 밀어 넣고 입구를 닫았다. 딸이 약혼자의 등에 기대어 울었다. '소각 중…… 완료 예정시간 오후 2시'라는 빨간 글자가 소각로 문짝 위에 켜졌다. 염을 할 때, 아내의 몸은 한 움큼이었다. 염습사는 기를 쓰듯이 염포를 끌어당겨 아내의 시신을 꽁꽁 묶었다. 염이 끝난 아내의 몸은 긴 나무토막처럼 보였다. 그 나무토막의 아래쪽에 꽃신이 걸려 있었다.

소각이 끝나려면 두 시간 이상을 기다려야 했다. 나는 우는 딸을 데리고 대기실로 나왔다. 대기실에는 유족들 수백 명이 소각완료시간을 기다리고 있었다. 대기실 왼쪽 구석에 안내판이 설치되어 있었다. 121번 소각완료…… 유족들은 관망실로 오셔서 유골을 수령하시기 바랍니다. 122번 소각완료 예상시간 오후 1시 30분, 123번 소각완료 예정시간 오후 1시 40분…… 본 화장장은 첨단 완전 소각시설을 갖추어 연기가 나지 않고 공해물질이 발생하지 않습니다. 국토이용 효율화를 위해 화장에 적극 협조하여주시기 바랍니다. 유족들은 대기실 벤치에 앉아서 왼쪽 구석의 안내판을 바라보고 있었다. 대기실 오른쪽 구석에는 대형 TV가 설치되어 있었다. 미군은 유프라테스 강을 건너 바그다드로 향하고 있었다. TV화면에서 불기둥을 거느린 미사일들이 어두운 밤하늘로 솟아올랐고, 폭격당하는 시가지들은 화염으로 작열했다. 이라크 군인들이 미군포로 다섯 명을 붙잡아서 카메라 앞으로 끌고 나왔다. 이라크 군인이 미군포로를 심문했다. "너는 이라크 군인을 몇 명이나 죽였니?" 미군포로는 대답하지 못했다. 항공모함은 십 초에 한 번꼴로 미사일을 쏟아냈다. 이라크 피난민들이 노새에 짐을 싣고 국경 밖으로 빠져나갔다. 유족들은 왼쪽의 안내판과 오른쪽의 TV화면을 번갈아 들여다보면서 차례를 기다렸다. '소각 완료' 글자가 들어올 때마다 유족들 몇 명이 자리에서 일어나 대기실 밖으로 나갔다. 여기저기서 유족들은 울었다. 소복 차림의 젊은 여자들이 가슴을 쥐어뜯으며 울었고, 울다가 실신한 노인을 밖으로 옮겨갔다. TV화면에서 전쟁특보는 계속되었다. 바그다드 진공작전이 지연되자 뉴욕 증시에서 주가가 폭락했고, 코스닥지수도 바닥으로 내려앉았다. 바퀴벌레들이 대기실 바닥으로 기어 다녔다. 바퀴벌레는 TV 화면에까지 기어올라갔다. 파리채를 든 화장장 직원이 바퀴벌레를 때려서 잡았다. 바퀴벌레가 터지면서 생긴 얼룩을 직원은 대걸레로 밀었다. 대기하는 두 시간은 그렇게 지나갔다. 오후 두시에 아내의 소각은 완료되었다. 염을 한 직후에 아내의 시신은 다시 병원

냉동실로 들어갔었다. 아침에 다시 시신을 꺼내 화장장으로 싣고 왔으니까, 아내의 몸은 아마, 언 상태에서 탔을 것이다. 얼음과 불 사이는 가깝게 느껴졌다. 나는 딸을 데리고 다시 관망실 유리창 앞으로 갔다. '소각완료'라는 글자가 소각로 문짝에 켜져 있었다. 유리창 너머에서 화장장 직원이 다시 거수경례를 해 보였다. 직원은 버튼을 눌러 소각로 입구를 열었다. 바람에 불려가다가 멎은 듯한 뼛조각 몇 점과 재들이 소각로 바닥에 흩어져 있었다. 뼛조각들은 신체의 어느 부위인지를 알아볼 수 없이 흩어져 있었다. 대퇴부인지 두개골인지 알 수 없이, 흩뿌려진 조각들이었다. 희고, 가벼워 보였다. 아내의 뇌수 속에서 반짝이던 종양의 불빛은 보이지 않았다. 유리창 너머로 소각로 속은 아직도 뜨거워 보였다. 빗자루를 든 직원이 소각로 안으로 들어갔다. 그는 땀방울이 유골에 떨어지지 않도록 이마에 수건을 동이고 있었다. 직원이 빗자루로 뼛가루를 쓸어서 쓰레받기에 담아서 유골함에 넣었다. 직원은 가루부터 먼저 담고 큰 뼛조각들은 유골함의 위쪽에 담았다. 유골함 뚜껑을 닫고 나서 직원은 다시 거수경례를 보냈다. 직원은 유골함을 흰 보자기에 쌌다. 유리창 아래쪽 작은 구멍을 열고 직원은 유골함을 내밀었다. 나는 유골함을 받았다. 딸이 울었다.

"상무님, 추은주가 오늘 사직서를 내고 회사를 떠났습니다."
납골당에 유골함을 맡기고 돌아오는 버스 안에서, 거기까지 따라온 인사담당이사는 그렇게 말했다.
"추은주라면, 그 기획과의 여직원 말인가? 얼굴이 갸름한······"
"그렇습니다. 남편이 외무공무원인데, 워싱턴으로 발령 받아 간답

김 훈 • 화장(火葬) 161

니다."
 "그렇게 됐군……"
 "상무님이 상중이라서 말씀드리지 못하고 떠난다고 했습니다."
 "그렇군 그 친구 근무 평점은 어땠나?"
 "뭐, 중하쯤 됐을 겁니다. 담당부장이 별 아쉬워하는 기색도 없더군요."
 "그럼 후임을 충원해야 하는가?"
 "아닙니다. 담당부장이 충원 없이 일하기로 했답니다."
 "그렇군, 사표 처리합시다."
 인사담당이사는 추은주의 사퇴를 내심 반기는 기색이었다. 오 년 전 호황 때 인력수요 판단에 착오가 있었다. 그때 신입사원을 너무 많이 채용한 실책을 인사담당이사도 인정하고 있었다. 금년 연말쯤에 감원을 시행하라고 사장은 은밀히 지시해놓고 있었다. 아내의 장례가 끝나는 날까지 나는 '내면여행'과 '가벼워진다' 사이에서 아무런 결정도 못 내리고 있었다. 초상을 치른 다음날 나는 출근했다. 여름 광고 이미지 결정을 위한 마지막 중역회의가 있는 날이었다. 인사부 직원이 추은주의 사직서 처리와 퇴직금 정산을 위한 결재서류를 내 책상 앞에 가져다놓았다. 과장부터 담당이사까지 이미 도장이 찍혀 있었다. 나는 추은주의 퇴사서류에 사인했고, 사직서를 수리했다. 퇴직금 정산서에 '신속집행요망'이라는 의견을 첨부해서 경리과로 보냈다. 빈소에서 부의금 접수를 맡았던 경리담당 직원이 접수결과를 보고했다. 오천육백만 원이 접수되었다. 경리과 직원은 돈을 수표 한 장으로 바꾸어서 봉투에 넣어왔다. 부의록 장부를 내 책상 위에 올려놓고 경리과 직원은 돌아갔다. 부의금으로 딸의 혼수를 장만

하느라고 빌려 쓴 은행빚을 갚아야겠구나라고 나는 생각했다. 그날 중역회의에서도 여름 광고 이미지는 확정되지 못했고, 사장은 나의 판단과 집행에 따르겠다고 말했다. 나는 판단할 수 없었다. 그날 저녁에는 일찍 퇴근했다. 퇴근길에 비뇨기과에 들러서 방광 속의 오줌을 뺐다. 성기에 도뇨관을 꽂고 두 시간 동안 누워서 오줌이 흘러나가기를 기다렸다. 침대 밑 오줌똥 속으로 오줌은 쪼르륵 쪼르륵 흘러내렸다. 오줌이 빠져나간 방광은 들판처럼 허허로왔다.

집에는 아무도 없었다. 묶인 개가 개집에서 뛰쳐나오면서 허리까지 뛰어 올랐다. 아내가 없는 집에서 개를 기를 수는 없을 것이었다. 나는 개를 끌고 동물병원으로 갔다. 오랜만의 나들이에 개가 흥분해서 마구 줄을 끌어당기며 앞서갔다. 나는 수의사에게 안락사를 부탁했다.

"좋은 종자군요. 길러보지 그러십니까."

수의사는 개머리를 쓰다듬으며 말했다.

"개를 기를 형편이 못 되오. 밥 줄 사람도 없고……"

수의사는 개를 쇠틀에 묶었다. 겁에 질린 개는 온순하게도 몸을 내맡기고 있었다.

"개 이름이 뭡니까?"

"보리입니다."

"보리라면?"

"사람으로 태어나라는 뜻이라고 우리 집사람이 그럽디다."

의사는 개 목덜미 살을 움켜잡고 주사를 찔렀다. 의사가 피스톤을 밀자 개는 천천히 아래로 늘어지더니, 굳은살 박인 발바닥을 내밀며 앞발을 쭈욱 뻗었다. 개의 사체는 수의사가 처리해 주었다. 집에 돌아와서 나는 광고담당이사에게 전화를 걸었다.
 "이봐, 지금 지지고 볶을 시간이 없잖아. '가벼워진다'로 갑시다. '내면여행'은 아무래도 너무 관념적이야. 그렇게 정하고, 내일부터 예산 풀어서 집행합시다."
 "알겠습니다. 모델과 카메라 모두 스탠바이 상태입니다. 로케이션 섭외도 끝났으니까 별 어려움 없을 겁니다."
 그날 밤, 나는 모처럼 깊이 잠들었다. 내 모든 의식이 허물어져 내리고 증발해버리는, 깊고 깊은 잠이었다.

화장(火葬) — 김훈

작품해설

일상적 삶의 무게

최병우 | 강릉대 국어국문학과 교수

　죽음은 우리에게 엄청난 충격으로 다가온다. 사랑하는 사람이 죽음을 맞이할 때 또 젊은 나이에 죽음에 이를 때 죽음은 더욱 커다란 슬픔으로 다가오게 된다. 일상의 즐거움에 함몰해 있거나 세상사의 무료함에 지쳐 있는 어느 한 순간에 죽음은 삶의 연속성을 파괴하면서 갑작스레 우리로 하여금 세상을, 자신의 삶을 그리고 주위를 되돌아보게 한다. 어떤 의미에서 죽음은 인간으로 하여금 자신이 인간임을 반성하게 하는 힘으로 작용한다는 역설이 가능하기도 하다.

　그러나 서서히 다가오는 죽음은 우리를 불안하게 만든다. 죽음은 삶과 단절된 또 다른 세계이며 인간은 죽음의 저쪽을 두려워한다. 암흑으로 표상되는 죽음의 저쪽은 누구도 돌아오지 못한 공간이며, 이 세상의 그 누구도 그곳에 대해 자세히 알지 못하기 때문에 불안하다. 또 살아있는 이 세계의 사랑하는 온갖 것들과 떨어져 아직 경험하지 못한 그곳으로 가야한다는 사실이 또한 불안하다. 불치의 병으로 죽음이 임박했음을 선고받는 순간 인간은 누구나 그 상황에 절망하고 분노하고 다가올 미래를 불안한 눈으로 바라보게 마련이다.

그러나 그 길은 누구나 가야할 길이다. 남은 시간의 길고 짧음만이 존재할 뿐 인간은 누구나 그곳을 향해 묵묵히 나아가고 있다. 그러나 그 나아가는 시간 동안 인간은 누구나 죽음을 잊고 지낸다. 그곳을 향하는 속도와 그곳과의 거리가 우리로 하여금 죽음을 망각하도록 유도하는 것이다. 따라서 죽음이 선고된 사람들이나 그 주변 사람들도 시간이 지나면서 점차 그 절망적 상황을 인정하고 죽음에 대비하면서 죽음에 대한 불안을 극복해 나간다. 그것은 어떤 의미에서 죽음의 불안으로부터의 도피이기도 하다.

김훈의 「화장」은 죽음을 선고받은 부인과 그 남편이 죽음을 받아들이는 과정을 담담하게 아니 매우 사실적으로 그려내고 있다. 죽음을 선고받은 절망에 빠져 울음을 터뜨리고 긴 시간이 지난 이후 남편에게 '미안하다'고 소리치는 아내의 모습은 불과 몇 문장으로 되어있음에도 불구하고 죽음에 대한 불안과 그것을 받아들이지 않을 수 없는 인간의 절망감, 그리고 남는 사람들에 대한 죄책감 등을 동시에 그려내고 있다. 한 인간이 죽음을 선고받고 그것을 인정하는 데까지 이르는 과정의 몸부림보다 더 절망적이고 운명적이고 사랑이 묻어나는 인물을 압축적으로 그려낸다.

죽음을 현실로 받아들이고 나면 죽음 자체가 갖는 심각성은 약화되기 시작한다. 실상 죽음을 현실로 받아들이게 된다면 죽음으로 이르는 과정은 또 다른 하나의 일상으로 변화하고 만다. 그 속에서 인간은 일상의 일들을 처리하며 일상의 일들 속에서 즐거워하고 괴로워하며 죽음의 순간을 기다릴 수밖에 없다. 사랑하는 사람의 죽음이 아무리 참기 어려운 슬픔이라 하더라도 그들은 자신의 일을 처리해 가면서 죽음의 과정을 지켜볼 수밖에 없다.

그래서 김훈의 「화장」이 보여주듯이 남편은 아내의 죽음을 지켜 보면서도 회사의 일들을 처리하지 않을 수 없고, 딸 역시 사랑하는 어머니의 죽음을 앞두고도 회사에 다니고 결혼할 사람과 결혼 준비 를 하고 결혼 후 미국으로 갈 준비를 해 나갈 수밖에 없는 것이다. 죽음을 바라보면서 죽음을 기다리는 주위 사람들은 처음에 가졌던 죽음에 대한 불안과 혼돈을 벗어나면 죽음 자체보다는 죽음에 이르 기까지의 고통을 더 심각하게 생각하게 되기도 한다. 어머니의 죽음 을 연락 받았을 때 딸은 슬픔 속에서도 고통 없이 죽음을 맞이하였 는가에 관심을 보이며 이제야 어머니의 고통이 끝났음에 안도하며 슬픔에 젖는 것이다.

죽음 자체가 아무리 불안한 현실이라 하더라도 인간은 일상의 일들을 무시하고 오로지 죽음만을 생각할 수는 없는 일이다. 이는 주위 사람들뿐 아니라 죽음을 맞이하는 당사자 역시 마찬가지여서 죽음을 코앞에 둔 사람이라 할지라도 그들은 주위 사람들을 이전 과 다름없이 인식하며 살게 된다. 아내는 죽음을 향해 나아가는 절박한 순간에도 남편의 일상을 챙기려 애를 쓰며, 남편이 자신의 대소변을 받아내는 일에 부끄러워하고 신경 쓰여 한다. 인간은 의 식이 살아있는 한 그 무엇보다도 일상의 일들이 의미를 가지기 때 문이다.

이와 같은 일상의 중요성은 죽음을 맞이한 절박한 순간에도 마찬 가지로 작용한다. 슬픔이 더할 수 없는 상황이지만 슬픔을 드러내기 전에 병원비를 정리하여야 하고, 장례 절차에 신경을 써야 하고 나아가 자신이 책임을 맡은 회사의 중요한 일을 결정해 주어야 한다. 개인으로는 아내의 죽음이 삶의 전부인 듯하지만 사람의 삶이란 그렇지 못해서 일상의 일들이 함께 할 수밖에 없고 또 그러한 일들을 처리하고 한 순간 죽음을 잊기도 하고 점차 죽음을 잊어 가는 것이 사람 사는 일인 것이다.

죽음이 나와 아내를 갈라놓으려는 순간에도 세상은 그대로 굴러가고 있으며, 나의 의식은 아내에 대한 사랑과 동시에 나의 속마음을 사로잡고 있는 추은주에게로 쏠린다. 나는 그녀에게 나의 속마음을 드러내 본 적이 없고 누구에게도 드러내 본 적이 없다. 이는 아내에 대한 사랑 때문도 아니며 그녀가 기혼녀이기 때문이라는 도덕적 판단 때문도 아니다. 나의 관심은 그저 건강한 여성에 대한 관심이며 직장 동료에 대한 사랑이며 그녀에 대한 무조건적인 애정이기도 하다. 그러나 그것은 표현되지 않은 사랑이기에 그녀는 아내가 죽자 임의롭게 문상을 오고, 내가 장례를 치르고 회사로 복귀한 후 사직한다. 추은주와 나의 관계는 우리 주위에 존재하는 수많은 인간 관계이기도 하며 우리의 삶 속에 존재하는 또 하나의 일상의 모습이다.

전립선비대증으로 소변을 보기 어려운 나는 응급조처로만 꾸려 나간다. 배뇨 이상으로 매우 심한 고통을 느끼지만 치료를 위하여 수술대에 눕지 못하고 있는 것이다. 아내의 병 수발 때문에 바쁜 회사 일 때문에 또 다른 여러 이유로 근원적인 해결 방안인 수술이 차일피일 미루어져 갈 뿐이다. 인간은 누구나 자신의 병을 알고 또 시간을 끌다가 큰 병을 만든다는 것도 알지만 당장은 죽음을 촉발하지 않는다는 이유로 다음으로 미룬다. 사소하기 이를 데 없다고 생각하는 일상의 일들이 당장 처리해야 할 중요한 문제에도 짬을 내지 못하도록 하는 것이다. 일상의 사소한 듯하나 사소하지 않은 모습이다.

사무적으로 아내를 화장하고 회사에 나가 추은주의 사표를 처리하고 광고와 관련한 중요한 회의를 주재하고, 경리과에서 받은 부의금을 처리할 방안을 생각하고, 병원에 들러 방광에서 오줌을 빼고, 집으로 돌아와서는 아내가 키우던 개를 돌볼 사람이 없다는 이유로 수의사를 불러 안락사 시키고, 회사로 전화를 걸어 광고와 관련한 최종 결정을 내린다. 그제서야 나는 깊은 잠에 들게 되는 것이다. 아내의 죽음과 관련 없이 내가 하여야 할 일은 하여야 하고 세상은 세상대로 돌아가야 하는 것이다.

김훈의 「화장」은 죽음을 소재로 한 작품이다. 그러나 이 작품에서 바라보고 있는 것은 죽음이 갖는 충격이나 혼란이나 슬픔이 아니다. 죽음을 소재로 다루면서도 이 작품에는 죽음의 과정과 죽음 이후의 처리 과정 그리고 죽음을 둘러싼 일상의 일들이 자세하게 나열되어 있다. 즉 이 작품은 아내의 죽음을 통해 죽음이라는 사건보다 그것을 둘러싸고 있는 일상의 무게를 보여주고 있는 것이다. 더 없이 가벼워 보이는 일상이 삶과 죽음의 그 어느 것보다 더 중요하고 비중있는 일이라는 역설 말이다. 바로 이러한 일상적 삶의 무게를 간결한 문장과 속도감 있는 사건 전개를 통하여 사실적으로 치밀하게 그려낸 점을 이 작품의 색다른 매력으로 지적할 수 있을 것이다.

• 안녕, 먼 곳의 친구들이여 •

박정규

약 력

1946년 서울 출생
고려대 국문과와 한양대 국문과 대학원 졸업
1991년 《문학정신》으로 등단
작품집 『로암미들의 겨울』

안녕, 먼 곳의 친구들이여

박정규

그 남자와의 인연은 이렇게 시작되었다. 내가 그 남자를 처음 본 것은 Y시로 이사한 지 삼 일째 되던 날 오전 열 시경이었다. 그날 나는 박 주간의 호출을 받고 급히 서둘렀지만 Y시 전철역사가 건너

---

* 네덜란드 출신의 행위미술가 바스 얀 아더Bas Jan Ader(1941~1975)는 미술가 자신이 몸소 죽는 것으로 비극적인tragic 미술을 완성한 경우다. (……) 얀 아더는 10년에 가까운 작품 활동기에 걸쳐 줄곧 죽음. 그 가운데에서도 자살을 모티프로 작업했던 작가로 알려져 있다. (……) 1975년 어느 날, 당시 33세의 얀 아더는 길이 4미터의 보트에 홀로 몸을 싣고 대서양으로 항해를 떠난 이후 온 데간데없이 실종된 것을 알려져 있다. 이같은 그의 행위는 오늘날 자살自殺이라는 주제를 생의 마지막 순간까지 미술로 표현한 극단적인 형태의 퍼포먼스 미술로 평가되고 있을 뿐만 아니라 미술과 인생은 둘이 아니라고 하는 현대미술의 신념적 진술을 재확인케 하는 사례이기도 하다.
  위의 글은 박진아(미술사가) 씨의 「현대 미술이 바라본 슬픔의 파토스」라는 글 중에서 필자가 임화로 발췌한 것임. 「안녕, 먼 곳의 친구들이여Farewell to Faraway Friends」는 석양이 지는 해변가에서 저 멀리 보이는 작가 자신의 뒷모습을 담은 바스 얀 아더의 1971년 작품임

다 보이는 지하도 입구에 발을 디밀었을 때에는 열 시가 다 되어가고 있었다. 이삿짐 운반트럭에 끼어 타고 새 집으로 온 후 처음 하는 외출이어서 방향 가늠도 쉽지 않았다. 역전까지 간다는 행선지 표시를 본 김에 얼른 올라탄 버스가 직행노선이 아닌 우회노선의 버스였다. 유난히 오거리가 많고 시장바닥처럼 번잡한 시내 구석구석을 샅샅이 훑고 다니던 버스가 어느 사거리에 이르자 승객들은 모두 내리고 나 혼자만 남았다. 운행하는 동안 녹음테이프를 이용해서 승객들에게 알리기로 되어 있는 정류장 안내방송조차 없었다. 출발하려던 버스기사가 힐끗 뒤돌아보며 여기가 종점이라고 인심 쓰듯이 알려주었다. 두리번거리며 전철역사를 찾던 나는 전철역이 어디냐고 물었고 기사는 귀찮다는 듯 고개도 돌리지 않은 채 버스의 진행방향에서 오른쪽 길을 손가락으로 가리키며 조금 걸어가라고 했다. 그런데 그 조금이라는 거리가 거의 이 킬로미터는 될 듯싶었다. 그러다 보니 제법 여유 있으리라 예상했던 약속시간이 오히려 촉박하게 된 것이었다. 낯설다는 것은 불편한 정도가 아니라 때로는 치명적일 수 있다는 생각을 하며 치미는 부화를 가라앉히려 애썼다. 우회노선은 그렇다고 쳐도 역전까지 간다는 행선지를 버젓이 붙이고 다니는 버스의 실제 정류장이 어떻게 역전에서 그렇게 먼 곳에 있다는 말인가. 이 킬로미터쯤 걸었다는 사실보다도 기만당했다는 느낌 때문에 더 기분이 언짢았다. 지하상가의 후텁지근한 탁한 공기 속을 걸어 역사 쪽의 계단을 힘겹게 오르는 참인데 불쑥 뻗어져 있는 허연 물체에 나는 하마터면 발목이 걸려 나뒹굴 뻔하였다. 간신히 피한 나는 뻗쳐 있는 것의 정체를 확인하기 위해 그 자리에 멈춰 서서 주변을 찬찬히 살피기 시작했다. 그것은 지하도 계단 위에 쌓아놓은 시커먼 짐더미 같은 것에서 뻗어나온 사람의 손이었다. 가까이 가서 확인해 보니 짐더미처럼 보이던 것은 검은 옷을 입고 활처럼 허리를 휜 채 계단의 인조대리석에 고개를 처박고 엎드려 있는 걸인 남자였다. 나는 오늘 일진이 예사롭지 않을 것 같다는 불길한 예감에 혀를 끌끌 차면서 발걸음을 재촉했다. 내가 월간『일과 사람』편집실에 도착한 것은 약속시간이 십여 분 지난 후였다. 그렇지 않아도 곱지 않은 박 주간의 인상은 심하게 구겨져 있었다. 이런 때일수록 태연하게 행동해야 된다는 것을 나는 그와 함께 한 몇 년간의 경험을 통해 이미 터득하고 있었다. 한참만에야 그는 결국 평소의 표정으로 돌아왔다. 내게 맡겨진 일은 다음 호부터 연재될 '이런 일, 이런 사람'이라는 고정란의 집필이었다. 일종의 이색직업 순례였는데 직업에 대한 소개와 함께 그 직업을 가진 사람의 직업의식에 초점을 맞추기로 했다. 주간은 첫 회에 누드모델을 다루자고 했다. 첫 회부터 누드모델이라니. 나는 이 연재의 성격에 대한 오해를 불러올 수 있다고 반대했지만 주간은 회화나 조각 등 예술성이 짙은 일에 종사하는 누드모델을 다루면 그런 오해는 없을 것이라며 고집을 꺾지 않았다. 주간에게 취재원에 관한 정보를 요청했으나 알아서 하라는 답변이었다. 오늘 내가 늦게 나오고서 사과하지 않은 데 대한 앙갚음인 모양이었다. 그는 늘 그랬다. 오늘 같은 경우 객원기자라는 어정쩡한 자리가 내게는 편리했지만 그에게는 불편했을지도 모른다. 나는 편집실을 나와 근처에서 아침 겸 점심을 먹고 Y시로 가는 전철을 타기 위해 역으로 향했다. 이사 후 아직 설치가 안 된 인터넷 초고속통신망 건도 알아보아야 하고 책 정리도 덜 끝난 상태여서 우선 집으로 돌아가기로 한 것이었다. Y시로 가는 전철은 시도 때도 없이 붐볐다. 예닐

곱 정거장쯤 서서 가던 나는 운 좋게 자리를 차지하고 앉아 휴대전화로 그림 그리는 친구를 호출했다. 전화를 받지 않았다. 세 번째 호출을 했을 때에야 밤샘 작업을 하고 늦잠이 들었는지 아직 잠이 덜 깬 목소리가 흘러나왔다. 사정을 대충 이야기하자 기다리라고 해놓고는 꿩 구워먹은 소식이다. 다시 호출했다. 통화 중이었다. 나하고 통화하던 전화기를 끄지 않았거나 다른 곳에 전화를 하고 있는 모양이었다. 이삼 분을 기다렸다가 다시 전화를 거니 밑도 끝도 없이 최…은…혜… 공일일… 하며 전화번호를 불러주고는 잘해보라며 다른 이야기를 꺼낼 사이도 없이 일방적으로 전화를 끊어버렸다. 나는 내 휴대전화에 번호와 이름을 입력하고는 잠시 눈을 붙이다가 사람들이 우르르 몰려가는 발소리에 눈을 떴다. 종착역인 Y시의 플랫폼 출구가 열차의 앞쪽에 있는 모양이었다. 이사하고 이틀 동안은 바뀐 환경에 적응이 되지 않은 탓인지 밤에 깊은 잠을 이룰 수 없었다. 낮은 낮대로 책상과 책장 그리고 이제는 애물단지가 된 피아노의 위치도 이리저리 바꿔보고 못질도 해가며 방 정리에 매달리다 보니 피로가 누적되었던 모양이었다. 나는 잘 떠지지 않는 눈을 비비며 전동열차에서 내렸다. 내가 차를 소유하지 않는 이유 중의 하나는 대중교통을 이용하면서 가질 수 있는 이런 휴지부 때문인지도 모른다. 물론 극히 운수가 좋을 때에야만 가능한 일이기는 하지만. 한 발이라도 먼저 가려고 발걸음을 재촉하고 있는 사람들의 등 뒤에 멀찍이 떨어져서 나는 천천히 출구 쪽으로 걸어갔다. 역사를 빠져나와 막 지하도 입구로 들어서던 나는 그 남자를 발견하고 잠시 발걸음을 멈췄다. 등을 활처럼 휜 채 머리를 바닥에 처박고 오른손만 앞쪽을 내밀고 있던 모습과는 달리 로댕의 「생각하는 사람」을 닮은 자세를 취하고 있었다. 그의 앞에 놓인 플라스틱 그릇에는 백 원 혹은 오 백원 짜리 동전들이 여러 개 담겨져 있었다. 고개를 짓수그린 데다가 오른쪽 이마와 눈과 광대뼈가 한 손바닥으로 가려져 있어서 자세히는 볼 수 없었지만 이목구비가 멀쩡해 보였다. 그런데 흩어진 그의 머리카락 사이로 귀에 꽂혀 있는 이어폰이 보였다. 양쪽 귀에 모두 꽂혀 있는 것으로 보아 아마도 음악을 듣는 용도로 사용하고 있는 모양이었다. 그 음원이 카세트테이프를 사용하는 워크맨인지 시디플레이어인지는 보이지 않아서 알 수 없었다. 참 특이하네, 하고 중얼거리면서 나는 천천히 계단을 내려왔다. 마지막 계단을 내려와서 나는 고개를 돌려 그 남자를 다시 올려다보았다. 남자의 자세는 바뀌어 있었다. 가부좌를 틀고 앉아 손바닥이 위로 향하게 하여 팔을 들고 있어서 마치 요가를 수련하고 있는 사람처럼 보였다. 나는 걸음을 멈추고 남자를 관찰하기 시작했다. 한 이삼 분을 주기로 하여 남자의 자세는 계속 바뀌었다. 남자는 자신의 고객을 의식하고 그런 행위를 하고 있는 것일까. 그렇게 바뀌는 자세는 어쩌면 나름대로 자신의 수입을 위한 대가로 지불되어지는 일종의 노동행위인지도 모른다. 지하도를 걸어 나와 버스를 타고서도 나는 계속 그 남자에 대해 생각했다. 그리고 노동에 대해서 생각했다. 매일매일 자신의 노동의 산물과 그 창조적 과정이 노동의 궁극적 동기가 되던 십삼, 십사 세기 서구 장인들의 경우에는 노동은 유희이며 문화였다는 밀즈의 언급을 떠올렸다. 또 축적된 자본으로 타인의 노동을 고용하여 노동이 부의 수단이 되면서 유산계급들의 경우에는 노동이 사람을 고독하고 고립감에 빠지게 하는 원인이 되었다는 막스 베어의 말도 함께 떠올렸다. 이십 세기에 들어서면서 생존을 위해 자신의 에너지를 팔

수밖에 없는 강제된 노역의 길을 가게 되는 무산자들의 경우에는, 노동이 노동하는 사람으로부터 소외되었다. 이렇게 되면서 드러커가 갈파했듯이 노동이란 그 당사자들에게는 보수를 받는 비자연적이고 불쾌하고 무의미하고 어리석은 조건으로서 아무런 중요성이나 존엄성도 없는 것으로 인식되어지게 된 것이다. 문제는 거기서 그치지 않는다. 프롬이 지적했듯이 노동이 소외되고 극심하게 불만족스럽게 되면 완전한 태만이나 노동과 관계되는 모든 것에 관한 무의식적 적개심이라는 반작용이 생긴다. 만약 그 남자가 계속 자세를 바꾸는 행위를 스스로 노동이라고 생각한다면 그는 그 일에 어떤 마음자세로 임하고 있는 것일까. 드러커의 언급대로 몇 푼의 동정을 받는 보상으로 행하는 비자연적이고 불쾌하고 무의미하고 어리석은 조건으로서 아무런 중요성이나 존엄성도 없는 것이라고 생각하고 있을까. 아니면 매일매일 자신의 노동의 산물과 그 창조적 과정이 노동의 궁극적 동기를 만들어낸다고 생각하는 십삼, 십사 세기 서구 장인들의 경우처럼 그 일은 정말 남자에게 유희이며 문화가 되는 것일까. 나는 천연덕스럽게 자세를 바꾸던 남자를 다시 한 번 떠올렸다. 책과 자료파일들을 정리하느라, 특히 이사할 때마다 인부들에게 눈칫밥을 먹게 하는 낡은 피아노의 위치를 바꿔놓느라 밤늦도록 용을 쓴 탓인지 아침에 눈을 뜨니 어깨며 허리가 뻐근했다. 오전 내내 인터넷 통신망 연결 관계로 사람을 기다렸다. 약속시간보다 세 시간이 지난 정오가 다 되어서야 온 기사는 오 분도 안 되어서 간단히 설치를 끝내고 돌아갔다. 내 경우는 인터넷의 의존도가 매우 높다. 전자우편을 통해 의사소통과 원고를 주고받는 것이 가능하기에 서울을 벗어나 Y시로 이사할 생각을 한 것이다. 라면으로 점심을 때운 후에 외출

채비를 했다. 모델 최은혜 씨를 만나기로 한 것이다. 내가 양수리 부근의 카페 트레네에 도착한 것은 약속시간에서 십여 분이 지나서였다. 십오륙 평 남짓한 자그마한 카페 안은 텅빈 채 샹송 「녹슨 종」의 선율이 앙리코 마시아스의 굵은 목소리를 타고 낮은 볼륨으로 흐르고 있었다. 나는 출입문과 맞은편 자리에 앉아 담배를 피우고 있는 최은혜 씨에게로 곧장 걸어갔다. 텅 빈 홀에 그녀가 유일한 손님이었기 때문에 곧 알아볼 수 있었다. 간단한 인사를 나눈 후에 나는 커피를 주문했고 그녀는 빈 잔에 리필을 부탁했다. 길게 늘어뜨린 웨이브가 없는 생머리를 제외하면 그녀는 별 특징이 없는 평범한 얼굴에 보통 체구를 가진 삼십대 초반쯤 되어 보이는 여자였다. 자주 오시는 곳인가 봐요. 나는 고개를 돌려 카페 안을 살펴보며 혼잣말처럼 중얼거렸다. 가까운 곳에 있는 화실에서 일주일에 한 번씩 누드 크로키 모임이 있어요. 열댓 명의 화가들이 모이지요. 오늘이 그날이고요. 조금 일찍 나오는 날은 여기 들러서 차도 마시고 잠시 쉬다 가지요. 지금이 그 시간이고요. 홀은 사방이 다 벽으로 막혔는데도 카운터와 주방이 차지하고 있는 한 면을 제외하고는 젖빛 유리를 붙인 세련된 디자인의 창호로 장식하여 마치 격자창 밖에서 비치는 아침 햇살 같은 은은한 조명이 배어 나오도록 처리된 좁은 공간이 그리 답답한 느낌을 주지 않았다. 카운터 뒤 벽면에는 「코탱의 골목」의 모사품인 듯한 유화 한 점이 걸려 있었다. 트레네라……. 상호부터 불어인 데다가 들어서니 샹송과 위트릴로풍의 그림이 있고……. 주인이 프랑스와 대단한 인연이 있는 모양이군요. 나는 또 혼잣말처럼 중얼거렸다. 주인이 젊은 여잔데 가게엔 가끔 나오나 봐요. 불문학 전공에 유학도 갔다 왔다고 하더군요. 이 집 상호 트레네가 지나간 흔적이나 여운이란 뜻이라고 하데요. 허튼 계집이라는 뜻도 있죠. 나는 얼른 말을 받았다. 허튼 계집이요? 허튼 계집이라……. 그녀는 다시 담배를 붙여 물고는 고개를 조금 치켜들고 허공을 향해서 담배연기를 길게 뿜어냈다. 살면서 가끔 그렇게 되어버릴까 하는 생각이 들 때도 있지요. 시제가 과거형이라 다행이군요. 맞아요. 지금은 아니에요. 나는 그녀에게 연재물의 성격에 대해 이야기하고 협조를 구했다. 그녀는 흔쾌히 허락했다. 제가 작업현장을 좀 취재했으면 하는데요. 원래 작업장에는 크로키하는 사람들 이외에는 출입이 금지되어 있는데…… 내가 화가들하고 의논해 볼게요. 나는 그녀를 따라나섰다. 그녀는 샌드위치 패널로 지은 창고 같은 건물로 들어섰다. 삼십여 평되는 실내에는 작은 무대처럼 만들어진 곳을 향해 이젤들이 무질서하게 놓여 있고 십오륙 명의 사람들이 차를 마시거나 혹은 몇 명씩 무더기가 되어 이야기를 나누고 있었다. 두어 명의 나이 지긋해 보이는 남자를 제외하고는 모두 여자들이었다. 최은혜 씨는 그 중 나이가 좀 든 여자에게 다가가 잠시 말을 주고받았다. 그리고 그녀는 그 여자와 함께 내게로 다가왔다. 크로키는 모델에게나 그리는 사람에게나 매우 높은 집중력을 요구하는 작업입니다. 방해가 되지 않는 곳에서 취재해 주세요. 상식적인 이야기입니다만 사진촬영은 물론 안 됩니다. 여자는 훈육주임 같은 근엄한 태도로 주의사항을 전달하고 자기 자리로 돌아갔다. 나는 커튼이 쳐진 창문 앞에 의자를 옮겨놓고 사람들과는 조금 떨어져서 앉았다. 잠시 후 무대같이 꾸며놓은 곳의 뒤쪽에 있는 출입문이 열리며 가운 차림의 최은혜 씨가 나오자 사람들은 모두 이젤 앞에 서서 사대에 선 궁사들이 전통에서 화살을 빼어들 듯 조금 긴장된 분위기로 목탄을 집어들었다.

이젤 위에는 사절지 갱지 묶음이나 화선지 혹은 드물게는 두루마리 종이가 놓여 있기도 했다. 그녀는 무대 옆에 놓여 있는 오디오에 자신이 들고 나온 시디를 장착했다. 신시사이저 연주가 명상적인 분위기를 만들어내는 뉴에이지 계통의 음악이었다. 그녀는 심호흡을 하는지 잠시 동작을 멈췄다가 천천히 가운을 벗었다. 그녀의 벗은 몸은 그다지 풍만하지는 않았지만 균형이 잡혀 있었다. 탄력 있게 치켜 올라간 그리 크지 않은 유방에 고개를 들고 있는 짙은 빛 유두며 조명을 받아 반짝이는 그녀의 무성한 음모를 보며 나는 꿀꺽 침을 삼켜다. 삼 분쯤의 간격을 두고 그녀의 포즈가 바뀌었다. 명상적인 분위기의 음악을 배경으로 하고, 능숙한 연주자의 스타카토 기법처럼 절제되고 절도 있게 변하는 그녀의 포즈를 보며 나는 갑자기 지하도 남자를 떠올렸다. 그의 자세를 바꾸는 모습은 지금 생각하니 누드모델의 포즈 바꾸기를 닮아 있었다. 나는 또 그 남자의 두 귀에 꽂혀 있던 이어폰을 떠올렸다. 그 남자도 역시 음악을 들으면서 자세를 바꾸고 있었을까. 그렇다면 그는 어디서 그러한 기법을 배운 것일까. 그가 혹시 전에… 글세… 그럴 리가……. 나는 고개를 가로저었다. 그녀는 고요한 새벽호수에서 헤엄치는 요정처럼 조용히 흐르는 음악 속에서 여전히 매우 능숙한 솜씨로 포즈를 바꿔가고 있었다. 실내에는 발목을 간지럽게 하는 시냇물처럼 졸졸거리는 음악 소리와 종이 위에서 사각대는 목탄의 마찰음 그리고 하나의 포즈가 바뀔 때마다 종이 넘기는 소리 이외에는 아무런 소리도 들리지 않았다. 그러다가 잠시 틈이 생겼다. 그녀가 포즈를 멈추고 오디오 앞으로 가서 음악을 바꾸고 있었다. 크로키를 하던 사람들도 잠시 숨을 돌렸다. 바뀐 음악은 피아노로 연주되는 퓨전재즈풍으로 역시 뉴에이지 계통이었다. 그녀는 포즈가 상당히 자유스러워진 듯했다. 그 이전 것이 클래식 발레였다면 이번 것은 모던발레 같은 느낌이었다. 다소 선정적인 듯 한 포즈도 섞여 있었다. 먼저 삼 분쯤의 간격으로 바뀌던 포즈는 새로운 음악에 따라 일 분 혹은 삼십 초의 간격으로 빠르게 변했다. 그림 그리는 사람들의 손놀림도 빨라져서 목탄으로 획획 그어대는 곡선에 따라 화판 위에는 모델의 포즈가 신기할 정도로 선명하게 드러나고 있었다. 포즈는 그렇게 수도 없이 바뀌었는데도 중복되는 것은 없는 듯했다. 그녀는 자신의 포즈를 레퍼터리화하여 관리하고 있는 모양이었다. 그녀는 하나하나의 포즈에 조금도 머뭇거림이 없었고 자신감에 차 있어서 카리스마 넘치는 대중선동가처럼 자신에게 모아진 시선들을 압도하며 마음대로 이끌고 있는 듯이 보였다. 어느 순간에 그녀의 동작이 멈췄다. 그녀는 벗어두었던 가운을 걸치고 오디오에서 시디를 챙겨 가지고는 자신의 배역을 성공적으로 연기하고 무대에서 퇴장하는 연극배우처럼 처음 나왔던 문 뒤편으로 사라졌다. 장내는 일순간에 긴장이 걷히고 주고받는 말소리와 사람들의 몸 움직이는 소리로 작은 소란이 일었다. 나는 시계를 들여다보았다. 그녀의 작업시간은 정확히 사십 분간이었다. 오십 분 후 고정포즈 한 타임을 마저 끝내고 카페 트레네에서 나와 마주 앉은 그녀는 누드모델이었던 그녀와는 전혀 다른 사람인 것 같았다. 카리스마도 요염하게까지 느껴지던 발랄한 관능미도 찾아볼 수 없었다. 그저 평범한 삼십대 초반의 여인이었다. 선입관이나 고정관념 같은 것이 좀 깨졌나요. 검지로 톡톡 떨어내는 담뱃재에 시선을 둔 채 넌지시 건네는 그녀의 어조에는 내가 그녀에 대해서 아니, 누드모델에 대해서 옳지 않은 선입관이나 고정관념을 가지고 있으리라는 전제가 단정적으로 배어 있었다. 그것은 사실이기도 했다. 나는 누드모델이 풍만한 몸매를 밑천으로 그림 그리는 사람이나 조각하는 사람 앞에서 알몸을 드러내기만 하면 되는 것으로 생각했었다. 그러나 그녀의 경우 풍만한 몸매도 아니었고 또 정물처럼 자신의 벗은 몸매를 그림 그리는 이들에게 그냥 내어 맡기는 것도 아니었다. 그는 자신의 몸을 연출하여 자신의 몸 이상의 것으로 보여주었다. 그것은 자신의 몸이 단지 그림 속의 형상으로 차용되어지기를 거부하고 그림 그리는 이에게 자신의 몸을 통해 새로운 영감을 불러일으키려는 시도로 여겨졌다. 그러한 그녀의 시도가 성공한다면 그녀는 한 폭의 그림 속에서 하나의 형상으로서가 아니라 작가의 예술혼으로 들어앉아 있을지도 모르는 것이다. 깨졌습니다. 나의 짧은 대답에 그녀는 미소를 띠며 고개를 끄덕였다. 깨어진 내 선입관과 고정관념이 무엇인지 그녀는 훤히 알고 있다는 표정이었다. 음악은 항상 준비하나요. 그럼요. 내 작업은 하나의 이벤트이고 음악은 뺄 수 없는 그 한 부분이지요. 항상 뉴에이지 계통의 음악만 사용하나요. 그렇지 않아요. 장사익도 있고 하드록도 있죠. 음악은 그림 그리는 사람들보다는 저를 위한 것이지요. 제 포즈를 위한 거요. 금붕어인 내가 헤엄칠 수 있게 해주는 어항 속의 물 같은 거요. 힘드시겠어요. 육체적으로는 큰 노동이에요. 정신적인 충족감이 없다면 다시없는 고역이지요. 이 일에 만족하시나 봐요. 만족하지 못할 이유를 하나만 대줄래요. 그녀는 웃음 띤 얼굴로 새 담배에 불을 붙였다. 보수는……. 두 타임에 삼십만 원이요. 그녀는 거침이 없었다. 나는 다시 연락하기로 하고 그녀와 헤어졌다. 모델이라는 직업은 그녀에게 유희이며 문화일거라는 별 근거 없는 나의 확신에 대한 회의적 요소들을 찾아내려

애쓰면서 집을 돌아오는 동안 그녀의 포즈와 그녀와 나눈 대화들을 함께 떠올렸다. 그리고 Y시의 전철역 지하도 입구에서 서서 걸인 남자의 자세 바꾸기 퍼포먼스를 한참 동안 관찰했다. 남자는 예의 그 허리를 활처럼 구부리고 바닥에 머리를 처박은 채 엎드린 자세가 되자 한동안 움직이지 않았다. 그것이 그의 기본동작이고 고정자세인 모양이었다. 나는 잠시 망설이다 그에게로 다가가 내 장지의 두 번째 마디를 구부려 그의 활처럼 휜 등을 노크하듯이 서너 번 두드렸다. 그는 서서히 몸을 일으켜 고개를 들고 나를 올려다보았다. 내 눈과 마주친 그의 눈빛을 보는 순간 나는 흠칫했다. 내게 향해 있는 그의 시선에는 아무런 표정도 담겨 있지 않았다. 그것은 마치 완벽하게 감정을 탈색한 것 같은 느낌이었다. 나는 그에게 한잔하겠느냐는 의사를 손짓으로 전달했다. 그는 부스스 일어나서 내 뒤를 따라 지하도 밖으로 나왔다. 어디로 갈까 두리번거리고 있는 내게 그는 손가락질로 한 곳을 가리켰다. 역 광장 한쪽에 자리잡고 있는 계란 샌드위치며 커피 등속을 파는 노점이었다. 나는 고개를 끄덕였고 남자는 나보다 한발 앞서 가서 노점의 파라솔 밑에 있는 플라스틱 의자에 앉았다. 남자가 앉자마자 오십대의 가게 주인은 벽력같이 소리를 질렀다. 이제는 더 이상 네놈한테 봉사하지 않는다고 했잖아. 더 이상은······. 남자는 손가락으로 천천히 나를 가리켰다. 가게 주인의 목소리가 잦아들면서 시선이 남자의 손가락을 따라 내게로 옮겨왔다. 나는 말없이 고개만 끄덕였다. 손님도 드실 겁니까. 가게 주인은 다소 퉁명스런 목소리로 내게 물었다. 남자에 대한 화가 아직 덜 풀린 모양이었다. 내가 고개를 끄덕이자 주인은 남자와 내 앞에 계란 샌드위치 두 쪽씩이 담긴 접시와 물 두 컵을 가져다놓았다. 계란 프라이를 내용물로 한 샌드위치는 구수한 것이 제법 먹을 만했다. 나는 흘끗 남자의 접시를 살폈다. 남자는 벌써 두 번째 것을 거의 다 먹고 있는 참이었다. 나는 내 접시에 있는 한 쪽을 사내의 접시에 옮겨주었다. 내가 한 쪽을 먹고 있는 사이에 사내는 세 쪽을 모두 먹어치우고 물까지 마시고는 아무 말도 없이 일어서서 지하도 쪽으로 내려가 버렸다. 저 사람을 아세요. 내가 주머니에서 지갑을 꺼내고 있는데 가게 주인이 미심쩍은 표정을 지으며 낮은 목소리로 물었다. 아니오. 지하도를 지나다 몇 번 봤을 뿐입니다. 하, 그러셨구먼…… 이게 좀 이상한 사람 같아요. 가게 주인은 자신의 머리를 검지로 가리키며 말을 이었다. 젊은 사람이 사지가 멀쩡해 가지고서는 저 짓을 하는 것도 못마땅한데, 아 저렇게 동냥질한 걸 서울역 누구한테 일주일에 한 번씩 꼬박 갖다주는 눈치예요. 제 목구멍에 넘어갈 것은 여기저기서 구걸하면서……. 내 참 기가 막혀서. 하루에 한 끼는 으레 저 의자에 떡 하니 앉아서 내놓으라는 식이에요. 구걸한 것을 모아서 서울역의 어떤 사람에게 가져다줘요? 그게 누구랍니까. 낸들 아나요. 한번은 술이 잔뜩 취해서 왔는데. 저 사람 술 먹은 건 처음 봤거든요. 그런데 또 먹을 걸 달라는 겁니다. 그래서 너 버는 건 다 어디다 쓰고 그러냐 했더니 혼잣말처럼 서울역 어떤 사람에게 갖다준다고 하더라구요. 그러면서 포장지로 쓰는 묵은 달력 뒷장에다가 이걸 쓱쓱 그려주더라고요. 빵값 대신으로요. 내 참 기가 막혀서. 가게 주인이 부스럭거리며 꺼내어 건네준 것은 볼펜으로 그린 엽서 크기의 캐리커처였다. 가게 주인의 얼굴인 것을 곧 알 수 있었다. 가게 주인의 별 특징 없는 용모를 자신있는 선으로 표현하여 정확하게 묘사한 그 그림은 상당한 데생 실력을 가진 사람의 솜씨임을 말해주고

있었다. 그래 그 후 서울역 그 사람의 이야기라든가 자신이 과거에
뭐 하던 사람이라든가 하는 얘기는 통 안 하던가요? 쇠귀신이에요.
그 후에도 그 전에도 가타부타 말 한마디 하는 걸 못 들어봤다니까
요. 나는 지하도 입구에 서서 한참 동안 남자를 살펴보았다. 남자는
식후 휴식중인지 허리를 활처럼 굽히고 머리를 바닥에 처박은 기본
자세를 취한 채로 움직임이 없었다. 나는 버스를 타고 가면서도 줄
곧 남자를 떠올리고 있었다. 구걸도 직업이냐는 박 주간의 빈정거림
을 각오하고서라도 이 연재에 지하도 남자를 꼭 다루어보고 싶다는
생각을 했다. 최은혜 씨 건의 원고를 쓰느라 며칠 동안 들어앉아 있
다가 아침도 거른 채 시내에 나갈 채비를 했다. 서점에 들르기 위해
서였다. 내가 문화평론가라는, 가장 대중적이어야 함에도 대중에게
는 아직 낯선 직함을 가지고 자유기고가로 입에 풀칠하기 위해서는
현대의 문화현상 전반에 관한 완전 잡식성 섭렵은 필요불가결의 요
소였다. 몇 달에 한 번 꼴로 티브이에 얼굴을 내미는 일과 쏟아져 나
오는 신간서적들을 읽고 그것들을 문화코드로 풀어내는 일은 내 본
업의 핵심이었다. 작곡을 전공한 내가 문화평론가로서 노동을 할 때
마다 느끼는 감정은 그 일이 전직으로 생계를 위한 비자연적이고 불
쾌하고 무의미하고 아무런 존엄성도 없는 것이라고까지 생각하는
것은 아니지만 그렇다고 대단한 사명감이나 자부심을 가지고 있는
것 또한 아니었다. 오랜 시간과 열정을 쏟아부어 완성한 작품이 비
록 동아리 수준의 실내악단에 의해 연주될지라도 그때의 그 감격과
보람은 나의 삶에 활력을 불어넣었고 나는 그 활력을 연료로 하여
새로운 곡을 쓰기 위해 며칠씩 밤을 밝히곤 했다. 그 창조의 노동은
나의 즐거움이며 나의 문화였다. 지금 내가 하고 있는 노동과는 확

실히 구별되는 것이었다. 버스에서 내린 내 발걸음은 나도 모르게 지하도를 향하고 있었다. 역 광장으로 통하는 지하도 계단을 오르며 나는 한참을 두리번거렸다. 그 남자의 모습이 보이지 않는 것이었다. 잠시 주변을 서성이던 나는 역 광장의 샌드위치 행상이 있는 곳으로 부지런히 걸어갔다. 계란 샌드위치를 주문하는 나를 알아보고 가게 주인은 반가운 표정을 지었다. 오늘은 자리를 비웠네요. 나는 지나가는 말처럼 물었다. 무슨 말인지 몰라 멍멍한 표정을 짓던 주인은 내가 지하도 쪽을 손가락을 가리키자 그때에서야 알아차리고 입을 비쭉거리며 대답했다. 서울역에 동냥한 거 바치러 갔나 봐요. 아까 전철 타러 정거장으로 가더라고요. 오늘이 금요일이거든요. 날짜가 정해져 있나 보죠. 그럼요, 금요일 오전 여덟시에 갔다가 점심 전에 영락없이 돌아와요. 아, 그렇군요. 나는 또 그 사람이 자리를 옮긴 줄 알았죠. 옮기다니요. 거기가 몫이 좋잖아요. 주먹다짐해서 뺏은 자리예요. 주먹다짐이요? 그 자리에 다른 사람이 있었어요. 그런데 대여섯 달 전에 그치가 나타나서 그 옆에 자리를 잡으니까 서로 싸움이 벌어진 거지요. 머리가 터지게 싸워가지고 그치가 이겨서 그 자리를 차지한 거예요. 아침 일곱시에 출근해서 저녁 열한 시면 퇴근해요. 따로 숙소가 있나요. 모르겠어요. 하여튼 시간이 되면 없어졌다가 시간이 되면 나타나니까요. 나는 책방에 들러 두어 권의 신간서적을 사들고 돌아왔다. 지하도 남자가 다른 걸인과 주먹다짐까지 해서 뺏은 몫 좋은 자리에서 동냥하여 모은 돈을 누구에게 가져다주는 것일까. 그는 앵벌이 조직의 하부조직원일까. 그래서 그 조직에 상납하는 것일까 혹은 지하도 남자가 일방적으로 주는 것이 아니라 무엇을 받고 그 대가로 지불하는 것일까. 그렇다면 그 거래의 진상은 무엇일까. 결국 나는 그 다음 금요일 아침 여덟시 지하도 남자의 뒤를 미행했다. 그는 서울역 시계탑 건물 출입구에서 기다리고 서 있던 사내에게 꽤 무게가 나가는 듯 축 늘어진 비닐백을 건넸다. 적잖은 양의 동전이 든 것 같았다. 그것을 받아든 키가 자그마하고 호리호리한 몸집의 사내와 그는 말없이 잠시 서로 마주보고 있다가 악수를 한 후 헤어졌다. 둘 사이에 억압적인 분위기나 적의 같은 것은 느낄 수 없었다. 오히려 짧은 만남이었지만 구체적으로는 설명할 수 없는 어떤 곡진함 같은 것이 느껴졌다. 나는 그 서울역에서 만난 사내를 조금 거리를 두고 뒤쫓았다. 사내의 인상이나 둘 사이의 행동거지가 앵벌이 조직의 일당 같지는 않았다. 그 사내는 기차를 타려는지 대합실 안쪽으로 천천히 걸어 들어갔다. 나는 그래도 만약을 생각해서 사람들이 특히 붐비는 곳에 이르자 그에게 다가가 말을 걸었다. 그가 설령 질이 좋지 않은 사람이라고 할지라도 사람들의 눈을 의식할 만한 곳에서는 내게 해코지를 할 수 없으리라고 생각한 것이었다. 실례합니다. 잠깐 이야기 좀 할 수 있을까요. 그 사내는 조금 의아하다는 표정으로 나를 살폈다. 막상 그를 불러세웠으나 무슨 말부터 꺼내야 할지 난감하였다. 나는 우선 명함부터 한 장 꺼내어 그에게 건넸다. 그는 명함을 대충 훑어보고는 더 모르겠다는 표정이 되었다. 조금 전에 건물 출입구에서 만난 분과는 어떤 사이냐고 물었고 그는 별걸 다 묻는다는 표정으로 친구 사이라고 했다. 나는 더듬거리며 월간 『일과 사람』의 새로운 기획연재물인 '이런 일, 이런 사람'에 대해서 설명하고 조금 전에 만났던 당신의 친구를 거기서 다루고 싶은데 응할 것 같지 않다는 이야기를 조금 장황하게 늘어놓았다. 그리고 내가 최근 Y시로 이사하여 당신의 친구를 지하도에서 자주 본다는 이야기도 덧붙였다. 그는 내 이야기를 듣고 나서 내가 준 명함을 다시 한 번 들여다보았다. 그리고 그제서야 좀 부드러운 표정이 되었다. 그래서 제게 뭘 원하십니까. 제 취재에 응하도록 친구를 설득해주시고, 뭐랄까… 적잖이 사연이 있어 보이는데… 그런 것들을 좀……. 남자는 잠깐 무엇을 생각하는 듯하다가 지금은 시간이 촉박하여 여유가 없으니 이주 후 이 시간에 저기서 만나자며 경부선 개찰구를 가리켰다. 그리고 사내는 그 개찰구 쪽으로 걸어가 안으로 총총히 사라졌다. 나는 월척을 낚았다가 줄을 끊긴 서툰 낚시꾼처럼 허망한 심정이 되어 Y시로 가는 전철에 올랐다. 지하도 세 번째 계단에서 남자는 여전히 자세를 바꾸는 퍼포먼스를 하고 있었다. 나는 계단 아래에 서서 삼십여 분을 기다렸다. 그제야 남자는 등을 활처럼 구부리고 머리를 바닥에 처박은 기본자세로 돌아갔다. 나는 남자의 머리맡에 쭈그리고 앉아 낮은 소리로 『일과 사람』, 새로운 기획 연재물인 '이런 일, 이런 사람'에 관해서, 그리고 내가 무엇을 하는 사람이며 그에게 원하는 것이 무엇인가 등에 대해서 이야기해 주었다. 죽은 듯이 엎드려 있던 그는 아주 천천히 몸을 일으켜 나와 마주 앉았다. 다음주 토요일 두 시 여기서. 처음 들어보는 그의 목소리는 낮고 굵었다. 다음주 토요일 두 시 여기서. 나는 확인하기 위해 그의 말을 한 번 더 되풀이했다. 그는 고개를 끄덕이고는 먼저의 자세로 되돌아갔다. 비로소 한 개의 매듭을 지은 듯한 좀 개운한 기분으로 나는 집에 돌아올 수 있었다. 저녁을 먹고 나서 커피를 마시며 '이런 일, 이런 사람'의 첫 회분 원고를 퇴고하다가 문득 최은혜의 벗은 몸을 안고 싶다는 생각을 했다. 카페에서 만난 그녀는 내게 아무런 욕망도 불러일으키지 않았다. 그러나 작업 중 포즈를 잡고 있는 그녀의 모습은 비늘을 반짝이며 파닥이고 있는 한 마리의 물고기처럼 건강한 생명력을 품고 있었다. 나는 알몸이 되어 수십 개의 진지한 눈빛들이 날아와 꽂히는 무대 위에서 역시 알몸인 채로 포즈를 잡고 있는 그녀를 포옹하는 엽기적인 상상을 하다가 고개를 흔들었다. 옷을 입은 그녀보다 벗은 그녀가 내 욕망을 자극하는 것은 알몸이 주는 선정적 느낌 때문이 아니라 쉴 때의 그녀보다 일할 때의 그녀의 모습이 훨씬 더 도발적이기 때문이었다. 일에 몰입한 그녀의 열정이 절정에 도달한 여인의 교성처럼 나를 욕망의 늪 한가운데로 끌어들이는 것일 게다. 그녀는 자신의 노동에 대한 신념과 태도를 신통력 있는 종교전도사처럼 전파하고 있는 것일까. 나는 깊은 곳에 처박아 두었던 작곡노트를 들춰내어 뒤적거리면서 내가 어느새 그녀의 전도에 의해 새롭게 결심한 그녀의 새 신자가 되었는지도 모른다는 생각을 했다. 나는 처치 곤란한 낡은 가구처럼 방 한쪽을 차지하고 있는 피아노 뚜껑을 열고 건반을 눌러보았다. 줄이 풀려 음정이 들쭉날쭉이었다. 나는 피아노 뚜껑을 덮었다. 그리고 매일매일 노동의 산물과 그 창조적 과정이 노동의 궁극적 동기가 되며 또 유희이며 문화가 되는 나의 노동으로 되돌아가는 문제에 대해서 심각하게 생각했다. 그러나 아무런 결단도 내리지 못한 채 일주일을 보냈다. 토요일 아침 열 시쯤 박 주간에게 이메일로 최은혜 건의 원고를 보내고 두어 시간을 공연히 서성대다가 열두 시쯤 아침 겸 점심을 먹고 집을 나섰다. 약속시간은 아직 멀었지만 다른 일이 손에 잡힐 것 같지도 않아서 일찌감치 서둔 것이었다. 내가 지하도에 도착한 것은 한 시 반이 다 되어갈 무렵이었다. 그런데 아무리 둘러보아도 남자의 모습이 눈에 들어오지 않았다. 화장실에라도 간 것일까 하는 생각을 하며 오 분여를 기다리다가 나는 역 광장에 있는 계란 샌드위치 노점으로 갔다. 파라솔 밑의 플라스틱 의자는 텅 비어 있었다. 어디 갔나 보죠. 고개를 까딱하며 아는 체하는 주인에게 나는 검지로 지하도 쪽을 가리키며 물었다. 그리고 보니 어제 금요일인데도 전철 타러 올라오는 걸 못 본 거 같네요. 다른 곳으로 옮겼을까요. 옮기다니요. 피 터지게 싸워서 뺏은 자린데요. 하기는… 좀 이상하긴 하군요. 하루도 거른 적이 없었는데……. 나는 그가 몹시 앓아 누운 것은 아닐까 하는 생각을 하며 그가 늘 자리잡고 있던 곳 주변에서 서성이고 있었다. 휴대전화를 꺼내어 시간을 확인해보았다. 두 시가 다 되어가고 있었다. 나는 어떻게 할까 망설이며 그가 늘 있던 세 번째 계단에 쭈그리고 앉았다. 그가 하듯이 로댕의 생각하는 사람 포즈를 취해보았다. 그때 누가 내 어깨를 가볍게 쳤다. 올려다보니 청바지에 흰 티셔츠 차림이 조금 낯설기는 했지만 여전히 헝클어진 머리하며 덥수룩한 수염은 틀림없는 그였다. 좀 어리벙벙해 있는 내게 그가 예의 그 낮고 굵은 목소리로 차라도 한잔 하자고 했다. 나는 무엇에 홀린 사람처럼 그의 뒤를 따라갔다. 우리는 역 광장 맞은편 출구로 나가서 한참을 걸은 후 지하에 있는 조그마한 카페에서 마주앉았다. 일할 때 귀에 이어폰을 꽂고 있던데 음악을 듣고 있었나요. 그는 질문을 하는 나를 어이없다는 듯 지그시 건너보았다. 그렇소. 무슨 음악이었나요. 태교음악이었소. 나는 그 음악을 들으면서 생명의 탄생과 인간의 운명에 대해서 생각했었소. 이제 그 일은 안 하십니까. 끝났소. 그 육 개월 간의 퍼포먼스는 목요일로 끝났소. 퍼포먼스라니…… 그렇다면……. 그렇소. 퍼포먼스였소. 그럼. 원래 행위예술을 하는 분이었나요. 행위예술이라……. 삶의 행위와 예술행위가 구분

된다는 관점에서 사용하는 것 같아서 사실 나는 그 어휘를 별로 좋아하지 않소이다만…… 이를테면 그런 셈이요. 예, 이해할 것 같아요. 예술과 삶의 경계를 허물어뜨리고 예술과 삶 모두에서 인간성을 회복시키는 것에 목적을 두고 있다고 한 요셉 보이스의 말을 어디에선가 읽은 것 같은데 결국 비슷한 이야기이겠군요. 그는 내 말에 대한 대답 대신에 물을 한 모금 마시고 천장을 올려다보았다. 제가 잡지의 연재물 취재에만 욕심내다가 하마터면 예술가를 걸인으로 만들 뻔했군요. 나는 예술가라고 불리기를 원치 않소. 그냥 생활인일 뿐이요. 목요일인 그저께까지 나는 걸인이었소. 걸인의 흉내를 낸 것이 아니라 그냥 걸인이었소. 나는 형씨가 말한 그 이런 일, 이런 사람인가 하는 연재물에 대해서 호감을 가질 수가 없소. 노동을 분식할 위험이 크기 때문이요. 오늘날 그 노동이라는 것에서는 더 이상 신성함도 즐거움도 찾을 수 없지 않소. 이미 타락한지 오래요. 노동과 그에 따르는 물질적 보상을 분리하지 않는 한 노동은 대가를 얻기 위한 노역일 뿐이요. 나의 삶 위에 그 타락한 노동의 개념을 덧씌우고 싶지 않소. 말을 마치고 그는 훌쩍 일어나서 걸어나갔다. 나는 그의 뒷모습을 보며 이런저런 생각을 했다. 구걸하기 좋은 자리를 잡기 위해 그 자리를 먼저 차지하고 있던 걸인과 피를 보는 주먹다짐까지 했던 것은 그가 걸인 흉내의 퍼포먼스를 한 것이 아니라 걸인생활의 퍼포먼스를 했기 때문이었을지도 모른다. 우리네 삶은 한 치의 여유도 없이 치열한 것이니까. 또 서울역 남자를 만나 자신이 구걸해 모은 돈을 전달한 것은 그가 말한 대로 노동과 그에 따르는 물질적 보상을 분리하려는 노력은 아니었을까. 숱한 의문이 따르지만 지금은 혼자 자문자답할 수밖에 없다. 누군가 이 엉킨 실마리를 풀어주어야 한다. 그렇다, 서울역 사내……. 그런데 그는 약속을 지켜줄 것인가. 나는 사내와 약속한 금요일까지 열에 들뜬 사람처럼 무엇에도 마음을 붙이지 못한 채 서성이며 시간을 보냈다. 약속장소에 나갔지만 서울역 사내의 모습은 보이지 않았다. 약속시간이 오 분쯤 지나면서부터는 단념하기 위해 내 자신을 추스르려 애써야 했다. 약속시간보다 삼십 분쯤은 더 기다려보기로 했다. 십이삼 분이 지날 무렵 사람들 틈에서 사내의 얼굴이 보였다. 나는 번쩍 손을 들어 그에게 내 위치를 알렸다. 서둘러 온 듯 그의 이마에는 땀이 흐르고 있었다. 열차가 연착을 하는 바람에……. 가쁜 숨을 몰아쉬며 그가 늦은 연유를 말했다. 나는 우선 눈에 띄는 빈 의자에 그를 앉혀 땀을 들인 후에 그와 함께 한 층 위의 카페로 갔다. 그는 냉수를 한 컵 들이켜고 나서 입을 열었다. 그 친구 어제 네팔로 떠났습니다. 그 말은 전에 내가 사내를 만났을 때 내가 집필하는 연재물에서 그의 친구를 다루고 싶으니 거기 응하도록 설득해 달라는 부탁에 대한 답변인 듯했다. 그가 떠난 상황에서 그 문제는 더 이상 추진할 수 없다는 뜻이리라. 나는 고개를 끄덕이는 것으로 대답을 대신했다. 선생님도 미술을 하시나요. 예, 저는 대전에서 미술학원을 운영하고 있습니다. 그 친구도 전위 쪽으로 가기 전에는 저와 함께 회화를 했었지요. 그분한테 받은 돈은……. 제가 받아다가 소년소녀가장을 돕는 데 보탰지요. 그분과 용처를 의논하셨나요. 그 친구는 돈만 갖다 주지 그런 건 관여 안 해요. 그랬군요. 그런데 한 가지 궁금한 게 있어요. 그분이 번거롭게 동전자루를 가지고 서울역까지 오고 선생님이 대전에서부터 열차를 타고 오는 것도 힘드실 텐데… 통장계좌에 입금을 하시면 손쉽잖아요. 아, 그거요, 그 친구가 돈 세기를 싫어하고, 은행

가기를 싫어하거든요. 거기다 서로 이야기는 안 하지만, 그 친구는 퍼포먼스를 하는 동안에는 거의 말을 하지 않거든요. 그래도 잠깐 얼굴이라도 볼 수 있잖아요. 그랬군요. 그럼 그분은 평소 생활은 어떻게 꾸려가나요? 가끔 후원자가 나서기도 하고…… 아무튼 힘들게 살지요. 나는 사내와 서울역 근처 순댓국집에서 소주잔을 나누고 연락처를 주고받은 후 헤어졌다. 집에 돌아와 책상을 차지하고 있는 원고뭉치와 책들을 묶어서 한쪽에 치우고 작곡노트를 펼쳐놓았다. 악기점에 들러서 피아노 조율도 부탁하고 음향시설도 손을 보아야 하고 음악 하는 친구들의 소식도 알아보고……. 나는 이것저것 계획을 세웠다. 그리고 최은혜 씨에게 전화를 했다. 최은혜 씨에 관한 글이 제 연재의 첫 회이자 마지막 글이 되었습니다. 밑도 끝도 없고 요령부득인 내 말에 그녀는 내게 술을 많이 마셨느냐고 물었고 나는 언제 만나서 소주라도 한잔하자며 전화를 끊었다. 그리고 일신상의 이유로 객원기자 일을 그만두겠다는 내용의 전자우편을 박 주간에게 보냈다. 최은혜, 그녀는 자신이 내게 무엇이었는지, 내게 무슨 일을 했는지 모를 것이다. 나는 두문불출하고 피아노 건반과 오선지에 매달려 한 달을 보냈다. 서울역 사내에게서 전화가 왔다. 우리는 서울역의 그 순댓국집에서 다시 만났다. 소주잔을 앞에 놓고 사내는 내게 쪽지 하나를 내밀었다. 새로운 퍼포먼스를 준비 중이네. 이번 퍼포먼스는 내 자신이 행위자인 동시에 유일한 관객이 될 것이네. 먼 곳에서 인사하네. 잘 있게 친구. 지하도 남자가 사내에게 보낸 전자우편이었다. 네팔에 도착하면서 그곳 공항에서 보낸 것이지요. 사내는 말을 마치고 잠시 멍한 표정으로 앉아 있다가 소주병을 들고 벌컥벌컥 몇 모금을 들이켰다. 나는 내 불길한 예감이 제발 빗나가

주기를 간절하게 바랐다. 히말라야 트랙킹 도중 실종되었답니다. 그쪽 문서에 나와 있는 목격자들의 증언에 의하면 그 친구가 트랙킹 도중 주변의 만류를 뿌리치고 히말라야를 향해서 혼자 떠났답니다. 아무런 준비도 없이. 나는 탁자 위에 펼쳐진 전자우편을 다시 한 번 천천히 읽어보았다. 그의 실종은 돌발적인 것이 아니었을 것이다. 마지막 구절이 머리에서 가슴으로 맴돌며 오갔다. 먼 곳에서 인사하네. 잘 있게 친구. 나는 돌아오는 전동열차 안에서 입속으로 몇 번이나 중얼거렸다. 먼 곳에서 인사하네. 잘 가게 친구.

안녕, 먼 곳의 친구들이여 — 박정규

작품해설

일과 유희, 삶이 곧 예술일 수 있는 길

이정숙 | 한성대 국어국문학과 교수

　이 소설은 참 재미있게 읽힌다. 적당히 신비함이 깔려 있고, 상당한 수준의 예술적 장치들로 인해 적당히 지적이며, 또 적당히 대중취향적이기도 하다.
　주인공의 직업은 문화평론가. 사실 문화평론가라는 이름이 붙어 있는 사람들을 보면 저 직함을 누가 붙여 주었는지, 아니면 그냥 자기가 붙인 것인지 궁금할 때가 있다. 또 문학평론가처럼 최소한의 어떤 과정을 거치면서 그런 이름을 얻게 되는 것인지도 궁금한 게 사실이다. 말하자면 이 직업은 그 대상이 대중문화이건 고급문화이건 문화의 생산자이자 향유자인 대중과 밀착해 있으면서 가장 대중적이어야 함에도 불구하고 대중에게는 아직 낯설다. 그리고 이들은 대개 자유기고가라는 직함도 함께 가지고 있다. 그런데 경제적으로 안정적인 대우를 받고 있는지에 대해 아직은 의문표를 찍어야 할 것 같다. 이런 약점(?)이 있음에도 불구하고 이 직업이 묘한 매력을 지니고 있음도 부정할 수 없다. 우선 문화평론가이며 자유기고가라는 직함에서 풍기는 지적인 분위기 때문이다. 어쨌거나 어느 정도 상당한 수준의 예술적 소양이 바탕에 깔려 있어야 가능한 직업일 것이기 때문이다. 그리고 또 하나, 상당히 강하게 우리를 끌어들이고 있는 매력인데, 어딘가에 얽매이지 않은 자유로움의 냄새이다.

　이 소설이 적당히 지적이고 상당한 예술적 수준과 함께 속세에 초연한 듯한 고답적인 면이 있으면서도 대중과 동떨어져 있는 느낌을 주지 않는 것은 등장인물들과 그들이 등장하는 배경 때문인데, 문화평론가이자 자유기고가인 서술자 '나'와 그의 취재 대상이 된 누드 모델, 그리고 그의 관심과 탐구의 대상인 구걸하는 행위예술가 사내가 그들이다. 그들은 출판사, 앙리코 마시아스의 샹송이 흐르고 위트릴로의 대표작인 「코탱의 골목」이 걸려 있는 카페, 지하도 입구, 역 등을 행동반경으로 하여 일을 하면서 일과 예술과의 관계를 상당히 진지하게 탐구하고 있는 편이다.

　이 작품을 이해하는 중요 키워드는 예술과 일(노동)이다.

　예술은 등장인물들의 전공이 곧 음악이나 미술이고 종사하는 직업이 글 쓰는 자유기고가, 누드 모델, 행위예술가이기 때문에 당연한 듯하지만 그런 표피적인 이유뿐 아니라 이들은 매우 진지하게 자신들의 일을 예술로 만드는 데 몰두하는 진짜 프로들이다.

　소설의 제목인 「안녕, 먼 곳의 친구들이여」도 작가가 각주에서 친절하게 안내해 준 대로 네덜란드 출신의 행위 미술가인 바스 얀 아더(Bas Jan Ader, 1941~1975)의 작품 제목에서 따 온 것이다. 이 작품이 석양이 지는 해변가에서 저 멀리 보이는 작가 자신의 뒷모습을 담은 일종의 자화상이고, 이 행위미술가가 실제로 4년 뒤 자신의 작품 내용처럼 대서양 어느 먼 곳으로 홀로 보트에 몸을 싣고 떠나버림으로써 친구들에게 안녕을 고하는 실제 상황으로 이어지게 되는 만큼 이 작품은 소설의 중요한 창작모티브이면서 소설 이해에 단서가 되고 있다. 소설의 진정한 주인공인 지하도의 사내가 바스 얀 아더처럼 전위미술을 한 행위예술가이면서 히말라야 트랙킹 도중 히말라야를 향해 혼자 떠나 실종하는 결말 부분이 그대로 이 전위작가의 작별의 행위와 일치하기 때문이다.

이 작품의 다른 핵심 용어가 일, 노동인 것은 서술자가 객원기자로 일하는 잡지사가 『일과 사람』이고 여기서 새롭게 만든 기획 연재물이 '이런 일, 이런 사람'이라는 데서 어느 정도 감지된다. 그런데 노동이라는 용어가 작품에서 매우 여러 차례 언급되고 강조되고 있지만 때로는 불쑥 느닷없이 강조되는 면이 있는바 왜 그렇게 강조하는지 이해하기가 썩 쉽지는 않다. 이럴 때는 차근차근 짚어나가면서 정리해 볼 수밖에.

처음 노동에 대한 언급은 구걸하는 지하도 사내가 주기적으로 계속 자세를 바꾸는 행위를 보면서 내가 생각하는 부분에서 의도적으로 부각되고 있다. 이름 있는 학자들의 노동에 대한 이론과 견해를 피력하는 이 부분은 다소 현학적인 인상을 주고 있다. 일반적으로 유희와 노동의 구별을 그 대가의 여부, 즉 자기가 좋아서 아무 보상도 바라지 않고 즐겁게 하는 행위는 유희이고, 보상을 바라면 노동이라는 이분법적 사고로 규정하기 마련인데, 13,4세기 서구 장인들의 경우는 노동이 곧 유희이며 문화였다는 것이다. 서술자는 지하도 사내를 생각하며 그의 경우 보상만을 바라는 무의미한 행위인지 아니면 유희이며 문화인지 궁금해한다. 그런데 이런 경우 작가들은 대개 일반적이지 않은, 예외적인 경우에 그 창작 의도를 맞추어 놓곤 한다. 즉 지하도의 사내가 단순히 몇 푼의 동정을 구하는 행위를 하는 자라면 이렇게 소설의 주인공으로 내세울 리가 없다. 실제로 그에게 구걸 행위는 퍼포먼스였다. 걸인 흉내의 퍼포먼스가 아니라, 걸인 생활의 퍼포먼스로서, 유희이며 문화이자 더 나아가 그에게는 삶 그 자체인 어떤 것일 수도 있다.

다음 노동에 대한 언급은 서술자가 누드 모델의 작업을 보며 그녀가 자신의 몸을 연출하여 자신의 몸 이상의 것을 보여 준다고 생각하는 데서 이어진다. '육체적으로 큰 노동', '정신적인 충족감이 없다면 다시없는 고역'이라는 누드 모델의 토로에서 그녀의 일에 대한 만족감을 보며 서술자는 "모델이라는 직업이 그녀에게 유희이며 문화일 거라는" 별 근거 없는 확신을 하게 된다. 세 번째 노동에 대한 언급은 서술자가 자신의 일에 대해 말하는 부분이다.

> 내가 문화평론가라는, 가장 대중적이어야 함에도 대중에게는 아직 낯선 직함을 가지고 자유기고가로 입에 풀칠하기 위해서는 현대의 문화현상 전반에 관한 완전 잡식성 섭렵은 필요불가결의 요소였다. 몇 달에 한 번 꼴로 티브이에 얼굴을 내미는 일과 쏟아져 나오는 신간서적들을 읽고 그것들을 문화코드로 풀어내는 일은 내 본업의 핵심이었다. 작곡을 전공한 내가 문화평론가로서 노동을 할 때마다 느끼는 감정은 그 일이 전적으로 생계를 위한 비자연적이고 불쾌하고 무의미하고 아무런 존엄성도 없는 것이라고까지 생각하는 것은 아니지만 그렇다고 대단한 사명감이나 자부심을 가지고 있는 것 또한 아니었다.

문화평론가로서의 일을 노동이라고 하면서, 자기 직업에 대해서

별다른 사명감이나 자부심을 갖지 못한다고 고백한다. 그러나 자신의 전공인 작곡을 할 때는 '열정을 쏟아 부어' 작곡을 하고, 그것이 비록 동아리 수준의 실내악단에 의해 연주될지라도 그 때의 감격과 보람은 그의 삶에 활력을 불어넣는다는 것이다. 그는 그 활력을 연료로 하여 새로운 곡을 쓰기 위해 며칠씩 밤을 밝히곤 하는데 "그 창조의 노동은 나의 즐거움이며 나의 문화"라고 표현하고 있다. 드디어 노동이 창조의 영역으로 들어서고 있는 것이다. 그가 이렇게 느낀다면 그 귀착점은 감격과 보람을 느끼는 대상이 될 수밖에 없다. 여기서 서술자가 대단한 자부심이나 사명감을 느끼지 못하는 문화평론가의 직함을 결국에는 접을 것 같은 예감이 든다.

다음 노동에 대한 언급은 누드 모델에 대한 원고를 탈고하면서, 일할 때의 그녀의 열정과 도발적인 자세를 생각하며 그녀를 안고 싶은 욕망과 함께 작곡에의 열정에 싸이게 되는 데서 나타난다. 마치 그녀의 노동에 대한 신념과 태도에 신통력 있게 전도된 것처럼…. 그리하여 그는 창조적 과정이 노동의 궁극적 동기가 되고 유희이자 문화가 되는 노동으로 되돌아가는 문제에 대해, 자신의 노동에 대해 심각하게 생각한다. 결국 그는 쓰는 '일'을 접고 작곡을 하는 열정을 택하게 된다.

마지막으로 노동에 대한 언급은 지하도 사내와의 대화에서 나타난다. 노동이 타락한지 오래된, 대가를 얻기 위한 노역에 불과하다며, 삶의 행위와 예술의 행위를 구분하기를 거부하는 그의 생각은 결국 삶을 예술로, 예술을 곧 삶 자체로 만드는 그의 마지막 행위로 이어진다. 삶 자체가 곧 하나의 행위예술이고, 행위미술을 통해 삶을 마무리하는 사내의 행위를 통해서 예술과 인생이 별개가 아님을 몸으로 보여주고 있는 것이다.

그러나 사내가 왜 그런 신념을 갖고 행위로 옮기게 되었는지는 여전히 의문으로 남아 있다. 물론 우리의 신념이나 행동에 늘 이유를 댈 수 있는 것은 아니고 또 그래야 할 필요가 있는 것도 아니다. 그러나 누드 모델이 자신의 음악을 가리켜 '금붕어인 내가 헤엄칠 수 있게 해주는 어항 속의 물 같은 것'이라며 명쾌하게 설명할 때 더 설득력이 있는 것처럼 독자로서 한 가닥 설득을 당하고 싶은 것도 사실이다.

• 불을 찾아서 •

박정애

약 력

1970년 경북 출생
서울대 신문학과와 동대학원 국문과 졸업
인하대에서 박사학위 취득
1998년 《문학사상》으로 등단
소설집 『춤에 부치는 노래』 장편소설 『에덴의 서쪽』 『물의 말』 등
〈한겨레 문학상〉 수상

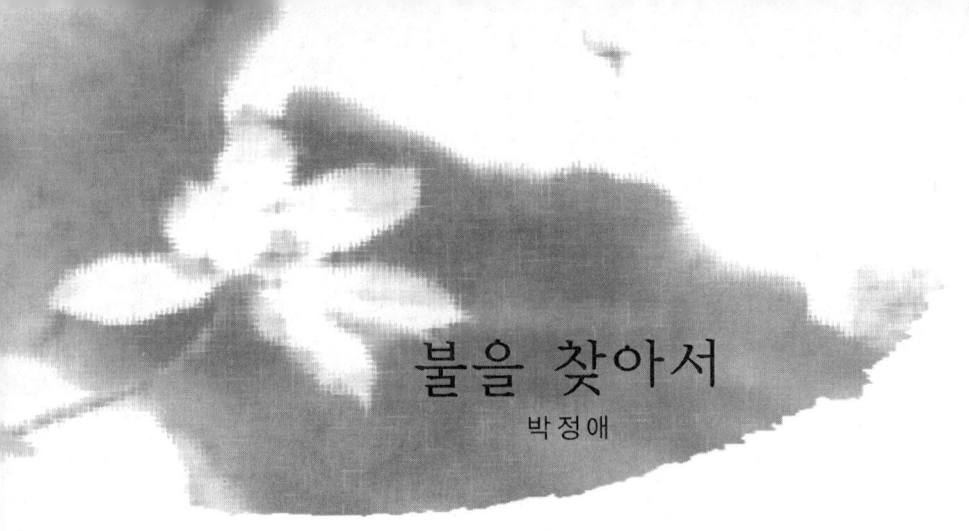

불을 찾아서
박정애

뻘짓을 하다 못해 마침내 지하철역 에스컬레이터에서 고꾸라지기까지 한 날이었다. 아마도 움쳤다 뛰는 개구리 모양이었을 거다. 그것도 늙은 개구리.

한 순간 내 몸은 공중에 떠 있었다. 그 기분이 어떤 것이었는지는 형언할 수 없다. 사람들이 비명을 올리자 마치 그 비명이 마법을 풀어버린 것처럼 나는 대여섯 칸 아래의 층계에 낙하했다. 왼손부터 내밀었다. 그 버릇은 대학교 졸업반 시절에 하숙집 강아지에게 심하게 물려 가지고는 종내 오른손 집게손가락에다 철심을 해 박은 다음부터 생긴 것이다. 내 몸에서 맨 먼저 튀어나간 것은 안경이었고, 뒤이어 가방 속의 핸드폰과 동전, 볼펜, 샤프, 샤프심, 테이프, 영수증 나부랭이가 우수수 쏟아졌다. 멍텅구리. 등신. 이젠 가방에 지퍼도 안 채우냐?

사지를 옴짝달싹할 수가 없는데, 몸뚱어리는 아래로, 아래로, 빨려 들어가고 있었다. 나는, 어둠의 심연을 향해 구불텅구불텅 내려가는 뱀의 등에 겁 없이 올라 탄, 치매 걸린 개구리 꼴이었다. 바로 뒤에서 걸어 내려오던 여자, 쁘와종 향수냄새를 진하게 풍기는 여자가 내 겨드랑에 손을 넣었다. 일어나세요. 힘을 주세요. 어서요. 망신, 망신, 개망신. 빨리 일어서. 새꺄. 힘은 손목과 무릎에 주는데, 쉽사리 들리는 건 고개였다.

안경을 잃은 눈에 들어오는 지하 세상은, SF 영화 속의 디스토피아처럼 뿌옇고 어지러웠다. 밀라 요요비치의 입술은 여전히 거기 있었다. 꽃잎 같이 요염하던 게 이번에는 배암 껍질처럼 징그러웠다. 온몸에 소름이 오스스 돋았다. 벌써 플랫폼이 코 앞에 있었다. 플랫폼은, 내 가방에서 나온 백 원짜리, 오십 원짜리 동전 두 개를 막 삼키고 있는 참이었다. 여자의 도움으로 나는 용케 선 채로 플랫폼을 디딜 수 있었다. 왼손 손가락 세 개와 팔꿈치, 오른쪽 무릎과 어깨가 심하게 욱신거렸다. 검은 점퍼의 남자가, 간신히 내 팔오금에 매달려 흔들리는 가방 속에 핸드폰과 볼펜 따위를 넣어주었다. 그 뒤로 검은 롱코트의 남자가 내 손아귀에 안경을 걸어주었다.

마침 도착한 열차 속으로 사람들이 우르르 꾀여 들었다. 지하터널과 개미떼들. 그 속에 부상당한 병정개미 한 마리. 나는 절룩거리며 대열에서 낙오하여 플랫폼 벤치에 주저앉았다. 오른쪽 안경알에 심하게 금이 가 있었다. 바지를 걷어 올려보니 오른쪽 정강이 살갗은 군데군데 벗겨져 핏물을 머금고 있었고, 왼쪽 정강이뼈와 종아리 어름에는 멍이 들어 있었다. 바짓단을 다시 끌어내리면서 스친 살갗이 몹시 쓰라렸다. 입술을 깨물고 이맛살을 찌푸렸다. 조금 전 나를 일으켜 주었지 싶은, 빨간 입술의 여자가 열차 문가에서 묘한 눈빛으로 나를 바라보고 서 있는 양이 눈결에 얼핏 뵈다간 사라졌다.

두 번은 그냥 보내고 세 번째 열차에 올라탔다. 여섯 사람이 좀 성글게 앉은 좌석으로 가서 끼어 앉았다. 무릎을 굽히니 정강이쪽이 또 화끈거렸다. 오른손으로 왼손 관절을 어루만지며 눈을 감았다. 바보, 병신, 쪼다. 하다 하다 이젠 지하철 에스컬레이터에서 쇼를 하냐? 아주 육갑을 떨고 자빠졌어. 머릿속이 온통 허섭스레기야. 앞으로 살아갈 일이 걱정이다, 걱정. 그러고 앉아 있으니 갈비뼈 부근에서도 은근하고 아릿한 동통이 느껴졌다. 이건 또 뭔가. 2년 전, 중고차를 몰고 다닐 적에 교통사고로 갈비뼈가 몇 대 부러졌었다. 병원에 입원하고 치료를 받고 하여 어찌어찌 붙이긴 붙였었는데, 그 담부터 몸 어디가 안 좋다 싶으면 꼭 저도 덩달아 아프다. 아프기는 덩달아 아파 놓고 낫기는 덩달아 낫지를 않는다. 꼭 보름 이상 질질 끌면서 사람을 미치게 만든다. 멍텅구리, 바보, 등신 같으니. 연구실에서 졸거나 딴 짓 하는 작자들, 욕할 것도 없어. 네 꼬락서니를 봐. 에스컬레이터를 탔음 얌전히 서 있든지, 바쁜 일 있음 뛰더라도 발아래를 잘 살피든지, 집에 가봤자 테레비 틀어놓고 자는 일밖에 없는 주제꼴에 무슨 꿀단지나 숨겨 둔 것처럼 바쁜 척 떨 건 뭐며, 뛰면 고이 뛸 것이지 립스틱 광고판 따위에 정신이 팔려 고꾸라질 건 또 뭐냔 말야. 망신은 망신대로 당해, 몸은 몸대로 상해, 뭐 하자는 거야, 등신아? 엉두덜엉두덜 자학을 하고 있자니 앞자리 아저씨가 유심히 쳐다보고 있었다. 미친년도 아니고 미친놈이 넋두릴 하네, 하는 표정으로.

나를 넘어뜨린 밀라 요요비치의 붉은 입술. 루즈 인빈시블. 그 입술이 눈에 감겼었다. 그 입술 속에서 그보다 더 뽈그족족하고 더 촉촉한 혀가 꼼틀, 꼼틀, 움직거린다는 상상을 했었다. 그 혀가 내 입 속으로 스며드는 상상을 했었다. 아아, 그러나 루즈 인빈시블. 등골에 소름만 오싹오싹 돋을 뿐이었다.

에스컬레이터에 타기 직전에 4년 전 내 수업을 들었던 늙은 학생 혜성의 전화를 받은 것도 오늘의 이 뻘짓에 한몫 단단히 했을 테다. 직장생활을 오래 한 늦깎이 대학생이라며 무람없이 치대기에 나도 여러 모로 신경 써주고 생활 상담도 해주고 그랬었는데, 종강 기념 술자리에서 혜성이 나로선 감당 못할 얘기까지 뱉어 버렸던 것이다.

"선생님을 보면 몸이 확 뜨거워져요. 나도 모르게."

참말 거지발싸개 같은 노릇이 아닐 수 없었다. 혜성의 홀어머니, 혜성이 착한 여자 만나 예쁜 가정 꾸리는 거 보려고 온갖 고생 마다 않고 살아왔다지. 그 어머니, 나중에 혜성의 아이 봐주는 걸 노후의 유일한 꿈으로 가지고 있다지. 그런데 녀석이 자궁도 없는 나 같은 것한테 뜨거워지면 어쩌란 말인가. 나는 아무 조언도 할 수 없었다. 내가 나 자신한테 그리고 남한테 할 수 있는 얘기래야 '뭐든 열심히 하라'는 따위 좆같은 것밖에 없는데, 혜성한테는 그 말조차 할 수 없었다. 다음에 연락하라고 한 건 순전히 빈말이었고 실제로 4년이나 일무소식이었으니, 내가 혜성의 전화에 놀란 건 당연한 일이었다. 지하철이라 잘 안 들린다는 핑계로 그 순간은 모면했지만, 그래도 맘이 영 불편했을 것이다.

맘이 불편한 걸로 따지자면 연구실에서부터 그랬다. 보스는 오늘도 바쁘다며 내 면담 신청을 연기했다. 벌써 다섯 번째였다. 그러다 계약이 만료되고 내가 저절로 떨어져 나가기를 바라는 게 분명했다.

내내 밀리고 치인 선배를, 사십 줄의 독신을, 미래 없는 연구보조를 데리고 있다는 게 제 앞길까지 가로막는다고 생각하는 모양이었다. 하긴 교수로 이직하기 위하여 유력자들에게 운동하느라 바쁘다는 건 나도 안다. 인터뷰하랴, 술 마셔주랴, 선물 챙기랴 엉덩이에서 비파 소리가 나게 바쁠 테다. 하지만 아무리 사이가 버름한 선후배에 직장의 위계는 엇걸린 계면쩍은 관계라고는 해도 이런 식으로 사람을 물 먹인다는 건 경우가 아닐 것이다. 할 말 못할 말 다하는 평소 성미대로 칼같이 해고를 통보하는 쪽이 서로에게 낫다는 걸 모르는 걸까. 아니면 제 말마따나 '아주 오래된 구박덩어리' 선배를 더 알뜰히 곯려먹을 심산인가. 개새끼다. 그것도 여우같은 개새끼다. 나이는 나 혼자 먹나. 저도 이틀만 지나면 사십이다. 재계약 문제가 발등의 불이 되기 전까지만 해도 회식자리 같은 데서 걸핏하면 날 끌어들여 곯려대는 걸 무슨 대단한 재미로 알던 자식이었다.

우리 구선배, 아주 오래된 선배님. 학문이란 게 말이죠. 기본은 음양의 이치거든. 음과 양, N극과 S극 말야. 우리 오래된 선배님은 음양의 이치를 모르면서 학문을 하니까 자꾸 낡아빠지는 거야. 늙는 거하고도 달라. 낡아빠진다는 게 맞아. 어이, 새로울 신, 신박사. 아주 오래된 구선배한테 쌈이라도 하나 싸 바쳐. 이거 원, 젊은 여자들이 육보시를 할 줄 알아야지. 보시 중에 젤 위대한 보시가 육보시야 이 사람아.

그럴 때면 신박사가 무안할까 보아 내가 얼른 삼겹살 상추쌈을 싸서 신박사의 입에 넣어준다.

그런 위대한 보시는 선배가 먼저 베풀어야죠.

꼴리는 배알을 다잡고 상추쌈 하나를 더 싸서 보스에게 바친다.

팀장님도 제 육보시 한 번 받으시죠.

싫어. 난 늙고 질긴 고기 싫어해.

'그래, 먹지 마라. 내 쌈 싸먹기도 바쁘다 새끼야.'

부끄러운 손을 거두어 내 입에 상추쌈을 우겨넣으면, 보스는 또 돼먹지 않은 수작을 시작한다.

어이 신박사. 요즘 여자들은 사내다운 사내보단 귀여운 남자를 좋아한다며? 구박사 어때? 좀 늙고 질기다 뿐이지 남자가 돼 가지고 야리야리, 비리비리한 게 귀엽잖아? 게다가 생전 큰소리 한 번 못 치는 색시 성격에.

에이, 제 이상형은 헤라클레스나 지니 같은 근육질인 걸요? 자기야 나 저거 갖고 싶어, 한 마디만 하면 즉시 그걸 대령해 주고, 자기야 나 저 앞산 꼴 보기 싫어, 그러면 당장 그 산을 떠메다 안 뵈는 곳에 던져 버려 줄 것 같은 남자 말예요.

'아서라. 말아라. 내가 너 같은 여자한테 매여 종노릇하기 싫어서 이 나이 먹도록 장가를 안 갔느니라.'

죄 없는 상추쌈만 껌 씹듯 질겅질겅 씹다보면, 꼭 그들의 수작 때문이 아니라 내 설움에 겨워 생목이 오르곤 했다.

이십대에는, 서른이 되면 인생길이 탄탄하게 뚫려 있을 줄 알았다. 삼십대에는, 마흔을 넘기면 그래도 조금은 더 탄탄해져 있을 줄 알았다. 세상살이가 만만치 않다는 거야 익히 알았지만 그래도 옛 성현의 말씀에 사십은 불혹이라고 했으니. 야, 구박덩어리. 성현 말씀대로 되는 것 같으면야 네가 오늘날 왜 시궁창 쥐새끼 꼬라지로 빌빌거리고 있겠냐. 불혹 좋아하시네. 도무지 왜 사는지를 모르면서 절룩거리고 있는데. 날이 갈수록 더 캄캄한 미혹 속에서 헤매고 있는

데.

　마흔 넘어서는 수면제를 먹어야 잠이 드는 날이 부지기수다. 내 나름으로는 약을 줄여 보려고 단순하고 의미 없는 일을 반복해 보기도 했다. 하루는 집안에 있는 비닐봉지를 샅샅이 찾아내어 네 귀 반듯하게 접어보기도 했고, 행주란 행주는 모조리 삶아 말렸다가는 그 행주들에다 레이스를 달아보기도 했다. 열심히. 나는 뭘 해도 열심히 했다. 하지만 그런 짓거리는 며칠이 못 가 동이 나 버린다는 게 문제다. 코딱지만한 독신자용 원룸에는 그런 일거리마저 흔치 않다. 왜 이렇게 되어버린 걸까. 언제나 열심히 살아왔건만. 에스컬레이터에서도 뛰는 버릇이 생길 만큼 언제나 시간에 쫓겨, 일에 쫓겨, 바쁘게 살아왔건만.

　막내 너는 성질이 꽁하고 늘품성이 없으니까 그저 죽어라 공부나 하는 직업을 택하라는 아버지 말씀 따라 오늘껏 딴 눈 한 번 안 팔고 공부하고 연구하고 학문한 결과가 지금의 내 인생이다. 학위 받고 임시 연구직으로 4년 있다가 지금 연구실에서 포닥이 4년차다. 적금을 착실히 부어두어, 만판 놀아도 2, 3년 정도는 최저생활을 할 수 있으리라는 계산이 그나마 희망이라면 희망이다. 그래도 5년 이상은 버티지 못할 건데, 뭘 해 먹고 살 수 있을지. 나에게 공부의 길을 제시했던 아버지는 이 꼴 저 꼴 안 보고 일찌감치 돌아가셨다. 형제들은 말은 안 해도 다들 내 성 능력에 문제가 있을 거라고 믿는 눈치다. 맏형은 지난 명절에 싫다는 나를 강제로 대중탕에 끌고 가서는 사타구니께를 유심히 살펴보기까지 했었다. 내가 형들 밑에서 기를 못 펴고 주눅 들려 사는 꼴이 안쓰럽다고 걸핏하면 눈물짓던 어머니. 내 주제에 구박덩어리이기나 마나 박사 소리 들으며 밥 벌어먹고 사는 건 모두 어머니의 눈물 어린 뒷바라지 때문일 테다. 그러나 그 어머니는 이제 나를 알아보지도 못하시고 치매 전문 양로원에서 가실 날만 기다리는 형편이다.

내가 인물도 없고, 재기발랄하지도 않고, 상사 비위도 못 맞춰주고, 천상 구박덩어리로 생겨먹었다는 거야 나도 안다. 나 같은 놈을, 우리 어머니 말고 무조건적으로 예뻐해 줄 사람이 세상 천지에 어디 있겠는가. 그건 누구 탓도 아니고 내 못난 꼬라지 탓이다. 나한테 공부하라고 하신 아버지 탓도 할 수 없다. 사실 아버지 말씀대로 나로선 남만큼 할 줄 아는 게 공부밖에는 없었다. 50만 원 받고 연구보조원 할 때도 이게 나 좋아서 하는 일이려니 하면 비참하다는 생각은 들지 않았다. 아무도 오라고 강요하지 않았는데 공휴일에도 연구하러 나갈 만큼 열성이 있었다. 그런데, 요즈막은 다르다. 일단 몸이 따라주지 않는다. 팔뚝과 허리, 아랫배, 장딴지에 나잇살은 붙는데, 근력은 완전히 내리막길이다. 여름에도 손발이 시리고 잘 때는 뼛속에까지 냉기가 서린다. 내복을 껴입어도 그렇다. 하루 밤새우고 나면 일주일은 맥을 못 춘다. 조금만 무리하면 전신의 관절이 쑤시고 결린다. 아니다. 몸만 그런 게 아니다. 맘도 따라주지 않는다. 최소한 비참하단 생각은 하지 않고 일할 수 있게 하는 힘, 그 힘을 나는 잃어버렸다.

30분은 족히 더 걸려서야 내 조그맣고 어두운 원룸에 도착할 수 있었다. 발가락으로 TV 리모콘의 빨간 단추부터 눌렀다. TV는 거의 늘 24시간 영화 채널에 고정되어 있다. 안경이 없으면 자막을 읽을 수 없는 시력이지만, 대개는 자막 같은 걸 읽어보고 싶다는 마음이 들지 않는다. 코에 익은 텁지근한 공기와 의미를 알 수 없어서 되레 편안한 꼬부랑말 소리에 몸뚱이가 절로 내려앉았다. 딴에는 안도한 것이다. 그런데 이 놈의 몸뚱이는 안심하면 더 아프고 지랄이다. 병원에 가 봐야 할까? 병원 가려면 밀린 지역보험부터 해결해야 하는데. 우리 연구실은 어인 영문인지 의료보험도 안 된다. 고용보험, 국민연금은 더더구나 안 된다. 병원엘 가나 안 가나 앞으로 보름은 아플 것이고 그럴 바에야 안 가고 버티는 쪽이 나을까. 씨발. 보험료 밀린 거 내는 일도 겁난다.

몸 상태를 대강이라도 확인은 해 봐야겠어서 아래윗벌을 벗어 둘둘 뭉쳐 던지고 화장실 거울 앞에 섰다. 사흘 굶은 서생원 상을 한 좁은 얼굴, 근육 같은 근육이라곤 붙지 않은 밋밋한 몸뚱이, 가슴팍의 수술 흉터, 고샅에 매달려 있는 주름투성이 누에 한 마리, 정강이의 생채기와 멍. 평소와 똑같이 전체적으로 누르끄무레하니 볼품없는 게 특별히 이상한 구석은 찾을 수 없었다. 관절들을 요리조리 돌려보고 혀까지 날름거려 봐도 그랬다. 그저 섬뜩하게 징그러울 뿐. 너무 징그러워 몸서리가 났다. 아마도 홰치는 수탉처럼 푸드덕 전신을 떨었을 것이다. 그것도 늙은 수탉.

닭 중에 젤 불쌍한 닭이 포닭이라는 등 말로는 나보다 자학을 더 잘하는 동료 윤박사는 그래도 교사 마누라가 있으니까 의료보험 같은 걸로 걱정하지 않는다. 보스처럼 기분 나쁘게는 아니지만, 윤박사 역시 솔로로서의 내 삶을 긍정해 주지 않는다. 하긴 나조차도 내 삶을 긍정하지 않는다.

이봐, 구박. 자네 몸은 지금 튜닝이 필요해. 젊을 땐 몰라. 이제 구박은 말이지. 몸이라는 기계가 낡은 거야. 기름 치고 튜닝을 해야 해. 내 인생의 튜닝은, 일년에 한번씩 나 혼자 떠나는 여행이야. 가족한테 지치고 조직에 지친 심신을 풀어야 하니까. 하지만 구박의 튜닝은 여자랑 뼈와 살이 타는 밤을 구가하는 거란 말야. 결혼을 하란 말이 아냐. 결혼 같이 구질구질한 걸 그 나이에 왜 하니? 내 얘긴, 섹스 파트너를 구하라는 거야.

어떻게? 아무 여자나 붙잡고 당신, 내 섹스 파트너 해줄 수 있소, 물어보란 얘기야?

아이구 구박아, 이 숙맥아. 인터넷이 있잖니? 인터넷으로 헌팅해. 요즘 여자들이 떡 먹듯이 쉽게 바람피우는 이유가 뭔데? 접속만 하면 남자를 구할 수 있으니까 그런 거야. 자네 정도면 좋다는 여자도 꽤 있을 걸? 독신이라 홀가분하겠다, 우리끼리야 좆도 아닌 박사지만, 아직도 아줌마들은 지적인, 자네처럼 쥐쩍인 남성에 대한 동경이 있걸랑.

인터넷 헌팅을 '구체적으로 어떻게' 하느냐고 묻고 싶은 맘도 한 편으론 들었지만, 한편으론 모든 게 실없는 짓만 같고 귀찮아서 관두었다. 사는 게 이렇게 재미없을 수도 있을까. 침대머리에 놓아둔 컴퓨터를 켰다. 씨발. 한 번 해보는 거다.

담배 한 대를 피워 물고, 검색엔진을 열어 '재미'라고 쳤다. 인터넷 유머·재미, 재미있는 e-동화, 재미있는 한자교실, 재미대한산악연맹, 재미한국청년연합, 이따위 것들만 무진장 쏟아졌다. 그래서 '구원'을 쳐보았더니 온갖 종류의 연'구원'들과 특정 종교단체 관련 사이트들이 뜨르르 딸려 나왔다. "구원창문외과에 오신 것을 환영합니다"란 것도 있었는데, '구원'보다는 '창문외과'에 혹해 클릭했다가 실소했다. 구원창문외과라니 나처럼 구원이 절실한 부류의 인간을 찾아 갈비뼈 깊숙이 인간구원용 칩을 넣어주는 외계인의 사이트가 아닐까, 잠깐 그런 기대를 가졌던 것도 같다. 하지만 '창문'은 '항문'의 오타였고, 그곳은 항문외과였다. '섹스 파트너'도 검색해 보았다. 동거 파트너를 구해준다는 사이트가 여러 개 나오기에 들어가 보긴 했지만, 모두 회원가입을 해야 하는 거라서 관두었다. 그런 곳에다 내 신상을 까발리는 게 싫고 귀찮았다. 삼류 황색잡지들에 자주 등장하는 기사들처럼 소위 꽃뱀 종류의 여자를 만나면 어쩌나 하는 두려움도 있었다. 하긴, 나 같은 가난뱅이 못난이 꼬락서니에 뭐 먹을 게 있다고 꽃뱀씩이나 들러붙겠느냐마는.

밤새 잠든 것도 아니고 깬 것도 아닌 상태에서 뒤척거리다 싱숭생숭한 꿈 몇 개를 연달아 꾸며 새벽녘에야 깊은 잠에 빠졌다. 자다가 뼛속이 시려 몸을 너무 세게 웅크렸나 보다. 의식은 깼는데, 돌절구처럼 뻣뻣해진 몸이 풀어지지 않아서 한참을 그대로 누워 있었다. 이렇게 죽나 보다, 이렇게 굳어진 채로 괴로워하다가 의식마저 굳어지면 그게 바로 죽음이겠지. 공포감과 슬픔이 지그시 가슴을 눌렀다. 안간힘을 다해 입술부터 달싹거려 보았다. 누가 나를 좀 빨아 줘. 빨아 줘. 누가 나를 좀 빨아 줘. 빨아 줘. 이 돌절구를.

겨우 일어나기는 했다. 찬물에 생식가루를 타 아침을 때우고, 옷가지들을 주섬주섬 챙겨 걸쳤다. 금 간 안경 대신 도수 있는 선글라스를 끼고, 며칠째 못 감은 머리에는 벙거지를 썼다. 어제 현관 옆에 던져둔 가방을 그대로 집어 들었다. 지각을 면할 동 말 동한 시각이었다. 연구실에 도착하자마자 보스 면담부터 신청해야 한다. 신발을 꿰는데, 발가락 관절이 누가 밤새 사포로 갈아낸 것처럼 풀기 없이 흐느적거렸다. 어제까진 손가락만 아팠잖아. 왜 또 발가락까지 난리야. 이게 뭐야. 어쩌다 이렇게까지 된 거야. 마흔네 살 내 인생, 사십 사 년 동안 죽어라고 긁어댔는데, 씨발 꽝이잖아. 나는 현관에 주저 앉은 채 앙상한 무릎을 끌어안고 소리죽여 울었다.

일단 집을 나서자 몸에 밴 버릇대로 지하철을 향해 뛰었다. 그러나 몇 걸음 내딛지 않아 금세 숨이 가쁘고 다리뼈가 시큰거렸다. 뒷골과 겨드랑과 사타구니에 너무 싸늘해서 아프기까지 한 한기(寒氣)가 엄습했다. 몸 속에 찬 기운을 만들어내는 얼음벌레가 백 마리쯤 도사리고 있는 모양이었다. 어깨를 잔뜩 웅크린 채 옷가게 셔터에 기대어 숨을 골랐다. 일찍 일어나는 새가 벌레를 잡는다고 똥폼 잡는 보스 새끼, 오늘도 제일 먼저 출근해선 누가누가 늦게 오나 체크하고 지랄하겠지. 내가 안 나온 거 확인하면 좋아 죽을 거야. 이 자식이 드디어 제 발로 떨어져 나가는구나 싶겠지.

핸드폰을 꺼내 보스에게 문자 메시지를 쳤다. '그래 니 혼자 잘 처 먹고 잘 살아라'라고 쳤다가 다 지우고 '이틀 병가요청. 지송함돠 ^^'라고 치고 전송을 눌렀다. 손아귀에 힘이 없어 핸드폰을 떨어 뜨릴 뻔했다. 그나마 남아 있던 깡다구조차 나라는 인간에게 진저리를 치며 도망가는 것 같았다. 노이즈야. 잡음으로 가득 찬 인생이야. 에러야. 낡았어. 윤박 말이 맞아. 튜닝이 필요해. 절실히 필요해. 씨발. 윤박. 혼자 하는 여행은 너만 필요하냐. 나도 필요하다. 인터넷은 너나 재미 봐.

여행을 떠나기로 마음먹자 별안간 피돌기가 빨라졌다. 택시를 세웠다.

"시외버스터미널로 가 주세요."

터미널은 연구실과는 반대 방향이다. 출발 대기 중인 차량들 중에서 '안동' 행 버스에 올라탔다. 편안할 안(安), 동녘 동(東). 편안한 동쪽. 서쪽에 있는 연구실이 얼마나 싫었으면 하필 그 많은 버스들 중에서 안동행을 고르냐.

4월인데도 들녘은 아직 겨울의 때를 완전히 벗지 못하고 있었다. 산등성이 응달에는 여태도 녹지 못한 봄눈이 썩은 낙엽더미 속에서 희끄무레한 빛을 뿜고 있었고, 빈 논에 널려 있는 짚가리는 어깨가 축 쳐져 쓸쓸했고, 꽃샘바람은 길가 버드나무의 버들개지를 싸락눈처럼 안쓰럽게 흩날렸다.

도착지 시외버스터미널에 내렸을 때는 11시 반을 조금 넘어 있었다. 점심을 먹기도 애매한 시간이고 해서 또 거기 늘어서 있는 시외버스들 중에서 하나를 골라 타 버렸다. '풍천' 방면이라고 되어 있었다. 풍천이든 우천이든 나로서는 상관이 없었다.

서울에서 안동으로 내려오는 길에서보다 안동에서 더 먼 곳으로 가는 길 위에서 나는 적이 편안해져 있었다. 흔들리는 시골 버스의 찢어진 비닐 좌석에 몸뚱이를 부리고 앉아 있는 맛도 괜찮았다. 귀에 선 사투리와 검붉은 살갗의 노인네들과 그들이 풍기는 독특한 냄새 사이에 마음도 몸뚱이처럼 그렇게 편안히 흔들리도록 부려 놓았다. 이래서 윤박이 일 년에 한 번씩 저 혼자 뜨곤 하는구나 싶었다.

산들이 성채처럼 둘려 쌓이고 꼭 그 산의 체액(體液) 같은 청록의 강줄기가 굽이굽이 뻗어 흐르는 곳이 눈앞에 펼쳐졌을 때, 더러 나 그네들이 들르기도 하는 모양으로 '민박'이라는 간판이 서너 개 눈에 띄었을 때, 무엇보다도 승객들이 점점 줄어 마침내 나 혼자만 남게 되었을 때, 나는 무턱대고 버스에서 내렸다.

왠지 기시감(旣視感)이 드는 곳이었다. 코트 주머니에 손을 꽂은 채 나는 한참동안 그 아득한 기시감을 음미했다.

차부 구멍가게에서 담배와 초콜릿 한 갑씩을 샀다. 가게 주인 역시 아까 버스의 승객들처럼 소멸하기 직전의 노을 같이 검붉은 빛깔의 피부를 하고 있었고, 겨울날의 햇살과 먼지와 바람과 마른풀과 늙음과 외로움과 곰삭은 젓갈단지가 신비로이 배합된 듯한 그 특유의 냄새를 풍기고 있었다. 주인은 내가 집은 물건과 내가 낸 지폐를 잠시 확인한 뒤 거스름돈을 내어주었을 뿐, 내가 들어갔을 때나 나오려고 할 때나 말없이 의자에 앉아 있기만 했다. 가게 유리문을 열고나서야 나는 돌아서서 그에게 하룻밤 묵을 만한 집이 있는지 물었다.

"어떤 데를 구하니껴? 샤워시설이나 머 그런 기 빠방한 데가 있고, 반찬을 푸짐하이 잘해주는 데가 있고, 암것도 엄지마는 방 하나는 진짜배기로 뜨신 데가 있니더."

뜻밖에도 주인은 대단히 친절한 사람이었다.

"방이 따뜻한 데로…."

나의 의중을 헤아리자마자 그는 그때껏 뭉그대던 자리에서 민첩하게 일어나 나보다 먼저 가게 밖으로 나왔다.

"저게 저 집이 바로 그 군불 때주는 민박인데, 뒷간이고 방이고 옛날식 고대로니더. 혼차 사는 할매 도와주는 셈 치고 가겠거든 가시더."

그의 손가락이 가리키는 데로 시선을 옮겼다. 번듯한 간판을 단 양옥집들과 매운탕 가게 뒤편에 정말로 소박한 옛날식 기와집이 한 채 보였다. 담배를 한 대 피워 물고, 구멍가게 주인에게 목례를 하고, 도로를 횡단하여 시멘트로 어설프게 포장된 고샅길로 들어섰다.

그 집 앞에 서자 더욱 강한 기시감이 느껴졌다. 한때는 규모 있는 살림살이를 자랑했을 법한 집. 안채와 사랑채가 분리되어 있고, 마당 귀에는 장독대와 대추나무, 감나무가 있는 집. 사랑채에 잇닿아 지은 헛간에는 여러 가지 잡다한 농기구가 묵은 먼지를 뒤집어쓰고 썩어 가고 있었다. 고방이 잠겨 있지 않아 살짝 열어보니 항아리들 몇 개와 곡식 자루, 감식초인 듯 노리끼리한 액체를 담은 1리터들이 페트병들이 여남은 개 늘어서 있었다.

장독대 옆, 꽃봉오리 맺힌 진달래나무 주위를 어슬렁거리고 있자니 지게에 나무 한 짐을 해 얹은 호호백발의 노인이 다가왔다.

"누구로? 이 집에 오는 손님가?"

"…예."

"아이구 반갑데이. 삼대 구년 만에 만내는 손님일세."

"…"

"젊은이 혼차뿐가?"

"예."

"밥은 멌다?"

"아뇨."

"그라믄 이리 와여 불을 좀 때거라. 국도 덮아야 되고 방도 식었을 끼고. 아이구 나는 퍼떡 뒷간버텀 가야겠다."

객을 대하는 태도치고는 희한할 정도로 스스럼없는 것이었다. 그 태도에 나도 스스럼이 없어져 어쭙잖은 서류가방은 툇마루에 올려 놓고 얼른 부엌으로 들어갔다. 짚 깔개가 있기에 거기 털썩 주저앉아 부지깽이를 잡았다. 나뭇단들은 찬장 밑에 얌전한 모양새로 포개어져 있었다. 우선 마른 솔가지 등속을 알맞게 수습하여 아궁이에 넣고 라이터로 불을 붙였다. 불꽃이 확 번질 때, 팔뚝만한 장작 서넛을 부지깽이로 조심스레 받쳐 넣었다.

노인이 고쟁이를 수습하며 부엌 문턱을 넘어왔다.

"젊은이도 배가 고플 끼고 나도 산비얄에서 설치가 배가 고프이 찬을 장만코 우야고 할 시간이 없는 기라. 기양 있는 거 가주고 머도 될라?"

"예. 그럼요."

"아이고, 우얀 젊은이가 이래 불을 잘 땔로? 그만하면 국은 뜨사졌겠다. 어여 들어가 상 받으소."

부엌을 나와 퇴에 올라서서는 안방 지게문을 열었다. 발바닥이 뜨끈뜨끈했다. 노인이 부엌과 연결된 쪽문을 통해 소반을 들이밀어 주었다. 쌀밥 두 그릇과 시래기국, 배추김치와 무말랭이, 새우젓이 놓여 있었다. 소반을 받아놓고 앉아 있으니 엉덩이도 뜨끈뜨끈했다.

"맛이 있을라? 촌사람들이사 겨울 되만 안 질리고 묵는 기 시래기국이지마는 도시 젊은이 입맛에 맞을 동?"

"맛있는데요."

빈말이 아니라 시래기국이 제법 구수했다. 김이 무럭무럭 나는 국에다 쌀밥을 말아먹으니 다른 찬이 필요 없었다. 그야말로 삼대 구년 만에 먹어보는 음식인데도 늘 먹는 국처럼 입에 익었다.

"아랫방으서 묵을 게라? 그라믄 지꿈부터 군불을 여야 되지. 안 씨던 방이라 놔서."

노인이 사랑채를 쓸고 닦고 이부자리를 꺼내고 하는 동안, 나는 사랑채 아궁이에 군불을 넣었다. 군불솥에서 더운물을 퍼내어 머리를 감고, 아궁이 남은 불에다 고구마를 구워먹고, 아예 짚방석 위에 가부좌를 틀고 책을 읽으며, 오후 내내 군불아궁이 주변에서 얼쩡거렸다.

5시가 채 되지 않았을 때 노인이 저녁 먹으라고 불렀다. 군고구마를 세 개나 먹었고 해서 배가 그다지 고프지 않았는데도 나는 왼 종일 그 부름만을 고대한 사람처럼 부리나케 안방으로 달려갔다. 점심상과 똑같은 메뉴에 두부찌개와 미나리무침이 더 올라온 밥상이 먹음직스러웠다.

"뒷집 새댁이 영감 생일이라꼬 두부를 했단다. 내 해(몫)이라꼬 엄청시리 댓 모나 갖다 주네? 참말 고맙그로. 흐흐흐. 젊은이가 먹을 복이 있는 게라."

"그런가 봅니다. 흐흐흐."

나는 저녁밥도 한 그릇 깨끗하게 비웠다. 그리고 설거지를 마친 노인과 함께 두어 시간 텔레비전을 보다가 억지로 일어섰다. 옹그리고 누워서 꼬박꼬박 조는 노인이 나 때문에 이부자리를 펴지 못하는 것 같아서였다.

안방 문을 나서자마자 바람이 나한테만 달려드는 것 같이 추웠다. 봉당으로 내려서서 마당을 건너 사랑채 섬돌 위에 올라설 때까지 매운바람은 내 전신을 할퀴고 두들겼다.

사랑채는, 추웠다. 방바닥은 자칫하면 델 것 같이 뜨거웠지만, 나는 추웠다. 이불을 뒤집어쓰고 온몸을 옹크렸는데도 어딘가에서 바늘바람이 새어 들어오고 있었다. 나는 자정을 넘도록 추워서 잠을 이루지 못했다. 마침내는 이불을 둘둘 휘감은 채로 구두를 구겨 신고 안방으로 향했다. 문을 열고 노인네 곁에 누웠다. 차마 노인의 이불 속으로 들어가지는 못하고, 할머니, 할머니, 아랫방이 너무 추워요, 추워서 잘 수가 없어요, 하고 들릴 듯 말 듯 울먹였다.

노인이 손을 내밀었다.

"이리 온나. 같이 자제이. 외로븐 사람은 외로븐 사람하고 붙이야 산다. 안 그라믄 추워 못 써. 추워서 지레 죽어."

노인은 내 찬 손을 끌어다 자신의 주름진 젖가슴에 묻었다.

"방이 추워, 암만 군불을 때도 추워. 내가 그랬어. 열아홉 청상으로 혼자 사이 시래기겉이 시들시들해져. 열아홉 청상은 다리 밑에 나또도 조(주워) 가는 사람이 엄따 카는 말이 있제. 팔자 드러븐 년이라꼬. 재수 엄는 여자라꼬. 암만 캐도 내가 죽을 거 겉앴든지 우리 시어매가 타관 남자를 붙이주대. 한 달쭘 살았나, 고마 가뿌는 기라. 양재(양자)도 몇 분 딜이봤제. 옛날에는 밥 못 먹는 집도 많았으이. 형제는 많고 키울 헹편은 안 되고 하는 집에서 떡애기를 얻어다가 키울라만 그 고생을 어예 말로 다 할로? 젖도 안 나는 가심, 모질기도 물어뜯기고, 내하고 어매는 굶어도 얼라(아기) 우유는 사 믹이고, 그래 키아놓으만 마 본집서 빼뜰어 가뿌고. 가믄 고이 가기나 하나? 서방 잡아문 년, 재수 없는 년이라 얼라도 잡아물 끼라꼬 막말을 퍼 벘지. 첨부터 맽기지를 말 일이제, 그래 뺏기고 나믄 더 추워. 내가 쎄를 물고 죽을라 캤다. 우리 시어매가 날 붙들고 야야 니가 마 내 얼라 하거라, 나는 니 얼라를 할 끼이. 그래 나는 어매 젖을 만치고 어매 살에 붙이가 자고, 어매는 내 젖을 만치고 내 살에 붙이가 자고. 그러이 살았지. 어매가 불을 맹글어주고 가싰는지 인자는 전딜 만하더라. 그래도 어떨 때는 추워… 온 마실이 다 보일라 바까도 나는 군불 때니라. 옛날 겉이 나무가 귀하나. 산에 가마 죽은 나무가 천지삐가리로 늘렸는데 말라꼬?"

나는 왜 내가 구태여 안동행, 그리고 풍천행 버스를 탔는지 알게 되었다. 나는 추웠던 것이다. 부모형제 떨어져 남의 집에 맡겨졌던 그 옛날의 어린애처럼. 나는 따뜻해지고 싶었던 것이다. 마른풀 냄새가 나던 양어머니의 젖가슴에 얼굴을 묻고. 갈비뼈 언저리가 뻐근하게 저려왔다.

"나무도 못 하실 만큼 근력이 약해지시면 어쩝니까?"
"아이구 말도 말어. 그 전에 죽어야지."

땀까지 흘리며 푹 잔 게 얼마만인지. 아침에 일어나 보니 장독대 옆, 진달래나무에 꽃봉오리가 더러 벌어져 있었다. 세어 보니 네 송이였다. 아침 밥상에는 그 꽃잎을 얹어 지진, 눈물겹도록 어여쁜 화전이 네 장 놓여 있었다.

"인자 죽기 전에 또 볼 수 있을 동? 꽃을 봤으이 꽃달임을 해조야 될따 싶어여."

밥상에 그런 치레를 한 게 새삼 부끄러운 듯 노인은 입을 가리고 웃었다.

차 시간을 알아보고 떠날 채비를 서둘렀다. 하룻밤 방값과 세 끼의 밥값에다 5만 원을 더 얹어 주었더니, 노인이 3만 원을 돌려주었다.

버스를 타고 안동 시내에 도착하여 서울행 기차표를 예매했다. 버스를 타는 게 빠르다지만, 기차도 한 번은 타보고 싶었다. 출발 시간까지는 여유가 있어서 기차역 근처 안동 시내를 둘러보기로 했다.

화장품 가게 앞에서 나는 걸음을 멈추었다. 가게 문을 밀고 들어갔다. 점원은 아는 체를 않고 무뚝뚝하게 제 볼 일만 보고 있었다.

건성으로 이것저것 둘러본 다음, 점원을 불러 밀라 요요비치가 모델로 나온 루즈 인빈시블을 찾아 달라고 했다. 이 점원 또한 어제 그 차부의 구멍가게 주인처럼 아무 말 없이, 사은품인 듯싶은 조그마한 토트백에다 루즈를 넣어서 건네고 돈을 받고 거스름돈을 내주었다.

그 옆의 가게에 들러서는 화사한 꽃무늬의 연보랏빛 파시미나를 골랐다.

"애인한테 선물하실 거예요?"

상냥한 서울 말씨로 그렇게 묻는 점원이 외려 엉뚱스러워 나는 조금 당황했다.

"예."

"와, 누군 좋겠다."

모퉁이를 돌자마자 나는 파시미나를 어깨에 둘렀다. 벙거지와 선글라스 덕분인가. 트렌치코트에 파시미나만 둘렀는데도 커피숍 유리창에 비치는 내 모습은 여자의 맵시였다.

커피숍으로 들어가 모카커피와 토스트 한 조각을 시켰다. 서류가방의 지퍼를 열었다. 그저께 에스컬레이터에서 굴러 떨어질 때, 나와 함께 떨어진 것들만 토트백에 옮겨 담았다. 그리고 커피숍 화장실 쓰레기통에 서류가방을 처박아 버렸다. 연구실 로고가 비죽이 보이기에 한 번 더 밀어 넣었다. 가이사의 것은 가이사에게, 구박덩어리의 것은 구박덩어리에게. 방금 청소를 끝낸 듯한 화장실에서는 머스크 향내가 은은히 풍겼다. 나는 토트백에서 루즈를 꺼내 뚜껑을 열었다. 거스러미를 떼어낸 입술에 그것을 천천히 바르기 시작했다. 바르고 또 발랐다. 루즈 인빈시블. 한 번씩 덧바를 때마다 불꽃이 조금씩 더 세게 지펴지는 느낌이 왔다.

사뿟사뿟 자리로 돌아오며, 커피를 홀짝홀짝 마시며, 토스트를 야금야금 뜯으며, 나는 아무 남자에게나 웃음을 흘렸다. 아마도 꽃뱀처럼 의도적으로 유혹하는 여자로 보였을 것이다. 그것도 초짜 어리보기 꽃뱀.

기차를 타러 역사 안으로 들어가면서 나는 혜성에게 전화를 걸었다. 또 다시 갈비뼈 어름에 동통이 왔다. 나는, 그 동통을, 더는 미워하지 않기로 했다. 혜성아. 나를 보면 뜨거워진다고 했지? 그럼, 그 뜨거움을 놓치지 마. 너의 뜨거움에 기대어 나의 불을 지펴도 되겠니? 나에겐 불이 필요하단다. 살기 위해선 불이 필요하단다.

"여보세요?"

"여보세요? 혜성이니?"

불을 찾아서 — 박정애

작품해설

추위를 이겨내는 힘

이동하 | 서울시립대 국어국문학과 교수

　박정애의 단편소설 「불을 찾아서」는 일인칭 화자 주인공에 의하여 서술되는 형식을 취하고 있는 작품이다. 이 작품의 일인칭 화자는 박사학위를 취득한 지 여러 해 되며, 학위 취득 후에도 계속 연구직에 종사해 온 40대의 남자이다. 이러한 그의 신분으로 보면, 그는 지식인의 한 사람으로 규정되기에 부족함이 없을 것 같다. 그런데 바로 이런 지식인이 「불을 찾아서」의 서사를 진행해 가는 과정에서 구사하는 언어를 보면, 지식인의 언어라기보다는 뒷골목의 언어라고 규정되어야 마땅할 것 같은 면모를 띠고 있다. 온갖 비어, 속어가 거침없이 구사되는 반면, 제대로 된 지적 성찰의 과정을 거쳐서 나온 발화로 인정될 만한 것은 거의 보이지 않을 정도인 것이다.
　이것은 이상한 일이라고 보아야 할까? 이상한 일임에 틀림없다. 그런데 「불을 찾아서」의 주인공이 어떠한 처지에 놓여 있는가 하는 점을 조금 더 구체적으로 인지하고 나면, 이 이상한 일이 어느 정도 이해된다는 느낌을 받게 된다. 그는 박사학위를 받고 이미 수년이 흐른 상태요 나이도 40을 넘겼건만 그의 장래는 그저 암담할 따름이기 때문이다. 오죽하면 후배를 '보스'로 모시는 '연구보조'의 신세가 되어 그 '보스'가 주는 온갖 모욕을 고스란히 감내하며 살아가지 않을 수 없을 정도로 그의 현실적인 처지는 어둡고 스산하기만 하다. 이처럼 어둡고 스산한 처지에 놓여 있는 주인공의 황량한 내면을 효과적으로 부각시켜 주는 중요한 장치가 바로 그에 의하여 구사되는 '뒷골목 언어'이다. 그러고 보면 이 소설을 관류하고 있는 뒷골목 언어들은 작가의 의도적 전략에 의하여 도입된 장치에 다름 아닌 것이다.

「불을 찾아서」의 주인공 화자는 지적 성찰의 과정을 거친 발화를 거부하고 뒷골목 언어들을 거침없이 구사함으로써 지식인과 뒷골목 세계의 주민들 사이에 가로놓여 있는 장벽을 건너뛴다. 그 건너뜀은 지식인의 추락을 보여주는 사례로 이해될 수도 있고, 지성이라는 포장 아래에서 꿈틀거리고 있는 육체의 영역, 규범 이전의 영역, 카오스의 영역에 대한 적극적 관심의 발현으로 이해될 수도 있을 것이다. 그 어느 경우이건, 고학력 실업자 혹은 준실업자의 대량 출현이라고 하는 오늘날의 심각한 사회 현상이 여기에 현실적 배경으로 놓여 있음은 말할 나위도 없다.

박사학위에도 불구하고 전망이 보이지 않는 삶을 영위하고 있는 주인공은 도시 생활의 각박함에 허덕이면서 나날의 일상을 마치 전쟁 치르듯 하는 느낌으로 헤쳐 나간다. 소설의 서두에 나오는, 지하철역의 내려가는 에스컬레이터에서 주인공이 그것도 급하다고 뛰어

내려가다가 넘어져 부상을 입는 장면은 그 전쟁과도 같은 도시에서의 일상이 도대체 어떤 것인지를 선명하게 보여준다.

이처럼 전쟁과도 같은 도시에서의 일상에 지치고, 전망이 보이지 않는 삶에 지치고, 보스의 모욕에 지친 주인공은, 병가를 요청하는 핸드폰 문자메시지를 보스에게 일방적으로 보내고는 아무런 연고도 없는 안동행 버스를 집어탄다. "서쪽에 있는 연구실이 얼마나 싫었으면 하필 그 많은 버스들 중에서 안동행을 고르냐"고 속으로 실소하면서.

안동에 도착하여 또다시 시외버스를 갈아타고 낯선 시골 동네로 찾아 들어간 주인공은 그곳에서 영문 모를 기시감(旣視感)을 느낀다. 민박을 하기 위해 찾아 들어간, 할머니 한 사람만이 살고 있는 시골 집에서 더욱 진한 기시감을 느낀다. 바로 이런 '기시감'이란 말할 나위도 없이 '원초적인 친근감'의 다른 이름일 것이다. 생전 처음 와보게 된 곳임에도 불구하고 주인공에게 이러한 원초적 친근감을 던져준다는 점에서 '시골'은, 주인공이 매일매일을 전쟁 치르듯 살고 있는, 그래서 아무리 오래 살아도 도저히 친근해질 수 없는 '도시'의 공간과 날카로운 대조를 이룬다. 그리고 시골이 던져주는 이러한 원초적 친근감은, 민박집 주인 노파가 사용하는 언어에 의하여 더욱 강화되는 것이기도 하다. (노파는 표준어에 의한 변용을 거의 겪지 아니한 그 지방 사투리를 그대로 사용한다.)

주인공이 민박을 위해 찾아 들어간 집의 노파는 온 동네가 보일러로 난방을 바꾸는 상황에서도 그 흐름에 합류하기를 거부하고 계속 옛날과 다름없이 산에서 죽은 나무를 주워 와서 군불을 때는 방식을 고집하는 사람이기도 하다. 노파는 주인공을 보자마자 그에게 거침

없이 군불 때는 일을 시키며, 주인공은 또 열심히 군불 때는 일에 몰두함으로써 노파로부터 칭찬을 듣는다. 노파는 주인공이 땐 군불을 이용하여 따뜻한 식사를 만든다. 두 사람이 머리를 맞대고 드는 식사는 두 사람 모두에게 있어서 오랜만에 맛보는 정다움이 배어나는 식사가 된다.

태초에서부터 전승되어 내려오는 불의 자연성을 고스란히 간직하고 있는 '군불'의 이미지는, 위에서 언급된 원초적 친근감의 세계와 사이좋게 어울리면서, 인공적인 도시의 비정함과 대립되는 시골의 생동감과 아름다움을 더욱 강화해 주는 역할을 담당한다. 그리고 이러한 지적은 바로 그 군불을 때어서 만들어낸 '식사'에 대해서도 그대로 적용될 수 있을 것이다.

그러나 군불과 같은 '눈에 보이는 불'로도 깊은 차원에서의 추위는 이겨낼 수가 없다. 그 깊은 차원에서의 추위를 이겨낼 수 있게 하는 진정한 뜨거움은 사람들의 내면에서 타오르는 가운데 면면히 이어지는 또다른 의미에서의 '불'에만 간직되어 있다. 사랑채에서 잠을 청하던 주인공이 외풍(外風)으로 말미암은 추위를 견디지 못하고 한밤중에 노파를 찾아가 한 방에서 잠을 청하는 모습이 그것을 말해준다. 노파가 주인공에게 들려주는 옛날의 회고담 속에 나오는, 노파가 젊었던 시절 그의 시어머니와 그 자신과의 관계에 얽힌 사연이 그 점을 말해 준다. 주인공이 안동을 떠나 서울로 돌아오면서 지난 날 주인공 자신을 향해 동성애적인 감정을 고백해 온 일이 있는 혜성이라는 제자에게 전화를 거는 마지막 장면이 또한 그 점을 말해 준다.

주인공이 여장(女裝)을 하고 동성애를 받아들이기로 작정하는 결미 부분의 내용 전개는, 불의 뜨거움에 내재된 생명의 호소력이 일반적인 관습이나 규범의 차원을 넘어서는 것임을 명료하게 보여준 인상적인 처리에 해당한다.

지금까지 「불을 찾아서」라는 소설을 대략 살펴본 셈이거니와, 지금까지의 분석에서 드러났듯, 이 작품은 상당히 단순하면서 명쾌한 구도를 가지고 있다. 뒷골목의 언어로 직조되고 있는 문체, 여행담의 구조, 도시(서울)와 시골(안동)의 대비, 불의 상징성―이 모두가 단순하고 명쾌하다. 보는 시각에 따라서는 그 점을 이 작품의 한계로 규정할 수도 있을 것이다. 하지만 나로서는 그 점이 한계로 작용하는 면보다는 매력으로 작용하는 면이 더 큰 것으로 여겨진다. 일찍이 「에덴의 서쪽」이라든가 「물의 말」과 같은 장편에서 많은 독자들에게 깊은 인상을 남겼던 박정애 문학의 매력 가운데 일부를 이 작품에서도 느낄 수 있는 것이다.

· 믿거나말거나박물지 둘 ·

백민석

약력

1971년 서울 출생
서울예술대학 문예창작과 졸업
1995년 《문학과 사회》 여름호에 「내가 사랑한 캔디」로 등단
작품집 『내가 사랑한 캔디』 『16믿거나 말거나 박물지』 『장원의 심부름꾼 소년』

믿거나말거나박물지 둘

백민석

신데렐라 게임을 아세요?

"아."

하고 나는 감탄을 질렀다. 어쩌면 한심하다는 뜻의 코방귀였는지도 모른다. 난센스 앞에서의 사람의 감정이란 그리 단순한 것이 아니다.

책방은 증권회사 빌딩과 꽤 알려진 케이블방송국 빌딩 사이에 서 있었다. 각각 12층과 10층짜리 빌딩이었으며, 지어진 지 몇 년 되지 않은 말쑥한 빌딩들이었다. 책방은 두 빌딩 사이의 틈에 서 있었다. 무엇을 흉내 내려는지, 진열창 좌우로 시뻘건 통나무 설주를 붙였고 지붕으로 황동 기와를 얹고 있었다. 쾌청한 날이었다. 그래서 책방은 눈에 띄었다. 진열창이 반사광을 쏘며 지나가던 내게 난 깨끗해요, 하고 속삭였던 것이다.

나는 잠시 멈춰섰다. 증권회사 빌딩과 방송국 빌딩 사이의 틈은 겨우 2미터쯤이었다. 그저 리어카 한 대 서 있을 만한 틈이었다. 얼마 전만 해도 거기엔 뭔가 다른 게 있었다. 기억이 나질 않아서 그렇지 다른 게 있었던 게 틀림없다.

"끌끌."

나는 혀를 찼다. 이번엔 뜻이 분명했다. 딱하다는 뜻이었다. 책방이 들어설 만한 자리가 아니었던 것이다. 주거지역은 멀리 떨어져 있었고 학교도 없었다. 모든 빌딩에 인터넷이 깔려 있어 언제고 인터넷서점으로 주문을 낼 수 있다. 몇 블록 너머에 대형 서점도 있다. 참견을 한다고 해서 들어줄 누가 있는 것도 아니지만, 나는 난센스라고 생각했다.

책방 진열대는 여유롭게 꾸며져 있었다. 베스트셀러 소설 두 권, 번역 철학서 두 권, 그리고 선홍빛 가죽 표지『신데렐라』가 한 권 올려져 있었다. 책방의 이름을 떠올려 보면 아마 그게 책방의 상징인 듯 싶었다. 처마 아래 보일 듯 말 듯, 〈신데렐라 북숍〉이라고 새겨진 조그마한 황동 현판이 붙어 있었던 것이다. 처마엔 AR소형 스피커도 달려 있었는데, 첼로 협주곡이 흘러나오고 있었다. 잡지 포스터 같은 지저분한 건 어디에도 붙어 있지 않았다.

산뜻하고 정갈한 분위기에 끌린 것인지도 몰랐다. 정신을 차려 보니 나는 책방 안으로 반 보쯤 발을 들여놓고 있었다. 안은 약간 어두웠는데 누군가 저 끝에 서 있는 듯했다. 사실 나는 살 책이 아무것도 없었다. 나는 책방엔 볼일이 없는 사람이었다. 그래서 나는 잘 보이지도 않는 저 안쪽의 사람을 향해 겸연쩍은 미소를 지어 보이며 뒷걸음질을 쳤다.

다음 며칠 간 나는 낙담한 채로 있었다. 도대체 오프라인 책방에 들러보았던 게 언제였단 말인가. 단순히 즐거움을 위해 책을 사본 게 언제였단 말인가. 책을 잡을 때 느껴지는 두툼한 손맛과, 오래 묵은 종이 향내와, 갓 찍어낸 책의 잉크내가, 거짓말처럼 그리워지기도 했다.

꿈을 꾸기도 했는데, 헌책방의 창고였다. 나는 끝없는 탑처럼 쌓인 책들 새에 쭈그리고 앉아 책을 봤다. 어렸을 때는 그 같은 헌책방에 자주 가 놀곤 했다. 그런데 펼치자마자 책들이 내 손에 부서져 내리는 것이었다. 가루가 되어 흩날리는가 하면, 녹아내려 지저분하게 바지를 더럽혀놓기도 했다.

어떤 책은 첫 문장을 읽기도 전에 활자들이 파리가 되어 날아가 버리기도 했다. 그런데도 나는 기분이 좋았다. 나는 행복해져선 잠에서 깼다.

어느 날은 비웃음을 사지 않기 위해 조심하면서, 회사 동료들에게 책을 얼마나 읽느냐고 물어보기도 했다. 어떤 책이 재미있느냐고 조언을 구하기도 했다. 하지만 나는 결국 비웃음을 샀고, 그날은 혼자 점심을 먹으러 가야 했다.

새로 생긴 책방에 대해서라면 모르는 이가 없었다. 동료들 모두가 책방을 알고 있었다. 그렇다는 걸 알게 된 건 회식자리에서였다.

"그거 말야? 골골하시는 회장님의 황태자가 그 배후지."

"무슨 말이야?"

"황태자의 〈깔따구〉였대, 그 여자가."

맥주집 테이블이 떠들썩해졌다. 테이블에 둘러앉은 동료들이, 자기가 알고 있는 책방에 대한 소문들을 저마다 떠들어댄 때문이었다.

"몇 번째 황태자?"

다른 이들이 들으면 이상히 여기겠지만, 우리 믿거나말거나박물지 社에는 황태자가 여럿 있었다. 좌우간 한둘이 아니었다. 정확한 수는 베일에 싸여 있는데, 회장의 가정 변호사도 잘 모른다는 소문이었다.

"아무 두 번째 황태자인가 그럴 거야. 책방 주인이 엑스 걸프렌드라고 하던데."

심지어는 건너편 테이블까지 그 얘기로 소란스러웠다. 그들은 우리 회사 직원도 아니었다. 누군가가, 책방을 내준 것도 황태자의 비서실이었다고 했다.

"잘 찾아보면 처마나 간판 어딘가에 믿거나말거나박물지社라고 쓰여 있을 거야. 일종의 징표 같은 거지. 아니면 사업자등록증에라도."

나는 다음날 점심시간에 책방에 가 흔적을 찾아보았다. 〈신데렐라 북숍〉 바로 아래 정말로, 손톱 반만한 크기의 활자로 회사명이 새겨져 있었다. 깨금발을 해야 겨우 알아볼 수 있을 만치 작고 표 안 나는 징표였다.

반은 호기심으로, 반은 책에 대한 죄의식으로 책방 문을 열고 들어갔다. 회사 동료들 중 내가 처음은 아닐 것이었다. 어쩌면 꼴찌일 수도 있었다. 꽃향기가 코끝을 간지럽혔는데 무슨 꽃인지는 알 수 없었다.

책방은 생각만큼 비좁지 않았다. 폭이 좁을 뿐, 길이는 상당해서 백 미터 달리기를 해도 괜찮을 듯싶었다. 조명은 띄엄띄엄 등을 밝혀놓아 전체적으로 어두운 편이었다. 나는 입구 쪽에서부터 천천히 책장을 훑었다. 특징적인 것은 아이들 학습참고서나 만화책이 없다는 사실이었다. 영어회화나 IT 관련 서적 같은 실용서도 눈에 띄지 않았다. 잡지도 없었다. 있는 건 단순히 한번 펼쳐보는 것만으로도 골치가 아파올 것 같은 책들뿐이었다. 엄청난 용기를 발휘한 게 아니라면, 도산하기로 작정한 듯이 보이는 아이템 구성이었다. 첫 번째 책장에는 대부분 양장본인 역사책들이 꽂혀 있었다.

  책방 중간쯤에 의자 둘과 커피 테이블이 놓여 있었다. 마주앉으면 팔꿈치와 코끝이 서로 닿을 것 같은 앙증맞은 사이즈의 테이블이었다. 그것을 지나 더 안쪽으로 들어가면, 희곡집 수필집 따위가 나왔다. 나는 그 책장에서 책을 골랐다. 아주 예쁜 표지에, 매우 얇은 책이었다. 내가 안쪽으로 들어가자 여자가 자리를 비켜주면서 살짝 웃어 보였다. 청량감이 느껴지는 연달래빛 원피스에 작업용 가죽 앞치마를 두른 여자였다. 여자는 앞치마 주머니에서 알코올과 천 조각을 꺼내 책표지를 닦는 일을 하고 있었다.

  맨 안쪽 책장에는 『신데렐라』 책들이 꽂혀 있었다. 모두가 『신데렐라』였다. 나는 그렇게 많은 『신데렐라』는 본 적이 없었다. 평범한 표지의 동화책에서부터, 진열대에 놓인 것과 같은 수제 가죽표지의 양장본까지. 얄따란 것에서부터 성경만큼이나 두꺼운 것까지. 단편에서 장편까지. 원본에서 수정본까지. 새카맣게 주석을 단 연구서들도 있었고, 여러 나라에서 들여온 외국책들도 넓게 책장을 차지하고 있었다. 나는 처마 아래 달린 조그마한 황동 현관을 떠올리곤, 있을 수 있는 일이겠다 싶었다. 책방 맨 끝엔 간단하게 차를 끓이고 설거지를 할 수 있는 주방이 놓여 있었다.

  "오늘 첫 손님이시군요."

  내가 값을 치르자 여자가 말했다.

"실은 어제부터 따져도 첫 손님이랍니다."

여자는 자기 말에 자기가 실망한 듯한 씁쓸한 미소를 지으며 덧붙였다.

"정말요?"

"둘러보기는 하더군요. 하지만 산 분은 처음이에요."

그 말을 듣자 나는 7천 원을 낭비한 것 아닌가 하는, 괜한 짓을 한 것 같다는 생각이 들었다. 하지만 책 읽기란 자전거 타기와 똑같다. 한번 익혀놓으면 언제까지나 잊어버리지 않는다. 나는 책방을 몇 번 들락거린 끝에, 책을 읽다 침을 흘리며 꿈나라에 드는 어렸을 적의 버릇을 되찾았다.

거의 1년쯤 지나서 웬만큼 책을 사들이고 낯을 익혔을 때, 여자가 커피 테이블로 나를 초대했다. 내게도 커피 테이블에 앉을 자격이 생긴 것이었다. 그 즈음 회사에선 여사원들이 복권에 당첨된 것도 아닌데, 공주왕비처럼 꾸미고 다니고 카드를 곽곽 긁고 있다는 소문이 돌기 시작했다. 어리고 예쁜 신입들일수록 더 그렇다고 했다. 우리 부서에서도 공주 흉내를 내고 다니는, 재수는 없지만 귀엽기는 한 신입이 하나 있었다. 그 신입도 신데렐라 책방을 다니고 있었다. 책상에 책방의 빨간 명함이 놓여 있기도 했다.

"저희 부서에도 여기 다니는 친구가 있는 것 같더군요."

"어쩜! 단골은 많지 않은데……"

커피 테이블에 내키는 대로 앉을 수 있는 건 아니었다. 여자가 손이 비는 시간에도, 정식 초대가 없으면 앉지 못했다. 초대가 없으면 앉아봤자 커피 대접은커녕 눈총을 받게 된다. 정식 초대는, 마치 진짜 파티에 초대하는 것처럼 정중하고 우아하고 기품 있게 이뤄졌다.

나는 그 커피 테이블에서 재미난 얘기들을 많이 들었다. 여자들끼리나 할 법한 얘기도 듣곤 했다. 가장 인상적이었던 건, 여자가 책방을 열게 된 사연이었다.

"어렸을 때였어요.「코스비 가족」이라는 외국 코미디가 있었잖아요. 참 부러웠던 게, 독서토론회였어요. 이웃들과 둘러앉아 차를 마시며, 정해놓은 책에 대해 토론을 하는 거요. 말들을 얼마나 잘하고 또 얼마나 박식들 하던지. 단어 하나 문장 한 줄을 놓고도 별의별 심도 있는 얘기들을 다 하는 거예요. 그 다정다감한 분위기, 그 점잖고도 열띤 토론 방식, 그 유식한 말발들…… 그게 부러워서 중학교 고등학교 대학교 직장까지 동아리 활동은 모두 독서동아리에서 했어요. 결론이오? 참담했죠. 어떻게 해도「코스비 가족」에서 봤던 그 토론 맛이 안 나왔던 거예요. 어렸던 건지 무식했던 건지. 나이 먹으면서 그 꿈을 접었다가, 여유가 좀 생겨서 책방이나 하자…… 하고 여길 차렸죠. 대학 때 학교 앞에 사회과학 서점이 있었는데, 거길 따라 한 거예요. 장사요? 인건비는커녕 유지비도 안 나오지만 버텨봐야죠. ……알고 있어요. 그런 서점들은 멸종했죠. 여기 모델이 된 서점도 문을 닫은 지 오래고. 하지만 누군가는 해야 될 일 아니에요? 아, 물론 뭐가 더 옳다든가 바람직하다든가 하는 건 아니에요. 꼭 이렇게 차려놓아야 좋은 일을 할 수 있는 건 아니죠. 그리고 이게 좋은 일인지도 모르겠고, 그냥 제 취향에 맞춘 거예요. 아시겠어요? 언젠가 단골들이 늘어나면 북클럽을 만들까도 생각 중이에요."

그 사연을 듣고 난 후로 황태자의 엑스 걸프렌드니 뭐니 하는 얘기들은 머릿속에서 싹 지워졌다.

지난 2년간 나는 전에 없이 독서에 열중해 있었다. 그래 봤자 한 달에 서너 권이었지만. 두꺼우면 한 권도 채 다 읽지 못했다. 어쨌거나 한 달에 서너 번은 꼭 책방에 들렀다.

그 동안 회사 동료들 사이에서는 내가 조그맣게 화제가 되고 있었다. 내가 맹렬독서인이 됐다는 것이었다. 쇼 프로그램에서 다독하는 CEO나 개그맨이 별종처럼 다뤄지듯, 나도 그렇게 다뤄지고 있었다. 창피했다. 이따금 신데렐라 책방에서 여사원들과 마주치기도 했다. 책방 밖을 지나가면서 안에 있는 것을 보기도 했다. 그런 여사원들은 대개 퀸카라 불리는 공주 왕비과 여사원들이었다. 그들은 주로 주인여자와 이야기를 나누고 있었다. 책방을 드나드는 동안 믿거나말거나박물지社의 퀸카들을 한 번씩은 다 만나본 것 같다. 어떤 퀸카와는 열 번도 넘게 마주쳤다. 근처 다른 빌딩에 직장을 갖고 있는 듯한 어린 공주들도 책방에 자주 나타났다. 공주 흉내를 내던 우리 부서 신입과도 마주쳤는데, 그 후로는 줄곧 나를 꺼려했다. 눈이 마주치지 않기 위해 갖은 애를 쓰면서, 돌아서면 뒤통수에 대고 심각한 표정을 짓곤 했다. 내가 그녀를 보며 하는 생각이라곤 기껏해야, 얼굴도 예쁜 게 책도 많이 읽는군 정도였는데 말이다.

이곳 빌딩 숲의 섹시한 오피스레이디들이 죄다 그 책방을 이용하는 듯 보였다. 하지만 책방이 적자를 면할 날은 요원해 보였다. 오엘의 수에도 한계란 게 있기 때문이다. 책이 안 팔린다는 것은 책장을 보면 알 수 있는데, 빈자리나 책들의 이동이 거의 없었던 것이다. 특히 현대철학 책장은 내가 책방에 첫발을 들여놓았을 때와 조금도 다르지 않았다. 그런 책장에 대고 주인여자가 할 수 있는 일이란, 그저 알코올을 묻힌 천으로 쌓인 먼지를 닦아내는 일뿐인 것 같았다.

그나마 빈틈이 종종 생기곤 하는 책장은 신데렐라 책장이었다. 『신데렐라』책들은 잘 나가는 것 같았다.
"『신데렐라』책이 제일 잘 팔리는 것 같네요.."
"저희 책방 특화상품이죠."
여자는 흐뭇한 표정으로 말했다.
"재투성이 천덕꾸러기가 명품으로 도배한 왕비가 되는 얘기잖아요."
여자는 그렇게 말하곤 소리 죽여 웃었다. 나도 『신데렐라』를 몇 권 사서 읽었는데 책마다 이야기가 달랐다.
확실히 놀라운 사실이었다. 그때까지 내가 알고 있던 신데렐라 판본이란, 유리구두 한 짝으로 인생역전에 성공한 불쌍한 재투성이 아가씨 이야기 하나뿐이었다. 실상은 전혀 달랐다. 맹세컨대, 나는 신데렐라 이야기가 그렇게 많을 거라곤 전에 생각해본 적이 없었다. 신데렐라 이야기는 책의 판형과 두께만큼이나 다양했다. 가장 오랜 판본은 중국 것으로, 천2백 년 전의 판본이었다. 우리나라의 『콩쥐팥쥐』도 신데렐라의 한 판본이었다. 유럽에서도 서로 이야기가 달랐다. 독일의 어떤 판본에선 유리구두가 아니라, 털을 댄 가죽신이 등장하고 있었다. 아랍의 판본은 『천일야화』와 뒤섞여 원형을 알아보기가 어려웠다. 일본의 현대판본은 역시나 세미포르노였다. 책방 여자는 그 무궁무진한 신데렐라 이야기의 세계로 나를 인도했다.
책방에 들르는 오피스레이디들은 거진 신데렐라 책장을 거쳤다. 어떤 오엘은 들어서자마자 주인여자에게 간단히 인사를 하고 곧장 신데렐라 책장으로 가곤 했다. 그리곤 별로 주저하는 기색도 없이 한 권을 쑥 뽑아선 계산대로 가 책값을 치르곤 했다. 그런 여자들이 뽑아드는 『신데렐라』엔 특징이 있었다. 비교적 작은 판형에, 얇고 붉은색 계통 표지이거나 제목이 성경처럼 금박으로 박힌 책들이었다. 워낙 자극적인 디자인이라 멀리서도 알아볼 수 있었다. 또 어떤 판본인지 책을 들춰 내용을 살펴보지 않는다는 공통점도 있었다. 모두 지난 2년 동안 책방을 드나들면서 조금씩 알게 된 사실이었다.

어느 날 입사동기와 바보 같은 대화를 나눴다. 입사동기는 그 신데렐라 책방에서 내가 무엇을 하는 거냐고 물어왔다.

"책을 사지."

"그건 알고. 그 다음엔 무얼 하냐는 거지."

"책을 읽고. 소문처럼 많이 읽지는 못해. 실은 간신히 한 권 읽는 정도지."

"무슨 소문? 책 따윌 묻는 게 아니었어. 너도 그 빨간 명함을 갖고 있지?"

신데렐라 책방의 빨간 명함을 말하는 것이었다. 입사동기는 알 듯 모를 듯한 미소를 짓더니 곧 입을 다물어버렸다. 나는 별 싱거운 놈이 다 있다고 생각했다. 하지만 웃어넘길 일만은 아닌 듯했다. 나는 명함철에서 책방 명함을 꺼내 들여다보며 오래 생각에 잠겼다. 다시 한번 난센스 앞에 선 듯했다. 나는 다음날, 책방을 드나들던 신입 공주와 둘이서만 점심을 먹었다.

"빨간 명함으로 뭘 하는 거지?"

내 기습질문에, 신입은 태연한 얼굴로 답했다. 공주가 책도 읽을 뿐만 아니라 머리도 좋았다.

"책을 갖다 놔달라고 주문하죠. 거기 전화번호가 적혀 있잖아요. 인터넷 서점에도 없는 책들이 간혹 있기 때문에, 그런 책들은 서점을 통해 직접 출판사에서 구해야 해요. 특히 『신데렐라』가 그렇죠. 책방 언니도 제 명함을 갖고 있어요. 왜요?"

 그 신입은 다음달에 회사를 그만두었다. 어쩌다 배가 불러오는 것을 누군가에게 들켰기 때문이었다. 입덧을 하기도 했다. 그럴 필요까진 없다고 모두가 생각했지만, 나쁜 소문이 나는 것을 참을 수 없었던 것일 수도 있었다. 다른 부서에도 전에 그런 사원이 있었다. 결혼한다고 그만뒀는데, 청첩장을 받은 사람은 하나도 없었다. 어떤 사원은 단체 건강검진 때 자기도 모르던 성병이 확인돼 울며불며하다가 그만뒀다. 무단으로 자리를 비우고 결근을 해 사직당한 여사원들도 여럿 있었다. 모두 명품으로 도배한 공주 왕비과였고, 내가 알기론 책방의 단골들이었다.

 공주가 부서를 떠나자 나는 더는 참을 수가 없다고 생각했다. 우울한 신입 송별회가 있고 난 다음주에, 나는 침울한 기분으로 술을 먹었고 취해서 책방으로 갔다. 책방은 평일엔 밤 열 한시까지 했다. 그러고 보니 그 점도 이상했다.

 "테이블에 앉아도 되겠어요? 초대는 못 받았지만."

 "그래요."

 여자는 어쩔 줄 몰라 하다가 나를 테이블에 부축해 앉혔다. 중심을 가누지 못해 하마터면 의자를 쓰러뜨릴 뻔하기도 했다. 잠시 숨을 돌리고 나서, 나는 호기롭게 지갑에서 책방 명함을 꺼내 테이블 위에 던졌다.

 "도대체 이게 뭐죠? 무슨 표시죠?"

 "명함이잖아요."

 여자의 피곤한 얼굴에 샐쭉한 표정이 잠깐 스치고 지나갔다.

"그걸 모르는 사람은 없겠죠. 내 말은 도대체 이걸로 뭘 하느냐는 말입니다!"

나는 여자가 대꾸할 틈도 주지 않고 마구 말을 쏟아냈다. 그간 내가 가졌던 의문들에 대한 얘기였다. 공주 왕비들이 하나같이 책방 명함을 가지고 있다는 것이 얘기의 핵심이었다. 그들의 수가 날이 갈수록 늘고 있다는 얘기도 빼놓지 않았다.

"제 얘기는 끝났어요. 이제 대답을 들을 차례입니다. 모르겠어요? 제가 이 책방을 드나들고 그 빨간 명함을 갖고 있다는 사실 하나만으로, 저를 두고 남창이라고 수군댄단 말입니다. 남창! 어쩌면 비역질하는 놈으로요!"

"……하지만 아니잖아요? 그렇지요?"

여자는 차분하게 말했다. 이상하게 그 목소리에선 진심이 느껴졌다.

"그저 성실하고 안목 있는 독자일 뿐이죠. 책을 사랑하는. 어쩌면 아무도 모르게 소설 습작을 하고 있을지도 모르고."

여자는 술 깨는 데 좋을 거라며 차를 타오겠다고 했다.

여자는 내 앞에 찻잔을 놓고 자기도 찻잔을 들고 내 얼굴을 빤히 바라보며 한참을 미소만 짓고 있었다. 커피가 아니었다. 혀가 얼얼하고 술에 취해 제정신이 아니었기 때문에 나는 차맛을 제대로 느낄 수가 없었다. 틀림없이 자주 마시던 차는 아니었다.

"괜한 오해를 사서 기분이 상하신 모양이로군요."

여자는 엉뚱한 피해자가 생길 줄은 몰랐다며 진심으로 미안하다고 말했다.

"하지만 저는 나름대로 좋은 일을 하고 있다고 자부하고 있답니다. 사회 통념으론 떳떳치 못할 수도 있겠지만…… 신데렐라 게임이라고 들어보셨어요?"

나는 대꾸 없이 고개만 저었다. 말을 끊으면 안될 것 같았다.

"능력은 있지만 가난한 오피스레이디들을 위한 게임이죠. 이해가 어려우시다면 여기서 읽은 신데렐라 이야기들을 참고하셔도 돼요. 별로 다를 게 없으니까…… 게임에 참여하려면 일단 가난해야만 해요. 그걸 입증해야 하는데, 우리는 그걸 재산상태나 신용상태로 구별해내지는 않지요. 중요한 것은 참가자들의 마음이에요. 얼마나 가난한가, 얼마나 굶주렸는가, 그래서 얼마나 갈망하는가. 뭐에 굶주렸고 뭐를 갈망하는지는 굳이 말씀드리지 않겠어요…… 일단 자격이 확인되면 명함을 받게 되죠. 착오가 있으신데, 일반 손님께 드리는 명함과 게임 참가자들에게 주는 명함은 다르답니다. 게임참가자들에겐 개인정보가 든 플라스틱제를 주지요. 진짜 금을 쓰고. 그만한 값어치는 있는 명함이니까. ……그러면 이제 파티가 있어야겠지요? 황태자들이 파티를 연답니다. 이따금 황제들이 주최하기도 하는데 그건 너무 엄청난 파티라, 저도 아직 참가해본 적이 없답니다. 그 멋진 황태자들은 오로지 사랑에 빠지는 것만을 염두에 두고 있지요. 사랑만이 자신의 피곤하고 괴로운 삶을 달래줄 수 있다고 믿으니까. 그들에겐 그만큼 중요한 게 없어요. …… 사랑에 목마른 황태자들은 파티를 열어 신데렐라를 불러들이지요. 맞아요. 파티를 알리는 전갈이 오면 우리가 나서는 거예요. 명함이 힘을 발휘하는 순간이죠. 우리는 적당히 때가 된 신데렐라에게 연락을 하고…… 그러면 신데렐라들은 우리한테 와서, 저 책장 보이시죠? 신데렐라 책장. 거기서 미리 준비된

『신데렐라』책을 꺼내지요. 그 안에 파티 장소가 표시돼 있어요. 그 래요. 파티 초대장이랍니다. 동시에 계산서이기도 하고, 황태자들의 파티인 만큼 경비가 삼엄하지요. ……물론 평소 차림 그대로 갈 수는 없지요. 신데렐라는 원래 재투성이 하녀잖아요. 그래서 신데렐라들의 지성함양을 위해 여기 북숍이 있는 것처럼, 파티복을 입혀주는 곳, 구두를 신겨주는 곳, 메이크업을 해주는 곳, 벤츠로 태워다 주는 곳들이 따로 있답니다. 그리고 그 담당자들, 저 같은 사람은 신데렐라의 수호요정이라고 불리지요. 마술을 부리는 수호요정. ……파티에 참석해선 신데렐라는 12시 종이 울리기 이전엔 파티장을 빠져나와선 안돼요. 12시 이전엔 절대 안된다, 그게 규칙이죠. 규칙은 지키라고 있는 거랍니다. 그 외에도 황태자들의 사랑에 싫은 내색을 해선 안된다 같은 규칙들이 더 있지요. 상당히 엄격하게 신데렐라를 선별하고 교육시키기 때문에 규칙이 깨지는 일은 드물답니다. ……파티가 끝나고 나서도 황태자와 즐기고 싶다면 맘에 든 황태자의 발치에 책을 떨어 뜨려놓고 오면 되지요. 그러면 추적이 되어 담당 수호요정에게 연락이 오고, 신데렐라는 멋진 황태자와 재회해 키스를 나누고, 그 후로 둘은 오랫동안 잘 놀게 된답니다."

여자는 한숨을 쉬었다. 무슨 뜻이 담긴 한숨인지는 알 수 없었지만 한시름 놓은 듯이 보였다. 여자는 덧붙였다.

"이 모든 게 아름다운 동화 같은 얘기랍니다. ……따분하지는 않으셨는지요?"

아름답다거나 따분하다기보다는 역겨웠다. 나는 헛구역질을 참으며, 방금 들은 모든 얘기들을 나 나름대로 소화시켜 보려고 애를 썼다. 나는 말했다.

"그럼 당신은 뚜쟁이이군요."

"설마요."

여자는 입을 가리고 웃었다.

"손님이 무슨 생각을 하는지 안답니다. 하지만 이 모든 게 범죄는 아니지요. 왜냐하면 황태자들이나 신데렐라들이나 갈구하는 것은 사랑뿐이며, 모든 것은 사랑의 이름으로 이뤄지기 때문이죠. 저 역시 그저 동화 속 수호요정일 뿐이랍니다."

나는 수긍한다는 듯 고개를 끄덕이곤, 궁금했던 마지막 것을 물어보았다.

"남자 신데렐라도 있나요?"

여자는 약간 놀라는 눈치를 보이더니 나를 아래위로 쭉 훑어보았다.

"그건 홍길동 게임이라고 하는데…… 아무래도 손님 몸매로는. 나이도 그렇고. 하지만 단골이시니 어쩐다지요?"

나는 연민으로 가득 찬 슬픈 눈으로 여자를 바라보며 혼잣말하듯 중얼거렸다.

"그 아름다운 신데렐라 이야기가 겨우 이렇게 추잡하게 쓰이는군. 난 정말로 신데렐라 얘기를 좋아했는데. 그 멋진 책들도. 어떤 사람들은 자기 손에 닿는 것이면 무엇이든 오염시키고 못 쓰게 망가뜨리지."

그러자 여자는 소리 높여 웃었다.

"글쎄, 답답하시네. 그 얘기는 판본이 무한하다니까요. 지금 이 순간에도 세계 어디에선가는 새 판본이 쓰여지고 있을 거예요. 우린 그냥 우리식의 판본을 썼을 뿐이구요. 우리 판본이 혐오스럽다면 읽지 않으면 된다구요. 어떤 세상인데 읽으라 마라 강요하겠어요. 우리 판본을 읽기 싫으면 책장에 다시 꽂아놓으세요. 손님, 그럼 돼요."

신데렐라 책방의 난센스 같은 영업은 계속됐다. 여자에 의하면 그 영업은, 신데렐라 이야기의 현실판본이었다. 내용 자체는 색정적인 게 일본의 현대판본을 닮았다. 내가 보기엔 책방의 그 비밀스런 영업은, 어떤 멜랑콜리한 함의를 띤 순환체계 같았다. 믿거나말거나박물지社에 다니는 신데렐라들이, 믿거나말거나박물지社에서 차려준 책방을 통해, 믿거나말거나박물지社의 황태자들이 주최하는 파티에 지속적으로 공급되는. 그리고 황태자들은 파티에서 얻은 사랑의 힘으로 회사를 유지하고 키워나간다. 책방 여자 같은 수호요정들이 하는 일은 재원이 고갈되거나 순환이 끊기지 않도록, 그 체계를 주의 깊게 관리하는 것이다.

진실된 거짓도시

"우리가 도심 구획을 하트 모양으로 나눴다는 걸 알아볼 사람이 있을까요?"
"글쎄요. 이제는 마천루 숲이 되었기 때문에, 우리 장난을 미처 알아보지 못할 수도 있어요."
"구획 자체가 도시에 큰 영향을 주거나 하진 않죠. 좀 경박하게 보일 수는 있겠지만, 그보다는 시민들의 저항을 감내하고서라도 빌딩 몇 개를 뽑아내고 도로를 확장하는 편이 좋았을 거란 생각이에요."

"하지만 도로를 넓히면 하트 모양을 못 알아보게 될 수도 있어요. 무엇보다 너무 늦었고."

"하긴 정말 쓸데없는 염려군요. 이미 끝난 일을. 우린 폭동 한번 겪지 않고 잘 견뎠어요."

"아직은요. 마지막 순간이 남아 있으니까. 하여튼 이 잔디밭이나 좀더 걸읍시다. 그런데 피가수스의 돼지우리에도 어김없이 아침은 오는군요."

새벽이 갓 지난 시각이었기 때문에 잔디밭은 축축했고, 향긋한 풀내가 차츰 가벼워지는 공기를 타고 사방에서 올라와 우리 두 사람을 감싸고 있었다. 기숙사와 9번 격납고 사이의 너른 잔디밭은 코끝을 자극하는 싱그러운 향기로 가득 차 있었다. 마치 잔디밭 전체가, 향수가 부드럽게 끓고 있는 커다랗고 투명한 증류기 같았다. 우리는 이제 이 잔디밭을 며칠이나 더 밟을 수 있을지 확신할 수 없었기 때문에, 자꾸만 걸음을 늦추고 있었다. 프로젝트가 오늘 끝나니 조만간 누군가는 남을 것이고 누군가는 떠나게 될 것이었다.

9번 격납고의 둥근 지붕 너머로 프로젝트의 마지막 날이 밝아오고 있었다. 둥근 지붕 이쪽엔 아직 푸르스름한 차가운 빛이 남아 있었다. 찰랑이는 그 빛얼룩들은 우리 마음처럼 설레는 듯 보이기도 했고, 한편으로는 불안에 떨고 있는 듯 보이기도 했다. 물론 프로젝트의 결과가 어찌 나오든 우리 연구원들은 크게 개의치 않을 것이었다. 프로젝트의 결과는 단순히 데이터의 문제였다. 우리는 그 동안 성실하게 작업에 임했고, 프로젝트가 완벽에 가깝게 작동하도록 최선을 다했다.

정작 우리가 신경쓰고 있는 것은, 9번 격납고에 자신이 남을 수 있을 것인가 하는 문제였다. 누가 9번 격납고를 떠나고 싶어할까. 누가 짐을 싸서, 다른 신뢰할 수 없는 격납고로 가고 싶겠는가. 잘못하면 etc.가 붙은 격납고에 갈 수도 있었다. 그렇다면 최악이다.

우리는 9번 격납고와 이 잔디밭을 비롯한 격납고 부속시설 모두에, 더할 나위 없는 애정을 갖고 있었다. 심지어는 탈의실에 쫓아 들어온 모기들조차 우리의 애정어린 눈길을 받았다. 9번 격납고 주변 어디에선가 알을 깬, 고향이 9번 격납고인 모기들이라는 이유에서였다.

9번 격납고는 한국전쟁 이전에 지어진, 믿거나말거나박물지社 최초의 격납고들 중 하나였다. 한국 현대사의 격동 한가운데서 회사가 부침을 거듭하는 동안에도, 9번 격납고는 매각되거나 파괴되지 않고 옛모습 그대로 간직한 채 살아남았다. 회사 최초의 격납고들 중에선 현재 단 네 개만이 남아 있을 뿐이었다. 나머지는 사진자료나 서류, 다큐멘터리 필름, 혹은 은퇴한 중역들의 기억 속에서조차 거의 찾아볼 수 없게 스러져가고 있었다.

우리는 9번 격납고 앞에서 결코 〈낡은〉이란 수식을 쓰지 않았다. 우리에게 9번 격납고는 〈늙은〉이였고 건물이나 빌딩이 아닌 〈친구〉였다. 그게 9번 격납고의 클래시컬한 자태를 대하는 마음가짐이었다. 〈늙은 친구〉는 모든 역사적이고 기념비적인 것들이 그렇듯이, 강도 높은 업무와 박봉에 시달리는 우리 연구원들에게 강한 소속감과 안정감, 그리고 정신적 뿌리에 대한 환상을 심어줬다.

우리는 파티를 준비하기 위해 격납고 실험실로 들어갔다. 파티는 오후 3시였다. 프로젝트가 끝났음을 알리는 쫑파티다. 격납고 전체

파티는 흔한 게 아니었다. 14개월 전 〈진실된 거짓도시〉가 작동을 시작했을 때 한번 열린 것이 다였다. 그 후론 부서별 회식밖엔 없었다. 오늘 저녁, 격납고 식구 전체가 다 함께 모인다는 사실에 우리는 흥분하고 있었다. 우리는 여러 가지를 축하하고 기념할 것이다. 정치돼지 피가수스(pigasus)도 오겠지만 우리는 그를 무시할 것이고, 프로젝트와 함께 그의 볼일도 끝났음을 축하할 것이다.

우리의 프로젝트는 믿거나말거나박물지社 본사의 도시계발재단에서 제안한 것이었다. 회장실 직속의 그 재단은 가상 모델을 만들어, 일련의 도시계발계획을 시뮬레이션 하도록 했다. 우리는 서울과 싱가포르를 한데 겹쳐 표준적인 도시를 만들었다. 도시 섬 국가인 싱가포르 모델은, 남북분단 같은 예측하기 어려운 외교문제와 도농격차 같은 확장된 국내문제에서 우리의 상상력을 자유롭게 해주었다. 그리하여 우리의 프로젝트는, 국가 전체 문제는 덜 고려하게 되었고 외교문제는 덜 복잡하게 발생하게끔 짜여졌다.

14개월 전 우리는 그런 식으로, 〈진실된 거짓도시〉를 고안해 슈퍼컴퓨터 하드드라이브에 만들어 넣었다. 그 도시는 실재하지 않는 도시이면서, 실재하지 않는다는 점만 빼놓고는 실재 도시와 거의 다르지 않은 내용을 갖추고 있었다. 행정구역은 서울을 따랐다. 25구와 522동이었다. 인구는 시작점 1900년에 2백만 명으로 잡았다. 열어봐야 알겠지만 시간이 꽤 흘렀으므로, 지금은 크게 늘어났을 것이었다. 한강을 중심으로 한 강남북 구조는 단순한 면이 없지 않았으므로 작은 강 하나를 수직으로 더 놓아 동서의 축을 추가했다. 그리고 여러 산업무역시설들을 배치해, 서울과 싱가포르에 못지 않은 국제적인 대도시로 성장토록 했다. 출생률과 사망률, 그리고 결혼율과 이혼율은 정해놓지 않았다. 그것은 우리가 따로 입력한 전반적인 사회갈등 지수에 맞춰 자동으로 조절되는 것이었다.

도시계발재단은 산업적 측면만이 아닌, 정신문화적 측면까지 면밀히 고려토록 했다. 개발(開發)이 아니라 계발(啓發)이라고 한 것도 그런 뜻이었다. 우리는 이것저것 변수들을 넣었고 가중치를 부여했으며, 시뮬레이터를 통해 변수들이 상호연관을 갖고 단위시간의 흐름에 따라 자체적으로 변화, 발전하도록 했다. 정신문화적 변수들 가운데 우리는 특히, 사회갈등지수에 신경을 썼다. 재단측에서 제시한 현 시점의 서울의 갈등지수보다 더 나쁘게 설정했다. 그래야 사회분열양상이 더 확연히 드러날 테니 말이다. 행정구역별 갈등, 혈연 지연 학연에 따른 갈등, 그리고 쓰레기소각장 설치, 범죄율, 환경보전과 훼손, 각종 사회운동에 따른 갈등지수가 우선적으로 입력되었다. 다른 헤아릴 수 없이 숱한 갈등지수들은 수치화되는 대로 부정기적으로 집어넣었다.

그 결과가 오늘 오후 3시 정각에 나온다. 이미 말했듯 결과는 우리의 책임이 아니었다. 〈진실된 거짓도시〉가 최종적으로 어떤 형태를 띠든, 유토피아든 디스토피아든, 그건 순전히 데이터의 문제인 것이다. 우리는 나온 데이터 그대로 재단측에 보고만 하면 되었다. 단언컨대, 우리는 지난 14개월 간 단 한순간도 프로젝트에서 눈을 떼지 않았다. 정치돼지 피가수스가 시시콜콜 훼방을 놓을 때도 우리의 한쪽 눈은 프로젝트를 향하고 있었다.

정치돼지 피가수스의 존재는 이번 프로젝트에 내려진 불결한 저주와도 같았다. 피가수스는 지난번 징계위원회에서 독직혐의로 도축명령을 받았다. 그리곤 도축되었다. 또 그리곤 멀쩡히 살아났다. 어찌된 일인지 모두가 의아해했는데, 혈연 지연 학연으로 똘똘 뭉친 다른 노골적으로 시뻘건 돼지들이 힘을 썼다는 얘기가 돌았다. 피가수스는 조정관이라는 직위를 되찾곤 우리의 9번 격납고로 파견되었다. 그는 오자마자 꿀꿀거리며 격납고 주변을 한바퀴 낮게 선회하더니, 격납고 경계 바로 바깥에다 돼지우리를 짓고 사무실을 겸한 살림을 차렸다. 규정상, 경계 안에는 혐오시설을 지을 수가 없었다.

피가수스의 사사건건 간섭을 우리는 잘 참아냈다. 우리는 열심히 무시했고, 사실은 무시할 수밖엔 없었다. 그의 언어는 돼지의 언어였지, 인간의 언어가 아니었던 것이다. 꿀꿀, 꿀꿀꿀. 정치돼지 외에도 여러 별칭이 있었다. 포르노 돼지, 망상증에 걸린 돼지, 호모돼지, 엽기돼지, 관료돼지, 전쟁광돼지, 파쇼돼지 등등. 호모돼지는 설득력이 있는 별칭은 아니었다. 왜냐하면 배불뚝이인데다, 항문은 오물로 지저분하고 성기는 볼품없었던 것이다. 비역질을 하려고 해도 상대가 없을 게 뻔했다. 좀 점잖은 별칭으론 마키아벨리의 애완돼지가 있었다. 하도 음모와 음해, 정략과 책략에 능해 전생에 마키아벨리가 키우던 애완돼지가 아니었을까 하는 상상을 불러일으켰던 것이다.

피가수스가 한 일이 아주 없진 않았다. 그가 파견되면서 가져온 공문엔 이런 첨언이 달려 있었다.

〈정치돼지 피가수스를 조심하게나. 이자는 두 개의 서로 다른 인격(저격이라고는 부르지 않겠네)을 갖고 있는데, 하나는 확신범의 인격이고 하나는 거짓말쟁이의 인격이네. 하지만 이 두 상반된 인격은 '진실'이라는 하나의 통일된 인격을 늘 지향하는데, 확신범은 백 퍼센트 확신된 거짓을 말하고 거짓말쟁이는 백 퍼센트 진실로 가장된 거짓을 말하기 때문이지. 언젠가는 그가 자네들과 회사의 프로젝트를 오물구덩이에 빠뜨리고 벼랑으로 인도해 아래로 밀어버릴 걸세〉.

인사위원회의 어느 고위인사였다. 서명은 없었지만 대신 성모화(聖母花) 스케치가 인장처럼 그려져 있었다. 그 친절한 첨언은 진실을 가장한 거짓, 〈진실된 거짓〉에 대해 말하고 있었다. 프로젝트 초기에 우리는 도시 이름을 짓는 데 애를 먹고 있었다. 첨언이 힌트를 주었다. 〈진실된 거짓〉. 우리가 건설한 완벽하게 실재를 흉내낸 비실재의 도시, 가상도시에 그만큼 어울리는 이름도 없었다.

처음엔 〈푸리에의 도시〉안이 유력했지만, 어떤 젊은 친구들한텐 수수께끼처럼 들릴 것이고, 또 저 먼 외국의 역사라는 반론이 나와 밀려버렸다. 〈피가수스의 도시〉로 하자는 풍자적인 안도 있었지만 다들 끔찍해하고 입에 올리기조차 싫어해서 논란 없이 파기되었다. 하지만 피가수스라는 이름 자체가 거짓과 탐욕, 모든 악행을 상징한다는 주장은 상당한 공감을 얻었다. 〈9번 격납고 주니어〉라는 안도 나왔지만, 영광스럽고 영속적인 그 이름을 일회적이고 일시적인 가상도시에서 붙일 수는 없다며 역시 거부되었다. 우리는 시간을 더 끌지 않고 〈진실된 거짓도시〉로 확정지었다. 정치돼지 피가수스가 조정관으로서 프로젝트에 참여해 한 일이라곤 실로 그것밖엔 없었다.

우리는 9번 격납고의 실험실 전체를 파티장으로 꾸몄다. 그간 정들었던 컴퓨터 단말기들은 꽃으로 치장되었고 책상엔 컬러 화선지가 깔렸다. 바닥은 금은 색종이로 덮였고 격납고의 둥근 천장은 풍선으로 메워졌다. 실험실 가운데를 널따랗게 비워 춤을 출 수 있는 댄스플로어를 만들었다. 먹고 마실 것은 물론이었다. 왁스내, 소독약내와 금속성 일색이었던 실험실 전체가 달착지근한 음식내와 화려한 무지갯빛으로 수놓아졌다. 실험실장과 각 팀장들의, 울 수도 웃을 수도 없었던 지난 14개월에 대한 소회를 밝히는 순서도 빼놓을 수 없었다. 실험실장은 그간 피가수스 탓에 여러 고초를 겪었기 때문에, 특히 할말이 많을 것이었다.

아직 3시가 되지 않았는데도 어떤 자리에선 맥주를 마시고 노래를 부르고 있었다. 할 일이 없는 것이다. 어쩌면 몇십 분 앞당겨서 결과를 열어볼 수도 있었다. 금지된 일은 아니었다. 하지만 벌써 우리 등뒤에선 꿀꿀 소리가 나고 있었다. 정치돼지 피가수스가 천장 가까운 곳에서 풍선들 속을 날아다니고 있었다.

〈진실된 거짓도시〉에서 우리가 우려했던 것은 정보기술 산업의 지나친 발달이었다. 그것이 결국 도시를 황폐화할 것이라는 예측이 나왔다. 지상엔 물류기지와 생산기지만 남고 모든 다른 인간활동들이 인터넷상에서만 이뤄지는, 살아 움직이는 것이 눈에 띄지 않는 황량한 세계가 될 것이다…… 하지만 그 우려는 부질없는 것으로 판명났는데, 왜냐하면 인간들은 움직이지 않으면 좀이 쑤셔서 못 견디는 성향을 타고났기 때문이라는 설명이었다.

믿거나말거나박물지社 도시계발재단의 최종적인 요구는, 도시발전을 가로막는 각종 갈등의 해소였다. 어떤 순간에도 유머를 잃지 않는 우리는 재치를 발휘했다. 도시사회의 각 부면을 형성하고 있는 각종 소사회들의 경계들이 차츰 지워지도록 프로그래밍한 것이었다. 우리는 〈진실된 거짓도시〉가 점점 커나가고 이익이 발행할수록, 반비례해서 행정구역별 산업지구별 이익집단별 경계가 지워지도록 했다. 그렇게 되면 프로그램이 끝나는 2045년 11월까지, 시민 개개인

사이에 존재하는 마음의 경계밖엔 남지 않게 될 것이었다. 우스꽝스럽긴 하지만 그래도 그런 식의 전망은, 지난 시대의 어느 순간엔 크게 각광받았었다.

드디어 3시였다. 파티가 시작되었다. 샴페인 코르크 마개가 쏘아올려졌고 여기저기서 케이크가 날아다녔다. 우리는 맥주 캔을 따선 아무에게나 뿌려댔다. 소란스런 와중에도 팀장들은 악착같이 단상에 올라 연설을 했다. 실험실장은 대형 샴페인병을 쥐고 올라섰다. 그는 제발 이 마지막 연설에만은 집중을 좀 해달라고 애걸을 했다. 우리는 곧 흥분을 가라앉혔다. 그는 프로젝트에 관한 길지도 짧지도 않은 소회를 밝힌 다음, 곧바로 정치돼지 피가수스에 대한 푸념으로 넘어갔다. 그것은 마치 노래와도 같았다. 우리는 코러스를 넣었다. 피가수스는 더욱 시뻘개진 얼굴로 천장 구석에서 허우적대고 있었다. 실험실장은 피가수스를 향해 삿대질을 하며 이렇게 소리를 질렀다.

"야 이 정치돼지야! 나랑 싸우고 싶으면 어디 보이지도 않는 데 숨어서 투서질이나 하지 말고 백일하에 나와서 정정당당히 해! 대명천지에 나와서 떳떳하게 해! 이 빌어먹을 호모 스토커 미친돼지야! 왜? 뭐가 겁나서 꼭꼭 숨어서 하니? 나와! 나와서 해! 그럼 내가 상대해줄게. 이 미친 호모 돼지야! 평생이라도 상대해줄 테니까 어디 한번 내가 볼 수 있는 데서 해봐! 쉬쉬하지 말고 다 까놓고 해봐! 이 미친 돼지 스토커 새끼야!"

실험실장의 연설은 그 같은 노래로 끝이 났다. 실험실장은 분을 가라앉히기 위해 잠깐 뜸을 들였다가, 손을 뻗어 멀티비전의 전원을 켰다. 2045년 11월. 결과가 뜨고 있었다. 〈진실된 거짓도시〉는 현재

인구 천6백만에, 유엔의 기준에 비춰볼 때 세계적인 도시로 성장해 있었다.

하지만 우리는 감탄도 한숨도 아닌 기이한 신음소리를 냈다. 도시 사회 갈등지수가 여전했던 것이다. 이전과 같은 이전투구식 갈등은 현저하게 낮아져 있었다. 그렇게 되게끔 프로그래밍되어 있으니까.

그렇지만 전혀 예상도 못했던, 우리로선 처음 보는, 이상한 갈등과 분열 양상이 나타나고 있었다. 시민들이 이런저런 사회의 경계를 지우도록 한 우리 프로그램과 갈등을 일으키고 있었던 것이다. 폭동으로 번질 조짐마저 보였다. 우리 모두는 넋을 놓고 멍하니 멀티비전을 바라보았다.

그 순간이었다. 갑자기 타는 냄새 같은 것이 풍기더니 슈퍼컴퓨터 중 하나가 불꽃을 내며 타버렸다. 멀티비전은 꺼멓게 먹어버렸다. 우리 머리 위에서 꿀꿀 소리가 났다. 실험실장은 거의 발광을 하며, 진작에 거세시켜버렸어야 했다고 소리치며 정치돼지 피가수스를 향해 달려들었다. 피가수스가 그 볼품없는 성기를 휘두르며 컴퓨터 전원부에 오줌을 갈겨 누전이 일어난 것이었다. 결국 컴퓨터 한 대가 타버리긴 했지만, 다행히 백업 데이터가 다른 컴퓨터에 있었다.

우리는 재단측에 〈진실된 거짓도시〉는 디스토피아도, 유토피아도 아닌 이상한 도시가 돼버렸다고 보고했다. 우리는 재단측에 시민들이 패거리를 짜고 경계를 짓는 형태는, 어느 정도는 인간의 본성에 기초한 것이므로 어쩔 수 없는 것이라고 보고했다. 억지로 경계를 제거하려 한 통에 이번엔, 우리의 가상시민들이 시뮬레이터 프로그램과 격렬한 갈등을 일으키고 있다고 보고했다.

보고서의 끝은 역시 정치돼지 피가수스에 대한 것이었다. 결정적인 순간에 발작적인 심술을 부려 프로젝트를 망치려 했다는 내용이었다. 왜 그랬는지 우리가 심문을 했는데 꿀꿀 소리밖엔 들을 수 없었다고 했다. 그래서 도축을 해선 바비큐를 만들었고, 개한테 던져주었다고 최종결과를 보고했다.

믿거나말거나박물지 둘 — 백민석

말로 하는 말이 안 되는 이야기의 의미

우한용 | 서울대 국어교육과 교수

 이 작품은 제목부터가 소설의 기본 원칙을 깨고 나가는 발상으로 되어 있다. 소설이라면 인생의 진실을 추구해야 하고, 그 언어가 일상어를 바탕으로 한다는 것이 좀 완고한 소설이론가들의 주장이다. 그런데 '믿거나말거나' 한 이야기를 하는 까닭은 무엇이고, 그것도 플롯이라든지 인물의 전형성이라든지 하는 것과는 별 관계가 없는 박물지 양식으로 서술한다는 것은 또 무엇인가. 박물지는 서사적 긴장력이나 응집성을 그다지 긴요한 요소로 생각하지 않는다.
 이 작품은 한 편의 단편소설 가운데 두 개의 작은 이야기가 들어 있다. 현대 사회의 성적 음일(淫佚)함을 다룬 '신데렐라 게임을 아세요?' 하는 것과, 사이버사회의 시뮬레이션을 다룬 '진실된 거짓도시'라는 것이 다른 하나이다. 부유하는 성과 가상공간에서 스스로 형성되고 파괴되는 가상현실의 현실성은 현대사회를 대변하는 두 가지

표상이 될 만하다. 그런 점에서 이 소설은 매우 사회적이다.

　노동, 투쟁, 이념, 정의 등의 무게 있는 화두들이 물러간 자리에 남는 것은 부유(浮遊)하는 존재로서의 인간이다. 떠도는 존재는 기존의 가치체계에서 떨어져 나와 방향 잡히지 않은 채 흘러 넘치는 성으로 표상된다. 그 흘러 넘치는 성의 문제는 '난센스'로 의미가 규정된다. 이 난센스는 아주 정교한 상징성을 띠고 나타난다. 성이 거래되는 공간이 책방인데, 책방은 '증권회사 빌딩과 케이블방송국 빌딩 사이에' 자리잡고 있는 것으로 되어 있다. 이를 달리 말하면 '돈과 통신 사이에 매춘이 있다'는 게 된다. 그리고 그 책방은 아주 작게 만들어져 남들의 눈에 잘 띄지 않게 은닉(隱匿)되어 있다.

　의미의 전도현상이 나타난다는 점이 주목되는 사항이다. 성이 은밀하게 매매되는 공간인 '더러운' 책방이 '깨끗하다'고 자기주장을 하는 것으로 되어 있다. 이는 책방에 대한 '호기심'과 '죄의식'이 공존하는 심리의 복합현상으로 나타나기도 하고, 책방에 대한 꿈과 현실의 관계 속에서 꿈과 현실이 등치되는 모양을 나타내기도 한다.

　이 작품의 이야기는 겹으로 뒤틀려 있다. 성을 밀매하는 장소를 책방으로 한 것, 그 책방을 차린 동기가 독서사회를 만들어야 한다는 가장된 사명감, 실제 책을 읽는 데 열중하는 주인공과 다양한 판본의 '신데렐라'를 통해 성을 매매하고 그 돈으로 놀아나는 젊은이들, 이들은 전도된 가치가 공존하는 세계상이다. 알콜 묻힌 솜으로 책 표지를 닦는 것 말고는 아무 할 일이 없는 책방 여자가 살아가는 방법 또한 '난센스'에 해당한다.

　이 이야기는 한 순진한 독자가 책을 사기 위해 '책방'에 드나드는 행위가 주인공을 '바보'로 만드는 과정임을 보여준다. 작품의 후반에 이르기까지, 단편적으로 조금씩 제공되는 정보를 통해 이상한 책방이라는 의문이 점점 커진다. 이야기를 따라가면서 진행되는 독서의 과정에서, 우리는 '신데렐라 게임'이라는 것이 정확히 무엇인가를 알게 된다.

그런데 성의 밀매로 인해 사람들이 망가지는데도 거기 부여하는 의미는 이렇게 호도(糊塗)된다. "하지만 이 모든 게 범죄는 아니지요. 왜냐하면 황태자들이나 신데렐라들이나 갈구하는 것은 사랑뿐이며, 모든 것은 사랑의 이름으로 이뤄지기 때문이죠." 그런 이야기를 하는 '뚜쟁이'는 동화 속의 '수호요정'이라고 자신의 입지를 강변한다.

신데렐라 게임의 남성 버전인 '홍길동게임'이라는 것이 있다는 사실을 알게 된 과정은 환멸을 확인하는 과정이다. "내가 보기엔 책방의 그 비밀스런 영업은, 어떤 멜랑콜리한 함의를 띤 순환체계 같았다."는 데에 이른다. 이러한 과정을 독자에게 보여주는 주인공이 이 소설의 이야기 구조 속에서 전달자 내지는 발견적 화자 역할에 머물러 있다는 것은, 소설 속에 훼손되지 않은 인물을 살려 둠으로써, 윤리적 긴장력을 지니게 한다는 점도 눈여겨 볼 만하다.

소설이 시대를 반영하는 방식은 한정되어 있지 않다. 그것은 현실의 변화 방향을 따라 소설의 방법이 달라지기 때문이다. 우리 시대의 특징 가운데 하나는 가상현실을 현실로 수용해야 한다는 것이 아닐까 싶다. 그러한 가상현실을 현실로 전환하기 위해 프로젝트를 수행하고, 그 마무리 파티 장면에서 이야기를 시작하는 방법을 택하고 있다.

이 작품에서는 서울과 싱가포르를 한데 겹쳐 표준적인 도시를 만들고 14개월에 걸쳐 시뮬레시션을 해 보는 것이 프로젝트의 내용이다. 그 프로젝트는 '사회갈등지수'를 최대한으로 줄여가는 방법을 모색하는 것이기도 하다. 그 프로젝트에서 시뮬레이션으로 움직이는 도시 이름이 〈진실된 거짓도시〉이다. 이 도시 명칭은 말 자체가 모순어법으로 되어 있다. 진실이 곧 거짓으로 바뀌고, 거짓이 곧 진실인 그러한 세계는 리얼리즘의 세계 파악 방식으로는 이해하기 어려운 세계이다.

진실이 거짓과 등치되는 이러한 세계는 비유의 세계를 거쳐 다다르게 된다. 프로젝트 사업을 하는 이들이 사용하는 격납고의 의미를 부여하는 방식에서 그런 점을 읽을 수 있다. "우리에게 9번 격납고는 〈늙은〉이였고 건물이나 빌딩이 아닌 〈친구〉였다. '낡은 격납고'는 '늙은 친구'가 된다. 이 지점에서 격납고는 사물성을 잃고 인간적 속성을 갖추게 된다. 사물이 인간의 영역으로 헛다리〔僞足〕를 뻗쳐 들어오면서 세계의 질서는 꾀기 시작한다. 그러한 은유의 단계를 지나 동일률(同一律)이 무시되는 가상의 세계에 접근하면서 언어는 본래의 의미를 잃고, 의미론적 혼란에 빠진다.

그런 점에서 정치돼지 '피가수스(Pigasus)'를 설정한 것은 매우 재미있는 발상이다. 그 돼지에 붙은 이름을 보면, 피가수스가 얼마나 다양한 의미를 지닐 수 있는가 하는 것을 금방 알 수 있다. 피가수스는 두 개의 인격을 지닌 존재로 묘사되어 있다. '하나는 확신범의 인격이고 하나는 거짓말쟁이의 인격'을 지니고 있는 존재라는 것이다. "하지만 이 두 상반된 인격은 '진실'이라는 하나의 통일된 인격을 늘 지향하는데, 확신범은 늘 백 퍼센트 확신된 거짓을 말하고 거짓말쟁이는 백 퍼센트 진실로 가장된 거짓을 말하기 때문이지." 이 두 진실이 다른 진실로 지양될 방법은 어디에도 없다. 백 퍼센트라는 절대치의 진실, 그것은 '돼지의 언어'이기 때문에 인간의 언어를 가지고 규율할 수 없는 영역이다.

　이러한 언어의 속성이 주인공들이 수행하는 프로젝트의 성격과 맞아 들어간다는 점에서 이 작품은 구조적으로 매우 견고하다고 할 수 있다. '도시사회의 각 부면을 형성하고 있는 각종 소사회들의 경계들이 차츰 지워지도록 프로그래밍한 것'인데, '어떤 순간에도 유머를 잃지 않는 재치'가 발휘된 것이라고 되어 있다. 여기서 우리는 앞의 작품에 나타나는 멜랑콜리와 이 작품의 유머가 동일한 의미를 지니는 것이라는 점을 알게 된다. 가상현실의 현실성을 비극으로 파악하지 않고 유머로 파악하는 것은 가상현실의 사회가 비극에서 필수조건으로 하는 신 혹은 운명이 전제되지 않는다는 것을 고려한다면, 왜 이러한 구조로 소설이 짜여지는 것인가를 이해할 수 있다.

　이 지점에 이르면 인간은 인공으로는 도저히 다스려지지 않는 완강한 본성을 지니고 있다는 것을 생각하게 된다. 갈등과 불화를 해결하고 '사회갈등지수'를 최대한 낮추고자 시도하지만, 결국은 제자리로 돌아와 있는 인간의 모습을 확인하게 된다. 과학 문명에 대한 기대의 허구성도 생각하게 된다. 우리들의 삶이란 무엇인가 하는 근원적인 문제를 환기하는 데 이 소설의 힘이 있다. 그것은 '진실된 거짓'과 '거짓된 진실'의 맴돌이 같은 것인데, 여기서 지라르의 〈낭만적 거짓과 소설적 진실〉을 떠올린다면, 너무 거리가 먼 것일까.

눈이 어둠에 익을 때

약 력

한국외국어대 불어과 졸업
1995년 《소설과 사상》「새」로 등단
첫소설집 『허공의 신부』
시집 『게임테이블』 소설집 『베이커리 남자』

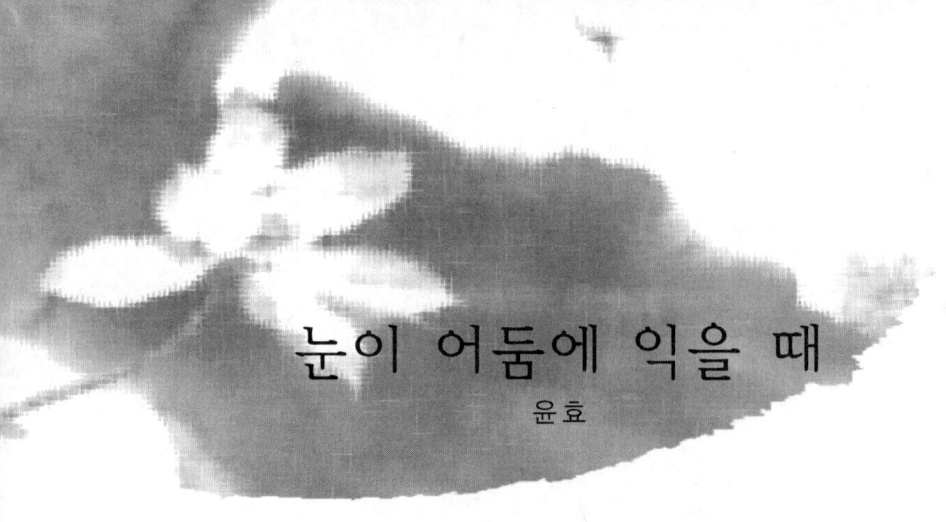

눈이 어둠에 익을 때

윤효

1

좌석이 비행기 날개께의 자리라는 걸 안 것은 착석한 후 안전벨트를 맸을 때였다. 창 밖으로 둔중하고 다소 거칠고 거대한 잿빛 물체가 나타났을 때, 그녀는 숨이 막히는 듯했다. 그 덩어리의 양쪽으로 잘게 뜯어 흩뿌려놓은 명주솜 같기도 하고 어린 새의 몸에서 떼어낸 흰 깃털들 같기도 한 구름들을 봤을 때야 비행기 날개에 달라붙어 있다는 게 실감되었다. 청회색 물비늘들이 찰랑거리는 동해 바다가 보였을 때는 한결같은 긴장으로 허공에 걸려 있는 기계의 부력에 대해 경외감을 느꼈다.

그녀가 비행기 여행을 좋아하게 된 건 서른 다섯 살이 넘어서면서부터다. 그 전엔 기차 여행을 좋아했다. 지루하지만 신비롭게 느껴지던 기차 여행에 싫증을 느낀 건, 사람에 대한 흥미를 차츰 잃고 생에 대한 날카로운 자의식을 버릴 때쯤이었다. 자신이 점점 작아지고 있다고 생각하면서 비행기의 위압적인 느낌을 즐기게 된 것이다. 그녀가 아파트 융자를 갚는 일 외에 일상에서 작은 적금이라도 붓는 건 일 년에 한 번쯤 가는 해외여행을 위해서 뿐이었다. 한국어와 영어, 일어가 번갈아 흘러나오는 멘트 속에 벽 화면 가득히 낙하산이 떠올랐다. 다소 짙은 화장을 한 스튜어디스가 화면 앞에 서서 기계적인 동작으로 구명조끼를 조립하여 입어보였다. 그녀의 흰 얼굴에서 붉은 입술만 가위로 오린 색종이꽃처럼 돌출되었을 때, 돌연 모든 것이 정물들로 보였다. 사물들은 물론 사람들조차도 각기 다른 그림들을 컷으로 찍어 연결시켜 놓은 애니메이션 속의 존재들 같았다. 아침에 공항에서 만나 남편의 소개에 따라 인사를 나눈 아홉 명의 일행들의 윤곽도 흐려졌다.

그녀는 기내식으로 나온 햄 샌드위치를 먹으면서 곁들인 오이 피클을 잔뜩 먹었다. 혀끝이 아리다고 생각하면서도 이 새콤한 맛 위에 톡 쏘는 겨자의 맛을 뒤덮으면 좋겠구나, 생각했다. 그만큼 그녀는 나른하고도 몽롱했다. 면도날로 손등을 그어도 핏방울이 배어나오지 않을 듯한, 아니 그 붉은색을 봐도 통증을 느끼지 않을 것 같은 둔중함이 그녀를 벽처럼 에워쌌을 때, 눈을 감아버렸다. 비행기가 고도를 높여가는지 귀가 먹먹했다. 멀미를 할 것 같은 거북함이 밀려왔다 사라졌을 때, 그녀는 눈을 떴다. 아직 뽀얗고 여린 느낌이 남아있는, 한때 아름답지만 나른해서 게으른 캐릭터일 거라고 의심받게 하던 긴 손가락들이 보였다. 생기 없어 보이는 왼손 약지 손가락엔 이 년 전 마흔 살 생일을 맞았을 때 선물 받은 반지가 끼워져 있다.

햇빛 속에서 연분홍빛 광채를 내는 작은 진주알은 그녀만큼 몽롱해 보인다. 돌연 손가락을 감싼 고리의 형태가, 각진 곳 없이 둥글둥글한 그 포만함이 지루하고 역겹게까지 느껴진다. 끝도 시작도 없는 듯한 그 원형을 오래 들여다보고 있으면 한여름 낮의 햇빛 속에 아득하게 펼쳐진 검은 레일 위를 걷고 있는 듯한 착각을 하게 된다. 그녀는 슬그머니 반지를 뽑아 화장지에 싸서 가방 안쪽 주머니에 넣었다. 좌석에 등을 묻고 눈을 감은 그녀는, 그러나 곧 팔에 닿는 축축한 이물감 때문에 눈을 떴다. 그러나 흰 민소매 원피스 차림인 그녀 옆엔 읽던 신문을 말아쥐고 역시 잠을 청하는 남편밖에 없다. 그녀는 남자치곤 피부가 좋고 털이 없어서 매끈한, 한때는 팔베개를 하지 않으면 쉽게 잠들 수 없게 하던 그 팔뚝을 내려다봤다. 땀이 많은 타입이기도 하지만 그제 밤 마신 폭탄주의 여운 탓에 서늘한 기내에서도 땀을 흘리고 있는 그 팔뚝으로부터 자신의 팔을 떼어냈다. 그가 눈치채지 않도록. 그녀는 냉방이 지나치다는 생각을 하며, 잠깐 진저리를 쳤다.

2

오사카의 간사이 공항에 도착해서 입국 절차를 마쳤을 때, 그녀는 거의 모든 사물들이 한국의 3분의 2 크기밖에 되지 않는 공간으로 들어와 버렸다는 것을 깨달았다. 천장의 높이도 에어컨의 크기도 한국의 3분의 2여서 사람들은 비좁은 집에 들어선 손님처럼 어정쩡해 보였다. 두 손으로 기내 가방의 손잡이를 움켜쥔 그녀는 인천 공항에서 대강 인사를 나눈 일행들을 살펴봤다.

체격이 크고 윤곽이 어글어글하지만 개구쟁이 소년처럼 보이는, 아마도 정년이 가까워오는 듯한 은 교수는 이번 일본 건축기행팀의 팀장이었다. 남편의 은사이기도 한 그의 말투가 호쾌한데도 왠지 소심한 성격일 거라고 추측되는 건 그의 손등을 가득 덮은 습진 때문인지도 몰랐다. 그와 비슷한 연배지만 훨씬 푸근해 보이는 멋진 초로의 신사는 큰 건축 사무소의 소장으로 이 모임의 비공식 경비를 대는 정신적 지주 같았다. 또 역시 건축 사무소를 경영한다는 삼십대 후반의 남자가 둘, 그다지 학구적으로 보이진 않는 삼십대 초반의 대학 강사가 둘, 여자들이 셋이었다. 은 교수가 처녀라고 소개한, 골격이 크고 피부가 깨끗한 삼십대 중반의 두 여자는 신축 대학 병원 감사였고, 노교수 옆에 액세서리처럼 붙어다니는 조교는 아직 귓가에 솜털이 보송보송한, 육감적이기보다는 사랑스러워 보이는 도톰한 엉덩이를 가진 처녀였다.

 그때 그녀는 비행기 안에서 그녀 앞에 앉아 있던, 검은 티셔츠와 검은 바지를 입은 젊은 남자가 가이드라는 것도 알았다. 유독 검고 큰 눈망울과 푸근해 뵈는 검은 피부를 가진 그는 기내에서의 짧은 잠으로 4박 5일의 강행군에 필요한 에너지를 축적했다는 듯 햇빛이 이글거리는 공항 밖으로 걸어 나갔다. 삼십대 여자들은 벌써 카메라를 꺼내 간사이 공항의 구조와 입국 시스템을 엿볼 수 있는 컷들을 부지런히 찍었다.

 오사카 시내로 들어가기 위해 소형 버스에 올랐을 때 여행 전날 밤 남편에게 받은 자료들을 꺼내봤다. 여행 일정과 탐사 대상의 사진과 특징들을 기록한 복사물이었다. 나라와 교토의 고대 건축물들을 제외하곤 모두 오사카와 고베의 현대 건축물들이었는데, 대학원

생들에게 초점이 맞춰진 빡빡한 일정인 만큼 산책을 하거나 쇼핑을 할 여유는 없어 보였다.

사실 그녀가 건축에 대한 호기심 때문에 이 여행에 뛰어든 건 아니었다. 늦봄의 주말에 언제부터인가 부모와 함께 여행하는 것을 내켜하지 않는 아이들을 깨워 세 시간을 달려 내장산에 갔을 때였다. 산을 절묘하게 휘감으며 산 속으로 파고드는 길을 따라가서 희귀 수종인 활엽수들의 찬란한 녹색을 보고 되돌아나와 산 입구에 늘어선 식당들 중 하나를 골라 평상 위에 앉았다. 산채 백반을 주문했는데 뜻밖에도 음식들은 맛이 없었다. 햇빛 속에 드러난 질척한 양념들이 혐오감을 줄 정도였다. 그녀는 느린 젓가락질로 음식을 먹으면서 문득 아이들이 다 자라버렸다는 것을 깨달았다. 가능한 한 부모로부터 떨어져서 둘이 똘똘 뭉쳐 다니는 아이들은 어느새 보호색을 갖고 있었고, 어딘가에 부딪혀 살을 찢겨도 다른 누군가에게 하소연을 할 것 같았다. 그것은 그녀가 전날 밤 둘째딸의 젖멍울을 발견했기 때문에 선명해진 감정일 것이다. 중학교 이학년인 첫딸의 숙성은 충격이면서도 신비였는데 둘째 아이의 성장에선 유년 이후의 또 하나의 에덴에서 추방당한 듯한 상실감을 느꼈다. 아이에게 업혀가며 서른 살 이후의 권태를 잊고 살아왔는데 어느 날 아이가 엄마, 무거워. 이제 그만 내려줘, 말했던 것이다. 밥공기를 겨우 비웠을 때, 남편이 일본 여행 얘길 꺼냈다.

"이 여행 때문에 올해 휴가도 따로 못 가는데 같이 갈까?"

아내와 같이 가고 싶어한다기보다는 혼자 가는 것을 미안해한다는 걸 알았기에 그를 혼자 보내주고 싶다는 생각도 잠깐 했지만 이 눅진한 공기로부터 벗어나서 다른 언어권으로 떠나버리고 싶다는 생각이 훨씬 강했다. 그녀는 젓가락을 놓고 따라가겠다고 말했다. 곧 나를 빠트리고 가면 안 돼. 못을 박기까지 했다. 낡은 구형 기내 가방을 처분하고 백화점에 가서 새 가방을 고를 때는 제법 뻔뻔스러워져서 그만 없으면 이 여행이 참 좋겠구나, 생각까지 했다.

3

첫 목적지인 신우메다시티를 거쳐 두 번째로 간 곳은 고베에 있는 로코 아일랜드라 불리는 실험주택 단지였다. 그곳의 맨션들은 저마다 독특한 디자인을 가졌으면서도 나름대로 잘 어우러져 있었다. 초콜릿색 타일들로 외장을 한 건물에 파스텔톤의 주홍색 창호를 한 한 맨션 앞에서 넋을 잃고 서 있을 때, 젊은 건축소장 둘이서 나누는 이야기가 들렸다. 시범 주택, 아니 실험 주택…… 그런데 누구에게 실험을 한다는 거지? 이만한 맨션의 가격이 얼만지 알고서 하는 말인가. 도쿄나 오사카의 평범한 시민들은 평생을 뼈 빠지게 일해도 저 건물 속의 단 한 채를 갖는 것도 불가능해요. 어쨌든 공공주도 차원에서 한 적극적인 실험인 셈이지.

단지의 중심엔 사람들이 쇼핑을 하러 멀리 나가지 않아도 되도록 상가가 조성되어 있었다. 고가의 생활용품들만을 취급하는 백화점들이었다. 그리고 상가에서 백 미터쯤 떨어진 곳에 거대한 풀이 있었다. 마치 마을을 가로지르는 강줄기처럼. 비키니 위에 두툼한 타올 가운을 걸치고 맨션에서 나온 엄마와 아이들이 풀 속으로 들어갔고, 상가에서 쇼핑을 하고 돌아오던 사람들도 민소매 셔츠와 반바지 차림 그대로 풀로 뛰어들었다. 풀 가장자리에 걸터앉아 담배를 피우는 젊은 여자들 너머로 열 살쯤 된 사내아이와 여자아이들이 자전거를 타고 유유히 지나갔다. 소위 현대의 목가적인 풍경이라고나 할까. 그런 모순된 어휘가 존재할 수 있다면 말이다. 도시 한복판에 완벽한 일상을 구현해보려 하는 야심만만한 시도이긴 했다.

단지를 빠져나와 큰 길로 나섰을 때, 거의 일 층으로만 된 깔끔한 맨션들이 보였다. 무언가가 와락, 탈색되어 버린 듯한, 조용하면서도 왠지 위압적인 폭력의 냄새를 풍기는 한적함에 긴장하는데 열린 창 안에 노인들이 우두커니 서서 거리를 내다보고 있는 게 보였다. 대부분이 주름진 창백한 얼굴과 백발을 가진 여자들이었는데, 허공에 고정되어 있는 그들의 눈은 죽은 물고기의 눈처럼 무심했다. 가끔은 눈동자가 뽑혀져나간, 바람이 들락거리는 쾡한 작은 동굴처럼 보였다. 그때서야 그녀는 그 맨션들이 도심 속의 실버타운이라는 걸 깨달았다. 일생 동안 한눈 팔지 않고, 어쩌면 목숨을 걸고 부지런하게 살아야만 들어갈 수 있는 곳인데 왜 그들은 무언가에 갇혀버린 사람들 같을까. 그녀는 도시의 미관을 한치도 거슬리게 하지 않는, 흰 철제 난간과 목조 계단으로 만들어진 육교 위를 건너가면서 그 희끄무레한 얼굴들이 자신의 등 뒤로 달라붙는 것을 느꼈다.

그녀가 최초의 흥분을 느낀 것은 그 날 저녁의 쇼핑에서였다. 엄밀히 말해, 그것은 오사카의 번화가인 도톰보리 관광이지 쇼핑은 아니었다. 바람에도 지열이 섞이는 후끈한 밤 공기 속에서 다닥다닥 붙어 있는 작은 상점들의 간판들과 상품들을 보며 걸었다. 거리 안쪽에는 색스러운 지붕들이 내걸린, 바다를 건너온 한국 여자들이 시중을 드는 값비싼 술집들이 있다고 했다. 단 두 시간의 자유 시간이었지만 바둑판 모양으로 구획된 거리를 돌아다니다 원점인 소니타워에서 모이면 되는 단순한 코스였기 때문에 천천히 걸었다.

처음에 그녀는 토산품점으로 들어가서 나무로 만든 찻잔 받침과 엽서, 인형들을 샀다. 자판기에서 부드럽고도 상큼한 과일 맛이 나는 캔쥬스를 뽑아 마시며 몇 블록을 걷다 섹시마일드 같은 저렴한 화장품들과 브랜드 이미테이션의 원색 옷들로 가득찬 큰 상점으로 들어갔다.

물건들을 뒤적거리다보니 이상했다. 평소에 쇼핑을 지겨워했는데 자신이 그것에 취해가고 있다는 것을 깨달은 것이다. 무엇이 필요한가를 떠나 사는 행위 자체에 매료당했다고나 할까. 물건의 영어 단어를 생각해내고 점원에게 말을 걸고 가격을 원으로 환산해보고 거스름돈을 받고 할 때의 낯설음과 버벅거림, 그리고 거래가 이루어졌을 때의 성취감. 그녀는 흥분했다. 마흔 살 이후의 첫 여행에서 부모 손을 떠나 처음으로 거래를 익히는 일곱 살 짜리 아이처럼 흥분한 것이다.

문득 마흔 살 가까이 되어 자국에서의 안정된 모든 것을 버리고 이민을 가서 수퍼마켓이나 세탁소를 하는 사람들의 마음도 알 것 같았다. 모든 것이 처음부터 시작된다는 것, 그 때문에 모든 것을 감수하는 게 아닐까. 어쩌면 모든 것을 쌓아올린 후 일거에 버리는 쾌감 같은 것도 있을지 모른다. 어린아이가 블록을 쌓아올린 후 제 손으로 와락, 허물어버리듯이. 자질구레한 물건들을 사서 모으는 그녀를 지켜보던 남편이 옆구리를 찔렀다.

"지금은 쇼핑을 할 때가 아냐. 마지막 날 약간의 시간이 주어질 거야."

그러나 그것은 그녀를 멈추게 하지 못했다. 남편의 얼굴에 노골적인 불쾌함과 거북함이 어리는 걸 느끼면서도 그녀는 무시했다. 결국 보다 못한 남편이 물건들을 빼앗아 제 자리에 놓은 후 그녀의 팔목을 틀어쥐고 상점을 나왔다.

4

사람들이 숙소로 들어간 건 밤 10시쯤이었다. 아담하고 조금 낡았지만 잘 청소되어 있는 중급 호텔이었다. 프런트엔 희고 강파른 얼굴에 금테안경을 낀, 충실한 샘플처럼 보이는 일본인 남자가 앉아 있었다. 때 묻은 가죽 소파 건너편엔 원색의 글자들이 박힌 일본 스포츠 신문들이 진열되어 있다. 분주하게 움직이며 방을 배정하는 가이드를 지켜보던 은 교수는 흡족해했다.
"저 친구 눈치가 빨라. 에이, 운 나쁘게 가난한 학교 사람들을 만났으니 차라리 봉사를 해버리자, 뭐 그렇게 작정한 것 같구먼. 저번에 왔을 때 첫날부터 고급 쇼핑가로 끌고 다니는 통에 곤혹스러웠어."
사람들은 몹시 지쳐 있었지만 낯선 곳에서의 첫날밤을 잠으로 채우고 싶진 않은지 근처의 술집으로 몰려가기로 합의했다. 유일한 부부라는 명목으로 트윈베드가 있는 넓은 방을 배정받은 그들만 쭈뼛거렸다. 무언가 곤혹스러운데 사람들은 그들이 함께 있는 것을 너무나 당연하게 여겼던 것이다. 그녀는 남편에게 함께 술집으로 가라고 했지만 적어도 보이는 곳에선 상대를 배려하는 것이 몸에 밴 남편은 함께 있겠다, 피곤하다, 자신은 빨리 잘 테니 신경을 쓰지 말라고 했다.

 그들은 침대에 걸터앉아 한 시간쯤 토크쇼를 본 후 샤워를 하고 낯선 침대에서 서로를 안았다. 익숙하면서도 뭉클한 무엇이 그들을 근친의 오누이처럼 느끼게 했다. 그녀는 자신의 위에서 지루하면서도 신성한 노동을 하듯 움직이는 그를 보며 이것이 두 달만에 하는 섹스구나, 생각했다. 서로를 원해서라기보다는 육체의 끈마저 끊어져버리는 걸 두려워하기 때문에 벌이는 행위였다. 사정하는 그의 머리를 안을 때는 고아처럼 막막했다. 그녀에게 떨어져나간 그는 곧 코를 옅게 골며 잠들었다.

 그녀는 욕실로 가서 다시 샤워를 하고 돌아와서 잠옷을 입고 누웠다. 그의 옆에 있다는 게 약간 답답했지만 그대로 자기로 했다. 그러나 쉽게 잠들 수가 없었다. 수면용 안대라도 사올걸, 생각하며 잠들기 위해 필사적으로 애를 썼지만 머릿속은 전구알처럼 환해졌다.

 그들은 이 년 반이 넘도록 각방을 써왔다. 그녀가 서른아홉 살 때 그들은 여느 부부처럼 위기를 겪었다. 건축잡지 발행인인 남편이 편집 기자와 연애를 해왔다는 걸 알았을 때 그녀는 충격과 함께 묘한 홀가분함을 느꼈다. 그가 내게 자유를 주는구나 싶었던 것이다. 사태를 수습하는 동안 그녀의 이야기를 들어주고 위로해준 그의 친구와 가까워지면서 충격을 받았던 건 낯선 감정이 남편과는 상관없는 것이라는 사실이었다. 열정의 뒤에 어린 허무를 엿보면서 그와의 관계를 정리했고, 이혼하지 않기로 결심했다. 그때 그녀는 어떻게 해도 인생이 달라지지 않을 거라는 생각을 했던 것 같다. 그때부터 그들은 집을 부수지 않기 위해 나름대로 노력을 해왔다.

 그녀는 조용히 일어나서 옆의 침대로 갔다. 그러나 낯선 곳에 오면 잠을 설치는 버릇 때문인지 그와 한 방에 있는 낯설음 때문인지 불면은 심해졌다. 노독에 찌든 몸의 피로도 심해져서 관절들을 짓눌렀다. 그런데도 이 집단에서 그들은 함께 있어야 하는 사람들인 만큼 다른 방법이 없어 보였다. 그러나 4박 5일 내내 불면인 채로 강행군을 한다는 건 상상할 수도 없었다. 결국 울음이 터져나왔다. 그녀는 소리를 죽이려 애를 쓰지 않았다. 잠이 깬 그가 일어서서 불을 켰다.

"왜 그래? 당신. 무슨 일 있어?"

"잠이 오질 않아요."

"너무 피곤하면 그럴 수 있어. 차라리 캔맥주나 하나 마셔볼래?"

"아아, 소용없어."

"……"

"난 술이 약하기 땜에 부대끼면 곤욕을 치를 수도 있어."

"그럼 한번만 더 노력해봐. 고비를 넘기면 잠이 올 거야."

그가 불을 껐다. 그는 곧 다시 잠 속으로 미끄러져 들어갔다. 그녀는 한 시간쯤 노력했지만 소용이 없었다. 아침 6시 반엔 기상해야 한다고 생각하자 눈앞이 캄캄했다. 그녀는 눈물 범벅이 된 얼굴로 침대에서 내려와서 그를 깨웠다.

"아무래도 나 못 잘 것 같아. 안 되겠어."

"……"

"나, 당신한테 부탁이 있어."

"뭔데?"

귀찮아하는 듯한 그의 말투를 듣자 피가 거꾸로 돌았다.

"나 앞으로는 조용히 있을 테니까 당신은 한숨 자고 일어나서 아침에 전화로 티켓팅을 한 후 날 공항으로 데려다 줘."

"뭐, 당신 혼자 돌아가겠다는 거야?"

"그럼 어떡해? 이 상태로 여행을 할 순 없잖아!"

어둠 속에서 그의 윤곽이 퍼렇게 굳는 게 보였다. 모욕을 견디는 얼굴로 그녀를 노려보던 그는 벌떡 일어서서 옷을 입고 밖으로 나가버렸다. 잠깐 그에게 미안하다는 생각을 했지만 그를 붙잡진 않았다. 저도 모르게 안도의 한숨이 새어나오는 것을 들키지 않기 위해 조바심을 쳤을 뿐이다. 그녀는 남자들만 있는 방에 슬며시 끼어들었겠지, 생각하며 곧장 잠 속으로 떨어졌다. 그간의 시달림이 거짓말이었다는 듯이.

아침 7시에 남편이 문을 두드렸을 때, 그녀는 그에게 어디서 잤느냐고 물었다. 그는 대수롭지 않게 말했다. 사람들을 귀찮게 하고 싶지 않아서 가이드를 깨워 방을 하나 잡아달라고 했어. 고개를 끄덕이고 나자 다시 미안하다는 생각이 들었다. 그는 욕실로 들어가서 휘파람을 불면서 세수를 했다.

간단한 화장을 하고 옷을 갈아입고 식당으로 내려갔을 때 가이드를 봤지만 그는 아무런 내색도 하지 않았다. 직업의식에 충실한 사람답게 그녀에게도 다른 사람들에게 보내는 것과 똑같은 부드러운 미소를 보일 뿐이었다. 간밤에 남편이 가이드에게 방을 잡아달라고 부탁했던 것, 아니 어젯밤에 그들이 다투었던 것조차도 꿈속의 일처럼 느껴졌다.

식사는 흰밥과 커틀릿, 샐러드, 된장국이었다. 짧지만 깊은 잠 때문에 몸이 무척 가벼워진 듯했다. 그녀는 일행들이 오랜 지인들처럼 느껴져서 싹싹하게 굴었다. 아침을 잘 챙겨먹지 않은 타입이지만 하루 꼬박 14시간의 강행군을 소화해내기 위해 그릇들을 비웠다.

그때 마주앉은 그의 실루엣이 전에 비해 둔중해졌다는 것을, 동안인 그의 얼굴이 한순간에 중년으로 접어들었다는 것을 발견했다. 물론 옛날에 그녀에게 감흥을 느끼게 하던 모습들의 잔해가 남아 있긴 했다. 신혼 초에 면도를 해서 턱이 파릇해진 말간 얼굴로 그녀가 사준 푸른 줄무늬 넥타이를 매고 앉아 막 끓여낸 잣죽을 먹던 그. 칼날을 정장 속에 감춘 말쑥한 사냥꾼의 아름다움은 이제 자취 없이 사라질 것이다. 그녀를 지금껏 그의 옆에 살게 했던, 거의 마술에 가까운 주술이 한 순간에 풀려버렸듯이, 한 번 새장 밖으로 나가버린 새가 다시 돌아오지 않듯이.

그러나 그녀의 상실감을 아는지 모르는지 남편은 농담을 했다. 가시지 않은 피로를 몰아내는 그의 능청스러움에, 사람들이 웃었다. 특히 조교는 터져나오는 웃음을 참느라 자주 입을 틀어막았다. 해맑은 처녀애의 얼굴을 보며, 문득 정말 저렇게 우스울까, 궁금해졌다. 분명히 그녀도 옛날엔 몹시 웃었는데 살면서 어떤 면역력이 생겨버렸는지 지금은 우습지가 않았다. 물론 그도 연애를 할 땐 농담을 별로 하지 않았다. 그는 늘 지나치게 심각했고, 진지했고, 행복했던 순간이 언제냐고 물으면 행복해본 적이 단 한 번도 없다고 말했다. 그녀는 그가 풍기는 상처의 분위기에 끌려 결혼했지만 정작 그는 생의 자잘한 기쁨들도 놓치는 사람이 아니었다.

5

 여행 이틀째 되는 날의 일정은 고베의 실험 주택 Next 21 탐사였다. 그것 없이는 주거에 관해 논할 수 없다고까지 이야기되는, 주거에 관한 이상적인 모든 것을 총망라한 꿈의 덩어리라고, 자료에 적혀 있었다. 사람들의 학구열이 부담스러웠지만 패키지로 묶여 있는 이상 대열에서 이탈해야 할 만한 이유도 없었다.
 Next 21에 도착했을 때 인상적이었던 것은 건물의 옥상에 만들어진 공중정원이었다. 그러나 정원이라는 이름이 어울리지 않는, 숲의 어린 나무들만한 키를 가진 나무들이 빼곡히 들어차 있어서 태풍이라도 불면 머리카락처럼 흔들릴 것 같았다. 그러나 녹색은 공중에만 있는 게 아니었다. 콘크리트 골조 건물 군데군데에 녹색이 가득했다. 꽤 넓은 복도에 식물과 화분들이 작은 정원을 이루고 있고, 건물의 기둥들마다 담쟁이과 식물들이 기어오르고, 한 건물에서 다른 건물로 넘어가는 석조 다리 안쪽의 벽을 식물들이 얽고 있었다. 또 한 가지 특이한 것은 아파트처럼 똑같은 집들이 박혀 있는 게 아니라는 점이다. 원목으로 지어진 집도 있고, 노출 콘크리트로 된 집도 있고, 타일로 외장을 한 집도 있고, 붉은 칠을 한 집도 있는데, 하나하나가 건물의 무늬 같았다. 공동 주거 정신을 충족시키면서도 획일화가 만드는 몰개성을 피해보려 하는 시도였다.
 그녀는 석조 다리를 건널 때 철망의 몸을 깊숙이 얽고 있는 넝쿨식물의 가지 하나를 툭 끊어냈다.
 "예쁘고 운치 있긴 하지만 나무가 많으면 여름에 모기가 끓지 않을까."

"글쎄, 벌레가 별로 끓지 않는 수종으로 골랐겠지."

남편은 호기심 많은 사람답게 그 큰 눈으로 쉴 새 없이 주위를 두리번거렸다.

아름다운 외관과는 달리 집의 내부는 실용적으로 설계되어 있었다. 창도 붙박이 가구도 색깔도 꼭 있어야 할 만큼만 존재했다. 이곳에는 빈 집도 있고 사람이 사는 집도 있는데 세를 사는 사람들은 비교적 적은 돈을 내는 대신 집의 실험자가 되어야 한다고, 안내를 맡은 싹싹한 일본 여성이 말했다.

지하의 보일러실로 내려가서 기계치인 그녀로선 알아들을 수 없는 실험적인 난방 시스템에 대한 다소 지루한 설명을 듣고 난 후 소강당으로 갔다. 통역을 하는 가이드를 사이에 두고 꽤 진지한 토론이 벌어지는 것을 보며, 그녀는 생각했다. 전원의 분위기는 전원 주택에서 느끼면 되지 왜 도심 한가운데서 시도를 하는 것일까. 많은 무리를 하면서까지. 어쩌면 그런 집이란 존재하지 않기 때문에 안간힘을 쓰는 게 아닐까. 남편만 해도 밀실을 만들어가며 집을 지탱해보려 하지 않았던가. 그녀 역시 아이를 자신의 몸에서 키워냈다는 원초적인 금기만 아니라면 훨씬 빨리, 쉽게 일탈했을지도 모른다. 결국 집이란 무수히 금이 가 있는 유리잔과 같은, 온갖 이데올로기와 번거로운 노동들로 감싸주어야 하는 무엇인지도 모른다.

버스를 타고 오사카 시내를 벗어나서 고도인 나라와 교토를 향해 달릴 때는 오후 4시 무렵이었다. 해의 뜨거운 기운은 한풀 꺾였는지 차창에 부딪히는 반사광에 서늘한 기운이 스며 있다. 그녀는 차창에 얼굴을 댔다. 차에 오르기 직전에 캔맥주를 마신 남편은 잠이 들었다. 그녀도 나른해져서 눈을 감았다. 그때 운전기사 옆에 앉아 있던 가이드가 일어서더니 뒤를 향해 돌아섰다.

"지금껏 제가 물어보지 않았는데, 한 가지 뜻밖이다 싶은 게 없습니까?"

"글쎄, 그게 뭐지?"

은 교수가 습진 있는 손등을 다른 손으로 가린 채 고개를 갸웃거렸다. 여전히 개구쟁이 소년의 그것 같은 미소를 흘리면서,

"한국의 도로는 심하게 막히는데 일본의 도로는 왜 이토록 잘 뚫릴까, 뭐 그런 생각 안해보셨습니까?"

"……"

"그건 바로 지금이 오봉절 시즌이기 때문입니다. 오봉절은 한국의 추석 같은 명절이죠. 여러분이 오신 날부터 연휴가 시작되어서 사람들이 모두 시골의 고향집으로 돌아갔기 때문에 도시가 텅 빈 겁니다."

그는 특유의 미소를 흘리면서 사람들을 둘러봤다. 문득 일본에서 유학 생활을 했지만 중도에 그만두고 가이드를 한다는 그의 이력이 그의 성격에 영향을 미쳤을지도 모른다는 생각이 들었다. 십 분쯤 달렸을 때 가이드가 눈짓으로 차창 밖을 가리켰다.

"저기 저 들판 곳곳에 불에 그을린 흔적들이 보이죠?"

비로소 들판의 풀들이 웃자란 가운데 검은 구덩이들이 박혀 있다는 것을, 그 풍경이 간헐적으로 되풀이되고 있다는 것을 깨달았다. 가이드가 수란거리는 사람들을 둘러보며 빙긋이 웃었다.

"저것은 불에 탄 자리입니다."

"불에 탄 자리?"

"그렇습니다. 이곳의 풍속이죠. 마을 사람들이 일 년에 한번 산 언덕에 모여 불을 지르는 겁니다. 한국의 시골에서도 정초에 쥐불놀이를 하지만 그것과는 규모가 다릅니다. 이곳의 불은 얼핏 산불처럼 보일 정도로 큰 불입니다. 물론 그 불은 사람들의 일상을 위협하진 않죠. 한동안 실컷 타오르다 꺼집니다. 사람들이 소강을 위한 만반의 준비를 해두고 저지르는 거니까요."

그녀는 충격을 받았다. 집단 방화라니. 아이들도 아닌 어른들이. 비로소 일본이라는 나라의 질서의 비밀을 깨닫는 듯했다. 체제 속에 집사처럼, 아니 부속품처럼 박혀 살면서 삼십 년이 걸려 작은 집을 장만하고, 비싼 술값 때문에 가끔, 조금씩만 술을 먹고, 집에서든 식당에서든 음식을 한 톨도 남기지 않고 먹으면서 일 년에 단 한 번 가슴에 묻은 불을 토해내는 것이다. 머릿속이 하얗게 비어버리면서 현기증이 밀려왔다. 그녀는 미지근해진 차창에 이마를 댔다.

6

교토의 숙소는 일본식 여관인 료칸이 아니라 오사카에서와 같은 수준의 호텔이었다. 다다미방이 있는 료칸에서 일본만의 정취를 느껴보고 싶었지만 일급 호텔보다 많은 돈을 지불해야 했다. 한 가지 난처한 것은 관광지여서 여분의 방을 구할 수 없다는 것이었다. 가이드가 주위를 둘러보는 척하며 남편을 봤을 때 그녀는 남편에게 고개를 끄덕였다. 남편이 가이드에게 고개를 끄덕였다. 그녀는 적응해 보자, 까짓거 못할 것도 없지, 생각했다. 그들은 이층 가장자리에 있는 방을 배정 받았다.

남편은 침대에 걸터앉아 양말을 벗었다.

"당신, 낮에 교토 타워에서 내려다본 도시의 지붕들이 왜 한결같이 깨끗한지 알아?"

"어, 정말 깨끗했네. 왜 그렇지?"

"이곳에선 지붕도 자동차도 정기적으로 청소를 하지 않으면 벌금을 물게 돼 있어."

"어쩐지. 그러면 그렇지."

남편이 담배를 꺼내 피웠다.

"건축 기행만 아니라면 당신이랑 네네 골목에 있는 료칸에 묵을 텐데."

"네네?"

"으응, 풍신수길의 처 네네가 남편의 명복을 빌기 위해 만든 절이 있는 골목이지. 지금은 찻집과 토산품점들이 가득하대. 집집마다 잘 가꾼 정원들이 딸려 있고. 은퇴한 게이샤 같은 고운 중년 여자들이 많이 눈에 띄어서 그런지 이상하게도 색스럽게 느껴지는 골목이야. 오사카처럼 등이나 간판들이 요란하지 않은데도 그래. 걷다보면 남자는 점점 남자가 되고 여자는 점점 여자가 되고……."

그녀는 붉은 장미 무늬가 있는 흰 이불을 무릎 위로 끌어다 덮으면서 흐응, 웃었다. 그녀는 모처럼 그에 대해 욕망을 느꼈다. 그의 안에서 무언가가 무너져 내리는 모습조차도 사랑할 수 있을 것 같았다. 그녀는 화해의 기회를 놓치고 싶지 않았다. 그 만큼 불화에 지쳤던 것이다. 그녀는 그를 향해 팔을 뻗었다. 그가 짐짓, 왜 이래, 딴청을 피우면서 그녀에게 안겼다. 그는 어리광을 부리는 소년처럼 파고들어 탄력을 조금씩 잃어가는 가슴을 빨았다. 두 사람의 몸이 움직이며 틈을 찾기 시작했다. 그녀의 다리가 그의 허벅지 사이로 파고 들었을 때 그가 아아, 소리를 질렀다. 그녀는 얼른 몸을 떼어냈다. 그가 일어서서 불을 켜고 주저앉더니 두 다리 사이의 어딘가를 들여다봤다.

"왜 그래요?"

"아아, 깜빡 잊었어. 오늘 아침부터 아팠는데 돌아다니다 보니 잊었어. 사타구니와 허벅지 사이의 안쪽이 좀 헐었나봐. 습진인가. 날씨가 덥고 눅눅한데 긴 바지를 입고 돌아다녀서 생긴 것 같아."

"그러니까 반바지를 사랬잖아."

"이봐, 내가 반바지를 입고 어딜 돌아다녀?"

"여행인데 뭐가 어때? 이런, 샤워도 못하겠네. 물에 적신 타월로 닦아내야겠어."

"에이, 말을 말아야지. 아무튼 상처 부위에 연고라도 바르고 나서 안아줄게. 기다려."

"그런데 무슨 연고를 바르지? 습진용 연고는 없는데, 긁히거나 넘어질 수 있다는 생각은 했지만 습진은 미처 생각을 못했어."

"후시딘이라도 찾아줘. 안 바르는 것보다 낫겠지."

그녀는 슬립을 입은 채로 화장실 불을 켜고 가방을 그쪽으로 가져가서 뒤졌다. 그러나 연고는 나오지 않았다. 하는 수 없이 방의 불을 켜고 찾기 시작했지만 없었다. 자신이 혹은 그가 바르고 잃어버렸을 지도 모른다고 생각하며 쟈켓과 바지 호주머니들을 뒤졌지만 없었다.

"안 되겠어. 어딘가에 떨어뜨린 것 같아. 그냥 가이드나 일행에게 부탁하자. 누군가는 갖고 있을 거 아냐. 어쩌면 습진용 연고도 있을

지도 몰라."

"아냐. 안돼. 당신이 잃어버린 걸 보지 못했다면 어딘가에 있을 거야. 당신이 그걸 쓴 적은 분명히 없지?"

"내가 기억하기엔, 없어."

"그럼 내가 찾아보겠어."

그가 티셔츠와 청바지까지 입고 연고를 찾는데, 왠지 기가 질리는 느낌이었다. 그녀도 반소매 원피스를 꺼내 입고 목까지 단추를 채웠다. 미쳤어. 이게 뭐야, 속으로 중얼거리면서. 그는 그녀가 들춰봤던 모든 것을 다시 뒤졌다. 일종의 분노가 배인 절도 있는 동작으로. 그런 그를 바라보는 그녀의 가슴 속에선 분노가 끓어올랐다. 나의 분노는 네 분노 따위와는 비교도 되지 않아, 그런데 왜 난리를 치는 거지? 도대체 누구에게 보이고 싶어하는 거야?

"그만해. 차라리 말로 해. 당신 지금 와이프가 되가지고 그깟 연고 하나 못 찾냐고 말하고 싶은 거 아냐?"

"누가 그렇게 말했어? 난 다만 잃어버린 물건을 찾고 있을 뿐이야."

"우리가 알지 못하는 새 떨어뜨렸을 수도 있어. 그럼 아무리 찾아도 없다는 거잖아."

그러나 그는 여전히 단념할 수 없는지 원점으로 갔다. 모든 것을 골조화시키고 싶어하는 건축가의 얼굴로, 아니 마음에 들지 않는 현장은 존재하는 것조차 견딜 수 없어하는 독재자의 얼굴로. 문득 그가 늘 그래왔다는 생각마저 들었다. 그는 사랑에 빠져 있을 때조차도 그 자신에 대해서만 말했다. 나의 고독, 나의 슬픔, 나의 욕망, 죄……. 어디에도 그녀는 없었다. 그와 함께 사는 동안 가끔 그는 자신의 옷을 모조리 찾아내지 못하는 그녀에게 짜증을 내곤 했다. 옷을 열심히 찾다가, 지치면 찾는 시늉을 하다가도 그녀는 화가 났다. 내가 어떻게 타인의 옷을 샅샅이 기억해낸단 말인가. 아이들을 키우기 시작하면서는 내 옷조차도 다 기억해내질 못하는데. 그럴 때면 오래 전 자신이 그의 모든 옷을 사서 입혔고 그가 그녀의 취향에 복종하는 것을 즐겼던 것도, 그래서 그가 자신의 습관을 곤혹스러워할 수도 있다는 것도 떠올리질 못했다. 만약 떠올렸다 해도 그것이 그녀를 콘트롤해 줄 수 있었을까. 그녀는 그가 내팽개친 가방을 집어들어 그의 발 밑에 던졌다.

"제발 그만해, 도대체 당신은 뭐가 불만이야. 난…… 참느라고 참았어. 내깐엔."

그가 들춰보던 쟈켓을 던진 후 그녀를 노려봤다. 그의 눈 속엔 이미 끝내기로 암묵적으로 합의를 한 일을 들춰내는 아내에 대한 절망이 있었다. 그리고 어쩌면 그녀도 다 모르는 분노 같은 것도 있는 듯했다. 문득 그가 그녀에게서 일어난 일들을 알고 있을지도 모른다는 생각이 들었다. 그녀는 잠깐 공포를 느꼈지만 곧 그깟거 오면 어때. 어디 날 치기라도 해봐, 그때야말로 내가 널 죽여줄 테니, 생각하며 노려봤다. 그러나 그는 불을 삼키듯이 울화를 꾹 삼켰다. 그는 옆으로 돌아서서 입술을 꾹 문 채 서 있더니 한참 후 돌아섰다. 그의 눈에 물기가 어려 있었다.

"내가 설명할게. 난 당신한테 화가 난 것도 당신을 비난하는 것도 아니야. 단지 이 모든 것은 내 습관일 뿐이야. 남자들에겐 실종된 것들에 대한 분노 같은 게 있어. 여자가 달아나면 온 세상을 뒤져서라도 찾아내 죽여버리는 건 그 때문이야……. 맞아 그건 그냥 그런 거라구.”

“……”

“나도 그래. 무언가를 잃어버리면 아쉽다기보다는 화가 나. 그것이 없어서 불편하기보다는 내가 잃어버렸는데도 그것이 어딘가에 있을 거라고 생각하면 화가 나!”

“난 말예요, 그것도 이해가 안돼. 그럼 그 분노를 다스리면 되지 왜 여기 저기 다 헤집어서 옆사람을 힘들게 해요? 나라면 잊어버리기 위해 노력하겠어. 그리고 그것도 우습지 않아요? 왜 모든 물건이, 사람이 자신이 손을 뻗을 수 있는 사정거리 안에 있어야 한다고 생각하죠?”

“제발.”

“당신은 나의 감정까지도 조종할 수 있다고 생각해!”

“비약하지 마. 그렇게 따지지 좀 마, 제발!”

그는 담배에 불을 붙여 깊이 빨았다.

“우리 이혼하자. 도저히, 더는 못 참겠어.”

“마찬가지예요.”

“견딘다는 것. 아무 쓸모없는 일인 거 같아.”

“그걸 이제 알았단 말야? 우리 헤어져요. 그게 내가 하고 싶었던 말이라구요!”

그녀는 가디건을 찾아 껴입고 문을 쾅, 닫고 방을 나갔다.

7

마지막 날의 관광 코스는 패키지 상품에도 들어 있는 철학자의 길과 박물관, 금각사 관람이었다. 숲속 곳곳에 지어져 있는, 만물에 깃든 신을 모시는 작은 사당들과 일본 여자들의 흰 양산이 눈에 띄었다. 말로만 듣던 금각사의 완벽한 금박에는 별 감흥이 일지 않았다. 오히려 동명소설의 그로테스크한 분위기가 뜻밖이다 싶었다.
　그러나 토산품점 안의 물건들을 살펴보는 일은 흥미로웠다. 남편은 어젯밤의 일을 잊어버린 사람처럼 그녀에게 선물들을 골라달라고 부탁했다. 또 여전히 농담을 했다. 집요하게. 결국 참지 못하고 웃음을 터뜨릴 때는 어젯밤의 일들이 꿈속의 일처럼 느껴졌다. 그나 그녀가 이혼이라는 단어를 입 밖으로 낸 건 그날이 처음이어서 그녀는 충격과 새로운 삶에 대한 열망이 뒤섞인 들뜬 감정으로 로비에서 한 시간쯤 서성이다 돌아와서도 쉽게 잠들지 못했다. 캔맥주를 마시고 코를 골며 자는 그를 봤을 때는 진작 말할 걸 참아왔다 싶어 억울했다. 그러나 그 모든 이유를 들이대도 남는 슬픔 때문에 눈물로 베개를 적시면서 잠이 들었는데 다시 일상이 시작된 것이다.
　오히려 남편은 그녀에게 더 관대해진 것 같았다. 그녀에게 칼 끝을 겨누면서 독을 토해버렸기 때문일까. 그의 선물들을 골라주며 문득 생각했다. 칼을 들어 하나의 묵은 삶을, 관성을, 감정들을 내리쳐서 끊어내는 데는 얼마나 많은 에너지가 드는 것일까. 만약 그들이 헤어지지 못하고 산다면 그건 단지 칼자루를 들 힘이 없어서가 아닐까. 오로지 그 이유만으로 성격 나쁜 오누이처럼 살아가는 게 아닐까. 투명한 분홍색과 초록색의 당고 네 상자와 벚꽃 무늬를 응용한 손수건, 부채들을 사와 상점 밖으로 나왔을 때는 햇빛 때문에 눈이 멀어버릴 것 같았다. 자신의 팔에 닿는 남편의 팔의 감촉이 낯설지만은 않은 것도 왠지 징그러웠다.

차를 타고 가로지르는 교토의 거리는 유적보다 아름다웠다. 강 너머로 한국의 그것보다 아담한 기와집들이 일렬로 서 있고, 집집마다 평상들을 물가로 내놓고 앉아 식사를 하거나 술을 마셨다. 그것은 또 다르게 비현실적인 아름다움이어서 가슴이 미어지는 듯했다. 그런데 그 풍경이 계속 반복되자 숨이 막혔다. 그녀는, 집들이 너무 다닥다닥 붙어 있다는 것, 숨이 막힐 만하면 겨우 좁다란 골목 하나가 나온다는 것을 발견하고 만 것이다. 누군가가 일본에 단 하루만 더 있으라 해도 미쳐버릴 것만 같은 밀착이었다.

마지막 코스는 시내의 중심가에 있는 안도 다다오라는 건축가의 타임 1,2였다. 버스에서 내려 걸어가면서 그가 일본 현대 건축의 대표적 건축가들 중 한 사람이라는 것, 젊은 세대의 지지를 유독 많이 받는 사람이라는 것을 알았다. 삼십대 여자들과 조교는 거의 숭배에 가까운 경외감을 감추지 않았다.

다리를 건넜을 때 은 교수가 한 잿빛 건물을 가리켰다. 그런데 그것은 일본의 다른 기교적인 건물들과는 달리 단순했다. 도심가의 건물이라는 게 믿겨지지 않을 정도였다. 콘크리트 벽돌을 쌓아 만든 벽면 위에 아무런 칠도 하지 않은 건물 안에 화이트톤으로 인테리어를 한 찻집과 부띠끄가 담겨 있다. 넋을 잃고 보는 여자들을 보며 조 소장이 웃었다. 이게 바로 쿨한 거야, 그렇지?

"나는 안도의 건물 싫어. 마음에 안 들어."

은 교수가 얼굴을 찡그리며 고개를 저었다. 그녀는 쿡 터져나오려 하는 웃음을 참았다. 은 교수는 지극히 남성적인 성격인데도 안도의 건물에선 거세의 느낌 같은 게 풍겼던 것이다. 시장 한 가운데에 있는 허술한 종교 건물 같은 타임에는 역동적인 남자들이 본능적으로 거부감을 느낄 만한 불완전함이 있었다. 그러나 그녀는 바로 그것이 마음에 들었다.

건물을 둘러보던 그녀는 전혀 일본답지 않은 특징을 발견했다. 건물에 유독 복도가 많았다. 복도란 실과 실을 연결하는 공간인데, 실용성 면에선 그다지 필요할 것 같지 않은 복도가 건물 정면과 양 측면, 후면 모두에 나 있었다. 제발 좀 흩어져라. 힘을 모으지 말라라고 주문을 외듯이. 이상하게도 그 거리에서 위로를 받는 느낌이었다. 그때 은교수가 건물에 관해 설명하기 시작했다.

"자 여러분, 안도의 신상에 대해선 좀 알고 있지?…… 뭐, 몰라? 이런, 안도는 2차 대전 후 히로시마 원폭 피해자들을 위한 나무 심기 운동을 주창했던 사람이야. 어떤 사람들은 그의 건물이 인생을 닮아 있다고 말하지. 한 마디로 복잡해. 건물의 입구로 들어가기 위해서는 한참 걸어 들어가야 할만큼 입출이 불분명하고, 한 공간 내에서도 빛을 이용해서 어둠과 밝음이 교차하도록 해 극적인 느낌을 내지. 그는, 뭐랄까, 건물이 어떤 기능성의 완결을 향해 치밀하게 달리는 걸 차단하는 것 같아."

그녀는 남편이 오른쪽 측면의 복도로 들어가는 걸 보고 왼쪽 측면의 복도로 들어갔다. 다소 음침하게 느껴지는 계단을 천천히 걸어 올라갔다. 그러나 건물 내부는 미로처럼 설계되어 있는지 남편이 들어간 복도와 만나지질 않았다. 길을 더듬어서 건물 밖으로 나와 보니 그곳은 미처 보지 못한 후면이었다.

그녀는 눈에 띄는 계단으로 발을 디뎠다. 두세 걸음 걷고 보니 지하로 통하는 계단이다. 눅눅한 어둠의 냄새를 두려워하면서 홀린 듯이 걸어내려 갔다. 문득 공포가 엄습했다. 그들은 어디만큼 왔고 또 어디로 가고 있는가. 지금껏 살아온 시간의 세 배쯤 되는 세월을 살아낼 일이 새삼 막막했다. 그 무게 때문에 등이 휠 지경이었다. 그리고 그녀는 궁금했다. 과연 그 어둠 속에서도 눈을 뜨고 살아낼 수 있을까. 아니 언젠가는 눈이 어둠에 익을 수 있을까.

눈이 어둠에 익을 때 — 윤효

어둠 속의 눈

정호웅 | 홍익대 국어교육과 교수

1. 독특한 여행소설 형식

  윤효의 단편 「눈이 어둠에 익을 때」는 겉으로 보아, 90년대 초중반에 크게 유행했던 여행소설의 형식을 취하고 있다. 이른바 국제화 시대란 깃발을 따라 너도나도 외국 여행에 나섰던 90년대 초중반의 경험이 낳은 그 여행소설은, 낯선 세계와의 만남에서 생겨나는 새로운 상상력의 힘으로 인해 우리 소설의 지평을 넓히는 데 기여하였다.
  여행이란 지금 이곳으로부터 벗어나 다른 시공간으로 나아가는 것이면서 동시에 다시 그 떠났던 곳으로 되돌아오는 돌아옴의 과정이기도 하다. 그러므로 여행자는 여행길의 어느 지점에서나 이 벗어남과 돌아옴의 두 방향성이 만들어내는 긴장을 벗어날 수 없다. 그 두 방향성은 경우에 따라, 어느 한쪽이 압도적이어서 떠남의 의미가 거의 없는 경우도 있을 수 있고 돌아옴의 가능성 또는 의지가 애당

초 배제된 경우도 있을 수 있다.

그러나 그런 경우는 대단히 예외적인 것, 대부분의 여행길은 떠남과 돌아옴의 두 방향성에 동시에 규정되고 있다. 여행길의 낯선 시공간 속에 들어 다른 세계를 살고 있지만 여행자는 언제나 떠나온 곳에 구속되어 있으며 다시 돌아갈 그곳에 이끌리고 있는 것이다.

「눈이 어둠에 익을 때」는 여행소설의 이 같은 일반적 속성으로부터 멀리 떨어져 있는 유형의 작품이다. 주인공은 일상을 떠나 여행길에 올랐지만 그녀의 의식은 그대로 여행 이전에 붙박혀 조금도 변화하지 않는다. 그녀가 남편의 제의를 좇아 일본 건축 여행에 나선 주된 이유는 남편의 외도와 그것으로 인해 생긴 부부 사이의 갈등에서 비롯된 괴로움 때문이다.

처음으로 겪는 일본이란 낯선 세계의 이런저런 풍경들은 그러나 주인공의 괴로움에 갇힌 의식에 아무런 영향도 끼치지 못한다. 그녀의 여행은 여행 일반이 지니는 몇 가지 역할들과는 무관하다. 그 괴로움을 다스리는 의무와 치유의 역할과도, 그 괴로움의 몰랐던 안쪽을 알게 이끄는 길 안내의 역할과도, 그 괴로움에 대한 성찰을 통해 새로운 삶을 구상하고 실천하게 만드는 거듭 남의 계기로서의 역할과도 그녀의 여행은 무관한 것이다.

그녀의 여행은 남편이 얼마나 이기적이고 자기중심적인 사고방식과 행동방식을 지닌 인물인지를 새삼 확인하고, 그런 남편과 더불어 사는 삶이 얼마나 고통스러운 것인가를 거듭 되새기게 한다. 그런데 그 같은 확인과 되새김은 이미 여행 이전에도 수없이 행해졌던 것이니 사실은 여행과는 관계없는 것이다. 여행을 떠나지 않았다 하더라도 그녀는 지금까지 그래왔던 것처럼 남편의 그런 속성에 대한 확인과 그런 남편과의 생활이 불행하다는 사실을 되새기는 일을 계속해서 거듭해야 했을 것임에 틀림없다.

그러므로 그녀는 일본의 여기저기를 돌아보는 여행길 위에 있지만, 실제로는 여행을 떠나지 않았다고 말할 수도 있다. 「눈이 어둠에 익을 때」는 여행소설 일반이 갖는 떠남의 의미가 전적으로 배제되어 있는 독특한 형식의 여행소설인 것이다.

2.

그녀의 여행은 그녀를 괴롭힌 불행한 의식의 계속되는 심화 과정이라고 할 수 있는데, 그 마지막 지점에서 그녀를 엄습한 공포감은 무겁고 어두워 섬뜩하다.

> 그녀는 눈에 띄는 계단으로 발을 디뎠다. 두세 걸음 걷고 보니 지하로 통하는 계단이다. 눅눅한 어둠의 냄새를 두려워하면서 홀린 듯이 걸어내려 갔다. 문득 공포가 엄습했다. 그들은 어디만큼 왔고 또 어디로 가고 있는가. 지금껏 살아온 시간의 세 배쯤 되는 세월을 살아낼 일이 새삼 막막했다. 그 무게 때문에 등이 휠 지경이었다. 그리고 그녀는 궁금했다. 과연 그 어둠 속에서도 눈을 뜨고 살아낼 수 있을까. 아니 언젠가는 눈이 어둠에 익을 수 있을까.(「눈이 어둠에 익을 때」, 24쪽)

그런데, 이 무겁고 어두운 불행의 의식 안쪽이 뭔가 불투명하다는 느낌이 드는 것은 무엇 때문일까? 남편과의 갈등에 대한 추구의 불충분함, 불행의 의식을 자신의 구체적 삶과 관련하여 살피지 않는 말하자면 자기성찰의 결여 등과 관계된 것은 아닐까?

· 사령 ·

이승우

약력

1959년 전남 장흥 출생
1981년 《한국문학》 신인상 당선
소설집 『미궁에 대한 추측』 『목련공원』 『일식에 대하여』 등
장편소설 『식물들의 사생활』 『생의 이면』 『가시나무그늘』 『에리직톤의 초상』 등
〈대산문학상〉 〈동서문학상〉 수상

사령(辭令)
이승우

> 그들은 기꺼이 자신들의 비참한 삶을 끝내고 싶었지만,
> 그러나 충실히 업무를 수행하겠다고 서약한 것 때문에
> 감히 그럴 엄두를 못 내고 있는 것이다.
> — 카프카, 「파발꾼」 중에서

1

언제나 그렇듯이 회사는 필요한 말만 했다. 기대되는 소득보다 많은 비용을 지출하는 것은 경제원리에 부합하지 않는다. 최소한 비용으로 최대한의 이윤을 창출하는 것이 모든 경제활동의 목표이다. 회사는 경제원리에 부합하지 않는 비용의 과다지출을 금한다. 말에 대해서도 마찬가지다. 말도 비용이다. 말의 유통은 시간의 소비를 통해 이루어지고, 시간이 돈이라는 명제가 단순한 비유가 아니라는 건 알 만한 사람은 다 안다. 알 만한 사람이 다 알고 있는 그 사실을 회사가 모르고 있을 까닭이 없다. 회사는 모르는 것이 없다. 회사는 알 만한 사람들이 다 알고 있다는 사실까지 알고 있을 것이다. 말을 가장 경제적으로 사용하는 방법은 지시하는 것이다. 명령어는 짧고 단순하고, 짧고 단순할수록 효과적이고, 무엇보다 일방적이다. 타인의 처지를 고려하는 습관이 몸에 밴 사람은 명령어를 사용할 자격이 없다. 말은 그 말을 쓰는 사람이 어떤 사람인지를 드러낸다. 회사의 말이 대게 명령어라는 것은 회사가 이타적인 조직이 아니라는 움직일 수 없는 증거이다. 사회로 가시오, 라는 지시를 받았을 때 나는 막 거래처를 돌기 위해 서류를 챙기던 참이었다. 출근하면 그날 내가 돌아다녀야 할 거래처들이 회사의 이름으로 주어진다. 어떤 날은 많고 어떤 날은 적다. 그러나 어떤 경우에도 하루 일감으로 넘치거나 부족하지는 않다. 그것은 일감의 많고 적음에 따라 몸의 움직임이 달라지기 때문이다. 회사는 그런 상태를 이력 현상이라고 불렀다. 나는 그냥 적응이라고 생각했다. 사실은 아무 생각도 하지 않았다. 하루 일과는 판에 박은 것처럼 지루하고 붕어빵을 찍어내는 것처럼 기계적이었다. 좀 과장해서 말하면 눈감고 다녀도 거래처를 하나도 빼놓지 않고 돌 수 있을 정도였다. 거래처들은 손금 보듯 환했다. 손금 들여다보는 일에 다름 아닌 일과에는 긴장이 끼어들 틈이 없었다. 긴장이 없으니 재미있을 까닭 또한 없었다. 생기 없고 무미건조한 나날이었다. 할 수만 있다면 손금 보는 것과 같은 단조로움에서 벗어나고 싶다는 생각을 자주 했다. 그렇다고 해서 사회로 가라는 지시가 생각처럼 반가웠던 것은 아니었다. 우선 내게는 사회가 낯설었다. 내 거래처 명단에는 그런 이름이 존재하지 않았다. 들어본 것도 같고 들어보지 않은 것도 같았다. 하지만 가본 적이 없다는 건 확실했다. 처음에는 새로운 거래처가 추가되는 모양이구나 싶었다. 그래도 상관없는 일이었다. 그런 일은 흔했으니까. 그런데 어디로 가라는 것일까. 거기가 어디냐 하면…… 부장은 지도를 펼쳐 보였다. 회사의 지사와 지점들, 공장과 영업소가 적색과 청색과 황색 스티커로 표시되어 있는 전신거울 크기의 지도가 내 책상 위에 펼쳐졌다. 색색의 스티커들은 거대한 괴물, 이를테면 「욥기」에 나오는 물 속의 괴물인 리바이어던의 내장기관들을 연상시켰다. 나는 어쩔 수 없는 위압감을 느꼈다. 기관들이 유기적으로 긴밀히 연결되어 있다는 사실을 시사하듯 그것들은 굵거나 가는 곡선과 직선으로 이어져 있었다. 부장은 주저하지 않고 지도 위의 한 점을 짚었다. 그곳은 동편 귀퉁이였다. 그러나 그곳에서 나는 사회라는 지명을 찾을 수 없었다. 사회가 아닌데요? 혹시라도 실수하지 않을까 긴장하며 지도 가까이 얼굴을 대고 찬찬히 들여다보았으면서도 나는 자신 없는 목소리로 물었다. 부장은 지도에서 손을 떼고, 일단 여기로 가세요, 했다. 그것이 전부였다. 부장은 할말을 다 했다는 듯 지도를 접고 돌아섰고, 나는 들을 말을 다 듣지 못한 아쉬움 때문에 그 자리에 쭈뼛거리고 서 있었다. 손바닥의 손금을 들여다보는 것 같은 무미건조함으로부터 벗어나기를 바랐던 내 안의 무책임한 욕망이 순간 무색해졌지만, 그러나 내게 내려진 사회로의 출장 지시가 내 욕망의 실현이라고 단정할 근거가 없었으므로(세상에! 회사가 내 은밀한 욕망까지 헤아려서 그에 마땅한 어떤 조치를 취한단 말인가. 그럴 수 없다. 회사가 내 안의 욕망을 눈치채느냐 채지 못하느냐는 다른 문제이다. 확실한 것은, 내가 원하기 때문에, 혹은 나의 바람에 따라 회사가 어떤 일을 하지는 않는다는 것이다. 일은 일어나거나 일어나지 않는다. 그러나 어떤 경우에도 내가 욕망하기 때문에 일어나는 것은 아니다) 나는 쓸데없이 자책하지 않기로 마음먹었다. 내게 내려진 지시는 막연하고 불충분했다. 무엇을 하라는 구체적인 임무도 주어지지 않았다. 그러나 나는 움직여야 한다는 걸 알고 있었다. 왜냐하면 회사가 그러기를 바라기 때문이었다.

2

그는 오른쪽 눈에 비해 현저하게 작은 왼쪽 눈을 가지고 있었고 입술은 얇고 턱은 각이 지고 이마는 좁았다. 키는 작았고, 걸음을 걸을 때 왼쪽 어깨가 약간 기우뚱했다. 잠시도 가만있지 못하고 쉴새 없이 두리번거리는 눈동자는 보는 사람까지 불안하게 했다. 한눈에 쏙 들어오는 외모를 가지고 있다는 것은 세상을 살아나가는 데 있어 유리하기도 하고 그렇지 않기도 하다. 사람들에게 쉽게 기억되는 것보다 더 중요한 문제는 어떻게 기억되느냐이고, 차라리 기억되지 않기를 바라는 심정이 되는 상황 또한 심심찮다는 사실을 염두에 두고 하는 말이다. 그 사람의 경우는 어땠을까? 단정해서 말하긴 어렵지만, 유리한 쪽은 아닌 것 같았다. 그러나 우리가 그 사람을 또렷하게 기억하는 것은 비단 외모 때문이 아니었다. 어떤 습성이나 태도, 또는 어투나 분위기와 어울려 그 사람의 성격을 드러내는 데 관여하지 않는다면 외모는 그냥 껍데기일 뿐이다. 그 인물의 성격을 인상적으로 반영하거나 그 인물의 성격에 의해 인상적으로 반영되었다는 느낌을 주지 않는 어떤 특징적인 외모도 기억의 생성에 기여하지 않는다. 그의 외모는 그가 한 말과 함께 그의 성격을 형성하고, 그럼으로써 기억된다. 그는 말했다. 회사는 필요한 말만 합니다. 그는 또 말했다. 회사가 가라고 했습니다. 그래서 왔습니다. 회사가 가라고 하면 가지 않을 수 없습니다. 그 말을 할 때 그의 작은 눈은 조금 더 작아졌고, 큰 눈은 조금 더 커졌다. 그러면 안 될 것 같아서 겉으로 드러내어 웃지는 않았지만, 그 말을 듣는 순간 우리는 실소했다. 그의 말이 특이하거나 우스꽝스러워서 그런 것은 아니었다. 오히려 그 반대였다. 그는 너무나 당연하고 쉬운 말을 너무나 진지하게 하고 있었다. 그는 세상의 모든 사람이 다 알고 있는 진실을 저 혼자 이제 막 발견한 것처럼, 그래서 그 진실을 세상의 모든 사람들에게 알려야 한다는 사명감에 불타는 것처럼 말했다. 지구는 돈다는 말을 갈릴레이 시절의 비장함으로 외치는 경우의 아연함에 비유할 만했다. 누가 뭐래? 그런 반응을 내보이는 것이 자연스러운 상황이었지만 우리는 부자연스러운 쪽을 선택했다. 실망스럽게도 우리는 그의 방문과 관련하여 회사로부터 들은 것이 없었다. 그는 납득하기 어렵다는 표정을 지었지만 사실 그런 일은 드물지 않았다. 회사는 필요한 말만 하는 것이 아니라 필요한 말도 잘 하지 않는다. 그는 거기까지는 미처 모르고 있었다. 그가 자신의 임무를 우리에게 이해시키지 못한 것은 스스로 자기 몫의 임무를 파악하지 못하고 있었기 때문이었다. 그러므로 그는 우리에게 어떤 역할을 부여하는 데 실패했다. 그는 그야말로 그냥 왔다. 오기만 했다. 왜냐하면 회사에서 가라고 했으니까. 우리 입장은 그가 회사로부터 부여받은 고유한 임무를 스스로 이행하든지 아니면 어떤 메시지를 가지고 와서 우리로 하여금 모종의 역할을 하도록 했어야 한다는 것이었다. 그는 우리에게 어떤 임무나 메시지를 가져오는 대신 우리로부터 어떤 임무나 메시지를 받으려 했다. 우리는 우리에게 온 그가 회사라고 생각했고, 그는 우리가 회사이기 때문에 우리에게 왔다는 식의 견해를 가지고 있었다. 그래서 우리나 그나 상대방을 만족시킬 수 없었다. 우리가 의심스러

위한다는 눈치를 챘는지 그는 자기 자신에 대해 설명하기 시작했다. 자기가 맡아 하고 있는 일들에 대해 별로 논리적이지 않은 언변을 구사하던 그는 사회로 출장을 가는 길이라고 했다. 그 말은 우리를 더 의아하게 했고, 또 긴장시켰다. 사회라니! 참으로 오랜만에 들어보는 이름이었다. 심지어 우리 중의 어떤 이는 그 이름을 기억하지도 못했다. 그곳으로 출장 간다는 것은 불가능한 일이었다. 어디든 출장을 갈 수 있었다. 그러나 사회는 아니었다. 그곳은 갈 수 없는 곳이었다. 무엇보다도 그런 이름으로 불리는 지역은 이제 이 지상에 없었다. 우리는 어쩔 수 없이 웃었다. 불가능한 일입니다. 우리의 말은 웃음에 섞여 풀어졌다. 그러나 그가 우리의 진지한 말을 우리가 부지불식간에 터뜨린 웃음 때문에 가볍게 받아들일지 모른다는 우려가 우리를 정색하게 했다. 나는 명령을 받았습니다. 그는 우리의 말을 이해하지 못했거나 이해할 마음이 전혀 없다는 의중을 그런 식의 완강한 어투에 담아서 전했다. 여전히 눈알을 불안하게 굴리긴 했지만 웃지는 않았다. 그가 바라는 대로한다면, 우리가 할 수 있는 일은 그곳으로 가는 길을 알려주는 정도였다. 회사에 연락을 취해볼 수도 있었으나 그가 요구하지도 않은 터에 그런 수고를 자청해서 하고 싶지는 않았다. 산을 하나 넘어야 합니다. 지도에는 거리가 69킬로미터라고 나와 있는데, 우리 중에는 가 본 사람이 없어서 정확히는 모르겠습니다. 얼마나 먼지, 얼마나 험한지…… 여기서 거기로 가는 사람도 없고 거기서 이리로 오는 사람도 없습니다. 왜냐하면 그곳으로 가는 길은 폐쇄되었기 때문입니다. 더 이상 사회라고 부르지도 않습니다. 그 이름도 폐기되었습니다. 뭔가 착오가 생긴 것 같습니다. 그냥 돌아가는 것이 좋을 겁니다. 시종 두리번거리며 이쪽의 눈치를 살피던 그는 마치 그 말을 기다리기라도 한 것처럼 왼쪽 어깨가 아래로 떨어졌다가 올라오기를 반복하는 특유의 뒤뚱거리는 걸음걸이로 길을 건너갔다. 머리숱이 적어 휑한 그의 뒤통수에 햇빛이 소나기처럼 떨어졌다. 실없는 사람이로군. 우리 중 누군가 중얼거렸고, 나머지는 침묵했다.

3

이곳에 근무한 지 구 개월 십삼 일째다. 나는 매일 아침 눈을 뜨면 벽에 걸어놓은 달력에 작대기를 긋는 것으로 하루를 시작한다. 하루가 시작되는 순간 서둘러 하루를 지우는 것이 내 첫 번째 일이다. 달력은 전임자가 쓰던 것이다. 전임자가 그랬던 것처럼 나는 지우기 위해 하루를 맞는다. 그러니까 나에게 새로운 날은 오직 지워지기 위해 찾아오는 것이다. 이곳에서 해는 산에서 뜬다. 뾰족한 바위들을 아무렇게나 던져놓은 것 같은 산은 볼품이 없다. 햇살이 내 누추하고 지저분한 방으로 쏟아져 들어올 때는 마치 바위에서 부서져나온 돌가루가 뿌려지는 것 같은 느낌이 든다. 돌가루를 맞으면서 누워 있을 수는 없다. 내가 눈을 뜨고 일어나는 것은 거의 언제나 그 때문이다. 볼품없는 바위산과 그 바위산의 모래먼지를 한 움큼씩 뿌려대는 사나운 바람과 맞닥뜨린다는 것, 그것이 눈을 뜬다는 의미이다. 살아 있는 것의 기적을 느껴본 게 언제인지 모르겠다. 일주일에 한 번, 먹을 음식과 마실 물과 뿌릴 소독약과 읽을 잡지와 편지를 싣고 트럭이 온다. 별일 없는가, 하고 묻고 별일 없지, 하고 대답한다. 물품을 확인하고 내미는 서류에 사인을 하고 나면 그들(그들은 대개

두 명이다)은 곧장 시동을 걸려고 한다. 어떨 때는 아예 시동을 끄지 않고 짐을 내린다. 나는 먼길을 달려온 그들을 위해 시원한 음료수와 빵을 나름대로 정성껏 준비하지만, 야속하게도 그들은 임무가 끝나는 즉시 떠나려고 한다. 조금이라도 시간을 내서 대화하기를 바라는 나의 심정을 모른 체한다. 내가 살다 온 도시에 대해 나는 이것저것 묻고 그들은 겨우 물이나 마시면서, 더러는 물도 마시지 않으면서, 건성으로 대답해주고는 서둘러 떠난다. 그들에게는 내가 상대하면 안 되는 기피인물처럼 여겨지는 모양이다. 자기들도 나처럼 생기 없는 인물이 되어버릴까봐 걱정이 되는지도 모르겠다는 생각을, 보는 사람 없더라도 면도도 하고 그래, 하면서 그들 중 한 사람이 면도기를 던져줄 때 어렴풋하게 감지했다. 야속하기는 하지만 불만은 없다. 내가 그들 입장이었다고 해도 나 역시 똑같이 행동했을 테니까. 이곳은 삶이 없는 곳이다. 이것은 살아 있는 거라고 말할 수가 없다. 대로를 질주하는 자동차들과, 서로 어깨를 부딪치며 거리를 활보하는 사람들과, 시장통을 와자지껄한 소음과, 밤이면 환하게 밝히는 불빛들…… 나는 그런 도시의 삶을 그리워한다. 보름 후면 이곳을 떠날 수 있다는 사실이 유일한 희망이다. 보름 후면 임기가 끝난다. 잡지는 7등분해서 아주 천천히 야금야금 읽는다. 하루치 분량을 다 읽으면 다음날을 위해서 과감히 덮는다. 이어질 내용이 궁금해 페이지를 넘기고 싶은 유혹에 매번 시달리곤 했다. 읽은 내용을 되풀이해서 읽는 것으로 그런 유혹을 힘들게 이겨냈다. 편지는 거의 오지 않는다. 그래도 처음 몇 주 동안은 제법 편지가 와서 심심하지 않게 해주었다. 사귀던 여자도 없지 않았다. 그녀는 잊을 만하면 한 번씩 면회를 왔고, 그보다 자주 편지를 보내왔다. 물론 이곳으로 오기 전의 일이다. 언제부터인가 그녀로부터도 연락이 끊어졌다. 그녀에게 잘 해주지 못한 것이 후회스러운 까닭은 사랑을 잃었기 때문이 아니라 편지가 끊어졌기 때문이다. 고립감이 가장 무섭다. 때때로 나는 산등성에 쳐진 철조망을 끊고 그 너머로 넘어가버리고 싶은 충동을 느낀다. 산을 넘으면 0404라 불리는 지역이 있다. 저주받은 땅이다. 내가 근무하는 초소는 그곳으로 가는 유일한 길목에 세워져 있다. 처음엔 소대 규모의 인원이 근무했다고 한다. 그때는 할 일도 많았고 맡겨진 역할도 중요했을 것이다. 하지만 오래 전부터 초소는 기능을 상실했다. 근무자가 한 명으로 축소된 것이 그 증거이다. 산을 넘어가는 사람은 물론 넘어오는 사람도 한 명 없다. 그곳에 아직 사람이 살고 있는지조차 확실하지 않다. 그런데도 초소는 유지되고 근무자는 철조망을 보수하고 길목을 지켜야 한다. 사람들은 이곳에 세워져 있는 초소와 이곳에서 근무하는 근무자에 대해 대체로 무감각하다. 실질적인 어떤 기능을 아직도 담당하고 있으리라고 생각하는 사람은 거의 없다. 적어도 내 생각에는 그렇다. 초소와 초소의 근무자는 일종의 상징이 되어 있는 것이 아닌가 싶다. 그런 사정을 감안하면 오늘은 확실히 특별한 날이다. 하루를 지운다는 뜻으로 작대기를 긋는 대신 오늘 날짜에는 동그라미를 그리고 싶어진다. 탁한 먼지를 하늘로 끌어올렸다가 지면에 흩뿌리는 심술궂은 바람이 한 차례 지나가고 나자, 구릉 아래쪽에서 꼼지락거리는 검은 물체가 눈에 들어왔다. 거리가 멀긴 했지만 이쪽을 향해 움직이고 있는 것이 확실했다. 날짜를 꼽아보았다. 음식과 소독약을 실은 트럭이 올 날은 이틀 후였다. 거기다가 트럭이라고 하기에는 움직임이 너무 느렸다. 빛이 탁해지고 있었다. 곧 석양이 지면을 덮칠 것이었다. 어둠과 함께 기온은 급격하게 떨어지고 바람은 더 거세질 것이었다. 나는 창문 고리에 걸쳐놓은 오리털 파카를 만졌다. 구릉을 넘어온 아래쪽의 움직이는 물체는 그사이 사라지고 없었다. 또 다른 구릉에 모습이 가려진 것이 분명했다. 언덕 아래 멈춰서거나 거기서 다른 쪽으로 빠져나간 것이 아니라면 곧 다시 모습을 나타낼 것이었다. 다른 쪽으로 빠지는 길이 없다는 걸 알면서도 마음이 조급해지고 고개가 저절로 앞으로 뻗어나갔다. 내 쪽을 향해 움직이는 생명체에 잔뜩 기대를 걸고 있다는 표시였다. 구릉 위로 다시 모습을 나타낼 때까지의 시간이 너무나 길게 느껴졌다. 혹시 다시 나타나지 않을지도 모른다는 걱정을 했던 것도 같다. 바람이 몰아칠 때마다 사정없이 들이닥치는 붉은 흙먼지가 무서워서 하루 종일 꼭꼭 닫아걸고 지내는 창문을 나도 모르게 활짝 열었다. 바위산을 치달아 내려온 건조한 바람이 흙먼지를 흩뿌리고 지나갔다. 본능적으로 눈을 감았다가 떴다. 구릉 위에 나타난 검은 물체의 움직임이 조금 더 선명했다. 사람이었다. 가슴이 뛰었다. 나는 내가 흥분하고 있다는 걸 알 수 있었다. 그러나 나는 내 흥분을 이해할 만한 것이라고 스스로 평가했다. 그도 그럴 것이, 이곳에 온 뒤로 식료품과 소독약을 보급하기 위해 트럭을 타고 왔다가 휑하니 사라지는 두 명의 공무원말고는 나를 찾아온 사람이 한 명도 없었다. 나는 무기를 갖추고 창문을 열고 밖으로 나갔다. 바람이 눈을 감았다가 뜨게 했다. 경사지고 꼬부라진 길이 그 사람의 모습을 감췄다가 드러내고, 반쯤 숨겼다가 비스듬히 보여주고는 했다. 그 사람은 지쳐 보였다. 흙먼지를 피하려고 그러는지 윗도리의 깃을 올려 세우고 고개를 푹 파묻고 걸었다. 내딛는 발에 따라 한쪽 어깨가 아래로 축 처졌다가 끌어올려지곤 했다. 시소를 타는 것 같은 우스꽝스러운 느낌은 땅속으로 파고 들어갈 것 같은 무거운 몸놀림에 의해 사그라들었다.

4

 요즘 사람들에게는 자비심이란 것이 없다. 도무지 친절을 베풀 줄 모른다. 전에는 그렇지 않았던 것 같다. 무슨 근거가 있어서 하는 말이 아니다. 그냥 그랬던 것 같다는 생각이 든다. 자기 시대를 가장 비인간적이고 살 만하지 않은 시대라고 단정하는, 시대를 뛰어넘어 공통적으로 나타나는 인식이 어느 정도 작용을 했을 수도 있겠다. 그런 관점에서는 모든 시대가 비인간적이고 살 만하지 않은 시대다. 어쨌든 나의 시대 역시 비인간적이고 무자비하고 불친절하다. 멀리서 공무로 온 사람을 무슨 비렁뱅이 바라보듯 흘겨보던 눈길은 그렇다고 치자. 산을 넘어가면 된다고만 하고 뺨을 후려갈기는 것 같은 따가운 햇살과 도무지 눈을 뜰 수 없는 모래먼지에 대해 아무 말도 해주지 않은 것은 불친절의 움직일 수 없는 증거다. 그러나 나는 그들을 원망할 생각은 없다. 원망을 해야 한다면 시대를 향해 해야 할 것이다. 중간쯤 올라왔을까? 서산에 걸린 해가 안간힘을 쓰며 목숨을 부지하고 있었다. 문득 고개를 쳐든 내 눈앞에 한 젊은 사내가 총을 들고 서 있었다. 그러나 나를 향해 총을 겨누지는 않았다. 청동색 재킷이 펄럭였다. 함부로 자라서 야생의 냄새를 풍기는 텁수룩한 수염 속에서 사내는 웃을 듯 말 듯 미묘한 표정을 짓고 있었다. 내가 반갑다는 뜻으로 손을 들어 보이자 사내는 한 발 앞으로 나서며 내 걸음을 제지했다. 당신, 누구요? 그의 첫마디에서 나는 이상하게도 흥분 같은 것을 감지했다. 상대가 총을 소지하고서도 긴장하고 있다는 것, 그건 좀 기묘한 느낌을 갖게 했다. 뜨거운 햇살과 흙바람 속을 두 시간 동안 걸었소. 나는 지쳤소. 나는 증거품이라도 들이대듯 흙먼지가 내려앉아 사내가 입고 있는 재킷 색과 거의 구분되지 않게 되어버린 내 청색 양복의 옷자락을 손으로 들어올렸다. 붉은 흙가루가 후두둑 떨어졌다. 그러나 별무효과였다. 그 사이에도 사나운 바람이 불어와서 떨어뜨린 만큼, 아니 그 이상의 흙먼지를 내 옷 위에 뿌렸다. 나는 지쳤소, 하고 말하는데 입술에 붙은 흙이 입 안으로 들어갔다. 흙을 삼키는 기분은 그다지 유쾌하지 않았다. 나는 상대가 기분 나빠할지 모른다는 생각을 하면서도 땅에 침을 뱉었다. 내 행동을 주의 깊게 지켜보던 사내는 측은해 보였는지 목에 걸고 있던 수건을 나에게 던졌다. 이걸로 털고 들어오시오. 그리고는 문을 열고 안으로 들어갔다. 뾰족하게 생긴 삼각형의 작은 건물이었다. 삼면이 모두 유리로 되어 있었다. 나는 사내가 건넨 수건으로 머리와 옷에 묻은 흙을 털고 안으로 들어갔다. 바람이 따라 들어오려다가 닫힌 문에 허리가 잘리자 황급히 달아났다. 창틀에 붙은 테이블에는 군데군데 얼룩이 져 있고, 그 앞에 바퀴 달린 의자 두 개가 버려진 것처럼 놓여 있었다. 흙벽에는 숫자에 빗금이 그어진 달력이 걸려 있었다. 접었다 폈다 할 수 있는 간이침대는 펼쳐진 채 벽에 붙어 있었다. 사내는 예고 없이 들이닥친 손님을 맞듯 간이침대 위에 구겨진 채 널려 있던 이불을 황급히 걷어내면서 자리를 권했다. 앉으세요. 뭐 시원한 걸 좀 드릴까요? 그보다 먼지를 많이 마셨을 테니까 따뜻한 차가 좋겠군요. 원하신다면 샤워를 해도 괜찮습니다. 오해인지 모르지만 사내는 좀 들뜬 것처럼 보였다. 사내에게 들뜰 이유가 없다는 점을 감안하면 오해일 게 분명했다. 기대하지 않았던 사내의 뜻밖의 친절은 나를 좀 어리둥절하게 했다. 사내가 안쪽 조리대에서 차를 끓이는 동안 나는 창문을 통해 바깥을 내다보았다. 건물 안에서는 밖이 환히 내다보였다. 사내가 바람을 뚫고 언덕을 올라오는 내 모습을 샅샅이 지켜보고 있었을 거라는 생각을 어렵지 않게 할 수 있었다. 어디서 오는 길입니까? 혹시 도시에서 오는 길입니까? 그렇다면 물어보고 싶은 것이 많이 있습니다. 아, 도시, 큰길, 큰길을 질주하는 자동차들, 자동차들이 내지르는 소음, 왁자지껄한 쇼핑센터, 술집, 나이트클럽…… 그런 모습을 본 지가 언젠지 모르겠습니다. 아홉 달도 더 되었습니다. 당신이 아홉 달 만에 이곳을 찾아온 유일한 사람이라면 믿으시겠습니까? 그러니 무슨 말이든 해보세요. 사내는 차를 끓이면서 쉬지 않고 입을 놀렸다. 그의 급한 마음이 찻잔과 접시가 부딪치는 달그락 소리로 전달되어왔다. 그는 무슨 말이든 해보라고 내게 요구했지만, 무슨 말인가를 하고 싶은 사람은 내가 아니라 그 사내인 것 같았다. 들떠 있는 것이 분명했고, 들뜰 만한 이유도 분명했고, 그렇다면 나는 오해한 것이 아니었다. 그는 적어도 아홉 달 동안 도시 구경을 하지 못했고, 아홉 달 동안 사람을 만나보지 못했다. 나는 도시에서 온 것이 사실이었고, 따라서 그 자의 질문을 받을 자격이 충분했다. 그는 물을 수 있었다. 그러나 그는 질문보다 말을 더 많이 했다. 질문에 답하려고 하면 자기가 낚아채서 다음 말을 완성해버리는 데에는 나도 어쩔 수가 없었다. 가령 이런 식이었다. 그는 월드컵공원 안의 63층 높이 대형 축구공 조형물이 완공되었는지를 물었다. 나는 그 조형물이 5월에 완성되어 시민들에게 선보이기로 예정되어 있었으나 공정에 차질이 생겨 미뤄지고 있다고 대답했다. 아니, 하려고 했다. 나는 내가 하려고 했던 말을 끝맺음할 수 없었다. 그가 내 말을 끊고 끼어들어 그 조형물이 공원 안에 들어서면 우리나라, 아니 아시아, 아니 세계적인 명물이 될 것이라는 둥, 그것을 보기 위해 유럽과 미국에서 관광객들이 몰려올 것이라는 둥, 그 조형물을 디자인한 사람이 자기의 삼촌의 친구가 다닌 학교의 교수라는 둥, 사실 확인이 불가능하고 논리적 근거를 댈 수 없는 말들을 주절주절 늘어놓았다. 그는 나에게 이야기를 들려달라는 것이 아니라 들어달라는 주문을 했어야 했다. 말에 갈급한 사람이 내 눈앞에 있었다. 조금만 늦었으면 그 사람은 말을 공급받지 못해 질식사했을지도 모른다는 생각을 했다. 그러자 엉뚱하게도 내가 그 사람에게 무슨 은혜를 베풀기라도 하는 것 같은 심정이 되었다. 측은하기는 했지만 짜증스럽지는 않았다. 그렇긴 해도 마냥 그 사람에게 은혜를 베풀고만 있을 수는 없는 일이었다. 왜냐하면 나는 회사에 소속되어 있고, 회사는 나에게 수행해야 할 과업을 맡겼기 때문이었다. 나는 산을 넘어 사회에 가야 했다. 나는 가야 합니다. 그 사람의 흥을 깨지 않기를 바라면서 말과 말의 틈 사이로 슬그머니 내 말을 집어넣었다. 잠깐 동안 사내가 하던 말을 멈추고 내 얼굴을 쳐다보았다. 약간 실망하는 빛을 비치는가 싶더니 이내 자기의 신분과 상황을 재빨리 간파한 듯 아, 네, 그런가요, 하고 군소리를 했다. 잠깐 동안 침묵이 흘렀다. 사내는 식은 차를 마셨다. 나는 사내의 기분이 아주 많이 상하지 않았기를 속으로 빌었다. 이윽고, 하지만 밖을 보세요, 하고 그가 말했다. 나는 창 밖으로 고개를 돌렸다. 유리는 거울이 되어 있었다. 수염투성이의 꾸부정한 사내와 한쪽 눈은 크고 한쪽 눈은 작은 불안한 눈빛의 깡마른 중년 남자가 매우 불안정한 구도로 앉아 거울을 보고 있었다. 어느새 세상에는 어둠이 두껍게 덮여 있었고, 실내에는 불이 켜져 있었다. 이곳은 어둠이 순식간에 내립니다. 밤이 되면 바람은 맹수처럼 사나워지고 기온은 뚝 떨어집니다. 게다가 오늘밤은 그믐입니다. 지금 이곳을 나가는 것은 자살 행위입니다. 어디로 가는 길인지는 모르겠으나 오늘밤은 이곳에서 묵고 가도록 하십시오. 사내는 찻잔을 들고 조리대가 있는 쪽으로 걸어갔다. 목욕물을 데우겠습니다. 사내가 문을 열고 나가고 얼마 있지 않아서 그가 있는 곳에서 와당탕 소리가 들려왔다. 놀라지 마십시오. 보일러가 낡아서 그렇습니다. 사내가 고개를 빼고 마른 웃음을 지었다. 여기는 뭐 하는 뎁니까? 사내의 메마른 웃음을 향해 내가 불쑥 물었다. 뭐라고요? 사내는 무슨 말인지 알아듣지 못한 사람처럼 큰 소리로 되물었다. 여기가 뭐 하는 곳인지 물었습니다. 나는 내 질문을 되풀이했다. 사내가 이해할 수 없다는 표정을 지은 채 나에게로 다가왔다. 정말로 몰라서 묻는 겁니까? 나는 어깨를 으쓱해 보였다. 안다면 무엇 때문에 당신에게 그런 질문을 하겠느냐는 뜻이 그 어깻짓에는 포함되어 있었다. 사내는 내가 거짓말을 하고 있는 것이 아닌지 탐색하는 눈빛으로 한동안 내 얼굴을 뚫어져라 쳐다보았다. 그의 얼굴이 조금씩 굳어졌다. 내가 거짓말을 하고 있지 않다고 판단한 모양이었다. 그리고 그 판단이 그를 혼란스럽게 한 것이 분명했다. 그는 테이블에 아무렇게나 내려놓았던 권총을 찾아 들고 의자에 앉았다.

5

 나는 테이블에 아무렇게나 내려놓았던 권총을 찾아들고 의자에 앉았다. 내게 맡겨진 임무와 신분에 대한 자각이 뒤통수를 쳤다. 오지에 고립되어 지낸 아홉 달의 외로움이 분별력을 빼앗아버렸음에 틀림없었다. 나는 그 아홉 달 동안 이곳을 찾아온 사람이 한 명도 없었다는 사실을 못 견뎌했지만, 그러나 생각해보면 그것은 못 견뎌할 사안이 아니었다. 이곳은 누군가 찾아올 수 있는 곳이 아니었다. 누구도 찾아와서는 안 되는 곳이었다. 마치 그 사람이 나를 만나기 위해 먼 길을 달려오기라도 한 것처럼 환대한 것은 확실히 넌센스였다. 차를 끓여내고 목욕물을 데워주고 하룻밤 묵고 가라고 권한 것도 과례일 것이다. 그 사람에게 나쁜 의도가 있느냐 없느냐가 문제가 아니었다. 그런 문제는 조사를 해보면 금방 밝혀질 것이다. 요는 내가, 그 사람을, 조사해야 한다는 것이었다. 그것이 내 임무이고, 아홉 달이 넘도록 오지에 갇혀 지내는 연유였다. 나는 그 점을 망각할 뻔했다. 외로움 때문이다. 외로움은 독성이 강하다. 흙바람 속에서 혼자 눈뜨고 눈감는 세월을 나만큼 견뎌보라. 사람은 섞여서 살아야 한다. 그렇지 않으면, 예컨대 나의 경우처럼 자기 임무를 망각하는 것 같은 유의 부작용이 생긴다. 나는 자세를 바로 하고 표정을 무겁게 만들고 되도록 감정을 배제한 목소리로 물었다. 당신은 누구이며 어디서 와서 어디로 가는가. 질문을 던져놓고 나니까 내 입에서 나온 것치고는 턱없이 진지하게 느껴져서, 그리고 그것이 어쩐지 나에게는 어울리지 않는 것 같아서 말끝에 흐릿한 미소를 묻혔다. 그러나 아마도 그 사람은 감지하지 못했을 것이다. 그는 돌변한 내 태도에도 아랑곳하지 않고 질문에 답했다. 그는 회사의 명령을 받아 사회에 가는 길이라고 말했다. 나는 어디라고요? 하고 물어서 그 사람으로 하여금 사회라는 단어를 다시 발음하게 했다. 참으로 오랜만에 들어보는 지명이었다. 요새도 그 이름을 부르는 사람이 있다는 사실이 신기했다. 그는 아무렇지도 않은 얼굴이었다. 자기가 무슨 말을 하는지 모르는 것 같기도 했다. 순진하거나 저능하거나, 그렇지 않다면 정말로 모르고 있는 것이 분명했다. 순진한 것 같기도 했다. 어느 경우든 불편하긴 하겠지만 그래도 영악하고 뻔지르르한 족속들보다는 상대하기가 한결 나을 거라는 생각이 들었다. 영악하고 뻔지르르한 작자들은 역겹지만 그 사람은 그럴 것 같지는 않았다. 그곳으로 갈 수 없다는 거 몰라요? 나는 물었고 그는 금시초문이라는 듯 고개를 저었다. 오히려 왜요? 하고 되묻기까지 했다. 몇 번의 반복적인 질문 후에 마침내 나는 판단했다. 그 사람은 정말로 모르고 있었다. 나는 그 사람이 영악하거나 뻔지르르한 족속이 아닌 게 다행이라고 생각했다. 나는 그 사람이 순진하거나 저능하지 않은 것도 다행이라고 생각했다. 내게는 말이 통하는 사람이 필요했으니까. 말이 통하지 않는 사람과 밤을 보낸다는 건 끔찍한 일일 테니까. 나는 그곳으로 가는 길이 없어진 내력을 이야기해 주어야 했다. 사회에 원인을 알 수 없는 괴질이 출몰한 것은 몇 해 전이었다. 까닭 없이 한 일 주일쯤 고열에 시달리고 나면 어김없이 시력을 상실하는 증세였다. 처음엔 산간지방에 감염자가 나왔다. 그러다가 점차 이웃 마을로 퍼져나갔다. 확산의 속도도 시간이 갈수록 빨라졌다. 다른 증상은 없었다. 다만 며칠 동안의 고열 후에 눈이 멀 뿐이었다. 졸지에 시력을 잃고 손과 발이 묶여 노동력을 상실한 사람들은 정상적인 사회생활은 물론 생계에 심각한 타격을 받지 않을 수 없었다. 가족 전체가 눈을 잃어버리는 가구가 생겨나면서 사태는 더 심각해졌다. 보건 당국이 사태의 심각성을 인식하고 대처에 나섰지만(당국 대처는 언제나 너무 늦다) 원인을 찾아내기가 쉽지 않았다. 괴질이 놀라운 속도로 확장되어 가는데, 전국의 실력 있는 의사들이 총동원되어 만들어진 비상대책반에서는 치료제나 예방제의 개발은커녕 원인 파악조차 하지 못한 채 시간만 보내고 있었다. 괴질이 사회산을 넘어 서쪽으로 확산되지 않은 사실만을 다행이라고 여기며 위안 삼고 있는 형편이었다. 주민 모두가 시력을 상실한 마을이 세 개나 되었을 때, 겨우 원인이 밝혀졌다. 전문가들은 사회의 산간지역에서 집단 서식하는 것이 확인된 노란미친개미 변종을 괴질의 주범으로 단정했다. 노란미친개미는 일 센티 정도 길이의 아주 작은 곤충인데, 다른 생명체의 눈 속에 포름산을 쏘아서 눈을 멀게 하는 것으로 알려져 있었다. 원래 아프리카에 살던 이들이 어떤 경로를 통해 들어갔는지는 모르겠으나 인도양의 크리스마스 섬에 침투해서 수많은 파충류와 조류의 눈을 멀게 하고 숲을 유린했다. 이 노란미친개미가 어떻게 한반도의 동쪽 산림에까지 침입해 들어왔는지는 아무도 모른다. 그리고 그곳에 침투해 들어온 이들이 어떤 과정을 거쳐 사람의 눈을 멀게 하는 강력한 독성을 갖게 되었는지에 대해서도 역시 아직은 정확한 설명을 할 사람이 없다. 다만 전문가들은 알 수 없는 경로를 통해 들어온 열대지방 출신의 노란미친개미들이 우리나라의 기후에 적응하는 과정에서 유전자 변이를 일으킨 것 같다고 추측했다. 대대적인 방역작업과 함께 괴질의 확산을 막기 위한 격리작업이 추진되었다. 사회가 산 아래 움푹 파인 분지여서 외지로 나가는 방법이 산을 통과하는 길밖에 없다는 사실은 격리와 차단을 유일한 방역대책으로 인식하고 있던 당국자들을 고무시켰다. 산길을 막으면 사회는 저절로 고립되게 되어 있었다. 그들은 어딘가에 격리시설을 만드는 대신에 산 중턱에 철조망을 치고 초소를 설치했다. 그리고 포고령을 내렸다. 사회에서 나오는 것도 허용하지 않고 사회로 들어가는 것도 용납하지 않았다. 사회에 살고 있는, 아직 눈이 멀지 않은 사람들이 격렬하게 항의했지만 그들의 항의는 산을 넘어가지 못했다. 어둠을 틈타 철조망을 끊고 사회를 탈출하는 사람들이 생겼다. 그러나 그들 중에 성공한 사람은 없었다. 철조망을 지키던 이들은 무장을 하고 있었고, 그들은 넘어가거나 넘어오는 사람들에게 발포하도록 명령을 받은 터였다. 하룻밤에 몇 번의 총소리가 나고 몇 구의 시체가 산등성이에 묻혔다. 초창기에는 그랬다. 그러나 이곳에서 총소리가 멎은 지는 한참 되었다. 오는 사람도 가는 사람도 없다. 지키는 사람만 있을 뿐이다. 지키는 사람도 무얼 지키는지 망각한 채 달력에 작대기나 그리고 있는 참이다. 가령 내가 지키고 있는 것은 흙바람, 아니면 시간일 것이다. 그렇지만 철조망은 없어지지 않고 초소 또한 철거되지 않는다. 명령이 없으면 현상은 유지된다. 새로운 명령이 떨어지기까지는 기존의 명령이 유효하다. 사회라는 지명은 철조망이 산허리를 감던 날 공식적으로 사라졌다. 사회의 공식적인 명칭은 0404가 되었다. 그날 이후 발행된 모든 지도에도 사회라는 지명대신 0404가 적혔다. 그 숫자는 괴질이 처음 발견된 날짜였다. 원한다면 날이 밝은 후에 그 무덤들을 보여드릴 수 있습니다. 나는 내 이야기가 다 끝났다는 뜻을 그런 말로 전했다. 남자는 믿어지지 않는다는 표정을 짓고 앉아 있었다. 눈동자의 두리번거림이 보는 사람을 불안하게 했다. 그런 일을 어떻게 모를 수가 있지요? 남자의 큰 눈이 더 커지고 작은 눈이 더 작아졌다. 그것은 내가 해야 할 질문이었다. 조금 전까지만 해도 그 의문이 입 안에서 맴돌았었다. 그런데 질문이 아니라 대답을 해야 할 입장이 되자 신기하게도 의문이 사라지고 오히려 무슨 대답인가 할 수 있을 것 같아졌다. 사람들은 워낙 잘 잊어버리니까요. 자기와 상관없는 일이고, 또 떠올리기 거북한 일이 아닙니까? 되도록 잊어버리고 싶기도 했을 테지요…… 괴질 확산과 관련된 보도가 최대한으로 억제되었다는 사실이 중요한 요인이었을 겁니다. 이 지역이 폐쇄되었다는 뉴스는 나가지도 않았으니까요. 외지인들은 괴질이 일소되었다는 당국의 발표를 들었을 뿐입니다. 무엇보다도 사회라는 지명을 없애버린 효과가 가장 컸을 겁니다. 괴질이 생긴 곳이 어디냐 하면 사회거든요. 그런데 그곳이 없어져버렸어요. 사회는 더이상 존재하지 않는 땅이 되어 버린 겁니다. 이름을 바꾸면서 당국이 노린 게 아니겠어요? 기억이 사라질 수밖에요. 설명을 하면서 나는 내가 지나치게 자상하다는 생각을 했고, 그럴 필요가 없다는 생각을 했고, 그럴 필요가 없는데도 그러는 것이 내가 대화에 오랫동안 굶주렸기 때문이라는 생각을 했고, 그렇든 어떻든 그는 나에게 고마워해야 한다는 생각을 했고, 그런데도 별로 고마워하지 않는 것 같은 표정을 짓고 있다는 생각을 했고, 그렇지만 아무래도 상관없다는 생각을 했다. 지금은 어떻게 되어 있을까요? 거기는 눈먼 사람만 살고 있을까요? 내가 해준 이야기를 처음 들은 거라면 마땅히 충격을 받았을 텐데 그의 얼굴이나 목소리에서는 그런 기미를 포착하기가 어려웠다. 처음부터 표정이 산만하고 불안해서 그렇게 느꼈을 수도 있었다. 모르지요. 그걸 누가 알겠어요. 무책임하게 들릴 수도 있었지만, 그러나 그것은 내가 할 수 있는 가장 진실한 말이었다. 몇 년 동안 그곳에서 이곳으로 넘어오는 사람은 없었다. 이곳에서 그곳으로 넘어가는 사람도 없었다. 그것은 금지되어 있었다. 앉아 있던 의자를 버리고 일어나서 잠깐 동안 어깨가 위아래로 흔들거리는 특유의 걸음걸이로 좁은 실내를 왔다갔다하던 그가 불쑥(그렇다, 내게는 그야말로 돌발적으로 들렸다) 내 눈을 똑바로 쳐다보고 말했다. 사회에 가야겠어요. 그의 눈빛은 '업무를 수행하겠다고 서약한' 자의 눈빛이었다. 나는, 사회는 없어요, 하고 말했다. 그러니까 당신은 그곳에 갈 수가 없는 겁니다. 그는 내 눈을 피하지 않았다. 하지만 나는 사회에 가도록 명령받았소. 나는 내게 주어진 임무를 수행하지 않으면 안 돼요. 그는 내 눈을 피하지 않았다. 눈길을 피한 쪽은 오히려 나였다. 창 쪽으로 눈길을 주었다. 누추한 옷을 입은 가련해 보이는 두 명의 남자가 엉거주춤한 자세로 서 있었다. 바람이 창에 흙을 뿌리며 몸을 떨었다. 바람 소리는 오래 겪었는데도 빨려 들어가는 것처럼 바깥에서 몸을 떨던 바람이 건물 안으로 세차게 밀려들어왔다. 그가 문을 열었기 때문이었다. 안 돼요. 나는 제지하기 위해 손을 내밀었다. 그러나 내 손은 그의 몸에 닿지 않았고, 그는 내 말을 듣지 못한 것처럼 흙바람이 몸을 덜덜 떨고 있는 바깥의 차가운 기온에 제 몸을 맡겼다. 머리끝이 쭈뼛 일어서고 가슴이 쿵쿵 소리를 내며 격렬하게 뛰었다. 그는 자기에게 맡겨진 임무를 수행해야 한다고 했다. 나 역시 그렇다. 나 역시 맡겨진 임무를 수행해야 하는 사람이었다. 초소를 날려버릴 것처럼 크고 빠르고 사나운 바람이 덮쳐왔다.

6

 그 사람이 나가고 두 시간쯤 지난 후에 사무실로 문서가 배달되었다. 문서는 그가 자신의 신상에 생긴 변화를 잘못 이해하고 있음을 알게 했다. 또한 그 문서는 우리 역시 그에 대해 오해하고 있었음을 알게 했다. 회사가 그에게 모종의 지시를 내린 것은 사실이었다. 그러나 그에게 내려진 지시는 출장이 아니라 발령이었다. 말하자면 사회는 그의 새로운 임지였다. 그가 너무 빨랐거나 문서가 너무 늦게 도착했다. 하지만 그 문서는 이해하기 어려웠다. 그곳에는 들어가는 것이 금지되어 있을 뿐만 아니라 들어갈 수도 없었다. 이 지상에 사회는 존재하지 않았다. 회사가 무언가 착각을 한 것이 분명했다. 회사가 필요한 말만 하는 것이 아니라 필요한 말도 다 하지 않는 것처럼 실수나 착각을 일으키기도 한다는 걸 그는 모르고 있다. 물론 회사가 실수나 착각을 하기도 한다는 걸 아는 것이 회사가 명령한 이상 지키지 않으면 안된다는 명제에 어떤 영향을 미치는 건 아니다. 우리는 그 불가능한 발령이 어떻게 내려졌는지 질문하지 않았고 궁금해 하지도 않았다. 왜냐하면 그 지시가 회사로부터 내려왔기 때문이다. 회사가 지시를 내리는 순간 불가능하던 것들도 가능한 것이 된다. 어떤 일의 가능성이나 타당성이나 유용성을 따지고 추리하고 판단하는 것은 회사가 지시를 내리기 전의 일이다. 회사가 지시를 내린 모든 일들에 대해서는 그런 감각이 발휘되지 않는다. 그러므로 우리는 그를 찾아야 했다. 그를 찾아서 사회로 보내야 했다. 어떻게? 불가능한 일이지만 그러나 하지 않으면 안 되는 일이었다. 우리는 그를 수색하기 위해 밖으로 뛰쳐나갔다. 구역을 나눠서 그를 추적했다. 그가 기차도 타지 않았고 버스도 타지 않았다는 사실이 쉽게 확인되었다. 누군가 비행기를 타고 갔을 가능성을 제시했기 때문에 육십 킬로나 떨어진 인근 공항까지 택시를 타고 갔다 왔다. 그곳에서도 그의 행적은 발견되지 않았다. 어둑어둑해질 무렵에 우리 중 누군가, 그 사람, 우리 충고를 무시하고 진짜로 저 산을 넘어간 건 아닐까요? 하고 의문을 제기했고, 그러자 듣고 있던 사람들이 충분히 그럴 수 있는 위인 같더라는 의견을 다투어 개진했다. 설마 하면서도 무시할 수 없는 기묘한 확신에 이끌려서 우리는 산을 향해 달려갔다. 그곳으로 가는 길이 폐쇄되었다는 사실은 상기되지 않았다. 그가 갔다면 우리도 가야 했다. 어두워진 다음이었고, 차를 타고 갈 수도 없었으므로 시간이 많이 걸렸다. 달도 없는 칠흑의 어둠은 자꾸만 우리의 발을 걸어 넘어뜨렸고 흙을 날리는 바람은 눈을 뜨지 못하게 했다. 이렇게 흙이 눈 속으로 들어가면 우리도 눈이 멀게 되지나 않을까 걱정이 될 정도였다. 우리 중 한 사람이 중단하고 내려가자는 의견을 조심스럽게 냈지만, 그리고 그 사람의 의견이 받아들일 만한 충분한 근거를 가지고 있었음에도 불구하고, 아무도 반응하지 않았다. 초소는 아득하게 먼 곳에서 흐릿한 불빛을 내보내고 있었다. 그 불빛은 우리로 하여금 임무 수행에 철저할 것을 독촉하는 채찍처럼 보였다.

사령(辭令) — 이승우

작품해설

권력과 근대적 삶의 방식

임환모 | 전남대 국어국문학과 교수

 이승우의 「사령(辭令)」이 다루고 있는 서사대상은 대체로 단순한 편이다. 주된 서사대상은 '사회'로 발령을 받은 자가 그곳으로 가려고 하는 과정이다. 여기에 '사회'라는 곳으로 갈 수 없도록 지키는 일을 맡아보는 초소 근무자의 스토리 라인과 회사의 이익을 위해 봉사하는 '우리'의 스토리 라인이 겹친다. 아주 단순한 이야기가 3가지 방향의 시각으로 입체화되면서 그 의미망은 결코 만만찮은 무게를 지니게 된다.
 그러나 서사행위가 매우 복잡하기 때문에 그 의미망을 추론해내는 텍스트의 구체화 작업은 결코 쉽지 않다. 우선 작품 전체가 6장으로 되어 있는데, 각 장의 서술자는 모두 1인칭 '나'이거나 '우리'이다. 그런데 서사정보를 인식하고 말하는 주체로서의 '나'와 '우리'는 각 장마다 동일인이 아니다. 1장과 3장의 '나'는 회사로부터 '사회'로 가라는 명령을 받은 자이고, 3장과 5장의 '나'는 '사회'로 가거나 '사회'로부터 나오는 것을 막는 초소 근무자이며, 2장과 6장의 '우리'는 '사회'라는 임지로 공식적인 발령을 받은 자를 도와 회사의 이익에 복무하는 자들이다. 서술자들은 각각 자신의 입장에서 제한된 서사정보를 보여주기 때문에 독자가 이 파편화된 정보를 꿰맞추기 위해서는 세심한 주의를 기울이지 않으면 안 된다. 이처럼 서사정보를 제한하여 수수께끼나 퍼즐 맞추기 같은 탐정소설의 플롯 구조로 되어 있기 때문에 독자가 텍스트에 가하는 조작의 횟수가 많아질 수밖에 없다. 그런 점에서 이 작품은 텍스트의 가해성(legibility)이 매우 낮다. 한번 읽어서는 '테스트의 징후'를 해체적으로 설명하거나 '경험된 발현'을 참여적으로 탐사하는 것은 고사하고 '작가의 신호'조차 재구성해서 해설하기도 쉽지 않은 것은 이와 같은 서사행위가 매우 낯설고 복잡하기 때문이다.

그러나 정밀하게 반복해서 읽다보면 3방향의 스토리 라인이 교직(交織)되면서 서사의 결을 형성하고 있다는 것을 발견하게 된다. 먼저 핵심 서사의 축은 '사회'라는 임지로 가라는 지시를 받고 그곳으로 가려는 자의 행적이다. 이 사령을 받은 자를 편의상 A라고 한다면, 1장에서 '최소의 비용으로 최대한의 이윤을 창출하는' 것을 목표로 하는 회사는 A에게 말을 경제적으로 사용하여 '사회'로 가라고 명령한다. A의 일상은 '생기 없고 무미건조한 나날'의 연속이다. 출근해서 매일같이 거래처를 돌아야 하는 A의 일상은 일의 많고 적음에 따라 몸의 움직임을 달리할 만큼 '적응'이 잘되어 있다. 부장은 A에게 지도의 '동쪽 귀퉁이'를 가리키며 그곳으로 가라고 했지만 지도에는 '사회'라는 지명이 없었다. A의 욕망과는 상관없이 내려진 사회로의 출장 지시는 막연하고 불충분할 뿐 아니라 무엇을 하라는 구체적인 임무도 주어지지 않았다. 마치 카프카의 「성」에서처럼 거대한 제국주의적 자본주의 메커니즘 속의 한 부속물인 개인에게 숙명적으로 주어진 임무와 다를 바가 없다. 회사가 그러기를 바란다면 개인은 자신의 욕망과는 상관없이 움직여야 하기 때문이다. 이것은 이윤 창출이라는 추상적인 목표만 있지 그 실천의 구체성은 개인의 몫으로 남아 있는 오늘날 다국적 기업에 속한 직장인의 모습이다.

  2장에서 A의 인물정보가 '우리'의 입장에서 제시된다. A는 멀리서 공무를 위해 '우리'를 찾아왔다. A는 오른쪽 눈에 비해 현저하게 작은 왼쪽 눈을 가지고 있고, 입술은 얇고, 턱은 각이 지고, 이마는 좁으며, 키는 작고, 걸음을 걸을 때 왼쪽 어깨가 약간 기우뚱하며, 잠시도 가만있지 못하고 쉴 새 없이 두리번거리는 눈동자가 보는 사람을 불안하게 하는 사람이다. 이러한 인물정보가 다음의 장들에서 A를 지칭하는 기능을 하게 된다. A는 '우리'에게 어떤 임무나 메시지를 받지 못하고, '사회'로 출장 간다는 것이 불가능하다는 말과 그냥 돌아가는 것이 좋을 것이라는 충고를 듣고, 단지 그곳으로 가는 길에 대한 정보만을 얻는다. 3장에서 '저주받은 땅'으로 가는 길목의 초소를 향해 올라오는 사람이 A라는 것은 '내딛는 발에 따라 한쪽 어깨가 축 처졌다가 끌어올려지곤 했다'는 초소 근무자인 '나'의 서술로 알 수 있다. 또 4장에서도 서술자인 '나'가 A라는 징표는 '한쪽 눈이 크고 한쪽 눈은 작은 불안한 눈빛의 깡마른 중년 남자'가 거울에 비친 모습뿐이다. 각 장마다 서술자가 바뀌기 때문에 '나'와 '그' 또는 '사내'가 어떤 인물인지를 확인하기 위해서는 인물에 대한 서사정보를 세심하게 살피지 않으면 안 된다.

5장에 가서야 A가 왜 '사회'로 가는 것이 허용되지 않는가가 초소 근무자 '나'에 의해서 밝혀진다. 몇 해 전에 원인을 알 수 없는 괴질이 발생해서 그곳으로 오고가는 일이 원천적으로 금지되었다는 사실을 확인했음에도 A는 소설의 모두에 허구외적 목소리로 제시된 모토 '업무를 수행하겠다고 서약한'(카프카의 「파발꾼」 중에서) 자의 눈빛을 빛내며 흙바람을 뚫고 '사회'를 향해 떠나간다.

A가 구체적으로 수행할 임무도 없이 굳이 '사회'에 가려는 것이나, 보이지 않은 실체로서 회사가 바라는 일을 하는 삶의 방식만으로는 의미가 불충분하다. 여기에 초소 근무자의 삶의 방식이 교직될 때 새로운 의미망이 형성된다. 초소 근무자를 편의상 C라고 한다면, C는 9개월 13일째 초소에서 고립된 삶을 살고 있다. 매일 아침 눈을 뜨면 달력에 작대기를 긋는 것으로 하루를 시작한다. 보름 후면 임기가 끝나 이곳을 떠날 수 있다는 사실만이 유일한 희망이다. 그래서 초소는 '삶이 없는 곳'이다. 일주일에 한번씩 오는 잡지를 7등분해서 아주 천천히 야금야금 읽어야 하는 권태로운 삶 속에서 고립감을 떨쳐버리지 못한다. 그런데 A가 찾아든 것이다. 9개월이 넘도록 식료품과 소독약을 보급하기 위해서 트럭을 타고 왔다가 휑하니 사라지는 두 명의 공무원 말고는 C를 찾아온 사람이 없었으니 A를 맞는 그의 심정은 기쁨에 넘쳐있다. 그런데 작가가 C의 심정을 A의 시각과 말로 보여준다는 데 묘미가 있다. 서술자가 교체되면서 상대의 서사정보를 파편적으로 보여준다는 점이 이 소설의 독특함이다. 초소에서 검문을 해야 할 C는 A를 손님처럼 맞이하여 따뜻한 차를 끓이고, 샤워할 수 있도록 목욕물을 데우면서 끊임없이 그가 살다온 도시에 대해 이것저것들을 묻는다. '말에 갈급한 삶'의 모습

을 A의 눈에 비친 모습으로 보여주기 때문에 설득력을 얻는다. 그러나 A가 '여기는 뭐 하는 뎁니까?'라고 묻자 그때에서야 C는 테이블에 아무렇게나 내려놓았던 권총을 찾아들고 A를 조사하게 된다.

외로움 때문에 자신의 임무를 잠시 망각한 C는 A가 '사회'로 갈 수 없음을 구체적으로 설득하려 한다. A와 C는 결코 갈등하지 않는다. 다만 자신의 임무에 충실하려고 할뿐이다. 알 수 없는 경로를 통해 들어온 열대지방 출신의 노란미친개미들이 우리나라의 기후에 적응하는 과정에서 유전자 변이를 일으켜 다른 생명체의 눈 속에 포름산을 쏘아서 눈을 멀게 하는 전염병이 '사회'에 만연하자 당국은 이곳을 폐쇄하기에 이른다.

> 그들은 어딘가에 격리시설을 만드는 대신에 산 중턱에 철조망을 치고 초소를 설치했다. 그리고 포고령을 내렸다. 사회에서 나오는 것도 허용하지 않고 사회로 들어가는 것도 용납하지 않았다. 사회에 살고 있는, 아직 눈이 멀지 않은 사람들이 격렬하게 항의했지만 그들의 항의는 산을 넘어가지 못했다. 어둠을 틈타 철조망을 끊고 사회를 탈출하는 사람들이 생겼다. 그러나 그들 중에 성공한 사람은 없었다. 철조망을 지키던 이들은 무장을 하고 있었고, 그들은 넘어가거나 넘어오는 사람들에게 발포하도록 명령을 받은 터였다. 하룻밤에 몇 번의 총소리가 나고 몇 구의 시체가 산등성에 묻혔다.

근대의 국가권력은 다수의 이익에 복무한다는 명제를 충실히 수행하는 쪽으로 작동한다. 이런 생산주의적 합리성이 근대성의 핵심이다. 회사가 보여주는 경제적 합리성과 맞물리는 근대성의 이면이다. 근대의 세계는 이러한 배제의 역학과 차별의 체계를 강화하는 방향으로 자기 통제적이고 자기 입법적인 인간윤리와 정신을 개발해 왔다. 그래서 당국은 괴질의 확산과 관련된 보도를 최대한 억제하고, 이 지역이 폐쇄되었다는 사실을 숨기며, 단지 괴질이 일소되었다는 발표만을 할뿐이다. 더구나 지도에서 '사회'라는 지명을 지워버리기 때문에 '사회'는 더 이상 존재하지 않은 땅이 되어 버렸다. 따라서 다수의 이익에 봉사한다는 국가권력의 대행자로서 C가 해야 할 일은 A가 '사회'로 가지 못하도록 막는 일이었다.

그러나 작가가 보여주고자 한 것은 사회적 권력관계나 인간의 삶의 방식에 관한 것이기 때문에 A가 회사의 이익을 위해 '사회'로 갔는지 아니면 C가 공익을 위해 A의 행위를 저지했는지는 중요하지 않다. 두 사람 모두에게 맡겨진 각각의 임무를 수행해야 할 의무만을 미결정적으로 보여주는 데서 그치는 것은 이런 연유에서이다.

A와 C의 스토리 라인의 직물 위에 장식으로 덧보태진 것이 '우리'의 스토리 라인이다. A가 '사회'로 가라는 지시를 받고 '우리'를 찾아왔을 때 '우리'는 이미 그곳으로 가는 길이 폐쇄되었을 뿐 아니라 그 이름도 폐기되었기 때문에 그가 사회로 출장 가는 것은 불가능하고, 회사의 지시에 무엇인가 착오가 있을 것임을 지적하면서 그냥 돌아갈 것을 충고하기도 했다. 우리 중 누군가는 A를 '실없는 사람'이라고 한 이유도 여기에 있다. 그런데 6장에서 A에게 내려진 지시는 출장이 아니라 발령, 즉 사령이라는 사실이 문서로 배달된다. '사회'는 새로운 임지이기 때문에 어떤 일이 있어도 A는 그곳에 부임해야 한다. 어떤 일의 가능성이나 타당성이나 유용성을 따지고 추리하고 판단해서 회사는 지시를 내리고, 그 지시가 설령 잘못되었더라도 한번 내린 지시는 어떠한 경우라도 지켜야 한다는 명제가 자본주의 경제원리이다. 그래서 '우리'가 해야 할 임무는 A를 찾아 임지로 보

내는 일이다. A는 자본주의의 논리에 매우 충실하여 출장 지시만으로도 불가능에 도전하지만, '우리'는 출장 지시가 아니라 문서화된 사령을 확인하고서야 이익 공동체의 임무를 수행하는 것이다. "그가 갔다면 우리도 가야 했다."는 논리는 의사결정에 철저히 소외되어 있는 대부분의 회사원에게는 공동의 선이나 이익을 위해 내려진 명령을 충실히 수행할 의무만 있다는 것을 단적으로 보여준다. 이것이 오늘날 우리들의 초상이기도 하다.

이상과 같은 3방향의 스토리 라인이 교직되어 빚어낸 서사의 결은 자본주의적 삶의 방식과 권력의 상관성을 문제 삼는다. 「사령」의 소설다움은 단순한 서사대상을 다양하고 복잡한 서사행위로 서사정보를 제한하는 데서 얻어지는 효과에 있다. 「에리직톤의 초상」(1981) 이후 이승우의 소설이 보여주는 권력의 관념성이 「사령」에서도 유감없이 발휘되고 있다. 우리의 현실적 삶의 표지는 '한반도 동쪽'이라는 것 외에는 아무것도 없다. 회사의 이익을 위해 사령을 수행하는 자와 공익을 위해 감염자의 확산을 막으려는 자의 임무를 수행하는 것 사이의 대립은 단지 알레고리일 뿐이다. 이것을 현실과의 교집합으로 읽어내려고 한다면 우리는 해석에 이를 수 없게 된다. 올바른 해석은 텍스트의 사물이나 대상의 논리에 따라 스스로 존재의 빛이 드러나도록 돕는 일이다.

· 성스러운 봄 ·

정미경

약력

1960년생
1982년 이화여대 영문과 졸업
1987년 중앙일보 신춘문예 당선(희곡부문)
2002년 〈오늘의 작가상〉 수상 「장밋빛 인생」

성스러운 봄
정미경

―여기 연구실 앞이에요. 지금 들어가서 뵙겠습니다. 그럼요. 오래 걸리지 않습니다.

휴대전화의 폴더를 접으며, 충전기에 몸을 꽂고 에너지를 좀 채워 넣을 순 없을까 생각했다. 내 몸은 방전 경고음이 들린 지 오래인 배터리처럼 겉만 멀쩡했다. 어린이날이 낀 사흘 연휴가 내일부터 시작될 것이다. 그 전에 처리해야 할 일거리 때문에 며칠 동안을 십 분 단위로 시간을 쪼개며 뛰어다녔다.

봄이었다. 봄이 온 지는 꽤 됐을 것이다. 회색 콘크리트 벽에 붙어서 핀 개나리꽃 덤불을 도심에서 스칠 때면 지나친 집중을 요구하는 노랑이 징그럽다는 생각을 했을 뿐이다. 산자락에 잇대어 서 있는 여기서는 아무래도 끝내 봄빛을 외면하긴 어렵다. 이른 봄꽃들이 피었다 진 자리엔 이파리들이 초록 애벌레들처럼 꼬물꼬물 기어나와 메마른 가지를 뒤덮고 있었다. 목덜미에 감기는 바람이 섬모를 문질러대는 거대한 환형동물처럼 느껴져 살갗에 소름이 돋았다. 캠퍼스는 쳐다보기도 눈부신 연두와 붉고 흰 철쭉으로 뒤덮여, 내 귀에만 들리지 않는 생명의 재잘거림들로 가득 찬 듯하다.

 봄이 올 듯 올 듯하며 오지 않았던 지난 겨울의 끝에 이렇게 5월이 오기를 간절하게 기다렸던 밤이 있었다. 그 밤, 오지 않을 것 같았던 봄이 여기 이렇게 쉽게 와 있었다. 딸은 끝내 기다리지 못하고 가버렸는데. 차마 못 볼 것을 본 듯 나는 눈을 한번 질끈 감았다. 안으로 들어가기 전에 담배 한 개비를 피우려다 주머니에서 도로 손을 뺐다. 고객 앞에서 니코틴 냄새를 풍기는 건 보험맨의 예의가 아니지. 연구소의 동향 창들엔 블라인드가 내려져 있다. 실눈을 떠야 할 만큼 눈부시게 환한데 나는 여기가 어쩐지 밤 같다. 숲 그늘에서, 누군가 잿빛 잔돌을 한 웅큼 집어던진 듯 작은 새들이 재잘거리며 흩어졌다. 순간, 살아 있는 모든 것들에 진저리가 났다.

 지난 겨울, 그 밤에 나는 병실의 침대 옆에 서서 아이를 내려다보고 있었다. 몸속에 쌓인 스테로이드의 부작용으로 아이의 얼굴은 달처럼 부풀어 있었다. 커다랗게 부풀었지만 탄력이라곤 없어 손가락으로 누르면 출렁일 것 같아 차마 만질 수가 없었다. 문 페이스라고 했다. 신장의 상태에 따라 얼굴은 아침저녁으로 커졌다 작아졌다 했다.
 아빠.
 응.
 어린이날 선물 말이야. 드디어 결정했어.

카데터를 교환할까 말까 결정하지 못하고 있는 내 앞에 누워서 딸아이는 선물을 정했다고 조잘거리고 있었다. 어린이날은 세 달이나 남아 있었다.
뭘, 사줄까. 뭐가 갖고 싶니?
운동화.
운동화?
걷고 싶었던 것일까? 딸아이가 갖고 싶어 한건 캐릭터 운동화였다. 발등에는 만화 주인공이 그려져 있고 그걸 신고 달리면 뒤꿈치에서 형광 연두의 불빛이 디딜 때마다 반짝반짝 커진다고 했다. 광고에서 봤는데 그걸 신고 달리면 아이들이 모두 자기를 쳐다볼 것이라고 했다.
그 신발은 밤에만 신어야 되겠구나.
아이는 그것까진 미처 생각 못했다는 표정으로 약간은 아쉬운 눈빛을 하며 고개를 끄덕였다.
뭐 먹고 싶은 거 있어?
아이는 고개를 저었다. 나는 손바닥으로 딸의 배를 살살 문질렀다. 배도 얼굴처럼 부어올라 손을 대자 물을 담은 봉지처럼 출렁거렸다.
운동화, 미리 사줄까?
또 고개를 젓는다. 어린이날 선물이란 5월 5일에 받는 것, 이라고 생각하는 일곱 살. 오래 병을 앓는 동안, 지독한 치료는 아이의 생명을 연장시키는 대신 성장을 멈추어놓았다. 아이는 거꾸로 도는 시계 바늘을 올라탄 것처럼 키와 몸무게가 자꾸만 줄어들었다. 침대에 누운 아이는 인공배양실에 놓인 희귀식물처럼 쳐다보기도 아슬아슬했다.

아빠.

응.

아빠 눈 속에 별이 있어.

내려다보는 내 눈을 쳐다보며 딸아이는 말했다. 내 눈에 고인 눈물을 아이는 별이라 불렀다.

다음날 운동화를 사서 나는 그걸 베란다 창고에 숨겨두었다. 아내에게도 보여주지 않았다. 밤에 혼자 베란다에 서서 신발 속에 손을 넣고 눌러보면 뻑뻑 소리가 났다. 그때마다 뒤꿈치에서 형광 연둣빛 불이 켜졌다가 꺼졌다. 병실에 들어서면 처음 눈이 마주치는 심전도 모니터처럼 모든 빛나는 것은 나를 불안하게 했다. 머리카락도, 얼굴도, 끝이 나팔꽃처럼 펼쳐진 스커트도 핑크빛으로 빛나는 소녀가 딸 대신 신발 코에서 눈을 반짝이며 불안하게 웃고 있었다. 그걸 미리 준다면 아이가 제 생이 얼마 남지 않았다는 걸 알아버릴까 두려웠다. 아이는 키가 줄어드는 대신 나날이 영악해져 갔다. 무섭도록 눈치가 빨랐다. 병실에 밝은 얼굴로 들어서면, 더 나빠졌대? 물어볼 만큼.

그 밤에, 어린이날은 광년(光年)의 거리처럼 아득한 곳에 있었다. 이토록 쉽게 그날이 올 줄은 몰랐었다. 나는 그날 밤, 가장 중요한 질문은 끝내 하지 못하고 병실을 나오고 말았다.

너는, 고통스럽게라도 여기, 이곳에 더 머물고 싶니?

바깥은 초여름 날씨 같은데 지하 연구실은 얼음집에 들어온 듯 서늘하다. 오르막을 걸어오느라 등에 밴 땀이 순식간에 식으면서 살갗이 조이는 느낌이 들었다. 창을 등지고 앉은 그의 얼굴을 나는 바로 알아볼 수 있었다. 20년의 세월에도 그의 얼굴은 크게 달라지지 않았다. 물론 그는 감색 싱글을 입고 자기 앞에 서 있는 내가 한때 자신의 강의를 듣던 학생이었다는 걸 모를 것이다. 그는 언제나 수십, 수백 명 앞에 서 있는 한 사람이었고 난 그 앞에 앉아 있던 학생들 중 한 명이었으니까. 그러고 보니 그때 이 사람은 지금의 내 나이보다 한참이나 어렸다.

손해보험 사정을 하는 우리 사이에는 가장 상대하기 어려운 직업 베스트 3이 있다. 지긋지긋한 체험을 통한 뼈저린 리스트이다. 목사, 은행원, 그리고 교수. 다양한 사람을 상대하는 노하우를 일상에서 철저하게 터득한 사람들이라 그런지 협상의 게임에서 초보들은 늘 그들에게 당하기 마련이다.

경미한 교통사고를 당한 어떤 목사는 내가 보기에 멀쩡한데 꼬박 8개월을 병원에서 버텨내고 결국 천문학적인 액수를 챙겨 나갔다. 그가 내세우는 후유증 중에는 걸을 때마다 고관절이 아프고 요통으로 성생활을 할 수가 없다는 것 외에 정신장애도 있었는데 나야말로 그 사람과 조금만 더 줄다리기를 했다면 진짜 돌아버렸을 것이다. 연기자가 된다면 훨씬 눈부신 성취를 이루지 않을까 조언을 해주고 싶었다. 게다가 사고차량이 외제차일 때는 우리나 고객이나 마음속에 잘 벼린 칼 하나씩을 품고 만나게 된다.

이 일이 처음부터 내게 맡겨진 건 아니었다. 사고차량이 BMW이고 피해자가 교수이며 전공이 신경외과인 대학병원 의사라는 자료를 읽은 부장은 이 일을 내게 돌렸다. 잘해 봐. 애쓴 만큼 인센티브를 줄 테니까. 인센티브라는 말이 없었다면 나도 이 골치 아픈 일을 맡지 않았을 것이다. 요즘 내 머릿속을 지배하는 건 처음부터 끝까지 돈이었으니까.

　조영우라는 그의 이름을 내가 여태 기억하고 있었던 건 아니다. 자료파일을 보니 근무처가 내 모교였고 나이로 미루어 내가 강의를 들었을 수도 있겠다는 생각을 했는데 전공과 이름을 확인하고서야 나는 그가 강의도 재미있게 하고 학점도 짜지 않아 수강생이 늘 황야의 들소 떼처럼 몰렸던 그 교수였다는 걸 떠올렸다. 전공이 토목공학이었던 내가 그의 강의를 들은 건 딱 한 강좌였다. 생명과학 비슷한 제목의 그 교양과목은 인간의 영혼과 육체를 조망하며 청년기의 정체성 확립과 우주적 실존 의미를 탐구한다는 거창한 강의 해설을 달고 있었다. 전공 시간에 짜맞추다 보니 빈 시간과 들어맞아 신청했을 뿐이지만 강의는 예상했던 것보다 재미있었다. 시간표상으로는 격일 한 시간 짜리 강의였는데 그는 그걸 하루에 몰아서 두 시간이 채 못 되는 시간 동안 강의를 했었다. 강의는 연속성이 없었고 매번 새로운 주제로 이루어졌다. 의대 교수다운 적나라한 성교육도 있었고 우주물리학에 대한 이야기를 하기도 했다. 화제에 오른 영화가 즉석 토론 대상이 되기도 했고 어느 여름 오후엔 납량특집이라며 엽기적 살인에 얽힌 법의학 강의를 한 적도 있었다. 그의 강의 시간에 한 번도 졸았던 적이 없었다는 기억이 남아 있을 만큼 그는 꽤 탁월한 강사였다. 나이트에서 살다시피 했던 1학년 때 그는 내게 그래도 B를 주었는데 형편없는 학점들 사이에서 그 B는 눈부셨고 눈물겹게 고마웠다. 만약 다른 장소에서 만났다면 나는 그에게 내가 이 학교 출신이며 강의를 들은 적이 있다는 말을 했을 것이다. 지금 여기선 아니다. 나는 너를 아는데 너는 나를 모르는 게 협상에서 얼마나 유리한 고지인지를 아는 지금은.

―안녕하십니까. 교수님. 처음 뵙겠습니다.

쓰고 있던 안경을 벗어 책상 위에 내려놓고 그는 소파 쪽으로 나와 내게 앉기를 권하며 자신도 앉았다. 가방에서 자료를 꺼내고 노트북까지 꺼내 펼치자 그는 미간을 살짝 찌푸렸다. 오른쪽 이마에는 아직 거즈가 붙어 있었다.

―다른 분이 오셨군요.

―네. 이 대리가 갑자기 다른 일을 맡게 돼서 제가 대신. 귀찮게 해드리진 않겠습니다. 몇 가지 사안에 대한 확인만 하면 되니까요. 사고 장소는 통일로 쪽에서 일산 방향, 신축건물 현장 부근, 자정 무렵이었으며 운전은 교수님이 하고 계셨습니다. 맞습니까?

그는 짧게 한 번 고개를 끄덕였다.

―보험 만기일은 7월. 17년간 무사고. 소유차량은 이 차 외에 한 대가 더 있군요. 주행거리를 보니 이 차는 출퇴근용은 아니었던 것 같습니다. 현장 확인 결과 도로의 유실된 부분에서 차가 갑자기 쏠리면서 도랑으로 빠졌다는 상황도 인정될 것 같습니다. 차량끼리의 사고가 아닌 데 비해 차량의 외부 손상은 꽤 심합니다. 여기까지 이의 없으십니까?

―그렇습니다.

자료는 회사 측이 불리했다. 오른쪽 범퍼가 완전히 깨졌고 앞문까지 이어진 손상은 교체와 도색까지 다시 해야 했다. 지정 AS센터에서 해야 하는 차 수리 비용도 만만찮을 것이고 외상은 경미해도 혹시라도 신경외과적인 사고 후유증이라도 호소한다면 지급해야 할 의료비 역시 육십대 좌판 아줌마가 다쳤을 때 지급할 보상액보다 월등히 높아질 것이다. 먼저 보상해준 후에 도로공사나 건물을 신축하고 있던 카페에 구상권을 청구해야 되겠지만 실속 없는 길고 지루한 싸움이 될 뿐일 가능성이 높았다.
　―보상액은 어느 정도 예상할 수 있습니까?
　실내가 어둡진 않은데 바깥에서 들어오는 역광이 너무 강해 그의 표정은 뚜렷하지가 못하다. 맞은편에 앉은 내 얼굴은 수술실에 누운 사람처럼 잔주름까지 선명할 것이다. 협상에 좋은 자리는 일단 그가 차지하고 있다. 먼저 보잘 것 없는 액수를 제시해서 상대방의 기대치를 낮추는 것이 협상의 시작이다.
　―출고 연수가 있고 해서.
　모니터로 자료를 검색하는 날 보며 그는 고개를 흔들었다.
　―작년 출고차지만 그건 의미가 없어요. 그 차 주행거릴 보셨겠지만 남들 3개월 탄 것보다 짧아요. 이런 뜻밖의 사고에 대비해서 20년 가까이 보험은 들어왔지만 한 번도 보험 혜택을 받은 적이 없습니다. 지난번에 오셨던 분은 터무니없는 액수를 얘기하더군요. 보험회사가 일방적으로 정한 액수는 납득할 수가 없습니다.
　이 정도 반응은 예상하고 있었다.
　―뭐 정비 결과가 나와 봐야 정확한 계산이 나오겠지만 손실 비용을 전부 보험사가 책임질 순 없습니다. 자기과실 부분이 있으니까요.
　―자기과실 같은 건 없었어요. 탱크가 아닌 이상 거기서 어떤 차도 정상적인 주행을 할 수 없을 거요. 그건 보험사와 도로공사가 해결할 문제지 내가 책임질 일은 아니요. 내가 여태까지 당신 회사에 납부한 보험료만 모았어도 이 차를 새로 살 수 있을 거요. 이 대리라는 분한테 알아듣게 얘길 했는데……. 이건 횡포가 아닙니까. 나 이런 문제로 줄다리기할 만큼 한가하지 않아요. 계속 이런 식이라면

소송을 제기하겠소. 비용은 문제가 아니요.

그는 비용은 문제가 아니라고 말한다. 그렇게 말하는 그의 얼굴을 보고 있자니 실패나 좌절 따위는 한 번도 겪어보지 못한 듯 매사에 자신만만했던 젊은 날의 그의 강의실에 앉아 있는 듯한 생각이 들었다. 사람들은 대개 뜻밖의 큰일을 당했을 때 혹은 결백을 주장하고 싶을 때 결연한 의지를 보여주기 위해 이 말을 잘 쓴다. 그러나 사태가 진전되다 보면 결국은 비용도 문제가 된다는 걸 알게 될 것이다. 나는 머릿속에 확 떠오르는 장면을 지우려 고개를 저었다.

병실 복도에서 의사가 수술과 처치 과정을 설명하며 비용을 말했을 때 나는 처음에 분노했다. 아내보다 내가 더 분노했다. 비용이라니. 네가 나를 어떻게 보고. 아이를 살릴 수 있다면, 그 아이를 살릴 수 있는 데 드는 돈은 그때 내게 비용이 아니었고 그 비용은 문제도 아니라고 생각했다. 아내와 나의 미래가, 아니 내 나머지 생의 전부가 일순에 사라지려는 순간이었는데 어떤 부모인들 목숨이라도 걸지 않으려 하겠는가. 비용은 문제가 아닙니다. 나도 그렇게 말했었다. 아이가 입원해 있던 일 년 반 동안 많지 않던 예금은 사라졌고 카드 빚은 여기서 빼서 저기를 막아야 했지만 그때 내게 그건 아무것도 아니었다. 나중엔 빌릴 수 있는 모든 곳에서 돈을 빌려야 했다. 아픈 아이의 치료비로 전세금까지 날아가버린 걸 안 주위 사람들은 그때부터 전화기 속에서 나를 확인하는 순간 목소리의 톤이 달라졌다.

돌이켜보면 내 지난 생애에 그때처럼 씩씩한 목소리로 살았던 시기는 없었을 것이다. 전화기 속에서 나는 모든 것이 잘 되어나가며 조금도 어렵지 않은 사람처럼 밝고 큰 목소리로 떠들어댔다. 밤의 병실에서 아이의 손을 잡고도 명랑하고 가벼운 목소리로 얘기했다. 어느 밤 복도 끝에서 휴대전화를 들고 누군가와 통화를 하다 유리창에 비친 내 얼굴을 본 나는 소스라치게 놀랐다. 이 목소리를 내는 사람의 얼굴은 저게 아니야. 우울하게 처진 눈매와 울음을 터뜨릴 것 같은 입을 가진 누군가가 어두운 창 밖에서 어린 새처럼 조잘대는 날 쳐다보고 있었다.

비용의 대가는 아이의 고통이었다. 네 번이 넘었을 때 나는 고통스런 골수 채취의 횟수 세기를 그만두었다. 비용과 고통을 동시에 지불한다면 그래도 신은 내게 미래를 남겨줄 것이라고 믿었다. 끝내 고통마저 사라진 자리에 남은 것은 비용, 그것이었다.

그랬다. 딸아이가 떠났을 때 견딜 수 없는 건 슬픔일 것이라고 생각했다. 아니었다. 슬픔보다 더 강하게 나를 압박한 건 빚이었다. 장례를 치르고 났을 때 난 딸을 잃은 아버지가 아니라 신용불량자였다. 갚지 못한 빚에 대한 내용증명의 수취인이었으며 민사소송의 출두 요구서에 찍힌 피의자였다. 차가운 목소리로 이만 돈을 돌려줄 것을 요구하는 전화를 받아야 하는 파렴치한이었다. 원금은커녕 이자마저 감당하기가 어려운 파산자였다. 지금의 나를 버티게 해주는 힘은 슬픔이 아니다.

나는 어쩐지 앞에 앉은 사람에게 조금씩 가혹해지기 시작하는 나를 본다.

주머니 속에서 휴대전화가 진동을 했다. 소장이었다. 지금 어딘가? 상담중입니다. 그래? 끝나면 전화주지. 소장은 지금 내가 다른 보험회사의 손해사정인 자격으로 고객을 만나고 있는 줄은 꿈에도 모를 것이다. 마감 날은 다가오고 빨리 한 건이라도 올리라고 전화했을 것이다. 두 달 연이어 평균실적 미달이면 주차권 회수합니다. 이 따위 얘기를 속삭이듯 할 때는 차라리 소장이 소리를 질렀으면 좋겠다고 생각한다. 조용히 일러주는 그 목소리가 더 끔찍하다. 지난 몇 달 사이 내게 무슨 일이 있었는지 알기 때문에 이 정도로 봐준다는.

나 자신 이즈음은 앵벌이 인생과 다를 것이 없다는 생각이 들었다. 딸의 고통에 대해 지불한 비용의 대가로 나는 누군가의 앵벌이가 되어 있었다. 두 군데 보험회사에 적을 두고 낮에는 겹치기 출연하는 엑스트라처럼 이리저리 뛰어다녔다. 밤에는 경력을 속이고 과외 교사로 뛰었다. 최근에 네 시간 이상 자본 적이 없었다. 신문에서 언젠가 만성적인 수면 부족의 후유증에 대해서 읽은 적이 있다. 신경과민, 만성피로, 불안장애, 소화기질병 등. 거기다 내 경험으로는 순간적인 판단장애까지 일어난다. 한번은 과외를 마치고 돌아오는 길이었는데, 한남대교 북단에서 거의 반수면 상태로 운전하고 있었다. 갑자기 눈앞에 하이빔이 미친 듯이 번쩍거렸다. 서로가 급브레이크를 밟았는데 범퍼가 거의 닿아 있었다. 미친놈, 개새끼, 나는 조건반사를 일으킨 개처럼 마구 욕을 해댔는데 노란 선을 넘어 반대편 차선을 달리고 있었던 건 나였다. 상대편 운전자는 얼이 빠져 입을 벌리고 멍해 있었다. 말하자면 하루 네 시간만 잔다는 건 법정 알코올 농도 기준치 이상의 술을 마신 것과 같은 상태에 빠지는 것이다. 그렇게 뛰어다니며 번 돈은, 이제 더 이상 존재하지 않은 고통의 비용으로 계속 지불되고 있었다.

―저도 최선을 다해서 보상해드리고 싶습니다. 다만 저희들이 제

시하는 한도를 넘어가는 액수를 요구하실 땐 끝까지 가다보면 한 푼의 보상금도 못 받는 상황이 올 수도 있습니다. 저로서는 안타깝지만.

―무슨 얘긴가요?

―소송 말씀을 하시니까 드리는 말씀입니다. 물론 비용은 별문제가 아니겠지만 소송에서 드는 비용이 돈뿐만은 아닌 걸 알고 계시지 않습니까? 지루한 출두와 진술과 보험감독원의 심의를 기다려야 하며 만의 하나 소송에서 패하면 보상액은 전혀 없게 되는 것입니다.

―지금 날 협박하는 겁니까?

―그럴리가요.

―왜 내가 가입한 보험에서 보상을 받는데 이토록 고통을 당해야 합니까?

몇 권의 베스트셀러 저서가 있고 다양한 지면의 칼럼을 통해 사회적인 지명도도 만만찮은 이 사람과의 소송은 물론 회사로서도 피해야만 하는 상황이다. 보험액 산정 때문에 저명인사와 소송에 들어갔다면, 그리고 그가 어떤 방식으로든 보험회사의 무례와 횡포에 대해 떠들어댄다면 회사의 이미지와 보험계약에 미치는 파급효과는 무시할 수 있는 수준이 아닐 것이다. 그러나 협상의 마지막 순간까지 나는 포커 페이스를 유지해야 한다. 고통이란 내 몫이 아님을 시위해야 한다. 아빠 눈 속에 별이 있어, 조잘거리던 딸아이 앞에서 끝내 밝은 목소리를 잃지 않았던 그 밤처럼.

―그렇습니다. 절차란 게 이렇게 사람을 피곤하게 하네요. 그렇지만 이런 절차를 겪은 뒤에야 결과를 받아들이는 게 사람이지요. 고통스러운 과정이 없다면 우선은 편하겠지만 그땐 결과가 우리를 오

래 괴롭히게 됩니다.

　이 말의 의미를 그는 알까. 고통스러운 과정이 없었다면 맨 정신으로 받아들일 수 없는 삶의 프로그램도 있다는 것을 그는 알까. 입원 기간이 길어지면서 딸아이는 주사를 너무 맞아 굳은살이 생겨 정맥을 찾을 수가 없었다. 링거용 바늘을 교환할 때마다 전쟁이었다. 척수검사를 끝내고 나면 아이는 내 품에 안겨 젖은 빨래처럼 늘어졌다. 고통을 호소할 기운마저 없어 그저 바르르 떨기만 했다. 내가 가장 견딜 수 없었던 건 그 아이의 등이 내 무력한 손바닥 안에서 바르르 떨리는 그 느낌이었다. 마지막 무렵 아이는 몸의 여러 군데에 튜브를 꽂고 카데터를 삽입해야 했다. 처음 카데터를 삽입할 때 나는 병원에 없었다. 전화기 속에서 아내는 울고 있었다. 내가 뭘 잘못한 거지? 아내는 내게 그렇게 물어보았다. 밤에 병원에 들렀을 때 아이보다 아내 얼굴이 더 망가져 있었다. 고통스럽게 설치했지만 그건 영구적인 건 아니었다. 망가진 카데터를 교환하던 날은 내가 병실을 지키기로 하고 아내를 내보냈다. 나는 그때 교환하는 걸 지켜보고 있었는데도 그 장면을 잘 기억할 수가 없다. 내 영혼은 그 장면을 외면하고 싶어했고 기억하고 싶어하지 않았다. 아이는 끝내 팔다리를 늘어뜨리며 까무러쳤다. 간호사가 피로 얼룩진 시트를 교환해주었다. 내 몸을 마취 없이 찢어대는 것 같았다.

　보름이 지나자 의사가 복도에 서서 다시 물었다.

　카데터를 교환하시겠습니까?

　그 무렵 딸은 의식을 놓을 때가 많았다. 의사는 엄지손가락을 올리거나 내릴 권리가 내게 있음을 알려주고 싶어했다. 끔찍한 교환 과정을 생각하며 나는 고개를 저었다. 한 번도 보지 않은 도살장이라는 단어가 떠올랐다. 카데터를 교환하지 않겠다는 표현은 아니었다. 나는 의사에게 물어보았다.

내가 뭘 잘못한 거죠? 뭘 잘못했기에 그걸 지켜봐야 합니까.

의사는 카데터 교환을 그만두겠다는 걸로 받아들인 모양이었다.

그냥 두면 합병증으로 폐렴이 올 수 있습니다.

면역력이 거의 없는 상태에서 폐렴이라면 곧 죽음을 말하는 것일 것이다.

카데터를 교환하면 언제까지? 희망은 있는 겁니까?

언젠가, 기도가 견디지 못하는 순간이 오겠지요.

선생님이라면 어떻게 하겠어요?

아이가 있는 사람일까. 젊은 의사의 눈도 나만큼이나 우울하고 피곤해 보였다.

이건. 질문할 수 있는 게 아닙니다. 어쩔 수 없이 저희도 보호자에게 물어보아야 하지만 이게 질문이 될 수 없다는 걸 알고 있습니다. 질문이란, 비록 불완전하더라도 어딘가에서 대답을 찾을 수 있는 걸 말하겠지요. 이럴 땐 의사나 보호자나 질문이 아니라 딜레마에 부딪치는 거죠. 끝내 답을 찾을 수 없는.

창 밖을 쳐다보며 그는 낮게 덧붙였다.

말하자면, 큰 상처를 놔둔 채 작은 뾰루지에 반창고나 붙이고 있는 것과 다를 게 없어요. 길게 보았을 때 희망은 없습니다.

의사와 헤어져 지하매점으로 내려와 늦은 저녁을 먹었다. 국수에 뜬 유부에서는 산패한 기름 냄새가 났다. 희망은 없습니다. 언젠가 견디지 못하는 순간이 오겠지요. 나는 유부를 건져먹고 국물도 마저 마셨다. 무언가를 먹어야만 했다. 몇 번을 가르쳐도 알아듣지 못하는 학생에게 집합과 인수분해를 가르치러 가야 할 시간이었다.
 그의 말처럼, 냉정하게 말하자면 카데터를 교환함으로써 우리가 줄 수 있는 건 고통의 연장뿐이었을 것이다. 그래도 내가 선택한 것은 정말 아이의 안식이었을까. 아니면 이제 그만 이 모든 것에서 놓여나고 싶다는 이기심, 혹은 포기였을까. 그 질문이 떠오르면 머릿속이 하얘졌다. 아이를 포기했다는 죄책감에 사로잡힐 때면 척수검사를 끝내고 내 품에 안겨 바르르 떨던 그 느낌을 떠올렸다. 그 아이의 지독한 아픔을 지속적으로 지켜보지 않았다면 죽음을 받아들이기는 더욱 힘들었을 것이다. 똑같이 그 과정을 지켜보았으면서도 아내는 아이의 죽음을 받아들이지 못하고 있지만. 아직도.
 나로선, 케이스가 다르긴 하지만 이 사람이 결국 받아들여야 할 것을 순순히 받아들일 때까지 고통스러울지도 모를 과정을 오롯이 겪게 해주어야 한다고 생각한다.
 ─어쨌든 이런 상황에서의 보험액 산정이란 유동적인 거 아닙니까?
 이제 그는 태도를 조금 바꾸었다. 보아하니 판을 벌렸다간 골치 아플 것 같고 협상을 통해 최대치의 보상을 받는 게 낫겠다고 생각했을 것이다.
 ─짜고 치는 고스톱이라고 말씀하시고 싶은 건가요? 없는 사례는 아닙니다. 보상액을 터무니없이 높여주고 뒷거래하는 경우도 없진 않았습니다. 그렇지만 보험회사들도 산전, 수전, 공중전 다 겪으면서 앉아서 삼만 리 서서 구만 리를 봅니다. 요행히 운이 좋을 수도 있지만 검사팀의 레이더에 걸리면 그땐 제 선에서 끝낼 수가 없습니다. 빵빵한 이력을 가진 특수 조사팀이 수사를 시작하게 되죠. 제가 걸

리는 거야 괜찮지만 리베이트 준 사람까지 실형을 살게 되기까지는 보험회사로서도 막대한 수업료를 지불하고 난 결과입니다.

그는 손까지 저으며 조금 웃어 보였다.

―나도 자해공갈단은 아닙니다.

―그럼요. 그럴리가요.

창 밖에서 웅웅거리는 소음이 먼저 들렸다. 연막소독을 하는지 순식간에 창 밖이 불투명한 흰 막으로 뒤덮인다. 초록 이파리들이 사라졌다가 보고 있는 사이 한 조각씩 드러난다. 창틈으로 소독약 냄새가 스며들었다. 내 호흡은 의식하지 못하는 사이 냄새를 거부하며 얕아진다. 소독약 냄새라면 진저리가 난다. 창 밖은 다시 고요해진다. 그는 손바닥을 펼쳐들었다. 더 이상 피곤한 논쟁은 그만하고 싶다는 제스처일 것이다.

―그래요. 나도 중고 차 하나 말아먹고 새 차 내놓으라고 떼쓰는 사람은 아니에요. 규정에 있는 대로 보상해 주세요.

―그거야 당연합니다. 그런데.

노트북은 그 사이 화면 보호기 상태였다. 나는 엔터키를 필요 이상 몇 번 두드렸다.

―교수님, 그런데 자차 보상 부분은 불과 닷새 전에 추가로 드셨네요.

―그러게 말입니다. 무슨 예감 같은 게 있었는지. 그 차는 출퇴근 용도 아니고 차량가가 높다보니 보험료 부담도 너무 많은 데가 20년 동안 사소한 접촉사고 하나 없던 터라 괜찮겠지 하고 그냥 탔었어요. 근데 어쩐지 불안하드라구요. 그래서 며칠 전에 가입했었는데.

―그렇습니까?

그랬을 수도 있을 것이다. 사람은 모든 불행이 자신은 비껴갈 것이라는 근거 없는 희망을 갖고 살아간다. 자신은 불의의 사고를 당하는 그런 운명적으로 열등한 종류의 인간이 아니라는 생각을 하는 것이다. 일간지 사회면에 실린 기사란 결코 나나 내 주위 사람에겐 일어나지 않을 것이라는 생각, 결국은 확률의 문제일 뿐인 걸 모르고 사는 것이다.

그래서 사람은 어느 날 갑자기 닥친 불행에 대해 고통과 열등감을 동시에 느낀다. 아이의 입원 기간이 길어지자 아내는 어느 밤 울면서 내게 말했다.

왜 그런지 모르겠는데, 부끄러워, 사람들 보기가. 살면서 이렇게 부끄러운 적은 없었어. 내 엄마노릇도, 내 팔자도. 사람들이 돌아서서 내 인생에 형편없는 점수를 매겨주는 거 같아. 아이를 병들게 한 여자, 팔자 센 여자, 그렇게 말야.

그러므로 긴 고통의 이면에는 부끄럽다는 느낌이 포함된다. 지상의 삶에 무능한 인간이라는.

─여기, 기록된 바로는 사고가 난 것은 자차보험 가입 이틀 후군요.

─기록된 바, 라니요. 사고가 난 날을 기록한 거죠.

그가 예민하게 내 말을 정정한다. 나는 무시하기로 한다.

─사고 당시 목격자가 있었습니까?

─밤이 늦었고 다른 차하고 충돌한 것도 아니고 나 역시 크게 다친 곳이 없는 것 같아 그냥 운전을 하고 돌아왔습니다. 담당이 바뀔 때마다 매번 이렇게 똑같은 얘기를 반복해야 하나요?

─앞으로 담당이 바뀌는 일은 없을 것입니다. 그리고 돌아오셔서

그 다음날 오전 사고 신고를 하셨군요.
—이렇게 많이 망가진 줄을 몰랐어요.
—음주 상태에선 사고가 비교적 가볍게 체감되니까요.
—답답하면 혼자서 가끔 자유로를 달리긴 하지만 차 가지고 나가서 술을 얼마나 했겠어요. 맥주 한 잔이었어요.
—뭐, 그걸 문제 삼을 생각은 없습니다. 지금으로선 당시의 알코올 농도를 측정할 방법은 없으니까요.
테이블 위에 올려놓은 휴대전화가 물방개처럼 부르르 떨며 맴돌았다.
실적 이렇게 해놓고 회사에 얼굴도 안 비치고 뭐하는 겁니까. 일을 하는 거요? 마는 거요. 환산 5백은 해줘얄 거 아니야?
지금 상담중이거든요.
참나, 조례도 빠져, 종례도 빠져. 내가 지금 상전 모시고 일하는 거요? 마감까지 계약 못 받으면 일단 자기 이름으로라도 하나 들어요. 이 실적이면 다른 팀으로 밀려나요.
나가면서 전화 드리겠습니다.
팀장이었다. 소장한테 들볶이다 홧김에 전화했을 것이다. 환산 5백을 올리려면 월 입금액만도 얼만데. 삼만 원, 오만 원짜리 보험 받아 가지고는 서류 정리하는 것만도 손목이 부러질 분량의 일인데 강아지 이름 부르듯 예사로 환산 5백을 노래한다. 리베이트를 주고받으면 실형을 받는다고 하지만 이런 식으로 들볶이다 보면 그야말로 평균 깎아먹는 놈 안 되기 위해 수당 받아 전부 리베이트 줘야 되는 미친 짓거리 같은 계약도 할 수밖에 없다. 그나마 건수도 못 올리면 제 이름으로 가입해서 기본 실적을 채워야 한다. 팀장은 종례도 참석 못할 만큼 바쁘게 돌아다니는 척하면서 실적은 이게 뭐냐고 악악대는 것이다.
—제가 사고 날짜를 속이기라도 했다는 얘기처럼 들리는군요. 살다보면 픽션보다 현실이 더 드라마틱할 때도 있지요. 생명보험에 든 다음날 죽는 사람도 있잖아요.
—죄송합니다. 저희로서는 솔직히 이런 사고가 났을 때 심리적 상처에 대해서도 위로해드리고 싶은 마음인데 시스템이란 건 늘 사람을 피곤하게 하네요. 물론 그런 케이스가 가끔 있긴 하지만 자기 생명을 걸고 장난치는 사람은 드물죠. 회사측에서 들으면 펄쩍 뛸 소리지만 자연인으로서의 제 견해는 솔직히 그래요. 보험을 들고 그걸 받기 위해 사고로 위장한 자살을 했다면 보험금을 지급해야 한다고 봐요. 제 목숨을 걸어야 할만큼 돈이 필요하다면 그것보다 절박한 상황은 없는 거고 보험이란 그런 때를 대비해서 드는 것이니까요.
 아내는 내게 그런 자세를 요구했는지도 모르겠다. 남겨진 우리는 옷자락 속에 같은 크기, 같은 무게의 통증을 느끼는 상처자국을 가진 한 쌍의 짐승이라고 생각했는데 아니었다. 아내와 딸에게 나는 가해자였다. 몇 푼 치료비 때문에 딸의 목숨을 포기한 냉혈한이었다. 아내는 밤새도록 흐느껴 울다가 간간이 미친 여자처럼 소리를 지르곤 했다. 돈이 뭔데, 그깟 돈 몇 푼에 아이의 목숨을 포기한 거야? 목소리가 들리지 않는 벽의 양편에 서 있는 것처럼 우리는 차단되어 있었다. 죽은 건 딸이 아니라 우리 두 사람이었다. 우린, 이전의 우리는 없어져버렸다. 더 빌릴 수 있었다면 나도 더 빌렸을 것이다. 갚을 길이 없는 줄 뻔히 알면서도 보름 후에 갚겠다고 천연덕스럽게 거짓말을 해서라도 빌렸을 것이다. 포기했다면 딸의 목숨이 아니라

돈을 빌리는 일이었다.
　—대체로 보험 사기는 보통 손해보험 쪽에서 많이 발생합니다.
　고통스럽군요. 이런 오해를 받다니.
　나는 오해가 고통스럽다고 말하는 그를 쳐다보았다. 손해사정을 하다보면 나는 늘 상대방에게 고통을 주는 사람이 된다. 아내도 나를 보는 것이 고통스럽다고 말한다. 아내는 나를 자신과 동류항으로 묶기를 거부하고 있다. 아내는 끊임없이 내게 죄의식을 불러일으키고 싶어한다. 내가 받고 있는 고통의 분량이 터무니없이 적다고 생각한다.
　카데터를 교환하는 게 고통스럽다고? 물어봤어? 대답은 들었어? 우리가 뭘 선택할 수 있는 거야? 대답은 누가 할 수 있는 거야? 당신은 아니야. 그 전날 밤까지도 개는 손을 잡으며 내 손가락을 꼭 쥐었고 발바닥을 간질이면 발가락을 꿈틀거렸어. 가족이라고 생각했다면 당신은 그럴 수가 없었어.
　언젠가는 새벽에 날 깨웠다.
　물어볼 게 있어.
　한숨도 자지 못한 눈빛이었다.
　카데터를 뽑기 전에 사랑한다고 말해줬어?
　마지막으로 카데터를 뽑을 때 아이는 이미 의식이 없었다. 그래도 나는 아이의 귀에 사랑한다고 말했었다.
　응, 말했어.
　그럴 줄 알았다는 얼굴로 아내가 나를 푸르게 노려보았다. 나는 아내가 미쳐가는 게 아닐까 두려웠다.
　말하지 말았어야지. 말하지 말았어야지. ……알았을 거야. 우리가 포기하리란 걸.

 모든 슬픔에는 희생양이 필요하다. 나는 아내가 슬픔을 이겨내게 되는 어느 순간까지 가해자가 되어도 상관없다고 생각했다. 어떤 터무니없는 욕설이나 느닷없는 통곡이나 며칠을 계속되는 침묵이라도 견뎌내려고 했다. 아내의 혈관에 나쁜 지방처럼 덩어리로 흘러 다니는 슬픔이 녹아 내리려면 분노든 슬픔이든 증오든 지독하게 뜨거워야만 할 것이다. 지독하게 뜨거워야만 그것들을 태워 없앨 수 있을 것이라고 생각했다.

 그러나 이즈음 하루 종일 잠옷바람으로 아이의 침대에 누워 있는 아내가 원하는 건 상처의 소멸이 아니라는 생각이 든다. 고통이 물처럼 담담하게 흘러내리게 되는 그런 망각이 아니라 아내는 여전히 아이의 재잘거림과 체온과 세상의 어느 것으로도 대체할 수 없는 보드라운 입술이 볼에 와 닿는 느낌을 놓치게 될까 두려워하고 있는 것처럼 보인다. 아내는 고통에서 벗어나기를 원하지 않고 있었다. 손에 쥔 아이의 옷자락을 결코 놓지 않으려 했다. 질병의 치유를 바라지 않는 환자를 바라보는 의사처럼 나는 무력할 뿐이다.

 나는 내 앞에 앉아 고통을 얘기하는 이 사람에게 말해주고 싶다. 말해질 수 있는 건 고통이 아닙니다.

 ─이런 말까지 할 필욘 없겠지만…… 대학병원 의사는 환자를 보고 학생을 가르치기만 하는 자리는 아니죠. 학회지에 논문을 발표해야 하고 논문등급 평가는 가혹하게 순위가 매겨집니다. 작년에 시작한 사회표본조사 프로젝트가 있었는데 비슷한 연구가 벌써 다른 팀에서 상당히 진척되어 있다는 걸 얼마 전에 알게 되었어요. 학생들은 자신의 진로에서 이 프로젝트가 얼마나 중요한 일인데 그것도 몰

랐냐는 식으로 은근히 날 원망하고, 아니 그런 느낌을 받았다는 거죠. 지금 방향을 바꾸기엔 너무 많은 연구비와 시간이 지불된 셈인데. 물론 그런 것보다 나 자신이 바보 같다는 생각이 들면서 심리적으로 많이 힘들었어요. 그날도 그만 울적해져서 차를 몰고.

손해보험액 산정에 사고 당시의 정서적 상태에 대한 배려 같은 건 물론 없다. 그 역시 아내와 나의 관계에서처럼, 나의 침묵이 두려운 모양이다. 묵묵히 바라보는 내게 주지 않아도 될 정보까지 주려 한다.

눈물과 분노, 돌연한 흐느낌과 소리 지르기에 대해 달래고 받아주던 나도 언젠가부터 같이 소리 지르기를 시작했다. 너무 많은 감정이 뒤섞여 하얗게 빛나는 눈빛으로 날 쏘아보던 아내는 다른 방법을 택했다. 화를 폭발시키거나 느닷없이 쏟는 눈물 대신 완전한 침묵 속으로 들어가버린 것이다. 아이를 잃은 후 아내는 계속 아이의 침대에서 잠을 잤다. 이제 딸아이의 침대에 웅크리고 누워서 아내는 화를 내지도 일어나지도 않았다. 편해졌는가? 아니다. 그건 기껏 돈 몇 푼에 딸아이를 포기했다고 소리를 지르거나 깊은 밤의 끝없는 흐느낌보다 훨씬 나빴다. 벙어리처럼 단 한 마디도 나누지 않는 집으로 들어가는 밤이면 차가운 우물 속으로 걸어 들어가는 것 같다.

해가 거대한 시계의 초침처럼 툭툭 꺾인다. 실내는 아주 작은 등을 하나씩 꺼나가는 것처럼 미세하게 빛을 잃어간다. 갑자기 참을 수 없는 졸음이 밀려온다. 조금만 어두우면 잠은 바로 달려든다. 인체의 수면시계는 무릎 뒤에 있다지. 나는 종아리를 툭툭 쳤다. 오후에 처리해야 될 사고차량이 하나 더 남아 있다. 업무량을 할당하는 부장을 보면 팥쥐 엄마 같다. 늘 퇴근 시간을 초과해야 마무리할 만큼의 일들이 주어진다. 정비소로, 현장으로, 병원으로 뛰어다니다 보면 9시 넘기는 예사다. 환자들이 입원해 있는 병원을 밤에 불심검문해서 자리를 비운 가짜환자를 적발해야 하며 동시에 생명보험사의 설계사 업무를 해야 하고 일주일에 닷새를 수학을 가르쳐야 한다. 수학책 놓은 지가 언젠가. 가르치는 시간만큼 미리 교재를 보고 가야하는데 한 번씩 갑작스런 질문에 부딪치면 땀이 나서 안경이 뿌예졌다. 커피를 너무 마신 밤이면 펜을 쥔 손이 저절로 부르르 떨릴 때도 있다. 고객을 만나 약관에 대해 떠들다보면 내 속에서 무언가가 타고 있는 듯 단내가 코끝에 매달리곤 한다. 운전을 하거나 학생을 가르치다 가수면 상태로 들어가지 않으려면 아무래도 지금보다 조금은 더 자야 버틸 수 있을 것 같다.
　―그렇겠지요. 그런데.
　나는 극적인 효과를 노리는 사람처럼 말을 끊는다. 그의 얼굴은 이제 완연히 피로해 보인다.
　―사고 당시 차 안에 누구 다른 사람이 있었나요?
　―이렇게 나오시면 더 이상 얘기하고 싶지 않습니다.
　―왜 교수님의 오른쪽 이마에 상처가 났는지 이해하기 어려워서요. 에어백이 작동한 상태에서 그쪽이 차에 부딪치기는 어려운 일인데.
　―나로선 너무 놀라서 당시 상황을 잘 기억할 수가 없어요. 사고 순간에 그랬는지 차에서 나오다 그랬는지. 상처가 생긴 것도 집에 와서야 알았죠.
　그의 말이 약간 빨라졌다. 내 목소리는 조금 더 낮아진다.
　―그러셨겠지요. 가벼운 접촉사고라도 운전자에게는 정신적으로

아주 큰 충격을 주게 되죠. 게다가 술을 드신 상태에서 동행한 사람이 대신 운전대를 잡고 있던 중이라면 더 당황하셨을 것입니다.
―이런 식으로 피해자를 괴롭히는 게 당신들 일인가요?
―전혀 그렇지 않습니다.
―무슨 근거로 이토록 터무니없는 말을 내가 듣고 있어야 하나요?
―그렇죠. 근거. 교수님이 사고 신고를 늦추고 그 사이에 추가로 보험을 가입했다한들 증거가 없다면 어쩔 수 없는 거죠.
―내가 사고 신고를 일부러 늦게 하고 그 사이에 보험을 가입했단 말입니까?
―그 부분에 대해서는 사실 우리는 아무런 증거도 가지고 있지 않습니다.
―하, 그럼 다른 부분에 대해선 무슨 증거라도 있다는 겁니까?
 그는 기가 막힌다는 듯 소파 등받이에 몸을 기댄다. 테이블 위의 휴대전화가 진동을 한다. 그는 그 작은 소리에 깜짝 놀라 몸을 일으켰다. 사고처리 때문에 상담하기로 했던 사람이었다. 만나기로 해놓고 보니 보험처리를 할까말까 고민이 된 모양이었다.

불안하게 흔들리는 심전도 모니터를 지켜보며,
가망없이 꺼져가는 불에 풀무질을 하듯
점점 많은 분량의 아드레날린을 링거 선에 퍼부어대던 그날밤,
카데터를 뽑아버린 순간 나는 너무 늦게 깨달았다.
삶은 스스로 완벽하다는 것을. 어떤 흐트러진 무늬일지라도
한 사람의 생이 그려낸 것은 저리게
아름답다는 것을, 살아 있다는 것은
제 스스로 빛을 내는 경이로움이라는 것을.

접촉사고입니까? 골목길에서 후진하다 드럼통 세워진 걸 못 봤거든요. 자기과실 백 프로군요. 주민등록번호 불러주세요. 네. 차량번호 1701. 수리비는 꽤 나왔긴 한데. 불과 3개월 전에 비슷한 사례가 있었네요. 이렇게 되면 보험료율 상승하는 건 알고 계시죠? 대충 펴서 타세요. 길게 보면 제살 깎아먹기니까요. 여기서 또 할증되면 3년간 지속됩니다. 수리비가 싸게 먹힐 거 같은데. 어떻게 하실래요. 생각해보고 다시 전화주세요.

그는 아마 전화하지 않을 것이다. 두 시간 절약이다. 나는 조금 여유를 가진다.

그래요. 저도 이 일 하고 있지만 보험회사 나쁜 새끼들입니다. 10년, 20년씩 보험 넣어왔는데 사고 한 번 가혹하게 보험료율 인상이죠. 그러니 어지간한 건 자기가 손 봐버릴 수밖에요. 아까 어디까지 얘기했던 가요? 제가 에어백 말씀은 드렸나요?

—에어백이라니요?

—아, 어젯밤에 사고 차량을 살펴보러 갔었습니다. 그것도 제 일이니까요. 차를 깨끗이 다루셨더군요. 뒷범퍼도 깨알 같은 흠집 하나 없고. 수입차 AS는 정말 눈 튀어나오지 않습니까? 펴서 도색해 줘도 될 걸 무조건 교체하라고 그러지 않나 찌그러진 부위도 하필 범퍼에서부터 문과 몸체까지 걸쳐 있더군요. 정말 끔찍하죠. 제가 에어백을 살핀 건 우연이었습니다. 보통 에어백 같은 건 관심이 없죠. 다만 수입차 에어백은 국산과 재질이 어떻게 다르나 궁금했거든요.

그는 이 방이 손님을 맞기에는 이제 좀 어둡다는 생각이 들지 않는 것일까. 실내는 너무 조용해서 벽시계의 초침 소리가 들려오고 있었다. 미친 듯이 졸음이 밀려왔다.

―운전석 에어백에 립스틱이 묻어 있더군요. 근데, 에어백에 묻은 립스틱은 사모님 건가요? 그리 진하지 않은 핑크빛이던데.

그는 이제야 진짜 고통스러운 것일까. 그의 입술을 바라보았다. 난 눈을 마주볼 만큼 가혹하진 못하다. 말해질 수 있는 건 고통이 아니야. 아픔을 표현할 수 있는 건 참을 수 있다는 거야. 살다보면 이런 건 아무것도 아니지. 그 말을 해주고 싶다. 그는 말없이 자리에서 일어났다. 구석에 있는, 내가 미처 보지 못했던 작은 냉장고에서 음료수 캔 두 개를 꺼내들고 와서 앉아 테이블에 올려놓았을 뿐 권하진 않았다.

나는 파일의 맨 뒤에 끼워져 있던 용지를 꺼내 그에게 내밀었다. 이번 사고에 대한 기록과 그 아래 이 사고와 관련하여 차후에 어떤 보상도 요구하지 않겠다는 내용이 깨끗이 정리되어 있었다. 그는 글씨가 아니라 종이 자체를 보듯 시선을 움직이지 않고 있더니 펜을 들어 아래쪽에 사인을 했다. 볼펜 끝의 흰 별이 유난히 선명했다. 그의 손이 떨리고 있어 사인을 하는 동안 나는 손바닥으로 종이를 눌러주어야 했다.

방에 들어오던 순간부터 지금까지 나는 내 속의 나와 거래를 하고 있었다. 한때 나의 스승이었던 이 사람을 어디까지 몰아갈 것인가. 부장이 언질을 주었듯이 회사 부담금을 제로로 했을 때 받을 수 있는 포상에서 그칠 것인가. 부장도 이런 완벽한 결과를 기대하고 있지는 않을 것이다. 에어백에 대한 얘긴 하지 않았으니까. 나는 이 일에 관한 한 그에게 신이 될 수도 있다. 유리하게 보험액 산정을 해줄 수도 있었고 파렴치한 협박범이 될 수도 있을 것이다. 내 왼쪽 안주머니에 들어 있는 내용증명을 생각한다면 나는 좀더 가혹해질 수도 있다. 내 앞에 앉은 이 사람이 나쁜 사람이라고는 생각지 않는다. 자기 앞에 펼쳐지는 생에 날마다 깜짝 놀라야 하는 것이 인생이란 것쯤은 나도 알고 있다. 사실 그가 원했던 건 많은 보험금이 아닐 것이다. 그는 다만 비밀을 덮어줄 한 겹 보호막이 필요했을 것이고 자신이 운전한 것을 기정사실로 하기 위해 당연히 보험도 청구해야만 했을 것이다. 그의 삶 이면의 정절까지 내가 요구할 권리는 없다고 생각한다. 그날 그가 어떤 여자와 통일로 근처의 카페에서 맥주를 한 잔했다면 그래야만 했던 이유가 있을 것이다.

아내와 차가운 우물 속에 누운 것처럼 살아오던 지난 봄의 어느 날 나도 그 지독한 슬픔 가운데서 낯선 여자를 안으려 했던 밤이 있었다. 딸이 죽은지 한 달이 채 지나지 않은 날이었다. 아내는 밤마다 아이의 침대에서 잠들었다. 그랬다 해도 그때 내게 결핍된 것이 섹스는 아니었다고 생각한다. 거액의 보험 계약을 따낸 동료가 저녁을 내고 단체로 몰려갔던 나이트에서 부킹으로 만난 여자였다. 초저녁부터 들이킨 술에 취해서 여자가 묵고 있다는 호텔까지 같이 갔었다. 동남아시아 쪽 항공사의 스튜어디스라는 여자는 자꾸 짜증을 냈다. 콘돔이 있냐고 물어보더니 없다고 하자 그랬다. 한국 남자들 왜 이래, 콘돔도 안 가지고 다닌단 말야. 여자는 날짜를 따져보더니 그냥 하자고 했다. 여자의 벗은 몸은 꽤 괜찮았다. 배 위로 올라가 몸 속으로 들어가려 하자 여자는 또 짜증이었다. 아파. 한국 남자들은 왜 이렇게 서두르는 거야. 앙탈로 봐줄 수도 있었는데 왜 나는 여자의 뺨을 때리며 욕을 해주고 일어나 옷을 입고 돌아 나왔을까. 쌍년, 이게 말끝마다 한국 남자야. 뺨을 감싸쥔 여자의 눈이 커졌다. 니가 뒹굴어봤자 동남아 놈이지. 나는 그날 밤, 잠시 잊고 싶었을 것이다.

질기게 날 사로잡고 있는 것들을 아주 잠시 동안이라도 잊고 싶었을 것이었다.

가혹한 신이 내게 카데터를 교환할 것인지 아니면 그 아이의 고통을 이만 멈추게 할 것인지 도무지 선택할 수 없는 질문을 했듯이 나도 그에게 무언가를 선택하라고 요구할 시간이 되었을 뿐이다. 내가 그의 아내에게 전화를 할 것인가, 하지 않는다면 어떤 대가를 지불할 것인가. 그건 그래도 내가 내 생의 모퉁이에서 스핑크스에게 받았던 질문에 비하면 아주 수월한 것이 아니겠는가.

그날 밤, 링거가 연결된 왼쪽 팔목은 얼음처럼 차가웠다. 나는 링거 아래쪽의 클램프를 돌려 약이 절반만 떨어지게 조절했다. 이제 한 방울씩 떨어지는 약도 제 체온으로 데울 수 없게 된 거야. 나는 천천히 식어가는 아이 옆에 서서 내 결정을 합리화하고 있었다. 더 이상의 고통을 주고 싶지 않아. 더 이상은 고통받는 널 지켜볼 수가 없어.

아니다. 사실을 말하자면, 불안하게 흔들리는 심전도 모니터를 지켜보며, 가망 없이 꺼져가는 불에 풀무질을 하듯 점점 많은 분량의 아드레날린을 링거 선에 퍼부어대던 그날 밤, 카데터를 뽑아버린 순간 나는 너무 늦게 깨달았다. 삶은 스스로 완벽하다는 것을. 어떤 흐트러진 무늬일지라도 한 사람의 생이 그려낸 것은 저리게 아름답다는 것을. 살아 있다는 것은 제 스스로 빛을 내는 경이로움이라는 것을.

어딘가가 좀 아픈 듯한 얼굴로 앉아 있는 그를 쳐다보자 오래 전 수업 시간에 그가 했던 말이 떠올랐다. 여러분, 우주 공간엔 우리 귀에는 들리지 않는 아름다운 천상의 음악 소리가 흐르고 있어. 별들이 부르는 노래라고나 할까. 당신들 말야. 언젠가 그대들 삶의 절정에서 그 음악 소리를 듣길 바래. 나는 어쩌면 지난 어느 날 그 천상의 음률을 들었다는 생각이 든다. 아빠, 아빠 눈 속에 별이 있어, 그 속삭임 말이다.

  그러나 나는 어딘가 이 방처럼, 초침 소리가 들릴 만큼 조용하고 어둑한 구석으로 가서 좀 울고 싶다는 생각이 들었다. 손에서 미끄러진 유리잔처럼 깨어져 어지럽게 흩어진 내 생에 대해, 돌이킬 수 없는 가혹한 선택에 대해, 걸을 때마다 뒤꿈치에 불이 켜지는 야광 운동화를 신어보지 못한 채 떠나버린 딸아이를 생각하며, 무엇보다 이 사람을 처음 만난 날로부터 지금까지 살아오면서 내가 잃어버린 것들에 대해.

성스러운 봄 — 정미경

작품해설

냉혹한 현실 뒤에 숨어 있는 소망

김상태 | 이화여대 국어국문학과 교수

　이 소설은 두 개의 플롯이 교직(交織)되면서 진행되고 있다. 하나는 현실에서 진행되는 플롯이고, 다른 하나는 과거를 반추하면서 진행되는 플롯이다. 그 과거는 주인공이 하는 현재의 일에 지렛대 구실을 하고 있다. '과거'의 플롯은 '현재'의 플롯 속에 반복적으로 되섞이는데 대체로 상대의 말이나 〈나〉의 생각을 매개로 해서 나타나고 있다.

　'현재'의 플롯은 대강 이렇게 되어 있다. 〈나〉는 어느 보험회사의 세일즈맨이면서 또 다른 보험회사에 몰래 겹치기로 일하고 있다. 지금 진행하고 있는 일은 다른 회사의 위탁으로 피보험자의 보험금을 깎아 내리는 작업이다. 두 보험 회사의 근무 외에 밤늦게는 학생에게 수학 과외를 하고 있다. 이렇게 잠을 줄여가면서 겹치기로 일하지 않으면 안 되는 이유는 딸이 병원에서 죽고 난 뒤에 안겨준 빚 때문이다.

 소설은 '현재'의 플롯부터 시작되고 있다. 저명한 의과대학 교수인, 오래 전에 〈나〉는 그로부터 강의를 수강한 바도 있는 교수와 담판을 짓기 위해 만나는 것으로부터 시작한다. 그는 값비싼 외제차를 타고 가다가 사고를 낸 바 있고 〈나〉는 그의 보험금 청구를 가능한 적게 지급하도록 하는 임무를 맡은 것이다. 그는 17년간 무사고 운전을 한 사람으로서 처음 당한 사고에 대하여 전액 보상해 줄 것을 요구하고 있다. 〈나〉는 수리비의 청구를 가능한 적게 합의하거나 청구 자체를 철회케 하면 회사로부터 적지 않은 이득을 챙길 수 있는 입장에 있다.

 이 소설은 '계발(啓發)의 플롯'을 채용하고 있다. 플롯이 진행되면서 몰랐던 일이 조금씩 알려지게 되고 예상했던 것과는 다른 결과가 되는 것이다. 차의 수리비를 당연히 지급해야 할 것으로 기대했던 상황이 교수와 대담을 하는 동안 상황은 조금씩 바뀌어 가고, 마침내는 한 푼도 지급하지 아니해도 되는 것으로 반전된다. 교수를 처음 면담했을 때 그는 그 사고 차의 보상에 대하여 너무나 당당했다.

 뭐 정비 결과가 나와 봐야 정확한 계산이 나오겠지만 손실 비용을 전부 보험회사가 책임질 수는 없습니다. 자기과실 부분이 있으니까요.
 자기과실 같은 것은 없었어요. 탱크가 아닌 이상 거기서 어떤 차도 정상 주행을 할 수 없을 거요. 그건 보험사와 도로공사가 해결할 문제지 내가 책임질 일은 아니오. 내가 당신 회사에 납부한 보험료만 모았어도 이 차를 새로 살 수 있을 거요. 이 대리라는 분한테 알아듣게 얘길 했는데…… 이건 횡포가 아닙니까. 나 이런 문제로 줄다리기 할 만큼 한가하지 않아요. 계속 이런 식이라면 소송을 제기하겠소. 비용은 문제가 아니오.

그러나 차츰 당시 교수가 운전하지 않았다는 것이 밝혀진다. 누군가 교수 대신 운전했고, 사고 차의 에어백에 립스틱이 묻어 있는 것으로 해서 운전자는 여인이었다는 것, 그 여인은 그 교수의 부인이 아니었다는 것이 드러나면서 교수는 한 푼의 수리비도 받지 못한 채 "이 사고와 관련하여 어떤 보상도 요구하지 않겠다"는 각서를 써주고 만다.

'과거' 플롯은 〈나〉의 딸이 중병으로 병원에 입원해 있는 것으로 시작된다. 딸은 엄청난 비용이 드는 카데터를 착용하지 않으면 목숨을 부지할 수 없었다. 처음은 비용은 문제 아니라고 큰 소리를 쳤지만, 아는 친구나 친지로부터 꿀 수 있는 한도까지 다 꾸고, 카드 빚을 낼대로 다 내고 난 다음에는 그 비용이 보통 큰 문제가 아니라는 것을 알게 된다. 더구나 카데터를 계속 교환해 준다하여 딸이 건강을 회복해서 정상적인 아이가 되리라는 희망은 전혀 없었다.

> 그(의사)의 말처럼 냉정하게 말하자면 카데터를 교환함으로써 우리가 줄 수 있는 건 고통의 연장뿐이었을 것이다. 그래도 내가 선택한 것은 정말 아이의 안식이었을까. 아니면 이제 그만 이 모든 것에서 놓여나고 싶다는 이기심, 혹은 포기였을까. 그 질문이 떠오르면 머릿속이 하얘졌다. 아이를 포기했다는 죄책감에 사로잡힐 때면 척수검사를 끝내고 내 품에 안겨 바르르 떨던 그 느낌을 떠올렸다. 그 아이의 지독한 아픔을 지속적으로 지켜보지 않았다면 죽음을 받아들이기는 더욱 힘들었을 것이다. 똑 같이 그 과정을 지켜보았으면서도 아내는 아이의 죽음을 받아들이지 못하고 있지만. 아직도.

아이의 병 때문에 빚은 빚대로 졌지만, 카데터를 교환해주지 못하고 결국에는 죽게 만들었다는 죄책감에 〈나〉나 나의 아내는 시달리고 있다.

　이 소설은 현재의 상황에서 교환되는 말의 연상(聯想)에서 과거의 그 고통스러운 순간으로 거슬러 올라가는 기법을 사용하고 있다. 두 플롯이 교직되는 계기가 어떤 말을 통해서 이루어지고 있다. 가령, "비용은 문제가 아니요."라고 말한 사고차량 의사의 말은 그가 딸의 병원에서 부르짖었던 바로 그 말과 같은 말이다. "그러나 사태가 진전되다 보면 결국은 비용도 문제가 된다는 걸 알게 될 것이다."라고 넌지시 말하면서 딸의 병원 의사가 비용 문제를 꺼냈을 때, "비용이라니. 네가 나를 어떻게 보고. 아이를 살릴 수 있다면. 그 아이를 살릴 수 있는 데 드는 돈은 그 때 내게 비용이 아니었고 그 비용은 문제도 아니라고 생각했다."고 떠올리고 있다.

　우선 이 소설은 리얼리티가 탄탄하다. 섣부른 감상(感傷)을 용납하지 않고 있다. 명석한 두뇌를 가진 교수가 처음에는 큰 소리를 치고 있었지만 전문가에게는 별 수 없이 약점을 드러내고 마침내는 유도했던 대로 결과를 낼 수밖에 없는 과정의 유도가 그럴 듯하다. 자본주의 사회에서는 각기 전문가라는 것이 반드시 존재하는구나 하는 생각을 갖게 한다. 이들이 주고받는 말들도 대화로서의 리얼리티를 갖고 있다. 이 또한 작가의 역량을 충분히 검증해 주는 것으로도 볼 수 있다.

　이 소설은 리얼리즘이 확고한 바탕으로 깔려 있으면서도 적절한 직유나 은유가 소설의 문체를 돋보이게 하고 있다. 다음과 같은 표현에 주목해 보라.

몸이 아주 지쳐 있다는 표현

휴대전화의 폴더를 접으며, 충전기에 몸을 꽂고 에너지를 좀 채워 넣을 순 없을까 생각했다. 내 몸은 방전 경고음이 들린 지 오래인 배터리처럼 겉만 멀쩡했다.

하는 일이 증오스럽다는 표현

실눈을 떠야 할만큼 눈부시게 환한데 나는 여기가 어쩐지 밤 같다. 숲 그늘에서, 누군가 잿빛 잔돌을 한 웅큼 집어던진 듯 작은 새들이 재잘거리며 흩어졌다. 순간 살아 있는 모든 것들에 진저리가 났다.

어둠이 깔려온다는 표현

해가 거대한 시계의 초침처럼 툭툭 꺾인다. 실내는 아주 작은 등을 하나씩 꺼나가는 것처럼 미세하게 빛을 잃어간다. 갑자기 참을 수 없는 졸음이 밀려온다. 인체의 수면시계는 무릎 뒤에 있다지. 나는 종아리를 툭툭 쳤다.

섣부른 휴머니즘은 냉혹한 현실 원리에 짓밟힐 수밖에 없다는 것을 이 소설은 잘 보여주고 있다. 먼저 딸의 목숨이 나에게나 아내에게 아무리 귀중한 것이라고 해도 경제적으로 지탱할 수 없을 때는 포기할 수밖에 없다는 냉혹한 현실을 일깨워준다. 비록 학과는 달랐지만 한 때 〈나〉의 스승인 그 사람에게조차 냉혹한 현실의 원리는 적용된다. 그는 "인간의 영혼과 육체를 조망하며 청년기의 정체성

확립과 우주적 실존 의미를 탐구한다"는 강의에 "한번도 졸았던 적이 없었다는 기억이 남아 있을 만큼" 훌륭한 교수였지만 거래에 있어서는 한 푼의 에누리가 없다. 그런 것은 현실 저쪽의 서푼어치도 안 되는 온정에 지나지 않았다.

이 소설의 제목이 「성스러운 봄」이라는 것이 우리를 궁금하게 만든다. "성스럽다"(sacred)는 것은 속된(profane)과는 대조적인 의미를 지니고 있다. 스토리로 볼 때 전혀 성스러운 의미를 지니고 있지 않다. 주인공은 차라리 속악한 현실 원리의 지배를 받고 있다. 그럼에도 불구하고 어찌해서 작가는 "성스럽다"는 말을 쓰고 있는 것인가?

"봄"은 만물이 생기를 되찾는 계절이다. 혹독한 추위로 휩쓸고 간 동토에서 새싹을 돋게 하고, 땅 밑에서 오랜 동안 잠자던 벌레들도 대지 위로 올라올 차비를 차린다. 주인공〈나〉는 그 봄을 맞이할 준비를 하고 있는 것이다. 엘리아드는 이렇게 말하고 있다.

성스러운 것은 힘과 동격이다. 성스러운 것은 존재에 충만해 있다.
성스러운 힘은 리얼리티를 의미하며 동시에 지구력과 효능을 의미한다.

인간인 이상 우리는 성스러운 것과 속된 것을 구별한다. 산다는 의미를 알고 싶어하기 때문이다. 언젠가는 죽을 수밖에 없다는 것을 알고 있기 때문이고 그 죽음으로 삶을 허망하게 끝나버리게 해서는 안 된다는 간절한 믿음이 있기 때문이다.

다음과 같은 말은 이 소설의 두 플롯을 연결시켜 주는 연결 고리와 같은 구실을 하고 있음을 알 수 있다.

가혹한 신이 내게 카데터를 교환할 것인지 아니면 그 아이의 고통을 이만 멈추게 할 것인지 도무지 선택할 수 없는 질문을 했듯이 나도 그에게 무언가를 선택하라고 요구할 시간이 되었을 뿐이다. 내가 그의 아내에게 전화를 할 것인가, 하지 않는다면 어떤 대가를 지불할 것인가. 그건 그래도 내가 내 생의 모퉁이에서 스핑크스에게 받았던 질문에 비하면 아주 수월한 것이 아니겠는가.

"사물은 변함이 없는데 그걸 바라보는 내 시선은 달라진다. 스무 살 무렵에는 봄을 좋아하지 않았다. 언제부터 남몰래 봄이 조금씩 좋아지기 시작했다."고 작가는 말하고 있다. 봄을 좋아한다는 것은 삶의 긍정적인 면을 보기 시작한다는 말이다. 이 소설의 스토리는 삶의 지극히 어두운 면을 내보이고 있다. 그러나 주인공은 어두운 삶을 되돌아보면서 잃어버린 것을 찾고 싶어하는 간절한 소망을 담고 있다. 꿈은 내일을 위한 비전이다. 꿈을 간직하고 있는 '성스러움'은 존재로 충만해 있을 것으로 생각된다. 비록 지금은 냉혹한 현실원리를 추종하면서 생존에 급급하고 있지만.

· 명랑 ·

천운영

약 력

서울예대 문예창작과 졸업
2000년 동아일보 신춘문예 「바늘」로 등단
창작집 『바늘』
현 고려대 국어국문과 대학원 재학 중

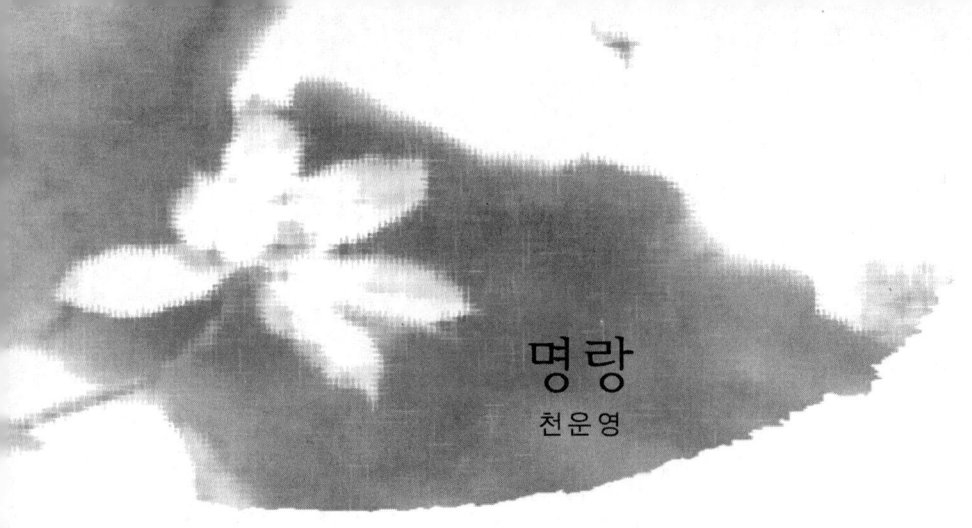

명랑

천운영

문이 움직인다. 느리고 은밀하게, 딱 한 뼘만큼만 열린다. 벽과 똑같은 색의 미닫이문은 낯선 세계로 통하는 비밀통로 같다. 열린 문으로 어둠이 밀려나온다. 어둠 속에는 늙은이의 살냄새에 곰팡이 핀 과일, 눅눅한 솜이불, 좀약냄새가 뒤섞여 있다.

어둠을 헤치고 나오는 한 점, 희고 뾰족한 버선코다. 점이었던 것은 부드러운 선이 되었다가 단단한 볼이 된다. 살짝 치켜올라간 수눅선을 따라 뒤꿈치와 회목이 느릿느릿 문지방을 넘는다. 그 움직임이 너무 느려서 처음부터 내내 거기 있었던 것처럼 느껴진다. 이제 열린 문을 장악하고 있는 것은 희디흰 버선발뿐이다. 흰 버선발은 어둠과 냄새의 여운을 말끔하게 몰아낸다. 오히려 발등에 수놓아진 붉은 꽃송이에서 향긋한 꽃내음이라도 풍겨나오는 듯하다. 내 눈은 향기를 맡은 꿀벌처럼 버선발을 향해 부산한 날갯짓을 한다.

나는 여태 그녀의 발을 기다렸다. 담배와 음식냄새에 누렇게 뜬 방에서 어머니가 이불을 밟으며 건너다니는데도 모른척하고 누워 있었던 것은 그녀의 발이 나오기를 기다렸기 때문이다. 달팽이처럼 미끈하고 조그만 발이 그녀 몸의 다른 부분을 끌고 나오기를, 그리하여 이 방을 온통 그녀의 냄새로 가득 채우기를 바라고 있었다.

식당에 딸린 한 칸의 방에서 그녀와 내가 속옷바람인 채로 지낼 수 있는 시간은 지금뿐이다. 엄마는 그녀를 위해 곁방을 들였다. 하루종일 볕 하나 들지 않는 곁방에서 그녀는 손님들이 돌아갈 때까지 두 개 채널밖에 나오지 않는 텔레비전을 보거나 굳은 떡을 먹으며 지낸다. 언제부턴가 그녀는 손님이 없어도 고치처럼 그 방에 틀어박히기 시작했다. 점심 준비가 끝나기 전, 볕바라기를 하기 위해 지팡이를 짚고 식당을 나서는 것이 그녀의 유일한 외출이다.

그녀의 발은 촉수를 세운 더듬이다. 공기의 미세한 움직임을 탐색하고 위험을 감지한다. 탐색은 집요하리만치 계속된다. 낡은 항라치마를 바스락거리며 다리가 나온 것은 두 발을 내밀고서도 한참이 지나서다. 이윽고 검버섯이 핀 손이 문지방을 짚는다. 그녀의 손은 말라비틀어진 빵 같다. 뼈와 핏줄이 드러난 얇은 살갗 위에는 저승꽃이 곰팡이처럼 무리지어 피어 있다. 손가락을 움직일 때마다 검은 꽃잎이 벌어져 팔뚝으로 번진다. 저승꽃은 주글주글한 가슴패기와 늘어진 목덜미를 지나 광대뼈와 이마까지 줄기를 뻗어 올린다. 숱 적은 머리 사이로 드러난 작고 동그란 머리통만 유난히 희고 매끄럽다. 나는 그녀의 쪽찐 머리를 기억한다. 뒷목 움푹 패인 부분에 은비녀로 꽂은 조그마한 머릿다발은 단아하고 정갈해 보였다. 김치에서 흰 머리카락만 발견되지 않았더라도 그녀는 아직 쪽찐 머리를 유지하고 있었을 것이다. 엄마는 그녀를 앞에 앉히고 잘라낸, 그녀가 평생 빗고 따고 틀어올린 머리카락은 한줌밖에 되지 않았다.

그녀는 속옷 위에 치마만 두른 차림으로 허공을 응시하고 있다. 그녀는 외출할 때를 제외하고는 저고리를 잘 입지 않는다. 저고리를 손에 꿸 때마다 가슴께가 아파온다고 고통을 호소하곤 한다. 우두커니 앉아 있던 그녀가 치마춤으로 손을 집어넣는다. 그녀의 손에 공단으로 만들어진 작은 주머니가 달려나온다. 그녀는 처진 눈꺼풀을 치켜올리며 조심스럽게 약봉지를 펼친다. 오각형으로 접힌 약종이를 한겹 한겹 펼칠 때마다 하얀 가루가 하늘하늘 피어오른다. 방안에는 종이 바스락거리는 소리와 그녀의 가릉거리는 숨소리만 나직하다. 나는 움직이지 않고 그녀를 훔쳐본다. 그녀의 눈은 개구리나 고양이의 것처럼 움직임에 반응한다. 내가 움직이지 않는 한 그녀에게 나는 그저 풍경의 일부일 뿐이다. 그녀는 다 펼친 종이를 대각선으로 접어 가루를 한데 모아 입에 털어넣는다. 약종이를 손톱 끝으로 탁탁, 치는 소리를 들으면 내 눈은 저절로 찡그려지고 입안에는 쓴 침이 고인다.

그녀가 먹은 가루는 명랑이다. 명랑은 진통제다. 명랑 백포들이 상자 겉면에는 두통을 비롯한 관절통, 인후통 등 열여섯 가지 통증과 오한, 발열시 효능이 있다고 적혀 있다. 하루 2회, 복용간격은 여섯 시간 이상으로 한도를 두고 있지만 그녀는 명랑이 설탕가루라도 되는 것처럼 시도 때도 없이 털어넣는다. 그녀가 먹은 것은 약이 아니라 방부제인지도 모른다. 그녀 몸은 이미 부패가 시작되었고 부패의 냄새를 감추기 위해 끊임없이 방부제를 투여하고 있는 것은 아닐까. 그녀에게서 나는 늙은이 냄새 또한 죽음을 위장하는 방부제 냄새가 분명하다. 그녀 몸 구석구석에는 채 녹지 않은 명랑가루가 그대로 쌓여가고 있을 것이다. 그리하여 그녀는 죽어도 썩지 않으리라. 나무뿌리가 관뚜껑의 틈을 벌리고 그 틈새로 떨어진 흙이 그녀 몸을 덮치는 동안에도 그녀의 머리칼은 잔뿌리처럼 쑥쑥 자라날 것이다.

약에 취한 그녀가 벽에 기대앉는다. 바람벽에 난 창으로 들어온 볕이 그녀 몸에 닿아 있다. 빛의 무게에 시름거리는 것인지, 아니면 빈속에 들어간 가루약 때문인지, 그녀의 몸은 자꾸만 밑으로 처진다. 무릎을 그러안고 앉은 그녀의 모습은 꼭 양수 속에 웅크리고 있는 태아 같다. 그녀는 세월을 거스르고 싶은 것이다. 죽음을 맞으러 강물을 거스르는 연어처럼, 탄생 이전의 따뜻한 양수 속으로 돌아가고 있는지도 모른다.

그녀는 빈 약종이를 주머니에 넣고 담배를 꺼낸다. 유황냄새가 나고 담배냄새가 이어진다. 늙은 여자가 내뿜는 담배냄새는 내가 뿜어내는 냄새보다 좀더 강하고 어둡다. 방치된 지하창고 같다. 거기서는 생기가 잊혀지고 죽은 쥐가 썩고 노래기가 모이고 먼지가 굳는다. 담배 한 개비를 다 피운 그녀의 숨소리는 아까보다 거칠어져 있다. 엄마가 있었더라면 곧바로 담배허리가 부러지고 담배를 둘러싼 승강이가 벌어졌을 것이다. 할머니는 자주 담배를 놓쳤고 방바닥에는 시커먼 담뱃불 자국을 남겼다. 언젠가 부주의하게 버린 꽁초로 화장실 쓰레기통을 홀랑 태운 후로 엄마는 할머니에게서 담배를 빼앗기 위해 혈안이 되어 있다.

나는 이불을 젖히고 일어나 앉는다. 그녀는 약이 든 주머니를 치마춤으로 황급히 집어넣는다.

"가슴이 아퍼 야. 송곳으로 콱콱, 쑤셔대는 것 같어. 아무래도 내가 폐암인갑서."

그녀는 변명이나 고자질을 하는 아이처럼 서둘러 말한다. 나는 짐짓 과장된 몸짓으로 이불을 개며 버럭 소리를 지른다.

"할머니가 의사야? 폐암 걱정되면 담배나 끊어. 가슴 아프다고 약을 달고 살면서. 그 약이 뭐 좋은 줄 알아? 그게 다 몸에 쌓인다구. 나중에 죽은 다음 썩지도 않으면 좋겠어? 죽어서 잘 썩는 것도 복이라며!"

그녀는 입을 다문다. 젖은 눈도 함께 침묵한다. 그녀의 말없는 눈동자에는 죽음을 향해 묵묵히 걸어가는 더딘 발걸음이 보인다. 과거의 회한과 곧 닥쳐올 죽음에 대한 공포가 함께 침묵하고 있는 늙은이의 눈동자. 나는 늙은이의 눈을 갖고 싶다. 바라보면서도 어딘가 다른 곳을 향해 있는, 마른 듯하면서도 젖어 있는, 간절하면서도 무심한 늙은이의 눈동자. 무엇에도 잡히지 않는 시선의 자유로움이 노인의 눈동자에는 들어 있다. 어쩌면 나는 늙은 여자가 되고 싶은지도 모른다. 세월의 고난을 거치지 않고서 곧바로 늙은 여자가 되어 세상을 비껴보고 싶은 것이다.

그녀는 말없이 버선발만 바라보고 있다. 약이나 담배를 못하게 하면 그녀는 단번에 입을 다문다. 나는 그녀의 침묵하는 눈동자를 보기 위해 일부러 소리를 지르고 윽박지르게 된다. 가느다란 손가락으로 버선 위 국화꽃을 만지작거리고 있는 그녀가 조금 안쓰럽게 느껴진다.

"근데 명랑 먹으면 좀 낫긴 해?"

"명랑 먹으니 살 것 같다. 머리가 꼭 깨질 것 같더니."

"그게 뭐 만병통치약이라도 된대? 아까는 가슴이 아프다며. 또 어디가 아픈데?"

"머리도 아프고, 가슴도 아프고, 무릎도 아프고……"

그녀는 아픈 곳을 말할 때마다 눈을 찡그리며 그 부위를 손으로 꾹꾹 누른다. 나는 무릎걸음으로 기어가 그녀의 발을 움켜쥔다. 버선발이 한손에 안기듯 집힌다.

그녀의 발은 전족(纏足)을 한 것처럼 작고 위태롭다. 14문 버선을 벗기면 아기처럼 보드랍고 작은 발이 숨겨져 있다. 굳은살 없는 뒤꿈치는 땅 한번 디뎌보지 않은 살처럼 동그랗고 야들야들하다. 흰 버선조차 그녀의 발에 비하면 옥수수 껍질처럼 뻣뻣하고 거칠게 느껴진다. 곧고 가지런한 발가락 끝마다 살포시 앉은 발톱 하나하나는 채 여물지 않은 옥수수의 작은 알갱이 같다. 그녀가 버선을 벗고 발을 씻을 때면 그녀의 발에서는 달짝지근하면서도 비린 풋내가 풍기는 듯하다.

"발에는 사람 몸이 다 들어 있어. 내가 주물러줄 테니까, 봐. 여기가 머리야. 이렇게 누르면 약 안 먹고도 나아. 잘 기억해뒀다가 할머니가 틈틈이 눌러줘. 또 어디 가슴두 아프다구?"

엄지발가락을 손톱 끝으로 누르며 내가 말한다. 엄지발가락은 머리다. 가슴은 검지발가락에서 새끼발가락 밑 도톰한 부분을 눌러주면 된다. 내가 손가락에 힘을 줄 때마다 그녀는 엄지발가락을 비튼다. 그녀가 발가락을 꼼지락거릴 때마다 내 몸은 고운 옥수수 털에 닿은 듯 근질거린다. 나는 발 중앙선을 따라 폐와 머리와 신장에 좋은 곳을 눌러준다. 손길이 닿는 곳마다 여린 살은 금세 발갛게 달아오른다.

"여기 한번 만져봐라. 뭐 혹 같은 게 잡히지 않애?"

그녀가 가슴을 매만지며 말한다. 아예 가슴을 죄고 있는 똑딱단추를 풀어 앞섶을 열어 젖힌다. 단추가 풀리면서 주름으로 축 늘어진 가슴패기 아래 젖가슴이 출렁 벌어진다. 처지긴 했지만 그녀의 가슴은 몸에 비해 제법 크고 단단하다. 빈약하고 작았던 젖가슴이 이토록 부풀어오르기 시작한 것은 할아버지가 죽고 난 이후란다. 오히려 아버지가 젖먹이였을 때는 젖도 제대로 못 먹였다고 할머니는 아쉬운 듯 말하곤 했다. 단단한 젖가슴 위에 자그마하게 자리잡은 분홍빛 유두는 이제 막 젖멍울이 지기 시작한 소녀의 것과 비슷하다. 그녀의 가슴에는 진화와 소멸이 함께 살고 있다.

"아이, 다 쪼그라드는데 뭐 한다고 젖통이만 커지는가 모르겄다."

그녀가 가슴을 쓸어올리며 말한다. 그녀의 어조에는 부끄러움보다는 어딘지 자랑스러움이 배어 있다. 나는 그녀의 무릎에 얼굴을 대고 누워 가슴을 만진다. 저승도 세월도 침범하지 못하는 그녀의 가슴. 그녀에게서 여린 풀냄새가 나는 것 같다. 그녀가 손을 뻗어 내 머리를 쓰다듬어준다.

"머리를 이리 노랗게 물들이면 쓰나? 양것들도 아닌데."

그녀는 머리카락을 귀 뒤로 넘겨주며 나지막이 말한다. 깃털처럼 가벼운 손길과, 야들야들한 젖가슴의 감촉은 자장가 같다. 이대로 그녀와 함께 잠이 들었으면 좋겠다.

제대로 삭았다. 이대로 한 이틀 말리면 되겠다. 벌써부터 지릿하고 알싸한 냄새가 목구멍에서 콧구멍까지 뚫고 나오는 것 같다. 노인네가 죽을 때가 되었는지, 느닷없이 삭힌 홍어찜이 먹고 싶단다. 게다가 꾸덕꾸덕 말려 손으로 짝짝 찢어 먹어야겠다는 것이다. 되는 대로 노랑가오리를 사오기는 했지만, 이 여름에 쉬슬지 않고 제대로 말리기가 쉬울 것 같지는 않다. 마른행주로 가오리를 닦을 때부터 파리들이 몰려들더니 기어이 망바구니 틈새를 쑤시고 들어간다. 집 안은 온통 가오리 삭는 냄새다.

가오리가 삭으면서 나는 냄새는 어쩐지 노인네 방에서 풍기는 냄새와 닮아 있다. 그것은 상하거나 죽어가는 냄새와는 다르다. 죽었으나 썩지 않기 위해 제 몸을 삭히는 발효의 냄새. 내게서도 언젠가 저런 냄새가 나겠지. 늙고 외롭고 쓸쓸해서 고함치는 냄새. 나도 노인네로 늙어가겠지만 어머니처럼 곱게 늙지는 못할 것이다. 부기가 가시지 않는 얼굴과 상처투성이의 두툼한 손과 무좀에 너덜너덜해진 발바닥까지, 이미 나는 그녀보다 훨씬 늙어버렸다.

어제 그렇게 소리만 안 질렀어도 수산시장까지 가서 노랑가오리를 사오지는 않았을 텐데. 버러지들, 그렇게 외쳤던가. 더위 때문이었다. 아침볕인데도 정수리로 쏟아지는 햇살의 기세가 만만치 않았다. 송학여관 앞에서 집까지 삼백 미터가 넘는 길을 올라오는 동안, 앙가슴으로는 땀이 흘러내렸고 땀에 젖은 옷은 찐덕찐덕 온몸에 휘감겼다. 싸다고 욕심부려 잔뜩 집어넣은 배추 봉지는 언제라도 터질 태세였다. 아침도 못 먹고 다녀온 길이라 하늘이 노래질 정도로 허기가 졌다. 밥이나 앉혀놨나 싶었는데 노인네와 계집애는 방바닥에 자빠져 뒹굴고 있었다. 계집애, 한번이라도 내 부르튼 발을 주물러주기나 했던가. 문득 내 살을 파먹고 사는 버러지들 같다는 생각이 솟구쳐 올랐다. 저린 무릎을 주무르고 앉았더니 노인네가 그놈의 명랑한 봉지와 꼬깃꼬깃 접은 만원짜리 지폐를 내밀었다. 그러고는 멍하니 나를 바라보았다.

노인네가 똑바로 쳐다보면 나는 거북해진다. 호소와 갈망과 애증으로 가득한 눈. 어딘지 원망하는 것 같은 눈동자 속에는 그녀와 내가 공유하는 과거가 들어 있다. 과거는 언제나 고통스럽고 원망스러운 것뿐이다. 나를 향한 비아냥거림이 담겨 있는 것도 같다. 나는 그녀의 젖은 눈동자에서 이내 고개를 돌려버리고 만다.

남편은 늘 그녀를 원망했다. 당신 떡 해먹고 치장할 돈은 있어도 자식들 교육시킬 돈은 없느냐고, 윗사람과 아버지한테 그만큼 사랑받았으면 내리사랑도 알아야 하는 거 아니냐고, 교육 한번 제대로 시켜줬으면 내가 미장이나 할 위인 같냐고, 술만 먹으면 노인네를 닦달했다. 나도 덩달아 그녀를 원망했다. 모두 노인네 탓 같았다. 미장일을 마치고 돌아오던 남편이 사고로 죽은 것도, 내가 촌구석에 앉아 식당이나 하고 있는 것도 모두 그녀 때문인 것 같았다. 언제부턴가 나는 그녀에게 쌈닭처럼 달려들거나 낯선 사람처럼 무심하게 대하기 시작했다. 그녀는 나의 냉대를 묵묵히 견뎌내고 있었다.

휴가철이 가까워지면서 식당도 붐비기 시작했다. 유원지를 따라 늘어선 민물매운탕집들 사이에서 백숙을 선택한 건 잘한 일이었다. 김치나 맛있게 담그면 그만이고 손 가는 일도 별로 없어서 혼자 너끈히 해낼 수 있었다. 계집애는 졸업하기 전까지만 해도 음식도 나르고 주방일도 거들더니만 지금은 아예 밤늦도록 집에 돌아오지 않는다. 나중에 노인네처럼 원망 듣기 싫어 미용기술에 발 관리사까지 저 하겠다는 건 다 들어줬는데, 아직까지 취직도 못하고 용돈까지 타 쓰고 있다. 오늘도 아침을 뜨는 둥 마는 둥 하고 나가더니 어디를 싸돌아다니는지 여태 소식이 없다.

이만 끝인가 싶었는데 느지막이 손님이 들었다. 바깥 식탁도 다

비었는데 굳이 방에서 먹겠다고 하는 걸 보니 화투손님이다. 요즘은 화투손님이 제법 든다. 선풍기를 틀어주고 야채 몇가지를 상에 얹어주고 나왔다. 압력솥 방울소리가 잦아드는 동안 방안에선 환성을 지르고 야유를 퍼붓고 떠들썩한 소리가 끊이지 않는다. 그들은 유원지 입구 새로 짓는 건물의 인부들이다. 고린내 나는 양말을 벗고 셔츠 단추까지 푼 상태로 화투에 열중하고 있다. 백숙쟁반을 갖고 들어가 가위질을 하는 동안에도 그들은 점수를 계산하고 돈을 주고받았다.

아홉시가 넘었는데 사내들은 일어날 생각을 하지 않는다. 나는 방을 오가며 반뼘쯤 열린 미닫이문을 살핀다. 어쩌다보니 노인네 저녁도 굶기게 되었다. 손님들 틈에서 제대로 눕지도 못하는 것 같아 곁방을 들였는데, 이렇게 늦어질 때는 외려 골방에 가둔 꼴이 되고 만다. 저고리를 잘 입지 않는 노인네가 커다란 젖퉁이를 내놓고 앉아 있는 것도 보기에 좋지 않아서였다. 노인네는 문을 조금 열어 밖을 살피며 참을성 있게 기다린다. 숨겨놓은 과자봉지가 있을 테니 대충 요기는 하겠지. 번거롭기는 하지만 굴비나 좀 쪄놓아야겠다. 노인네는 기름에 튀긴 생선보다 찐 생선을 더 좋아한다. 뒷방 노인네 주제에 입이 짧아 여간해서 맛나게 먹는 법도 없다. 찐 생선 위에는 꼭 실고추라도 뿌려야 되는 줄 안다. 전 하나를 부쳐도 꽃타령을 하는 노인네다. 찬장 구석에서 실고추를 찾아 얹고 깨도 넉넉히 뿌려놓는다.

사내들은 소주 네 병을 비우고서야 자리를 털고 일어났다. 손님상을 대충 내놓고 서둘러 밥상을 차린다. 내친김에 지난 봄 고추장에 박아놓은 더덕도 꺼낸다. 곁방문을 열자 노인네 냄새가 훅 끼쳐온다. 통풍도 환기도 잘 안되는 골방에서 노인네는 어린애처럼 몸을 둥글게 말고 자고 있다. 치마 사이로 조그만 발이 보인다. 그녀는 양말을 신으면 온몸이 풀어지는 것 같다며 여태 버선을 벗지 못했다. 발이 너무 작아 그에 맞는 버선을 찾기도 쉽지 않았다. 시장 몇 군데를 돌아 겨우 구해주면서 어깃장을 놓기도 했지만, 버선에 단단히 싸매진 그녀의 발은 어딘가 보호본능을 자극하는 구석이 있다. 노인네는 평생 일이라는 걸 모르고 살았다. 시골에서 그 흔한 밭일조차 안해 보았단다. 타고난 사주나 관상처럼 발에도 족상이 있다면, 그녀의 보드라운 발에는 복록이 있어 평생 일을 모르고 살 상이 들어 있을 것이다. 나는 노인네 발을 쓰다듬다가 내 벗은 발을 보고 말았다. 짧고 뭉특한 발가락과 갈라질 대로 갈라진 틈으로 때가 깊숙이 앉은 험악한 뒤꿈치. 발가락 사이사이에는 무좀과 습진으로 발갛게 생채기가 나 있다. 나는 노인네 발을 움켜쥐고 세차게 흔들어댄다.

노인네는 힘겹게 일어나 밥상 앞에 앉는다. 애써 굴비까지 쪄서 차렸는데 노인네는 밥상 앞에 앉아 깜빡깜빡 졸고 있다. 어쩌면 조는 게 아닌지도 모른다. 노인네는 눈이 처져 보이지 않는다며 쌍꺼풀 수술을 해야겠다고 했다. 노인네가 백내장 수술까지 하고도 병원에 못 가서 안달이라고 묵살해버리고 말았다. 좀 선선해지면 아무래도 수술을 해줘야 싶다.

"인제 밥 먹어?"

계집애가 방에 들어오지도 않고 가방만 획 던지며 볼멘소리를 한다. 노인네가 굴비에 손도 안 대고 밥을 물에 말아버리는 순간이었다.

"기집애가 뭐 한다고 이렇게 늦게까지 싸돌아다녀! 밤길도 무서운데. 일찍일찍 좀 다녀."

"일찍 들어오믄. 시커먼 사내들 고스톱 치는데 가서 거들라구? 아니면 할머니처럼 골방에 처박혀 있을까? 일찍 들어오고 싶어야 들어오지! 거봐, 노인네 여태 굶은 거 아냐. 손님들을 방으로 못 들어오게 하든가, 아님 방을 따로 하나 만들든가 하란 말야."

계집애는 작정한 듯 쏘아붙인다.

"내가 언제 할머니를 가둬. 가두긴. 노인네가 알아서 들어간 거지. 나는 밥 먹고 니 할머니만 굶겼냐? 하루종일 일하면서 여태 밥 구경도 못한 니 에미는 안 불쌍하냐? 그리고 너는 언제 취직할 거야? 발관리산가 뭔가 하믄 돈 많이 번다더니. 언제 에미 발 한번 주물러줘 봤어?"

딸애한테 이기면 뭐 한다고, 오기가 나 소리를 지르고야 말았다. 노인네는 좋다 싫다 말없이 오가는 말에 눈길을 돌리며 앉아 있다. 입을 씰룩거리던 계집애가 벽에 걸린 수건을 휙 잡아채고 나가버린다. 계집애는 요즈음 나만 보면 유난히 으르렁거린다. 부쩍 늦게 들어오는 날도 많아졌다. 그러고 보니 화장도 향수냄새도 진해지고 있는 것 같다.

언제부턴가 계집애에게서 담배냄새가 나기 시작했다. 제 할머니 담배를 슬쩍슬쩍 훔쳐 피울 때도 있다. 노인네, 그러게 어떻게 해서든 담배를 끊게 했어야 했다. 화장실에서 나오면 분명 냄새는 남아 있는데 계집애는 꼭 할머니가 다녀갔었다고 핑계를 댄다. 담배냄새를 감추기 위해 향수를 들고 다니면서 뿌려대기도 한다. 계집애는 제가 가진 것을 모른다. 제가 지금 얼마나 젊고 싱싱한지, 젊다는 것만으로도 얼마나 달콤하고 경쾌하고 신선한 향기를 품는지 모른다. 그것이 어떤 고급향수에 비할까.

"안 드실 거면 그만 치워요."

노인네는 젓가락을 내려놓고 뒤로 물러나 앉는다. 나는 그릇을 함부로 부딪치며 설거지를 한다. 사내들이 남기고 간 쟁반에는 살점이 누덕누덕 붙은 닭뼈와 담배꽁초가 뒤섞여 있다. 가릴 것도 없이 남은 음식과 쓰레기를 한군데 처박고 부엌바닥에 세제를 풀어 오래 청소를 한다.

방에는 차렵이불 위에 베개 세 개가 나란히 놓여 있다. 노인네는 미닫이 문에 몸을 바싹 붙이고 잠이 들었다. 숨소리도 안 내고 죽은 듯이 잠들어 있는 노인네를 보면 불안해진다. 남편상을 치르긴 했지만 나는 아직 죽음과 마주할 준비가 되어 있지 않다. 남편의 주검은 시체보관실에 가 있었고, 나는 그저 울부짖기만 했을 뿐이다. 노인네 머리맡에 자리끼를 놓는다. 그리고 나는 그것이 정화수라도 되듯 빌어보는 것이다. 내가 준비될 때까지만 살아달라고.

모기향을 피워 텔레비전 위에 올려놓는다. 나는 가늘게 피어오르는 연기 끝에 코를 들이댄다. 모기향은 중독성이 있다. 모기향에서는 사내 냄새가 난다. 그것은 일을 마치고 막 돌아온 남편의 냄새다. 매우면서도 비릿한, 시멘트 냄새와 땀 냄새가 적당히 섞인 남자의 냄새다. 나는 사내 품속을 파고들 듯 모기향을 들이마신다.

불을 끄고 텔레비전만 켜놓는다. 마감뉴스가 끝날 즈음 계집애가 들어와 옆에 눕는다.

"용돈은 있는 거야?"

계집애는 아무 대답 없이 등을 보이고 돌아눕는다. 계집애에게서 풍기는 비누냄새가 싱그럽다. 계집애는 어느새 잠이 들어 어린애처럼 쌔근거린다. 나는 오늘 받은 식대를 계집애의 가방 속에 넣고 자리에 눕는다. 올 여름은 장마가 일찍 시작된다고, 강수량도 많고 긴 장마가 될 것이라는 기상캐스터의 말소리가 어렴풋이 들려온다.

누군가 위에서 빤히 내려보고 있는 듯한 느낌. 축축하고 뜨뜻한 물기가 몸에 휘감기는 기분이다. 축축한 물기와 함께 매큼한 냄새도 함께 풍겨온다. 소리없이 새어나오는 연탄가스처럼 유독하고 치명적인 기미. 나는 눈을 뜬다. 새벽 어스름에 나를 내려다보고 있는 얼굴은 푸른 가면을 쓴 것처럼 무표정하고 엄숙하다. 푸른 가면 위 벌어진 가느다란 틈새로 눈빛만 허허롭게 빛난다.

"목욕하자."

축축한 목소리가 귓가에 머문다. 목소리가 너무나 고요해서 나는 미처 알아듣지 못한다.

"일어나서 나랑 목욕 좀 가자. 비가 오려나, 몸이 이렇게 욱신거린다."

"이 새벽에 무슨 목욕이야? 날도 안 밝았는데."

몸을 일으켜 세우며 짜증스럽게 대꾸한다. 아직 버스가 다닐 시간이 아니다. 근처 목욕탕은 내부수리를 한다고 지난주부터 문을 닫았다. 나는 눈을 비비며 옆에 누운 엄마를 훔쳐본다. 엄마는 두 팔을 위로 치켜든 채 푸푸 소리를 내며 깊이 잠들어 있다.

"목욕탕 아직 안 열었어."

내 말을 알아듣기는 한 건지, 그녀는 말없이 밖으로 나간다. 그녀의 등에서 단호한 결의가 느껴진다. 나는 그녀가 나가고도 한참을 그대로 앉아 있었다. 텔레비전 위에는 다 탄 모기향이 점선을 그리며 떨어져 있다. 방에서는 꿉꿉한 냄새가 난다. 볼을 손으로 비비며 잠기운을 몰아낸다.

　들통으로 하나 가득 물을 끓이고 김장할 때 쓰는 커다란 고무대야를 씻어놓는다. 식당부엌에서는 닭 비린내가 난다. 부엌은 금세 뿌연 김으로 가득 찬다. 대야에 뜨거운 물을 부어 수온을 맞추고 그녀에게 손짓을 한다. 그녀는 치마와 속옷을 차례차례 벗고 마지막으로 버선을 벗는다. 다 벗은 옷을 차분하게 개어 식탁 위에 올려놓고 부엌으로 들어온다. 나는 부엌 한 가운데 우뚝 서서 그녀의 벗은 몸을 바라본다. 그녀의 몸은 너무 작고 왜소해 보인다. 휜 다리 사이에 수줍게 드러난 그곳은 아직 이차성징이 나타나지 않은 어린 여자아이처럼 민숭민숭하다. 나는 대야 안에 그녀를 앉힌 채 때수건으로 몸을 닦기 시작한다. 몸이 너무 작아 아이를 씻기고 있는 기분이다. 탄탄했던 생기는 모두 빠져나가고 껍질만 남은 살갗. 생기없는 살이지만 긁힌 상처 하나 없이 깨끗하다. 그녀는 내가 시키는 대로 팔을 들고 고개를 젖히며 조용히 앉아 있다. 내 손이 닿는 곳마다 그녀의 살갗은 만족감으로 발그레해진다.

　목욕을 마치고 옷을 입은 그녀는 몹시 지쳐 보인다. 그녀는 주머니에서 명랑 한 봉지를 꺼내 입에 털어넣고 의자에 앉아 숨을 고른다. 대충 부엌을 치우고 나오자 엄마가 부석부석한 머리를 매만지며 방을 나온다.

　"내가 우리 손녀 덕에 호사를 누리는구나. 에미야, 은희 용돈 좀 줘라."

　엄마는 들은 척도 안하고 부엌으로 들어가버린다. 부엌에서 그릇 부딪치는 소리가 나고 구수한 된장냄새가 풍겨온다. 그녀는 주머니를 주섬주섬 뒤져 만원짜리 한 장을 꺼내 손에 쥐여준다.

"됐어. 할머니가 무슨 돈 있다구."

"남자고 여자고 돈 없으면 기신이 안 나는 법이여."

나는 딱히 볼일도 없는데 외출복으로 갈아입는다. 식당 문을 나서는데 엄마가 부리나케 나와 우산을 건네준다.

"애먼 짓 하지 말고 일찍일찍 다녀!"

엄마의 목소리가 머리채를 잡아당긴다. 나는 뒤도 안 돌아보고 걷는다.

비 오는 날에는 세상의 모든 냄새가 지상에서 맴돈다. 거리는 온통 고기 굽는 냄새와 함부로 뱉은 침 냄새, 담뱃진내, 물비린내로 가득하다. 나는 떠돌이 개처럼 터미널 근처를 맴돌고 있다. 비디오방에서 인육을 먹는 박사가 나오는 영화를 보고, 커피숍에 앉아 담배를 반갑이나 피우며 메스꺼운 속을 달래고 나온 참이다. 학원에서는 백 퍼센트 취업 보장을 했지만 아직까지 연락이 없다. 가방에는 낯선 돈이 들어 있다. 천원권과 만원권이 뒤섞여 있는 걸 보면 엄마가 손님에게 받은 돈 그대로 넣어둔 듯싶다.

얼마나 돌아다녔는지 샌들 앞으로 나온 발가락은 빗물에 퉁퉁 불어 있다. 나는 횟독으로 빵빵하게 부푼 아버지 발을 생각한다. 아버지의 발은 회를 뭉개놓은 듯 딱딱하고 울퉁불퉁했다. 저녁마다 찬물에 담그고 연고를 발랐지만 부기는 도통 빠지지 않았다. 밤새도록 허리를 구부리고 부푼 발을 긁어대는 소리에 식구들은 밤잠을 설치곤 했다. 나는 아버지 발을 만져본 적이 없다. 허옇게 독 오른 발에 손을 대면 내 손도 괴물처럼 흉악하게 변할 것 같았다. 나는 혹시라도 아버지의 발이 몸에 닿을까봐 잠결에도 이불 속으로 발을 집어넣는 데 신경을 곤두세우곤 했다.

집으로 가는 버스를 세 대나 보내고 나서야 버스에 오른다. 버스는 도심을 벗어나 국도를 달리기 시작한다. 차창 밖으로 빗물에 일그러진 풍경이 지나간다. 차창에 비친 내 얼굴도 함께 일그러진다. 버스에서 내려 집까지 걸어 올라가는 동안 식당 간판 하나하나에 눈길을 주며 느리게 걷는다. 아무리 느리게 걸어도 어둠은 오지 않았다. 위쪽으로 올라갈수록 기온이 확연히 떨어져 우산을 든 팔뚝으로 자잘한 소름이 돋았다. 온몸이 물에 흠뻑 젖은 듯 무거워진다. 빨리 집으로 들어가 눅눅한 몸을 닦아내고 싶다.

나는 식당 문 앞에 서서 잠시 망설인다. 식당 안은 불만 훤히 켜 있다. 엄마는 부엌에 없다. 방문을 연다. 이제 막 오이를 베어문 엄마와 화투짝에 고개를 박고 있던 사내들의 눈이 한꺼번에 나를 향한다. 나는 반사적으로 미닫이문을 살펴본다. 미닫이문은 닫혀 있다. 생각할 겨를도 없이 소리나게 문을 닫아버린다. 나는 조금 더 느리게 걸었어야 했다. 아니면 조금 더 멀리 다녀왔어야 했다. 방문이 다시 열리고 엄마가 상체를 내민다.

"밥 줄까?"

"밥도 못 먹고 다닐까봐?"

나는 고개도 안 돌리고 불퉁거린다. 엄마가 신발을 꿰어 신고 내 앞으로 다가온다. 엄마에게서는 누린내가 난다. 비에 젖은 개털냄새, 찬바람에 노출된 가죽잠바 냄새. 엄마에게서 풍기는 냄새는 여자의 냄새가 아니다. 엄마의 목소리가 굵어지면서, 수염이라도 난 것처럼 코밑이 검어지면서부터 풍기기 시작한 그 냄새는, 사내들의 콧바람에서 묻어나오는 역겨운 냄새와 닮아 있다. 늙어가는 여자들에게서는 왜 남자냄새가 나는 걸까.

"냄새 나, 저리 가."

나는 차갑게 쏘아붙이고 밖으로 나온다. 어느새 비는 그치고 어둠이 내려앉아 있다. 식당길이 끝나고 한가한 계곡길이 나온다. 별빛도 없는 계곡은 칠흑같이 어둡다. 불어난 물소리만 요란하다. 나는 너럭바위에 앉아 담배를 피운다. 필터까지 피운 담배를 던지고 새로 담뱃불을 붙인다. 손끝에 담뱃진 냄새가 난다. 손에 묻은 담배냄새는 아버지의 냄새다. 나는 아버지의 발냄새를 맡듯 코끝에 손가락을 대고 깊게 숨을 들이마신다.

숲에서는 짓이겨진 풀냄새가 난다. 죽어가는 것들은 더욱 강한 향을 품는다. 베어진 풀, 썩어가는 과일, 짓이겨진 꽃잎, 나는 빈 담뱃갑을 구겨 던지고 일어난다. 시간이 얼마나 흘렀는지 모르겠다. 식당 앞에 멈추어 선다. 문에 손을 댔다가 뜨거운 것에 댄 듯 황급히 도로 집어넣는다. 그대로 발걸음을 돌려 무작정 아래로 내려간다. 아직 시내로 가는 버스가 있을 것이다. 오는 길에 24시간 하는 찜질방을 보아두었다. 나는 머릿속으로 주머니에 든 돈을 헤아리며 버스에 오른다.

"다 큰 계집애를 밖으로 돌리면 안되어."
"찜질방 갔다잖아요! 어머니는 주무시기나 하세요."
"어여 가봐라. 집이야 누가 떠메고 갈 것도 아니고."

마치 내가 계집애를 내쫓기라도 한 것처럼 책하는 목소리다. 노인네는 참견을 하고 싶어 안달이 난 눈빛으로 내 등을 떠민다. 차갑게 쏘아붙이던 계집애의 말끝에 묻어난 물기가 내내 마음에 걸렸다. 찜질방에서 자고 오겠다는 말은 핑계에 불과하다. 내 눈으로 확인을 해야만 마음이 놓일 것 같았다.

　지갑만 챙겨 서둘러 집을 나선다. 하늘은 구멍이라도 뚫린 것처럼 비를 퍼부어대고 있다. 무슨 사단이 나도 나지. 묵직한 천둥소리가 들릴 때마다 등줄기에 소름이 돋는다. 비바람에 머리는 쑥대강이처럼 헝클어지고 젖은 옷이 몸에 휘감긴다. 쳐들어오는 비바람을 막아보려고 우산을 바싹 붙여보지만 살이 나간 우산은 제멋대로 뒤집어지기만 한다.

　나는 밤 도망을 치는 여편네처럼 버스정류장에 불안하게 서서 오지 않는 버스를 기다린다. 버스정류장 팻말이 바람에 요동친다. 트럭 한 대가 물줄기를 가르며 도로에 바싹 붙어선 내게 물세례를 붓는다. 택시 한 대가 섰다가 흠뻑 젖은 내 몰골을 보고 내빼버린다. 노인네 때문이야. 노인네만 없었어도 계집애 방을 만들어줄 수도 있었어. 남편만 살아 있었어도, 계집애 방 하나는 문제도 없었겠지. 나는 바람에 자꾸 뒤집어지는 우산을 땅바닥에 내팽개쳐버린다. 우산은 바람에 멀리 날아가버린다. 쏟아지는 빗줄기 때문인지 몸에서 피어오르는 열기 때문인지 시야가 자꾸 흐려진다. 이가 딱딱 부딪치고 오한이 든다.

　멀리 택시 불빛이 빗줄기를 가르며 다가오고 있다. 나는 도로 가운데로 뛰어나가 두 팔을 벌리고 선다. 택시가 멈춘다. 다시 내빼려는 택시 문을 두들겨 기어코 세우고야 만다. 택시 안은 담배냄새와 LPG의 시큼한 냄새가 뒤섞여 있다. 와이퍼가 빠른 속도로 움직이고 있지만 들이 붓듯 쏟아지는 빗줄기에 한치 앞도 보기 힘들다. 택시기사는 또다시 담뱃불을 붙이고는 들으라는 듯 욕을 해댄다. 나는 시트가 젖지 않도록 조수석 등받이에 손을 짚고 엉덩이 끝만 살짝 걸치고 앉는다. 비는 그칠 기미가 보이지 않는다.

　찜질방에 들어서자 후끈한 열기가 온몸에 휘감긴다. 흰 운동복을 입고 무료하게 걸어다니는 사람들은 밖의 폭우와는 상관없이 한가로워 보인다. 털이 북실한 다리를 내놓고 누운 사내들과 젖꼭지가 비치는 얇은 셔츠만 입고 들락거리는 여자들 틈에서 계집애를 찾아낼 수 있을까. 꼭 이곳 어딘가에 솜털이 뽀얀 남자애와 손 장난치며 누운 계집애를 마주할 것만 같다. 나는 흠뻑 젖은 채로 이곳저곳을 누비고 다닌다. 발을 딛는 곳마다 물이 뚝뚝 떨어지고 사람들은 얼굴을 찌푸리며 피해다닌다.

　계집애를 발견한 곳은 식당이었다. 계집애는 구석에 혼자 앉아 미역국을 먹고 있다. 혼자 밥을 먹고 있는 계집애를 보자 여태 졸이던 마음이 울컥해진다.

　"등도 밀게 같이 가자고 하지, 왜 혼자 와?"

　계집애가 숟가락을 든 채로 나를 올려본다. 물기를 머금은 계집애의 눈이 한결 커다래진다.

　"비 오는데 어떻게 여기까지 왔어?"

　"어떻게 오긴 택시 타고 왔지."

　엉덩이를 들어 자리를 내주는 품이 내가 온 것이 싫지는 않은 모양이다. 나는 숟가락을 꺼내 미역국을 거들며 말한다.

　"에이구, 여긴 별세상이다. 밖은 난리가 났는데."

　"비 많이 와? 얼른 옷 갈아입어. 사람들이 쳐다보잖아."

　운동복으로 갈아입고 젖은 옷을 빨아 맥반석 사우나에 걸쳐둔다. 계집애가 냉커피통을 불쑥 내밀고 수건으로 내 머리를 싸매준다. 그러더니 턱짓으로 자수정 싸우나 쪽을 가리키고는 먼저 휭 하니 들어가버린다. 나는 차가운 커피를 쭉 들이켠 다음 계집애를 따라 동굴처럼 생긴 방으로 들어가 자리를 잡는다. 뜨끈한 공기가 오히려 아늑하게 느껴진다. 나는 목침을 베고 벌렁 누워버린다. 계집애가 갑자기 내 발을 끌어당겨 감싸쥔다.
"각질 제거 좀 해야겠어. 그러게 양말 좀 신고 다니라 그랬잖아."
"지저분한데 뭐하러 만져."
계집애는 슬쩍 눈을 흘기고는 내 발을 바싹 끌어당긴다. 빗물에 젖은 발이 허옇게 불어 있다. 계집애는 능숙한 손놀림으로 발가락을 주무르고 뒤꿈치를 두들긴다. 계집애의 손이 닿는 곳마다 시원한 느낌이 전해져온다. 나는 발을 내맡긴 채로 천장을 쳐다본다. 천장 가득 반짝이는 자수정이 별빛처럼 부서진다.
날이 밝고 나서야 찜질방을 나온다. 밤새 바싹 마른 옷의 꺼끌한 감촉과 향긋한 샴푸냄새에 기분이 좋아진다. 얼마나 밀어댔는지 가슴패기가 발갛다. 둘 다 발그레 달아오른 볼을 비비고 버스에 오른다. 버스는 물살을 가르며 도로를 질러간다. 밤새 비가 많이 온 모양이다. 여기저기 떠밀려온 쓰레기더미와 부러진 나뭇가지들로 길거리가 어수선하다. 어제 비를 맞고 서 있던 버스정류장에는 사람들이 모여 있다. 소방차와 구급차가 마을 입구에 서 있고 부산하게 나다니는 모습이 무슨 일이라도 난 것 같다. 위쪽에서 내려오는 물이 발목까지 차오른다. 나는 계집애의 손을 꼭 부여잡는다.
계집애와 찜질방에 있는 동안 불어난 계곡물이 돌들을 굴렸다. 순식간에 일어난 일이었다. 아무도 막을 수는 없었다. 한 시간에 100mm가 넘는 비가 내렸다. 계곡의 물줄기가 바뀌고 나무들이 뽑혀나갔다. 축대 위 가건물로 만든 가게마다 물의 압력을 견디지 못하고 무너져 내렸다. 비는 길과 계곡과 집의 경계를 지웠다. 사람들은 몸이라도 빠져나온 것이 다행이라고 했다.

계집애의 손을 잡고 흙구덩이에 푹푹 빠지며 집으로 올라간다. 위로 올라갈수록 길은 더 험악해진다. 굴러온 돌덩이들과 나무들이 마구 널려 있어 걷기조차 힘들다. 유원지를 따라 늘어선 식당들은 대부분이 폭우에 휩쓸리고 뭉개져 있다. 길을 가늠하기조차 어렵다. 계집애와 나는 누가 먼저랄 것도 없이 손을 놓고 뛰기 시작한다. 저만치 우리집이 보여야 하는데. 보이는 것은 온통 벌건 흙과 바위들뿐이다. 계집애는 계곡으로 변한 집 마당을 향해 달려간다. 집은 처참하게 뭉개져 있다. 다리에 힘이 빠진다. 나는 그대로 주저앉고 만다. 사람들이 모여든다. 계집애는 흙덩이가 되어버린 집에 엎드려 흙을 파헤치기 시작한다. 나는 계집애의 울부짖는 소리를 들으며 꼼짝도 못하고 앉아 있다.

여자의 새끼발가락에는 은발찌가 끼어져 있다. 여자는 지압봉이 지나갈 때마다 옅은 신음소리를 낸다. 지압봉이 발바닥 가운데를 누를 때에는 결국 손을 들어 무릎을 꼭 쥐고 만다. 뒤꿈치 지압을 마치면 이제 발끝부터 종아리까지의 경락에 들어가게 된다. 손이 저릿해 온다. 나는 지압봉을 고쳐쥐고 발뒤꿈치를 누르기 시작한다.

발관리실에 나오기 시작한 지 한 달이 되어가지만 나는 아직까지 그녀의 발처럼 작고 아름다운 발을 본 적이 없다. 눈을 감아도 검은 망막 위에 곧바로 새겨지는 버선발. 나는 사람들이 양말을 벗고 맨발을 보일 때마다 그녀의 버선발을 생각한다.

무너진 집에서 발견된 할머니는 맨발이었다. 그녀가 벗은 것인지 아니면 발굴 작업을 하는 인부들의 거친 손에 끌려나오면서 벗겨진 것인지, 할머니는 맨발인 채로 들 것 위에 누워 있었다. 나는 차마 그녀의 얼굴을 볼 수 없었다. 진흙으로 더럽혀진 그녀의 맨발만 바라보았다. 할머니의 발은 꼭 횟독 오른 아버지의 발 같았다.

 할머니를 땅에 묻을 수는 없었다. 그녀 몸을 짓눌렀을 흙더미와 돌멩이로도 충분했다. 엄마는 인부에게 웃돈을 얹어주며 곱게 빻아달라고 부탁했다. 할머니의 유골상자를 받아든 엄마는 폭우처럼 눈물을 쏟아냈다. 곱게 빻아진 그녀의 뼈는 꼭 흰 명랑가루 같았다. 납골당에 넣기 전, 나는 그녀의 뼛가루를 조금 덜어내 작은 상자 안에 담아두었다. 그리고 그녀의 발이 생각날 때마다 손가락에 침을 묻혀 그녀의 뼛가루를 찍어 혓바닥으로 조금씩 맛보곤 했다.

 내 내부에는 언제나 나를 바라보며 침묵하는 그녀가 있다. 그녀는 내 속에서 숨쉬고 내 속에서 잠을 잔다. 그녀는 가끔 내 속에서 버선발을 내밀기도 한다. 나는 그녀를 위해 명랑을 먹는다. 설탕처럼 하얗고 반짝이는 명랑가루에서는 그녀 냄새가 난다.

명랑 — 천운영

작품해설

하얀 꽃버선발이 향유하는 의미

전혜자 | 경원대 국어국문학과 교수

    천운영의 「명랑」은 폐암의 증후로 죽음을 앞둔 노인을 주된 초점의 대상으로 해서 노인의 손녀딸 은희와 은희의 엄마, 즉 노인의 며느리가 초점화자가 되어 전개되는 이야기이다. 노인에 대한 이야기는 화자의 시각교체에 따라 다섯 장으로 나뉘어진다. 1, 3, 5장은 손녀딸 은희의 시각에서 2, 4장은 은희엄마의 시점에서 좁게는 노인을, 넓게는 미장이일을 하다가 사고로 죽은 은희 아버지를 포함한 가족을 대상으로 해서 모녀가 각각 자기 목소리를 낸다.
    또한 외적인 공간 배경은 촌구석의 방 한 칸 딸린 식당, 그리고 식당 옆에 곁들여 만든 동굴 같은 방과 24시간 영업하는 찜질방이 전부이다. 구태여 사건이라고 말한다면 폭우로 인한 노인의 죽음과 노인의 아들이 미장이 일을 하는 도중 사고로 죽은 사건인데 특히 그 사고는 은희 모녀의 의식 속에서 감지될 만큼 스토리 전체가 두

화자의 섬세한 내면의식을 중심으로 서술되고 있다.

그런 의미에서 1~5장까지의 서사과정을 살펴 볼 필요가 있다.

1장의 경우, 초점화자는 노인의 손녀딸 은희이다. 은희의 할머니에 대한 관심은 예비 발관리사답게 하얀 버선발에 주어지며 또 처녀의 유두 같은 젖가슴에 주어진다. 노인의 풀향기 냄새 나는 조그마한 예쁜 발은 이미 부패되기 시작한 노인이 삶의 회한과 닥쳐 올 죽음의 공포를 초극할 수 있는 노인의 마지막 보루이다. 그런 노인의 마음을 손녀는 잘 읽고 있으며 자신도 고통스런 세상을 비껴가기 위해 오히려 그런 노인이 돼버리기를 갈망하기도 한다. 깨끗한 노인의 발과 소녀의 유두 같은 젖가슴은 어느 것 하나 마음 붙일 데 없는 은희에게 따뜻한 어머니의 품 역할을 하기 때문이다.

2장은 노인의 며느리인 은희의 엄마가 초점화자가 되어 노인과 딸 그리고 죽은 남편을 보는 시각에서 이야기가 전개된다. 남편도 없이 힘겹게 살림을 꾸려가는 자신을 전혀 몰라주고 또 돕지도 않는 노인과 딸을 버러지들이라고 원망하기도 하며 죽기 전의 남편을 교육시키지 않아 미장이밖에 못됐다는 원망을 어머니에게 했듯이 자신도 노인을 원망하며 냉대한다. 그러면서도 노인이 평생 일하지 않는 사주를 타고 태어난 것을 족상의 복록이라고 생각하기도 한다.

특히 안타깝게 생각하는 것은 노인보다 더 늙어버린 자신과 노인처럼 원망 듣지 않으려고 최선을 다해 뒷바라지를 해준 딸애가 좀처럼 마음을 잡지 못하는 점이다. 죽은 남편의 냄새를 그리워함은 실상 밤늦게까지 화투판을 벌이며 노는 식당 손님들의 사내냄새로도 충당될 수도 있는데 그것을 역겨워하는 딸애의 심통 부림과 손녀딸의 마음만 헤아리는 노인에 대한 애증이 교차된다. 또한 딸의 신선한 젊음의 향기와 노인의 상처 하나 없는 깨끗한 몸은 자기 인생의 회한을 더욱 느끼게 한다.

3장은 다시 은희의 시각으로 교대되면서 가족과 관련된 여러 가지 생각들이 꼬리를 문다. 할머니를 목욕시키면서 생기 없는 피부지만 깨끗하게 늙은 할머니의 몸, 횟독으로 부었었던 아버지의 발, 비 오는 날의 차창에 비친 일그러진 자신의 얼굴 등이다. 결국 역겨운 사내냄새가 나는 식당 손님 때문에 갈 곳이 없어 떠돌다가 선택한 곳은 24시간 하는 찜질방이다.

4장은 다시 은희 엄마가 초점화자가 된다. 단 하나밖에 없는 식당 방에서 아직도 화투판을 벌이고 있는 사내 손님들 때문에 있을 곳이 없어 화내고 나가 버린 손녀딸에 대한 시모 성화에 찜질방으로 딸을 찾아 나선다. 딸 방을 따로 만들어주지 못하는 원인을 노인 탓으로 돌리면서 노인에 대한 원망이 걷잡을 수 없기도 한다.

비바람에 살이 부러진 우산은 날아가 버리고 흠뻑 젖은 모습으로 찜질방 식당에서 미역국을 먹고 있는 딸을 만나면서 모녀간에 화해가 이루어진다. 그것도 역시 엄마의 발을 통해서이다. 무좀으로 각질이 심하게 터져 있는 엄마의 발을 마사지하면서 딸은 엄마를 조금은 이해하게 된다.

날이 밝아 다시 집으로 돌아 왔을 때 폭우에 무너져 버린 집과 흙과 바위에 파묻힌 할머니의 시신을 발견하고 딸은 울부짖는다.

5장은 발관리사로 취직한 지 한 달이 지난 후의 은희가 초점의 주체가 되는 부분이다. 흙더미에 파묻혀 죽은 할머니의 맨발이 횟독에 부풀어 오른 아버지의 발과 같다고 연상한다. 그리고 할머니의 뽀얀 뼛가루는 할머니가 늘상 진통제로 복용하던 명랑가루같이 느낀다.

은희는 할머니 냄새를 맡기 위해 뼛가루를 맛보고 할머니를 생각할 때마다 또 명랑가루를 꺼내 먹는다. 그것은 은희의 마음 속에 항상 존재해 있는 할머니를 잊지 않기 위해서이다.

이렇게 시각이 교차되면서 다섯 도막으로 나뉘어진 「명랑」에서 반복되는 패턴은 할머니의 발이다. 할머니의 새하얗고 보드랍고 고운 옥수수털 같이 느껴지는 발은 이 소설의 주제로 다가갈 수 있는 키워드가 된다.

"발에는 사람 몸이 다 들어 있어"라는 할머니와 손녀딸의 대화가 바로 그것이다. 우리 말 속담에 "발만 보고도 무엇까지 보았다"라는 말이 있다. 노인은 온몸이 다 아파서 진통제인 명랑을 먹고 있지만 발만은 항상 하얀 버선발이다. 버선을 벗으면 더욱 새하얗게 깨끗한 싱그러운 발이 드러난다. 상처 하나 없이 깨끗한 발을 보호하고 싶은 노인의 본능적인 욕구는 젊음을 붙잡고 싶은 노인의 몸부림이라고도 볼 수 있다. 또 이런 발을 보호하고 싶은 노인의 심리는 늘상 저고리를 입지 않은 채 마치 젊은 여자의 유두 같은 젖가슴을 내보이고 있는 것과 맥을 같이 한다.

노인의 발은 죽은 아들의 횟가루에 찌들은 발과 다르며 무좀과 습진으로 각질이 일어나는 며느리의 발과 다르다. 또한 뼈만 남은 피부지만 상처 하나 없는 깨끗한 노인의 피부는 먹고 살기에 허덕여 거칠어진 엄마의 피부와도 다르다. 며느리의 입장에서 곱게 늙은 노인의 '여린 풀냄새'는 발에 '복록'이 있어서 그런 게 아닌가 하는 생각이 들 정도이다.

또 그런 발의 의미는 죽음을 두려워하는 노인에게 태어나기 이전의 상태를 갈망하게 하는 것으로 확대되는 여지를 보이고 있다. 동굴 같은 곁방에서의 둥글게 말고 자는 노인의 모습이 그렇고 사내손님들이 올 때면 고치처럼 곁방에 틀어박히는 것도 그렇다. 마치 누에가 실을 토하여 제 몸을 둘러싸서 얽어 만든 집처럼 자신의 아킬레스건을 보호하려는 본능이 엿보인다.

또 명랑에 취해서 양수 속에 웅크린 태아 같은 모양을 하고 있는 것도 같은 맥락이라고 볼 수 있다. 죽음을 앞둔 노인이 늙어서 외롭고 고독해서 태초의 생명상태로 돌아가기를 소망하는 것은 죽음에 대한 공포를 삭힐 수 있는 하나의 길일 수 있다. 그것은 삭혀서 발효될 수 있는 홍어찜 음식을 노인이 찾는 것과도 연관을 지을 수가 있다.

「명랑」에서 또 하나 두드러지는 것은 작중화자의 더블이미지이다. 현실적인 가정 불행의 원인을 자신을 챙기기에만 몰두했던 노인의 탓으로 돌리며 원망하면서도 막상 폭우로 노인이 사망했을 때 손녀딸은 울부짖었고 며느리는 땅에 주저앉을 만큼 충격적이었다. 또 힘든 일로 너무나 늙어버린 은희엄마에게 가만히 앉아서 버선발만 만지고 있는 노인이 자신의 살만 파먹는 버러지처럼 여겨지기도 하지만 족상의 사주팔자로 생각하기도 하는 점이다. 눈이 쳐져서 잘 보이지 않는다고 쌍꺼풀 수술을 해달라는 노인의 말을 묵살하면서도 날씨가 선선해지면 수술을 해 주려고 작정을 한다.

이런 이중의식은 스토리의 발단부터 결말에까지 반복해서 패턴을 이루는 양가적 냄새와도 병행하고 있다. 은희의 시각에서 엄마의 냄새는 누린내, 남자냄새, 잠바냄새, 시큼한 냄새, 역겨운 냄새이고 죽은 아빠는 담뱃진냄새, 땀냄새, 맵고 비린 냄새, 짓이겨진 풀냄새, 고약한 발냄새이다. 그러나 할머니의 냄새는 명랑냄새, 풋내음향기, 풀냄새, 홍어찜의 발효냄새로 특히 버선발과의 관계에서 묘사되고 있다.

노인과 엄마의 시점에서 은희는 향긋한 샴푸냄새, 싱그러운 냄새, 경쾌하고 신선한 냄새로 손녀딸과 노인이 한 무리 속에 그리고 아들 내외가 상사성을 보인다. 그러기에 손녀딸 가슴 속에는 항상 노인의 침묵이 자리하고 있고 노인이 숨을 쉬며 잠을 자고 있는 것이다.

또한 「명랑」에서 그냥 지나칠 수 없는 것은 2002년에도 문제소설로 선정된 동 작가의 「눈보라콘」에서처럼 인간 육체에 대한 적나라한 묘사이다. 여성의 몸을 육감적으로 그것도 노인을 대상으로 아직도 여자냄새를 풍길까 하는 줄기찬 반문을 독자들이 일으킬 수 있는 점에는 아랑곳없이 관능적인 언어사용이 사그러들지 모르는 늙은 여자의 욕정을 나타내고 있다. 그러면서도 스토리가 동양적인 안정감을 되찾는 것은 아마 토착어의 쓰임 때문인 것 같다. '버선코, 수눅선, 회목, 고치, 저승꽃, 가릉거리는, 자리끼, 너럭바위' 등의 사용이 그것이다.

또한 「명랑」은 다른 노인소설과 달리 노인의 소외의식이나 노인 부양문제, 재산상속 문제 등과는 다른 개성을 보이고 있는 점이 돋보인다. 사실 「명랑」에서 제기되고 있는 문제의식은 노인만이 대상이 되는 것이 아니고 모든 인간의 삶과 죽음 앞에서의 본질적인 문제제시라고도 볼 수 있다. 단지 노인은 그 문제가 더 빨리 다가왔다는 것일 뿐 영원한 인간의 문제라고 볼 수 있다.

• 석류 •

최일남

약 력

1932년 전주 출생
서울대 국문과 졸업
1953년《문예》로 등단
소설집 『서울 사람들』 『타령』 『그때 말이 있었네』 『아주 느린 시간』 등
장편소설 『그리고 흔들리는 배』 『숨통』 등
〈이상문학상〉〈한국소설문학상〉 등 수상

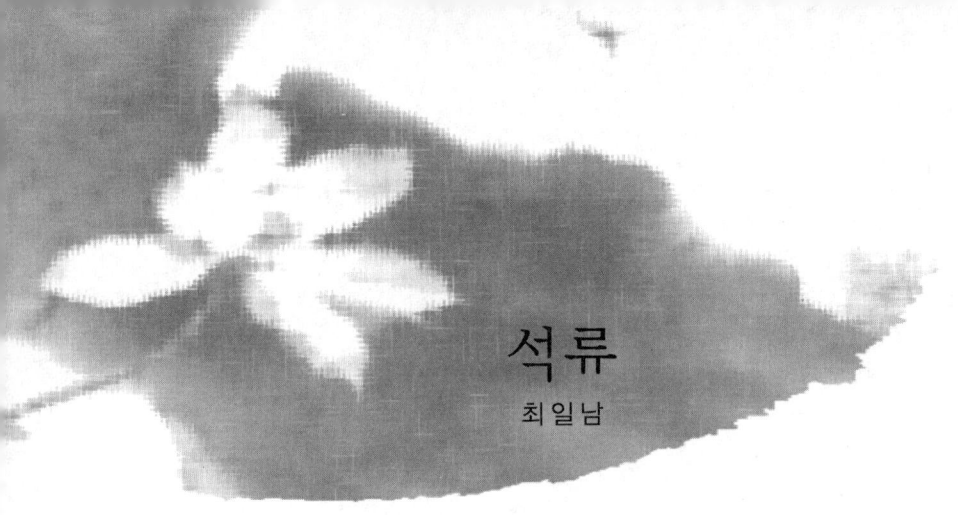

석류
최일남

"에 고 이 스 트."

나는 깜짝 놀랐다. 느닷없는 영어 마디를 발음연습 하듯 한 자씩 또박또박 끊어 말한 어머니가 하도 엉뚱하여, 후식으로 나온 단감 조각을 집다 말았다. 당신이 손수 끓인 아욱국을 달게 자신 작은아버지가, 저를 위해서도 형수님이 오래 사셔야겠다는 아부성 덕담을 진상한 끝이다.

"에고이스트라니요?"

지체 없이 되묻는 작은아버지 역시 어머니의 꼬부랑말이 뜻밖이었나보다. 어리떨떨한 눈에 진한 호기심이 겹친다.

"남은 내 명줄이 길수 아버님 입맛이나 보하자고 있는 것도 아닐 텐데 그리 나오니 말이에요. 하긴 뭐… 어릴 적부터 내 것도 내것, 네 것도 내것 하던 욕심 어디 갈라고요."

"이런 이런. 아직도 철딱서니 없다는 말씀이신데, 그렇다고 조카 내외 듣는 데서 코흘리개 시절의 제 보로를 까발릴 참입니까."

사촌동생 길수 아버지, 즉 작은 아버지의 호들갑에 나와 아내가 웃자 새색시 때부터 시동생을 거둔 어머니의 입가에도 빙그레 미소가 번진다.

한세상 저쪽의 허물을 굼잡아 살짝 구슬리는 족족 밉지 않게 대드는, 어머니와 작은아버지의 삭은 수작이 또 벌어지는가 싶다. 두 분은 흔히 그런다. 오랜만에 만난 자리일수록 파한의 입담이 걸다. 어머니께서 선수를 치는 예가 많기는 한데 매양 그렇지는 않다. 순서에 상관없이 작은아버지가 먼저 무해무득한 찍지를 부리기도 하는, 헤식은 말장난에 가깝다. 같이 늙어가는 시동생을 아랫식구들 앞에 조리돌릴 형수가 그러므로 아니다. 아니기로는 뽀록난 자신의 칠칠찮음이나 개구쟁이짓을 길길이 돌이질하고 나서는 시동생 쪽이 더하다. 얼김에 까마득한 유년을 돌이켜 거꾸로 즐기려 든다. 가다가는 칠십 초립동이의 객쩍은 응석 기미마저 풍기기 쉽거늘, 오늘 저녁은 형수 입에서 서슴없이 튀어나온 서양 말 찌끄러기에 당장 집착하는 눈치다. 팔십이 내일모레인 노친네의 선찮은 학력으로는 입에 올리기 어려운 단어라는 기색이 역력했다. 그건 나도 마찬가지다. 에그 프라이, 핫소스, 크림수프, 칵테일, 스파게티 등속이라면 모를까. 에고이스트는 귀에 퍽 설었다. 그 입에 그 말 같은 사람의 언사도 십년에 한 번 꼴로는 비약의 날개를 다는가. 기어코 캐묻는 작은아버지의 궁금증이 당연하다.

"그건 그렇고. 어디서 그런 인테리 영어를 익히셨습니까."

"왜요. 나는 그런 말 할 푼수가 못 된다?"

"어디가요. 되 글을 말 글로 써먹는 형수님의 총기를 누가 모릅니까. 덕택에 저는 다른 아이들이 엄두조차 못 냈던 하이라이스 같은 박래품 음식을 일쩍 입에 댈 수 있었죠."

군밤을 싼 신문지 조각까지 버리지 않고 읽던 어머니의 일된 개명을 은연중 암시하고 나선다. 그만한 노력과 눈썰미가 보통학교만 다닌 형수씨의 세상물정 터득을 한층 도운 사정마저 바친 셈이다. 교실 스토브에 층층이 쌓아올린 알루미늄 벤또의 야릇한 냄새, 장아찌 김치 새우젓이 한꺼번에 타는 찝찔 일색 구미로는 생각지도 못했던, 입 호강의 일시적 감동을 아울러 되새기며.

"이왕 비행기를 태울 양이면 이 집 쥔 살아생전에 태울 일이지. 그 양반은 바로 그 점이 못마땅했어요. 쓸데없는 일에 신경을 쓰니까 음식솜씨가 젬병이라고 구박이 자심했지. 누가 전기톱으로 나무 타는 업자 아니랄까봐 송충이가 갈잎을 먹으면 죽기 마련인데, 시키지도 않은 오므라이슨가 오무가리밥인가를 왜 만들어 남 생목 오르게 하느냐고 윽박질렀거든요."

"쳇. 형수씨 솜씨가 어때서. 나는 맛만 있대."

"조실부모한 처지에 무엇은 입에 달지 않았을라."

"어리다고 이 맛 모르고 저 맛 모릅니까. 형님은 워낙 입이 짧고 음식타박이 심했죠. 기막힌 음식솜씨에 반해 첩실로 삼았다던 그 여자는…."

"공연히 없는 사람 얘기를 꺼냈나보네요."

어머니는 급히 작은아버지의 입을 막는다. 내 생각에도 아버지의 그때 외도를 이해하기 어려웠다. 다른 이유로 소실을 얻었다가도 끝내 조강지처의 손맛을 못 잊어 제자리로 돌아온다는 말은 더러 들었다. 아버지는 그런데 정반대의 궁색한 핑계를 앞세워 한동안 첩살림을 차렸다.

　온갖 식성에 새큼달큼 영합하는 업소에다 가공품이 곳곳에 널린 세상이 그때는 아니었으므로 남자 유세가 지나칠수록, 부질없는 까탈에 익숙한 가장일수록, 후딱 하면 들먹이기 쉬운 것이 안식구의 음식솜씨였다. 하다가 생긴 미운 털이 조석으로 대하는 국 대접이나 간장 종지에까지 박히면 파장이 오랴. 그럴 수도 있는 일이지만 여간해서 드물다. 아내에게 푹 빠지면 까짓 입맛쯤 대수 아닌 미덕이 그 시절에도 너끈했다. 새록새록 솟아나는 정에 겨워 스스로 입맛을 바꿨다. 뿐인가. 묵은 정을 다독거려, 움막에 단장의 기쁨을 누리면 그만이다. 따라서 짐작하기 어렵잖다. 시앗을 들이는 동기가 제각기 특이하여 일률적으로 판단하기 힘들되 음식솜씨 구박은 나중일 경우가 많다. 대개는 핑계 있는 무덤을 미리 봉곳하게 다진 연후에 반찬타령을 읊어도 읊는 예가 흖다. 그만한 순서를 무시하고 다짜고짜 시네, 쓰네, 맵네, 다네, 짜네, 싱겁네 따위 투정을 매끼마다 뿌려 상대의 진을 빼기로 들면 벌써 미심쩍다. 의도적으로 너무 일찍 파국의 복선을 깐다고 보아야 한다. 조몰락조몰락 나물을 무치고, 엎었다 뒤집었다 저냐를 부치는 섬섬옥수는 물론, 염장에 절고 갖은 양념에 녹아 까슬까슬할 망정 오만 맛의 원천으로 아름다운 손에 더는 눈을 주지 않는다.

　어머니와 아버지의 중간 파탄은 그러므로 시점 구분이 좀 어중간한데 굳이 따지기로는 후자에 가깝다. 파탄이면 파탄이지 중뿔나게 전과 후를 가려 어쩌겠다는 거냐고 물으면 할 말이 없다. 없지마는 어머니의 솜씨에 관한 한 나는 솔직히 아버지 편이다. 어머니의 상처에 거듭 소금을 뿌리고 자식된 도리로도 언감생심 입 밖에 낼 소리가 아니어서 이날 입때까지 그런 내색조차 하지 않았다. 어머니의 손맛이 남달리 처지기 때문이기보다는 내 혀에 밴 똑 떨어진 맛의 향수가 별로라는 뜻이다. 떨어져 산 동안이 전혀 없이 줄창 모시고 지냈기 때문인지도 모른다. 할머니의 맛이라든가 어머니의 맛을 그토록 못 잊는 사람은, 그분들의 부재가 안타까워 한층 그러는 것 같다. 지금은 안 계신, 지지리 고생만 하시다 가신 어머니의 부드럽기는커녕 바삭 마른 손을, 함께 견딘 모진 세월과 더불어 떠올리며 그리워들 한다. 그래서 숭덩숭덩 썰고 바락바락 치댄달지, 몽당숟가락으로 파내고 긁는 장면이 맛보다 먼저 눈에 아른아른할 터이다. 거기에 회상하는 자의 자유로움으로 다시 초 치고 된장을 풀어 상상의 천하 진미를 저 좋을 대로 만들고 빚는 것이다. 눈으로 그려 혀에 담되, 가슴도 덩달아 숟가락을 챙겨 같이 먹자고 덤비기 일쑤다. 홀로 먹은들 나쁠 것이 없으나 여럿이 공감하며 헛제삿밥을 먹듯 우루루 달겨들어 때리면 더욱 감칠맛이 난다. 시도 때도 없고 물리는 법도 없다. 중늙은이 축에 드는 연배일수록 향수의 으뜸 품목인 할머니와 어머니의 맛을 두고두고 그렇게 탐한다. 저마다의 개인사에 고이 받들어 심심파적으로 핥고, 운두 깨진 술잔처럼 들쭉날쭉 어긋나기 십상인 일상의 위안거리로 삼는다.

별로라고 했던 우리 어머니의 손맛 또한 이러한 내력으로 대하면 중은 간다. 말이야 바른대로 말이지 누구네 어머니는 별난가. 입에 길들이기 탓이다. 식성 따라 기호가 조금씩 다를 따름이다. 아욱국 한 대접을 두고 갈린 나와 작은아버지의 차이가 벌써 그렇다. 시식(時食)의 하나로 그냥 후루룩거리는 나는 맛이 그저 그런데, 오랜만에 먹은 작은아버지는 아 개운하다고, 잃어버린 입맛을 되찾은 거 같다고 되게 즐거워 야단이다.

의도적인 기미가 없지 않다. 변하고 또 변하는 것 투성이인 세속의 복판에서 죽어도 안 변하는 것을 세 치 혀로 확인하고자 기를 쓰는 마음 누가 몰라. 국적 불명의 잡식 편력에 싫증나 더도 덜도 말고 그때 그 수준에 머물기를 바라는 속셈을 충분히 읽을 수 있다. 하다 보면 드러나는 식성의 질긴 생명력이 차라리 무섭다. 몸의 기억력이 마음의 기억력을 앞질러 시대 시대의 특성을 되새기도록 부추기는 가운데 역사적 생물 구실마저 하는 것이다. 한낱 음식솜씨의 영원한 내림을 감히 생각하게 만든다.

보자. 그 방면의 노병은 죽지 않고 다만 사라지지조차 않는다. 이를테면 할미 김밥으로 남아 민족의 '러브미(米) 운동'을 돕고, 할미족발은 젊은 이빨들의 저작력까지 키운다. 그것들은 대를 이어 나날이 새로운 먹성을 손짓한다.

푸우욱 고아 뽀오얀 국물로 담백한 맛을 내는 설렁탕이나 곰탕인들 어느 날 목숨을 다할까. 날계란을 띄워 점정(點睛)을 삼는 멋이 여전하다. 선홍빛 선지를 중심으로, 내포와 우거지와 콩나물을 섞어 끓인 해장국은 또 어떻고. 중조부가 드시던 막사발이랄지 뚝배기 국물을 노랑머리 후손이 오늘 다시 들이마시는 광경이 참으로 오래간다.

뻑하면 들고 나오는 역사에 다들 시들하다면 시들하다. 도나캐나 역사를 내세워 궁상에 감상을 덧칠한다든가 전통을 확대해석하려드는 안목이 딴은 멋쩍다. 하지만 이 땅의 유별난 정황이 그러라고 시킨다. 투박한 그릇들에 담겨 꾸역꾸역 먹을 타고 올라오는 츱츱한 상념을 어쩔 수 없다. 내 의표를 찌르듯 어느새 육이오를 들먹이고 나선 작은아버지의 말을 들으면 알조다.

"오늘은 이렇게 구수한 아욱국이 동란 때는 징그럽게도 싫드라니. 조카도 생각날 걸. 국민학교 몇 학년이었더라."
"삼학년이오. 그때는 죽이었죠. 국이 아니라."
"퍽이나 징징댔지. 맨날맨날 아욱죽만 먹인다고."
"그러는 작은아버지는요? 잔뜩 부은 얼굴로 어머님 죽솥에 퉤퉤 마른침을 뱉다가 아버지에게 귀뺨까지 얻어맞은 일 제가 다 아는데."
"허, 그랬지. 쌀인지 보린지 하는 알갱이는 십 리에 하나 꼴로 가뭇없고, 미끈둥미끈둥 시퍼런 이파리를 한 달도 더 먹었을 꺼야. 소증은 둘째 치고 나중엔 보기만 해도 절로 욕지기가 나오더만. 징한 여름이었어."
"배부른 소리. 그마저 없었으면 어쩔 뻔했어요. 여름이라 호박이나 근대도 죽거리로 썼지. 막 거둔 보리 덕이 컸고."
"전쟁이 여름에 터져 그나마 다행이었다는 말씀처럼 들립니다."
"에이그 저 어깃장. 마침 시절이 그런 시절이었다 이 말이지 누가…."
"육이오 전에는 아욱죽을 그다지 안 해먹었던 것 같습니다."
"왜요. 맛맛으로 더러더러 상에 올렸어요. 늦여름 입맛을 돋우는 별식인 걸. 국은 특히 가을이 제철이고요. 가을 아욱국은 사위만 준다는 말이 그래서 생겼겠지."
"뜨물로 물을 잡죠? 오늘 죽도 그랬을 테고."
"그럼."

"이파리보다는 야들야들 씹히는 줄기 맛이 좋아요."

"물론이에요. 껍질 벗긴 줄기와 잎을 박박 주물러 느른한 기를 우선 빼야 돼요. 거기다 체로 거른 된장을 풀어 한소끔 푹 끓인 다음에 쌀을 넣어요. 동시에 불을 뭉근하게 줄여야 쌀알이 잘 퍼진답니다. 식성 따라 파 마늘을 넣기도 하고, 따로 만든 양념장을 얹어 먹기도 하는데, 마른 새우는 꼭 들어가야 제격이에요."

"깐에 제법 손이 많이 갑니다 그려."

"흥, 무엇은? 어느 것 하나 저절로 되는 게 있는 줄 아세요. 들일 품 다 들이고 채울 시간 다 채워야 입에 넣을 수 있는 것이 우리 음식인 줄 알면서 그러신다. 한마디로 여자들 골 빼먹기 알맞다구요."

"마른 새우는 왜 넣습니까. 부드러운 풀떼기에 어울리지 않게. 고놈의 긴 수염이 입천장을 찌르기 알맞고."

"저런. 멸치 말고도 땅의 푸성귀가 온갖 해물과 만나 우려내는 국물맛의 조화를 설마 몰라서 이러는 건 아니겠지요. 그것도 입이 높은 평상시 때 얘기고 전쟁 무렵엔 그럴 여유가 어디 있었습니까."

"죽은 그렇다 쳐. 하여튼 국물들 좋아해요. 국에다 밥 말아먹는 민족이 온 세상에 또 있을까. 우리 말고."

"아시네. 아셔. 내 말이 곧 그 말 아닙니까. 요새도 아침에 국을 먹지 않으면 어쩐지 성이 차지 않고 속이 허전하다는 사람 많습니다. 아침상에 국이 오를 지경이면 다른 반찬도 뒤따라야지요. 구첩 칠첩 반상까지는 못 가더라도 비슷하게는 차려야 하지 않겠습니까. 죽어나는 건…"

"주부겠지요."

"남의 팔매에 밤 줍는다더니 장단 한번 빨리 치시네."

"남의 속에 있는 글도 배우는 저인 줄 미처 모르셨습니까."
"갈수록."
 국인즉 탕이다. 국의 높임말이 탕이라는 어의풀이야 어떻든, 나는 속으로 몇몇 종류를 헤아리다가 곧 포기한다. 따로따로 놀고 탕반으로 어울려 사람들의 입으로 들어가는 국 국 국, 탕 탕 탕이 얼추 서른 가지를 넘는다고 했다. 어째서 그리 많을까.
 이유를 캐지 않고는 못 배기는 이들은 제일 먼저 가난을 꼽는다. 적은 양의 식품으로 우글우글한 식구를 먹여 살리자면 도리 없었다는 것이다. 대가족 제도가 부채질하고, 잦은 전란과 흉년이 '황우도강탕'류 고기국과 섞어찌개 냄비를 불가피하게 이뤄냈다.
 그 다음에 농경민족과 유목민족 내지 기마민족의 차이를 들 수 있다. 한 곳에서 대대로 모여 산 우리 삼천만은 유목문화권 사람들처럼 건성(乾性)식품을 가지고 다닐 portable 필요가 없었다. 정착생활의 젖은 음식이 거기서 발달했다. 국물식품을 통해 여럿이 나누어 먹는 미덕과 집단의 동질성을 아울러 확보할 수 있었다. 사람 잡는 악질 백여우만 안 만나면 하룻밤 숙식이 어디서나 손쉬웠던 풍습도 그 덕일 게다. 길 떠난 나그네가 타는 저녁놀을 등지고 남의 집 대문 앞에 선들 어떠리. 멀리서 희미하게 깜박거리는 불빛을 좇아 주인장을 찾아도 야박하게 내쫓지 않았다. 식은 국밥을 데워 먹이는 대접까지 받고 고단한 심신을 뉘었다.
 그밖에 몇 가지 더, 국·탕이 주조를 이루는 식문화에 대한 해석이 가능하려니와, 결론은 지극히 간단하다. 척박한 풍토에서 싹튼 빈궁과, 그럼에도 무어 먹을 게 있다고 끊임없었던 외침을 기중 큰 이유로 들 만하다. 그토록 참혹한 수난을 뚫고 살아남은 겨레의 한 끄트머리에 어머니와 작은아버지가 앉아 있는 폭이다. 당신들의 오늘을 있게 한 입의 쇠락과 영화를 도란도란 주고받는다.

"생각나십니까."

"무슨…."

"우리 이웃에 살던 송 아무개가 별것도 아닌 걸 가지고 형님을 반동분자로 꼬아바쳐 보름 가까이 내무서에 갇히게 했던 일."

"어쩌자고 그 얘기는 갑자기."

"아욱죽으로 허두를 땐 화제가 유죄죠. 자기 아버지가 죽은 후에도 계속 쌀 배급을 타 먹다가 형님이 배급통장에서 이름을 지웠기 때문이라면서요. 일제 말기 애국반장을 했던 형님에게 앙심을 품고 지내다 인공이 쳐들어오자 싹 돌아서서…."

"다른 이유가 또 있었을 걸요. 그것 말고도."

"어떤 이유인데요."

"송씨 안 사람은 그 뒤로도 큰 일이 있을 때마다 와서 거들었어요. 그런데 하루는 정지에서 명태전을 부치다 말고 넓은 양동이에 가득한 국거리 내장을 한 무더기 부엌칼로 싹둑 잘라, 머리에 두른 수건을 벗어 돌돌 마네. 공교롭게도 나한테 그걸 들켰으니 어떡해."

"물이 질질 흐를 텐데."

"꼭 짜면 감쪽같잖아요. 거기까지는 괜찮아. 내가 잠자코 눈을 흘기자 도로 쏟았으니까. 어느 날인가는 지독하게 쉰 밥을 버리려는데 어디선가 득달같이 나타나 자기에게 달라지 뭡니까. 빨아서 먹겠대요. 그냥 줘버리면 될 것을 주고도 욕먹을 것 같아 거절했죠. 결국 버렸지만, 일단 밥풀로나 쓰겠다고 둘러댔어요. 아마 육이오 직전이었을 꺼라. 반드시 그 때문에 앙심을 먹었는지는 몰라도, 속으로 얼마나 서글프고 자존심이 상했겠습니까. 만일 그게 원인이 되어 그 양반을 해코지했다면 글쎄… 하찮디하찮은 빌미로 사상이 이쪽저쪽으로 왔다 갔다 하던 시대였으니… 하고 보면 사상도 별것이 아닌 것 같애. 그런 예가 한둘인가."

"밥을 뺄다니요. 빨래도 아닌데."

"휑궈 먹는다는 말이 좀 세게 나왔겠죠. 예사로 있던 일이랍니다. 대바구니에 담아 바람 잘 통하는 대청에 높이 매단 밥도 한여름엔 곧잘 쉬어요. 하면 찬물에 담가 손으로 살살 헹구기를 서너 차례, 쉰 기가 엔간히 빠지면 먹는데, 그렇다고 쉰 냄새가 단박 가시나. 진기 또한 빠져 푸슬푸슬한 것이 불면 날아갈 듯 가볍답니다. 뚝 안남미 밥 같은 걸. 그런 밥 안 먹어본 사람은 가난의 진짜 설움을 모른다고 할 수 있어요."

"눈물 젖은 빵을 먹어보지 않은 자는 인생을 논하지 말라는 말과 비슷하군요. 김삿갓의 방랑시에도 쉰 밥 타령이 나와요. 스무나무 아래 서러운 나그네, 망할 놈의 집 쉰 밥만 주는구나…. 두 줄이 더 있는데 어떻게 나가드라?"

작은아버지가 나를 겨냥하고 묻는다.

"인간 세상에 어찌 이런 일 있다더냐. 차라리 내 집으로 돌아가 설익은 밥이나 먹으리라. 대강 이럴 걸요."

"맞어."

"거 봐. 내가 안 주기 잘했지. 뒷간에 갈 적 맘 다르고 올 적 맘 다른 것이 여염의 인심이라. 종잡기 어렵거든요."

"그 말도 맞고… 많이 배운다 오늘."

"내친김에 신 열무김치 빼는 법도 일러드리리까."

"그것도 빨아요? 빠는 것도 여러 가질쎄."

"밥 바구니를 높이 대롱대롱 매다는 것과 반대로, 뒤꼍 그늘진 곳에는 갓 담근 열무김치 단지를 물을 가득 채운 자배기에 둥둥 띄웁니다."

"시지 말라고 다라이에 띄운다."

"다라이는 아직 나오지도 않았을 때에요."

"무슨 말씀. 집사람도 다라이가 입에 붙었던데. 자배기가 외려 어색하게 들려요."

"얼래. 나이 층하는 어따 두고 이러시나. 동서 연세가 얼마길래 나 산 내 나이를 앞질러 팔이 들이굽을까. 이러니 서울 안 가본 놈이 서울 가본 놈을 이긴다는 소리가 나올밖에."

"아이고 형수님. 말이 헛나갔군요. 그걸 미처 생각 못했습니다."

이야기가 옆길로 새누나. 뻔할 뻔자 안방 담소의, 언제나처럼 지리멸렬한 갈래 뻗기로 칠 법도 하지만, 그러기엔 일껏 가닥을 잡은 화제가 아깝다. 하나 엉뚱하게 튄 입씨름은 입씨름대로 싫지 않다. 어머니의 재빠른 한 방에는 가시가 없다. 형수의 반격에 아뿔싸 뒷걸음질쳐 두 번씩이나 거푸 머리를 조아린 작은아버지라고 타의가 있을까. 농기 어린 엄살에 불과하다. 말년의 말동무로 이물 없는 두 분이 내내 흐뭇해 보인다. 하노라면 돌아올 것이다. 밑도 끝도 없이 시작하여 애먼 지경을 뱅뱅 헤매다가도 어느 겨를에 출발점으로 낙착을 짓는 것이, 허름한 얘기꾼들의 약조 아닌 약조이기 쉬우니까.

"아깟번에 보로 터뜨리지 말라고 하셨죠."

"……"

"것도 일본 말인데."

"또 잘못됐습니까. 어서 열무 빠는 얘기로 돌아가시잖고."

"그게 아니고… 참 이상해. 정작 일정시대에는 안 썼던 일본 말을 그들이 물러간 뒤에 오히려 많이 되찾아 썼어요. 늙으나 젊으나 지금까지도. 사라, 마호병, 가이바시라, 긴따로, 쓰께다시, 샤브샤브, … 그리고 또 뭐냐… 웅. 우찌마끼, 소도마끼, 후까시, 소데나시, 히야시, 다노모시, 나까마, 와리, 가오마담,…. 어휴 숨차. 왜 그럴까?"

"사바사바, 사꾸라, 곤죠, 아다라시, 가께모찌, 오까네, 기마에, 앗사리, 와이로, 삐끼, 젠또깡, 민나 도로보… 어렵쇼, 사기(詐欺)는 어쩌자고 한일 간에 음이 같네. 그나저나 저는 형수님의 반도 못 따라가겠습니다."

작은아버지가 이내 두 손을 드는 척한다. 과장된 제스처로 볼 수 있거니와 웬만해서는 말 잘하는 어머니를 당해낼 재간이 없는 것도 사실이다. 예전과는 썩 다른 모습이다. 젊어서는 말수가 무척 적었다. 오죽하면 아버지로부터 저 사람은 마치 간이역에 핀 맨드라미 같다는 소리를 들었으랴. 어머니는 어떻게 알아들었는지 모를 일이되 진의를 파악하기 힘들었다. 특급은 물론 완행열차조차 거들떠보지 않고 내빼는 간이역, 하고도 맨드라미다. 아버지의 장사꾼 감각으로는 은근히 근사한 표현이었지 뭐냐. 옛 세월 형편으로도 여부가 없는 무공해의 한 가경(佳境)에 빗댄 말이 매우 그럴싸했는데, 문제는 진짜 속내다. 그 정도로 어머니가 다소곳하다는 뜻인지, 꽃 축에도 못 드는 맨드라미가 한역(寒驛)에 오도카니 서 있는 것처럼 생각이 외지다는 뜻인지 아리송했다. 짐작컨대 당신의 말벗으로 곰살궂지 못하다고 내친 혐의가 더 짙다.

하지만 어머니는 아버지와 사별한 후에 엄청 안면을 바꿨다. 말이 많아진 것이다. 아버지로 하여 사례들렸던 목청이 트인 자초지종이야 자세히 알 길이 없는 대로, 신문이나 잡지 같은 가벼운 읽을거리를 열심히 보면서 터득한 지식이랄까 정보에 힘입어 구담이 세어졌다. 말씀이 일일이 분명했다. 몰라서 그렇지 어머니는 아버지 생전에도 눈에 띄지 않게 시시로 입에 말을 담고 산 편이다. 나를 달고 어둑밭 내린 길을 갈 적에는 무엇인가를 입속말로 늘 중얼거렸다. 때로는 제법 큰 소리로 누군가와 대화를 하듯 입을 재게 놀렸다. 그런 때는 내가 옆에 붙어 있는 것조차 의식하지 못하거니와 무시하는 태도로 나왔다.

좋고 나쁘고를 떠나 또다시 변하지 않고는 못 배기는 게 인간의 일인가 한다. 그렇다고 어머니의 단순한 습성 변화를 사람 사람의 크고 작은 탈각과 맞바로 결부시킬 생각은 없다. 어림없는 노릇이다. 타고난 국량에 어차피 한계가 뚜렷한 어머니의 눈은 여전히 울안을 벗어나지 못했기 때문이다. 오락가락 뻗는 동선 역시 거기서 거기였다. 하지만 줄곧 자기 자리를 지키면서도 이왕 살아낸 발자국에 남다른 해석이나 부전(附箋)을 달려고 애쓰는 모양이 나로서는 보기 좋다.

그런 예를 열거하자면 한이 없다. 없는데, 작은아버지가 재촉하고 어머니가 설명하는 열무김치 빨기 대목에 당장 그런 '보기'가 나와 다행이다.

"열무김치는 콩밭 것을 제일로 치는 데서도 알 수 있듯이 여벌로 잠깐 심는 여름 채소 아닙니까. 옛날 노래에도 있었지. 오이김치 열무김치 맛있게 담고, 알뜰살뜰 아들딸 보는 아가씨에게, 누님 누님 나 장가 보내주… 했던가?"

"아니 그 연세에 대단한 기억력이십니다. 김정구가 부른 '총각 진정서' 아닙니까."

"총각 얘기를 하니까 열무 사촌뻘인 총각김치 생각이 나네."

"알타리무는 어쩌고요."

"정말로 몰라서 묻는 거예요?"

"아 참. 총각이 알타리고 알타리가 총각이구나."

"힘들다. 힘들어. 암튼지 열무는 이파리가 매우 여린 까닭에 풋내가 나지 않도록 살살 씻기부터 잘해야 돼요."

"빡빡 빤다드니."

"잠자코 들으세요."

어머니는 작은아버지에게 냉큼 퉁을 날렸다.

"밀가루나 녹말가루를 섞어 파·마늘·생강·고춧가루와 함께 버무린 것을 작은 항아리에 담고 간물을 잘박잘박하게 부어 익힙니다. 그러나 먹을 만하게 익자마자 금방 시어 꼬부라지기 때문에 철철 넘치도록 물을 부은 자배기에 항아리를 미리 띄워야 해요. 그리고는 하루에도 몇 차례씩 찬물을 갈아주지 않으면 어느새 허연 골마지, 남도 말로 고래끼가 낍니다. 하다가 영 못 먹겠으면 그제사 바락바락 빨아도 빨아야지. 무쳐 먹든가 국을 끓이기 위해서."

"아무리 어려운 시절이기로 그렇게까지 재활용을 해요. 확 버려뻔지지. 묵은 김장김치라면 또 몰라."

"저런. 저런. 형제간 아니랄까봐 누구하고 꼭 같네. 바로 돌아가신 양반이 궁상도 지지리 떤다면서 정성들여 빨고 무친 열무 접시를 홱 벽에 던져 박살을 내더만… 그날사 말고 기분 나쁜 일이 있었던가 보던데 그렇다고… 콩깨묵으로 배 채우던 시절 아닙니까. 번번이 상에 올린 것도 아니고 할 수 없이 내놓은 거였어요. 안식구 입은 입도 아닌가. 힘한 음식 가운데에서도 먹을 만한 것은 남자 차지고, 여자들은 그만 못한 것을 수채통이나 진배없이 목구멍으로 넘기는 형편에 어쩌다 내놓은 걸 가지고… 아녀자의 좁은 소견머리 탓인지는 몰라도 그게 그렇습디다. 오래 살면서 느낀 건데요, 크고 중요한 줄거리보다는 몹시 마음 상한 일이랄지 생각할수록 억하심정이 끓는 자잘한 사건이 이루이루 가슴에 못을 박아요. 더군다나 먹는 것으로 해서 생긴, 치사하다면 치사한 기억들이 꾸역꾸역 더해요. 피란 가 있던 집에 어쩌다 들른 폐병 삼기의 친정 오라버니에게 따스운 밥 대신 강냉이죽을 먹여 보낸 일도 가사 그래요. 오라버니 돌아가던 길로 곧 세상을 떴답니다."

"따뜻한 밥 한 끼라. 그 말 한마디에 얽힌 희비극이 우리나라엔 숱하지요. 예전에는 가난을 이기고 국제대회에서 금메달을 딴 운동선수 어머니들이 기쁜 눈물과 함께 일쑤 하던 말이 아닙니다. 한국인만이 그 정황을 이해할 수 있는, 서러운 회상의 되새김질이지 싶어요."

"그래요. 다른 나라 사람들이 보기엔 우습겠지만, 식은밥과 더운 밥의 거리가 어지간히 멀지요. 사람과 사람 사이를 대번에 갈라놓기도 하고 붙이기도 하잖았습니까."

"그토록 경황없는 속에서 만들어주신 하이라이스는 뭡니까. 과거의 큰 경험은 잘 떠오르지 않는 반면, 먹거리와 관련된 사소한 기억은 눈에 삼삼하다는 말씀에 공감합니다. 때문에 저에게 그때 해주신 하이라이스 맛을 아직 못 잊는다구요. 실례올습니다만 형수님 솜씨로는 믿기 어려운 요리드라구요."

장면 전환을 꾀하려는 속셈이겠지. 가년스럽고 지루한 화제를 그만 거두자고 덤비는 작은아버지의 의향이, 일부러 활짝 편 미간에 어린다.

"치켜올렸다가 내려놓았다가, 어느 장단에 춤을 춰야 할지 헷갈리네요…. 그런데 어쩌나. 막상 나는 그런 꼬부랑음식을 해준 기억이 감감하니. 오므라이스는 알지만 하이… 머시라고요?"

"하이라이스. 거 있잖아요. 동글납작한 접시에 고실고실한 밥알을 간살스럽도록 얇게 깔고 검붉은 쏘스를 주루룩 부어 먹는 것. 죽은 누님이 그것에 홀려 뚱땡이 자형에게 까빡 넘어갔다면서요. 그걸 보고 자극을 받으셔서 오랫동안 궁리궁리하다가 만들었다는 말씀, 제 귀로 똑똑히 들었는걸요."

"오옳아. 내 정신 좀 봐. 그 하이칼라 신랑감의 양식 초대를 받은 전날 밤, 고모가 삼지창, 즉 포크와 칼 쓰는 법까지 연습하던 생각이 나네요. 고모도 처음엔 시큰둥했지. 젊은 사람의 허리가 깍짓동만해서 쓰겠냐는 트집을 잡으며 깔끔을 떨더니만 웬걸, 교제하는 동안에 대접받은 그놈의 라이스라나 비프스데낀가 쇠고기단장(短杖)인가를 한두 차례 맛본 담부터 홀딱했지 뭐예요."

"형수님은 오기가 뻗쳐 손수 만들기를 작정하고…."

"아니 황천길에 오른 사람 앞에서 망측하게 무슨 소리를 그렇게 한 대요."

"그게 아니라…."

"아니기는 뭐가 아니에요. 하지만 굳이 발명할 것 없습니다. 말이 얄궂기는 해도 과히 틀린 소리는 아니니까요. 양식당에만 간 줄 아세요? 선물로 들려 보낸 과일은 또 얼마나 고급스러운지. 그 중에 제일 희한한 것이…. 아이고 이름조차 가물가물하네. 왜 있지요? 배꼽이 톡 튀어나온 오렌지 비슷한 것, 불그죽죽한 색에다 씨 없이 달기만 하던."

"네이블인 갑다."

"아마 그럴 걸. 입에 넣으면 살살 녹아. 일본 나쓰미깡도 괜찮은데 그건 너무 시드라고요."

"얼김에 입사치도 했군요."

"암. 그 무렵은 우리 살림도 탄탄했으니까 사먹자고 들면 못 사먹을 것도 없었지만서도, 가장의 성미가 원체 신토불이 입맛에 절어 엄두를 못 냈지요. 겨우 흉내 낸 것이 하이라이스?"

"맞습니다."

"아이우에오, 가기구게고를 깨친 일본어 초보 실력을 밑천 삼아 어찌어찌 구한 일본 요리책대로 해보았을 따름이에요. 쏘스맛이 기본이죠 뭐. 노릇노릇하게 볶은 밀가루에다 빠다 소금 육수를 넣었나? 거기다가 야채 버섯 고기를 섞는데, 빠다가 있어야지. 굳기름을 녹여 어물어물 본뜰밖에. 그런 엉터리를 여지껏 들먹이다니, 공치사로 돌릴갑세 싫지는 않네요. 주제넘게 내 입으로 할 소리는 못 되지만 양식 요리는 요컨대 쏘스 맛인 것 같애. 애들 따라 더러더러 구경 삼아 간 호텔 식당의 부페도 그렇고, 쏘스로 시작해서 쏘스로 끝납디다. 우리 한식은 간에 달려 있고."

"잘 보셨습니다. 해서 드리는 말씀인데, 형수님의 손맛이 밴 우리 식품 가운데 제가 아직껏 못 잊는 것이 그밖에도 있습니다. 두 가지예요. 하나는 고추김치고 하나는 굴비포예요. 딴 데서는 여간 먹기 어려운 특미…."

"잠깐. 그건 뒤로 돌리고 고모님 아들 필수 이야기를 마저 하고 싶은데…."

"하시죠. 누가 말립니까."

"하라고 멍석까지 펴니 주저되네."

"어째서요."

"너무 절통하잖아요. 어리나 어린 것이 미국 구호식량으로 만든 옥수수빵 한 개 때문에 그토록 허망하게 갔으니."

"…."

"학교에서 저 먹으라고 노나주었으면 그 즉시 먹어 없앨 일이지 지가 무슨 효자라고 가슴에 품고 가. 같은 학교의 덩치 큰 왈패에게 빼앗기지 않으려고 승강이를 벌이다 그만."

"둑에서 저수지로 굴러댔죠? 누님에 이어 자형마저 죽었을 때 개를 우리에게 맡겼으면 좀 좋아. 망쪼든 집안에 핏줄 욕심은 있어서."

"누가 아니래요. 심성 여린 필수 고것이 할아버지 할머니에게 우선 보이고 먹어도 먹을 양으로 걸음을 재촉했겠지요."

"즈이 어머니가 잠시 누린 하꾸라이[舶來] 호강과는 딴판으로… 먹는 것과 함께 떠올린 우리네 생활은 거지반 다 어찌 그리 슬프지요."

"그러게. 영양 부족에 약도 흔치 않아 제 명에 못 산 어린것들이 하나둘이래야 말이지. 그걸 생각하면 나처럼 질긴 목숨이 욕스러워요. 치사하고 요망하고…."

어머니는 무슨 말인가를 보태려다 입을 다문다. 열한 살 되던 해 겨울에 죽은 누이 생각 때문임이 분명하다. 나보다 두 살 밑이었던 숙진이가 장티푸스를 앓기 시작했을 때만 해도 식구들은 대단찮게 여겼다. 고열과 오한 끝에 솟은 발진에 잔뜩 겁을 먹었을 망정 제 날짜를 채우고 나면 차츰 회복하기 마련인, 다 아는 병으로 쳤다. 아닌 게아니라 서너 주일도 못 가 열이 많이 내렸다. 더 이상 병원이나 한약방 신세를 지지 않아도 되려니 마음을 놓았거늘, 그때부터 병세가 갑자기 악화되었다. 폐렴으로 번지고 장출혈마저 일으켰다. 하루가 다르게 내리막을 굴렀다.

대수롭지 않은 일에 공연히 무렴을 잘 타는 아이였다. 때문에 한창 어울려 마땅한 또래들과 일정 거리를 두고 혼자 잘 놀았다. 아이들이 다리 자른 풍뎅이를 발랑 뒤집어 뱅글뱅글 도는 모양을 즐긴달지, 잠자리 목을 비틀어 허공에 던지며 날아라 날아라 소리치는 놀이에 울상을 지었다. 가엾어 못 견디겠는 표시로 어깨를 꼬옥 움츠렸다.

아니 할 말로 그 나이에 벌써 무엇에 씌인 듯 웃자랐거나 그늘진 마음자리의 반영인지도 몰랐다. 억측이 지나치달 수도 있겠으나 강한 자의식에 여린 정서를 스스로 주체하지 못하는 듯한 거동을 자주 보였다. 한 팔로 마루 기둥을 감고 서산에 지는 빨간 햇덩이를 바라보며 흘린 말이 가령 그렇다. '엄마 나는 이런 시간이 가장 좋아' 소리를 나직이 깔자 어머니는 금세 눈이 똥그래졌다. 이윽고 조르르 다가가 누이의 뒤통수에 알밤을 먹였다. '쥐방울만한 것이 웬 청승이냐' 엄포를 놓았다.

그러나 죽기 며칠 전, 어머니가 건넨 탕약 대접을 본체만체 '석류가 먹고 싶네' 했을 때는 눈물부터 훔쳤다. '이 한겨울에 어디 가서' 했을지언정 어머니는 그 걸음으로 당장 대문을 나섰다. 그날은 허탕을 쳐 빈손으로 돌아왔으나 다음 날은 어디를 어떻게 뒤졌는지 검붉게 말라비틀어진 석류 두 알을, 말라빠지기는 매한가지인 누이 손에 쥐어주었다. 숙진이는 고맙다고 힘없이 웃고, 어머니는 목이 메는가, 침을 꿀꺽 삼켰다. 그뿐이었다. 둘 다 석류 껍질 벗길 염을 내지 못했다. 손톱마저 안 들어갈 정도로 굳은 것을 한눈에 뻔히 알아차렸기 때문일 게다. 아마도 한약방 약재로나 쓰던 걸 사왔으리라.

이승을 뜰 임시에 하필 먹을 것을 많이 찾는 내림은 무엇을 말하는 것일까. 어쩌면 이 땅 백성들의 관습 아닌 관습으로 일찍 터를 잡은 느낌이 없지 않다. 요절한 이상도 막판엔 레몬인가 오렌지인가를 먹고 싶다고 했다든가. 곧 죽어도 이상의 이상다운 취향이 마침내 상큼하려니와, 아직 살아 숨쉬는 사람들 역시 그렇다면 그날 그 시각에 무엇을 청해야 좋을지, 미리미리 요량해두는 것도 나쁘지 않을 듯하다.

여북하면 첨단 의학의 최전선에서 인명을 다루는 의사들도 하다하다 안 되면 그런 말들을 입에 올릴까. 댁으로 가 푹 쉬면서 먹고 싶은 거나 원 없이 실컷 드시라는 끝내기 위로사가 그거다. 마지막 선고를 따뜻한 덕담처럼 감싸 정중하게 떠밀었다.

이 바닥의 지난 세상 사람들이 기세(棄世) 직전에 흔히 요구한 것은 거창한 만찬류가 아니다. 태반이 단일 품목이었는데, 애 서는 임산부의 뜬금없는 입덧마냥 제철과는 동떨어진 과일이며 콜콜한 음식이기 십상이어서 가족들의 애간장을 한층 태웠다. 우리 어머니도 그래서 누이에게 석류의 한을 풀어주지 못했노라 한탄한다. 요새만 같아도 문제가 아닌 것을 못 먹였으니 어쨌느니 복장 터진다는 투로, 시들방귀 같은 하나마나 소리를 되뇌신다. 근자에는 표정으로 말을 대신하기도 하는데 누이가 죽은 음력 설 어름에 그러는 수가 많다. 그것도 아파트 창 밖이 묽게 쏜 흑임자죽 빛깔로 을씨년스럽게 내려앉고, 방 안에는 으슬으슬 한기가 도는 저녁 무렵 문득 비친다. 나까지 불현듯이 당신의 회고 속으로 끌고 들어갈 낌새야 있고 없고, 우선은 수긋하게 고개 숙이는 시늉이라도 해야 한다.

 석양에 서서 누군가를 생각하고 무엇인가를 간절하게 떠올리는 사람이 어찌 내 누이나 어머니뿐일까. 알고보면 적지 않은 일종의 일모병(日暮病)이 아닌가 싶다. 누구에게나 조금씩은 있을 법한, 사서 앓고 즐기는, 내게도 있는 질환이다. 따라서 허공에 그리는 상상의 그림이 각기 다르기 마련이겠지만, 내 경우는 이때나 저때나 그 대상이 소박하고 단조롭다.

 멀리서 바라본 집집의 뒤꼍과 굴뚝을 뇌리에 항상 그릴 따름이다. 말할 나위 없이 지금은 만나기 힘든 촌락 풍경이다. 삐딱하게 굽은 굴뚝에서 마침 저녁 짓는 연기가 세월아 네월아 조로 더디게 올라가면 더욱 좋다. 벽에 걸린 시래기 소쿠리를 눈으로 쓰다듬으며 솥뚜껑 여닫는 소리를 좇아 슬금슬금 들어선 부엌. 아니 정지는 온갖 평화의 냄새와 소리로 그득하다. 너주레한 내면정경을 자상하게 묘사해서 무엇 하리. 세 살 버릇 여든까지 간다는 내력 찜쩌 먹을 정도로 변함없는 입맛의 원천적 거처다. 거기서 길들이고 굳힌 혀를 두고 장담하건대, 그것은 설익은 이념 못지 않다. (찬밥 따스운밥 얘기를 하다가 사상도 별것 아니더라고 했던 어머니의 지적처럼.) 더 나아가 민족의 정체성 운운까지 들먹일 수 있다.

 밤이 늦었는데도 갈 생각을 않고 똬리를 튼 작은아버지도 그런 이들 속에 포함시켜 무방하다.

 "인명재천인 걸 어쩌겠습니까. 타고난 팔짜가 그것밖에 안 된다고도 볼 수 있고요. 그쯤 접어두시고, 꼭지만 떼다 만 고추김치 얘기나 하십시다. 생각할수록 별나단 말씀이야."
"까짓 게 어쨌다고."
"그것도 공력깨나 들지요? 여자들 골이 빠질 만큼."
"입맛들이 높아서 이제 와 누가 찾을 리도 없지만 다시 하라면 못할 것 같애요."
"씨 빼는 일이 보통 아니던데요."
"제일 귀찮지…."
뜸을 들이듯이 짬짬하던 어머니의 기색이 작은 아버지의 거듭된 재촉에 머지않아 풀린다. 자기를 알아주고 자기 말이 소용되는 걸 마다할 사람 없다. 어머니는 하물며. 비집고 들어갈 기회가 좀처럼 드문 생활에 당신의 옛날 솜씨를 조르는 밤이 좋은가, 심란한 생각이 불쑥 끼어들어 보류했던 고추 이야기로 주춤주춤 말머리를 돌린다.
"먼저 고추를 잘 골라야 해요. 끝물 고추 중에서도 독이 잔뜩 오른 놈을 추리되 빨갛게 익은 것은 안 돼. 아주 푸르거나 붉은 기가 엇섞인 것들을 씻어, 씨를 파내기 수월할 만큼만 꼭지 쪽을 칼로 잘라요."
"그때부터가 큰 일이지요."
"아먼. 하나씩 손에 쥐고 쇠젓가락으로 씨를 빼는데 구멍이 나거나 고추 살이 부스러지지 않도록 조심해야 돼요."
"실상 고추맛은 씨에도 있는 것 아닌가요. 햇된장에 찍어 아작 씹을 때는…."
"그러니까 죄다 도려낼 필요는 없어요. 겉가죽만 앙상하게 남으면 되레 맛이 덜하니까요. 속에 든 심줄은 그냥 두고 대강 파낸 후에 미리 마련한 갖은 양념, 파, 마늘, 생강, 통깨, 실고추 버무린 것을 빈 구석 없이 꽉 차게끔 밀어넣습니다."

"본래의 내장을 모조리 들어내고 새 창자를 집어넣는 폭이군요."

"말하는 사람 힘 팡기게 중간에 뛰어들지 좀 말았으면 좋으련만."

"타고난 입방정 어디 가겠습니까."

"다 되었으면 작은 항아리에 차곡차곡 쟁여 무거운 돌로 누르고 멸치젓국을 붓습니다. 고추가 모두 잠기도록 가득 부어야 해요. 안 그러면 고추가 물러 못 먹으니까. 달인 젓국을 체로 걸러 넣는 수도 있으나 젓통에서 저절로 우러난 진국을 곧바로 붓느니만 못해요. 마지막으로 항아리 간수를 잘해야지. 바람이 들어가지 않게 아가리를 단단히 봉한 다음 서늘한 곳에서 푹 삭히면 됩니다."

"어이구 듣는 것만으로도 힘듭니다 그려. 먹을 때는 좋더니."

"기왕 말이 나온 김에 말린 굴비 이야기로 넘어갈게요."

"입 아프시면 생략하세요. 그것도 어지간히 복잡할 텐데."

"아니에요. 바로 먹어도 될 걸 가지고 유난을 떨자니 손이 좀 갈 뿐, 대단찮습니다. 여름철 점심상에 딱 알맞는 반찬인데, 시기 선택이 중요해요. 살랑 살랑 산들바람이 부는 오월 단오 무렵에 준비해야지. 그 시기를 놓치면 이미 늦어요."

"말리는 동안에 왕파리가 꾀어 쉬 슬기 쉬우니까."

"잘 아시네 뭐. 굽거나 지져먹기 알맞게 꾸덕꾸덕한 굴비를 바람이 잘 통하는 응달에 짚새기째 매달든가, 대소쿠리나 채반에 널어 한 달 가량 바짝 말라요. 벌써 냄새를 맡고 하나 둘 날아드는 파리를 수시로 쫓으며 안팎이 고루 마르도록 뒤집어 간간이 부채질도 해줘야 합니다. 어지간히 말랐다 싶으면 항아리에 담되, 검붉게 절지 않도록 켜켜 사이에 굴비가 안 보일 정도로 보리를 얹습니다. 먹을 때는 한 마리씩 꺼내 다듬잇돌에 올려 놓고 방망이로 두들겨 살이 졸깃졸깃 씹을 맛이 나게 만들어요. 비로소 껍질을 벗기고 한 입에 들어가기 좋게 손으로 찢습니다. 성가시게스리 끼니때마다 그럴 것 뭐 있느냐 하겠죠. 그러나 한꺼번에 몽땅 무두질해서 찢어놓으면 금세 절어요. 맛도 빛깔도 버리기 때문에 도리가 없습니다. 먹다 남은 것마저 한지 같은 걸로 싸둬야지 신문지 따위에 싸 보관했다가는 신문지 냄새가 옮겨붙어 마른 굴비 향이 죽어요. 찝찔한 냄새를 향기로 여기는 게 우스울지 모르지만, 구미 돋우는 데는 그만입니다. 알은 한결 쫀득쫀득 고소하고…. 쌀밥도 좋고 보리밥도 좋고, 그것 한 가지만 있으면 다른 반찬이 무슨 소용입니까. 물에 만 밥에 말린 굴비를 고추장에 찍어 먹으면 잃었던 입맛까지 되찾는 판인데.”

"그러고도 남는 것을 고추장에 박으면 굴비 장아찌가 훌륭하고.”
"훌륭하다마다.”
"한데 고 굴비가 이제는 다 어디로 갔단 말입니까. 전에는 없는 사람들의 밥상에도 예사로 오른, 우리와 생활을 함께했던 것들이.”
"말도 마세요. 홍어, 준치, 명태, 청어, 도루묵, 정어리, 꽁치, 하다못해 꼴뚜기까지 예전 같지 않으니…. 정어리는 일정 때 비료로 만들어 쓸 만치 지천이었잖아요. 그렇게 사라진 것들이 이제는 사람 몸값을 넘볼 셈으로 귀물 행세를 하네.”
"햐. 사람 몸값을 넘본다? 형수님은 음식솜씨뿐만 아니라 말솜씨도 굉장하십니다. 일찍부터 알아 모셨지만 오늘 밤 새삼스럽게 느낍니다.”
"또 또 비아냥거리신다…. 이왕지사 결론적으로 말하면, 시간문제라고 했던 사람 팔짜를 그것들도 닮는 모양야. 아니 깔보나봐요. 흔하면 천하고 귀해지면 존대받는 인간사회 이치를 갸들이 거꾸로 일깨워준달까. 텃밭의 채소마냥 시글시글했던 조기는 특히나."

어머니는 시침 뚝 떼고 격언 같은 소리를 재차 덧붙인다. 오늘 따라 언죽번죽한 어머니의 기세에 나 또한 질린다. 하기야 공자님도 자기 입에서 나온 말이 마음에 들면 같은 말을 반복하는 버릇이 있었다고 한다. 이노우에 야스시의 소설 『공자』에 그런 부분이 있다.

전란에 휘말린 춘추시대의 석양녘(이번에도)에 접어든 어느 봄날, 열흘 동안 아무것도 먹지 못하고 중원을 방황하던 공자 일행이 텅 빈 마을의 오동나무 아래 쓰러졌다. 움직일 기력조차 없이 귀신 형용 몰골로 모두 축축 늘어져 정신이 아뜩했다. 그런 중에 자로(子路)가 돌연 몸을 일으킨다. 안회(顔回), 자공(子貢)과 함께 공자의 세고제자 가운데 하나인 그는, 하늘 같은 스승마저 굶주려야 하는 상황이 슬프고 화가 나 견딜 수 없었던 것이다. 마침 칠현금인가를 타고 있던 공자에게 비칠비칠 걸어가 느닷없이 묻는다.

―군자도 궁할 때가 있습니까.

공자가 고개를 들어 대답한다.

―군자는 애초에 궁하다.

뒤미처 부언했다.

―소인은 궁한 즉 어지러워지느니라.

순간 자로는 아, 신음하듯 소리치며 깊이깊이 허리를 접는다. 깨달음의 기쁨에 넘쳐 너울너울 이상한 춤을 추었다. 자공과 안회 역시 기아나 아사가 다 무엇이냐는 감동이 가슴에 차올랐다고 한다. 소설은 소설이므로 믿고 안 믿고는 읽는 이의 자유다. 공자께서 자신이 입에 올린 근사한 말에 스스로 취해 같은 말을 두 번 세 번 되풀이했다는 언급이 이 장면에는 빠졌거늘, 다른 '공자 왈'에는 꽤 자주 출몰한다.

나는 그 부분부분에 매번 혹했다. 구름 위에 뜬 성인군자 대신 땅에 발을 딛고 선 인간의 훈김을 물씬 맡았기 때문이다. 주눅부터 들지 말고 내 말을 오래 씹어 새기라는 뜻에서 부러 그랬을지도 모른다는 유추야 감불생심이다. 가당찮은 노릇인데, 궁하면 어지러워지는(濫) 소인은 상대가 높고 거룩할수록 자신과 닮은 허점이나 틈을 노리던가 발견하기를 좋아한다. 작정하고 덤비는 게 아니다. 그들이 도달한 완벽한 경지를 의심할 여지없이 우러르는 까닭에, 어쩌다 우연히 눈에 띈 세속적 몸짓이 그토록 반갑다. 친근하게 다가갈 계기를 잡은 것 같은 즐거움에 떤다.

작은아버지의 칭찬에 편승한 어머니의 증언부언에 공자를 끌어들인 발상 또한 비슷하다. 아무려나 공자님의 도저한 뜻을 노모의 일시적으로 우쭐한 말발과 같은 반열에 놓다니 무엄하기는 하다. 하지만 천하의 공자님이 누구신가. 전혀 개의치 않고 빙긋 웃어넘길 공산이 크다.

순서가 뒤바뀐 감이 있지만, 맨 처음 화제로 아욱이 나왔을 적에도 나는 정약용의 글 「아욱에 대하여」를 생각했었다. 유배지에서 아들에게 보낸 편지의 하나다. '한자가 생긴 이래 가장 많은 저술을 남긴 대학자'(정인보의 말) 다산의 관심이 아욱에까지 미친 사실이 흔쾌했다. 중국의 옛 농서(農書)를 인용하며 적었다.

―한낮에 부추를 자르면 칼날 닿은 곳이 마르고, 이슬이 있을 때 아욱을 뜯으면 자른 곳에 습기가 배어드니, 무릇 아욱을 뜯는 데는

반드시 이슬이 마른 뒤를 기다려야 한다.―

다른 편지에서는 또 준치 가시에 빗대어 험난한 귀양살이를 슬쩍 짚는다.

―날짜를 헤아려봤더니 지난번 편지를 받은 지 팔십이 일 만에 너희들 편지를 받았더군. 그 사이 내 턱밑에 준치 가시 같은 하얀 수염 일고여덟 개가 길었더군. 네 어머니가 병이 난 것은 그렇다손 치더라도 큰며느리까지 학질을 앓았다니….―

흑산도 유배 중에 『자산어보』를 써 남긴 중형 정약전의 크나큰 업적과 더불어, 백성과 함께 가는 실천문학의 저런 궁행(躬行)이 나에게는 그분 형제의 이름으로 다시 새롭다.

'턱밑에 준치 가시 같은 하얀 수염'이라니! 먹어보지 않은 사람은 가시 때문에 더욱 '썩어도 준치'를 못 잊는 연유를 알기 어려울 것이다. 돌아가신 아버지도 비싼 몸값을 유세하듯 가시가 무척 많은 준치를 어지간히 바쳤다. 고양이도 가시에 학질을 떼어 선하품을 한다는 그 준치를.

"사라지는 것이 있으면 돌아오는 것도 있어요. 보십쇼. 그들이 떠난 자리를 메우듯 새로 나타난 외국 음식이 좀 많습니까. 아이들은 물론 어른들 입맛까지 그쪽으로 왕창 쏠리는 바람에 음식수발 고생에서 해방된 여자들이 만세를 부릅니다. 외래식품 제일호인 자장면은 완전히 우리 것이 됐고요."

"그래도 너 언제 자장면 먹여줄 꺼야 소리는 없습디다. 너 언제 국수 먹여줄래 소리는 아직 있어도."

"허 참. 딴전도 잘 피우신다. 보잘것없는 자장면의 긴 생명력이 무엇 때문인지 아십니까.

"변한 입맛 탓이라면서요."

"그보담도 값에 있습니다. 어떤 분의 계산에 따르면 백 년에 가까운 역사를 두고 자장면이 설렁탕 값을 웃돈 적이 한 번도 없대요. 맞는 말 같애. 돼지고기를 조금 더 넣고 물기를 줄인 간자장이나, 장에 생선을 넣는 삼선(三鮮)자장 등으로 돈을 올려 받기는 합니다. 그러나 보통자장면은 시종일관 설렁탕보다 싸요. 손으로 탕탕 쳐 만든 옛날 자장면도 마찬가집니다."

"청요리는 어찌 남자들만 할꼬."

" ? "

작은아버지의 의아한 표정이 우습다. 가만히 귀를 기울이고 있는 줄로만 알았던 어머니의 독백 같은 질문에 허를 찔린 눈치다.

"그렇잖아요. 여자가 하는 걸 못 봤네."

"중국만인가요. 서양도 일본도 주방장은 모두 남자 아닙니까. 한국도 유명 업소는 전부 남자지요. 주로 외국 요리 전문이지만."

"한국의 전통음식은 왜 주로 안 한대요. 다들 자기네 고유 음식을 만드는데."

"아직은 우리 음식의 세계화가 덜 된 탓이겠지요."

"중국서는 부엌살림도 남자가 한다지요? 설거지다 뭐다… 들기로는 그러한데 한국서는 부엌이 남녀유별의 삼팔선이나 다름없어요."

"그렇게 말씀하시는 형수님께서도 나나 이 사람이 부엌에 얼씬거리지 못하게 막았잖습니까."

고개로 나를 가리키며 힐난하듯 말하는 작은아버지에게 이번에는 어머니가 몰린다.

"그때는 그때고 이때는 이때지요. 그때는 어림없던 것이 이제는 좋아 보이는 심사를 어쩝니까. 시대 따라 다른 풍습이며 식성이 사람의 마음까지 바꿔놓는 걸. 우리 숙진이가 껌으로 벼룩 잡은 일 아마 모르실 꺼야."

"벼룩 등에 육간대청을 짓는다는 말은 들었어도 껌으로 벼룩 잡는다는 말은 금시초문입니다."

"잡을래서 잡았나. 어쩌다 그렇게 됐지. 미군부대에서 흘러나온 껌을 씹다 씹다 벽에 붙여두고 잠이 든 모양입디다. 한데 아침에 일어나 보니 껌에 벼룩 한 마리가 죽어 있네. 두 마리였나."

"굳기 전에 뛰어들었겠죠? 껌 맛도 모르는 놈이 재수 없이."

"그토록 탐내던 것을 지금 아이들은 거들떠보기나 합니까. 바나나에 도롭뿌스는 안 그런가요. 사라질 만해서 사라지고 나타날 만해서 나타나는 걸 누가 말릴까마는, 그 곡절이 하도 요상하고 잦아 정신이 없어요. 조상들 역시 해마다 다른 제사상 앞에서 하품이 나올걸."

"걱정 마십쇼. 조상들이라고 눈이 없고 귀가 없겠습니까. 천리안으로 투시하고, 날이면 날마다 들어오는 신참들의 입을 통해 얻어듣는 견문이 어련할라구요."

"몰라… 내가 들어가면 알게 되겠지만 생소한 음식에 항상 조심스러운 것이 혀니까요."

"그게 곧 혀의 보수성인데, 결국 얘기가 원점으로 돌아온 셈이네요. 간사할 때 간사하더라도 필시 제자리를 찾지 않고는 못 배기는 혀의 기억력이 어디 가겠습니까. 돌고 도는 음식문화의 특성이 아닌가 싶어요. 주린 배 채우기에 급급하다가 형편이 펴지면서 다양한 먹거리에 흠뻑 빠지고, 그것에도 호기심이 가시자 다시 원초적 식성을 그리워하되 반드시 사람을 입회시켜 회상에 기름을 발라요. 조강지처도 좋고 친구도 좋고 헤어진 첫사랑도 좋다구요. 가난이나 곤경을 함께 치룬 사람을 끼워넣지 않으면 이야기가 안 돼요."

"그래도 조강지처부터 챙기고 앞세우는 심사, 내가 다 고맙네요. 생각나세요?"

"얼라. 벌써 열 시가 넘었네. 형수님 말씀에 홀려 시간 가는 줄 몰랐군요."

작은아버지는 딴청을 부린다. 어머님 말마따나 일찍 사별한 조강지처 생각이 난 때문일까. 내가 유난히 많았던 집안의 사자들을 꼽을 틈도 없이 작은아버지는 부랴부랴 일어섰다. 현관문을 잡고서야 오랜만에 즐거운 시간을 보냈다는 인사를 한다.

초저녁잠을 설쳤을 어머니는 곧바로 당신의 방으로 들어가셨다. 나는 한동안 응접실을 지켰다. 텔레비전을 보는 둥 마는 둥 멀뚱히 앉았다가 자정 무렵에야 먼저 잠이 든 아내 곁에 누웠다.

부스럭거리는 소리가 먼저였는지 밤 오줌이 잦은 내 눈이 먼저 뜨였는지 분명치 않다. 대중하기 어려웠는데, 잠에서 일단 깨는 찰나, 방문 밖 식탁 근처에서 나는 인기척이 더 좀 확실해졌다. 곤히 잠든 아내까지 깨울 일도 아니어서 나는 조용히 일어나 방문을 슬그머니 열었다. 짐작대로였다. 어머니가 식탁 의자에 걸터앉아 입을 오물거리고 계셨다.

"어머니 뭐 하세요."

댓바람에 묻고 벽시계를 얼른 쳐다본다. 새벽 두 시를 지난 시각이다.

"보면 모르냐. 석류 먹는다."

고개를 돌려 정면으로 나를 바라보는 어머니의 얼굴이 섬짓하다.

형광등빛에 반사된 창백하고 쪼글쪼글 바스러진 모습에 스친 데스 마스크의 전율 못지않게, 떼낸 석류 조각의 시뻘건 더미와 씹어 뱉은 알맹이 찌꺼기가 깊은 밤의 적요를 마구 흩뜨려 가슴이 오싹했다.

"세상 참 좋아졌더구나. 이 겨울에 석류가 어디냐. 크기는 또 얼마나 크다고. 칠렌가 찔렌가 하는 나라에서 수입한 거라는데 맛도 괜찮다. 너도 와서 먹어."

"그렇다고 한밤중에 자실 건 없잖아요."

"아무 때 먹으면 어때. 잠도 안 오고…. 나라도 대신 먹고 가야 숙진이 고것한테 할 말이 있지."

기어이 저승의 소리 같은 말씀을 뇌신다. 그게 그토록 절절했던가. 석류 한 알의 회한이.

나는 냉장고에서 꺼낸 생수를 컵에 가득 부어 벌컥벌컥 들이켰다. 창 밖은 온통 시커멓다. 냉장고에 등을 기대자 전해오는 싸늘한 느낌 사이로 미세한 진동이 바르르 등줄기를 타고 내린다. 낮에는 잘 들리지 않던 뱃고동 소리가 난다. 저도 살아 있는 식구인 양 붕 아는 체를 한다.

석류 — 최일남

작품해설

먹거리 문화와 한국 가족사

송현호 | 아주대 인문학부 교수

최일남은 우리 문단의 아주 특이한 존재이다. 그의 소설이 처음 활자화 된 것은 1953년의 일인데, 당시 「쑥 이야기」가 ≪문예≫에 추천을 받은 것이다. 두 번째 추천으로 문단에 공식적으로 데뷔한 것은 그로부터 4년 후인 1957년이었다. 문단데뷔와 동시에 잡지 기자로 사회생활의 첫발을 내디딘 그는 1959년 신문사에 입사하여 80년대 초 타의에 의해 언론계를 떠나기까지 20여 년간 신문사에 몸담는다. 문단 데뷔 이후 60년대 말에 이르기까지 그는 15년간 소설을 쓰지 않았다. 데뷔라는 형식적인 절차만 거치고 신문사 생활에 몰두하면서 소설 쓰는 일을 거의 외면한 것이다.

이에 대해 최일남 자신은 어떤 잡지와의 인터뷰에서 '소설을 써야 한다는 생각을 안 한 것도 아니고 창작을 포기했던 것도 아니다. 신문기자 생활에 취해서 세월 가는 줄 몰랐기 때문이'지만, '그러나 그것이 오늘날 나의 작품세계의 근간을 이루고 있다고 생각한다'고 술회한 바 있다.

최일남 문학을 이해함에 있어 이 점을 중시해야 하는 이유는 소설이란 현실적인 삶의 형태와 무관 할 수 없고, 신문기자 생활을 통한 그의 잡다한 현실적인 체험이 그의 소설을 지탱해주는 중요한 토대가 되고 있기 때문이다. 약 15년간의 긴 침묵을 깨고 왕성하게 작품활동에 정진하고 있는 그의 작품의 특징은 대충 두 개의 흐름으로 나누어서 정리할 수 있다.

그 하나는 역사의식에 바탕을 둔 존재에 대한 탐구이며 다른 하나는 현실 인식에 뿌리를 둔 인간사의 해부이다. 최일남의 소설이 보여주는 인간성의 변모 중 두드러진 것은 소박하고 순수한 소시민들의 인간성 상실과 산업화 사회로 접어들면서 만연하게 된 물질만능주의와 속물근성이다.

그러나 최일남은 그런 사람들을 정색하면서 비판하는 대신 해학적인 기법을 통하여 조소하고 풍자하기를 즐겨하고 있다. 그 자신 '작가는 사회의 껍질을 벗겨내고 위선을 도려내는 사람'이라고 말한 적이 있지만, 그는 위선이 어떤 영향을 미치는가를 조소하고 풍자한 것이다. 최일남의 소설은 우리 사회의 부정적인 측면만을 부각시켜 보여주지는 않는다. 그보다는 밝고 긍정적인 모습을 부각시키려고 노력하고 있는 편이다. 그것이 바로 그의 작품세계의 근원적인 지향점일 것이다.

「석류」 역시 거기서 크게 벗어나지 않는다. 이 작품은 2003년 1월 ≪현대문학≫에 발표한 소설이다. 소재를 먹거리에서 빌어다가 인간들의 밥그릇 싸움을 그럴 듯하게 야유하고 조소하고 있다. 여기에 등장하는 주요인물은 어머니와 작은아버지이며, 서술자인 '나'는 관찰자이면서 전체적인 이야기를 정리해나가는 인물이다. 그러니까 주인공은 어머니 혹은 어머니와 작은아버지이고, '나'는 부주인공이다. '나'는 어머니와 작은아버지의 먹거리를 둘러싼 논쟁 아닌 논쟁을 통하여 잊혀진 가족사와 민족사를 떠올린다.

논쟁은 아욱국을 먹고 '저를 위해서도 형수님이 오래 사셔야겠다는 아부성 덕담을 진상한' 작은아버지에게 어머니가 불쑥 '에고이스트'라고 말한 데서 시작되었다. 국민학교를 졸업한 학력밖에 없는 어머니의 외래어 사용에 서술자를 비롯한 가족들은 모두 눈이 휘둥그레진다. 그렇지만 어머니는 시동생인 길수 아버지, 즉 작은아버지를 골탕 먹이기보다는 얼김에 까마득한 유년시절을 돌이켜 거꾸로 즐기기 위하여 논쟁을 시작한 것이다.

어머니의 공격을 받은 작은아버지의 반격도 만만찮다. 조실부모하고 어린 시절부터 새색시였던 형수 밑에서 자란 시동생은 '어디서 그런 인테리 영어를 익히셨'느냐고 정색을 한다. 이어서 '되 글을 말 글로 써먹는 형수님의 총기를 누가 모릅니까. 덕택에 저는 다른 아이들이 엄두조차 못 냈던 하이라이스 같은 박래품 음식을 일찍 입에 댈 수 있었죠'라고 하여 형수의 노력과 눈썰미에 우호적인 입장을 취한다.

어머니는 '이왕 비행기를 태울 양이면 이 집 권 살아생전에 태울 일이지'라며, 지나간 날들을 반추한다. 남편으로부터 '음식 솜씨가 젬병이라고 구박'을 받던 일을 떠올리다가 아버지의 외도와 첩실의 기막힌 음식 솜씨에 대한 이야기가 화제가 된다. 어머니와 아버지의 중간 파탄에 대하여 서술자는 이해하지 못하는 입장이다. 그러나 줄

곧 어머니를 모시고 살았던 까닭에 어머니의 음식 솜씨에 대하여 만족스럽게 생각하지 않고 있음을 토로한다.

이야기는 다시 아욱국으로 돌아가 육이오 때 아욱국에 질렸던 일을 이야기하다가, 자연스레 화제가 국으로 옮겨가고, 국과 탕에 얽힌 민족적 특수성을 거론하는 데까지 진전된다. 서술자는 척박한 풍토에서 싹튼 빈궁과 끊임없는 외침으로 국과 탕의 음식 문화가 이 땅에 자리를 잡게 되었다고 말한다.

우리 민족의 궁핍한 삶은 많은 이야깃거리를 제공한다. 먹거리로 말미암아 아버지가 이웃사람의 미움을 사서 반동분자로 몰리던 일, 쉰밥에 얽힌 사연, 김삿갓의 쉰밥타령, 쉰밥 빨아서 먹기, 열무김치 빨기, 총각김치 담그기, 말수가 적은 어머니가 아버지가 죽은 후 말이 많아진 사연, 하이라이스 요리에 얽힌 사연, 고추김치 담그기, 굴비포 만들기, 필수가 옥수수빵을 할아버지에게 드리려다가 죽임을 당한 사연, 장티푸스로 죽어가던 여동생 숙진이 석류를 먹고 싶어했던 사연, 말린 굴비 요리, 정약용의 '아욱에 대하여', 외래식품인 자장면의 한국화 등이 차례로 서술된다. 마지막에는 딸이 그토록 먹고 싶어하던 석류를 깊은 밤중에 먹고 있는 어머니의 괴기스런 모습이 제시된다. 한 많은 여인의 삶이 사실적으로 그려진 것이다.

먹거리에 얽힌 사연을 담담하게 그렸지만 당대의 현실을 대변해 주고 있으며, 음식을 통해 과거의 기억과 소중한 가치를 일깨워주고 있다. 여기에서 음식은 대단히 상징적이다. 단순히 먹거리가 아니라 다분히 상징성을 지닌 존재라 할 수 있다. 특히 아욱국은 작은아버지의 잊혀진 과거에 대한 그리움이, 하이라이스는 어머니의 아버지에 대한 애증이, 옥수수빵은 필수의 효심과 불행이, 석류는 딸 숙진에 대한 안타까운 마음과 한이라는 등장인물의 속내를 포착해낸 언어들로 그들 낱말이 실물보다 월등히 생생한 느낌을 전달해주고 있다.

이 작품은 소설이 허구이기는 하지만 '몸으로 체험한 거짓말을 쓰자 해서' 만들어낸 '먹을 것 이야기'이다. 작가는 '당시 벌어졌던 이데올로기 싸움이 바로 먹을 것 싸움이었고, 지금 벌어지는 작태도 다 밥그릇 싸움'이기에 먹거리로 구성된 소설을 써서 음식 문화에 대한 다양하고 깊은 천착을 보여주려고 했음을 밝힌 바 있다.

특히 사라지는 것과 새로운 외국음식 간의 돌고 도는 음식문화의 특성을 경제학적인 측면에서 접근하고 있다. 주린 배 채우기에 급급하다가 형편이 펴지자 다양한 먹거리에 흠뻑 빠지고, 그에 대한 호기심이 가시자 다시 원초적 식성을 그리워하는 그러한 먹거리 풍경은 한국적인 특성이라는 것이다.

이 작품은 전통의 소멸과 재생, 여성의 부침과 재기를 통하여 평범하게 살아가는 소시민들의 이야기를 가족사와 민족사적인 측면에서 해학적으로 서술하고 있다. 특히 음지에 서 있는 사람들의 이야기를 남도 육자배기의 가락을 주조저음으로 하여 해학적으로 풀어내고 있다.

> '어떤 사회라든가 어떤 상황에 작가가 서 있을 때 되도록 햇볕 받지 않는 사람들, 또는 응달쪽에 시점을 두고 초점을 맞추는 것이 작가로서 의무라는 생각이 듭니다. 또 하나는 남들이 거창한 것에 부딪힐 때 나는 내 체질에 맞는 것을 찾았습니다. 서구적인 기름진 문학이라든가 러시아적인 거창한 혁명이 도도한 물결처럼 흐르는 가운데 인간성을 돋보이게 하는 것보다는, 약간은 채식주의자적인 좀 채소적인 담백함, 좀 자발적이고 소소할지 모르지만 일상생활에 부각되는

우리나라 사람들의 기질이나 생각의 음양, 그런 것에 관심이 있는 것 같아요.'

— 「최일남의 대담」 중에서

　지적이고 간결하면서 냉정한 묘사 역시 그의 문체적 특성이다. 구수한 이야기를 듣고 있는 듯한 착각에 빠져들게 하면서도 호흡이 빠르고 속도감을 느낄 수 있는 것은 바로 그러한 문체적 특성에 기인한다.

현대문학교수 350명이 뽑은 2003 올해의 문제소설

한국현대소설학회 엮음

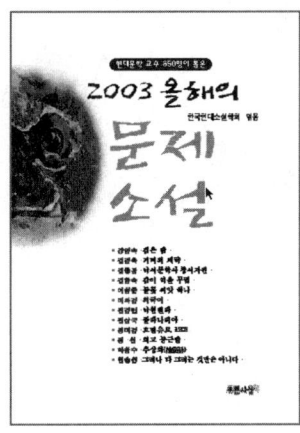

'올해의 문제소설'은 전국의 대학에서 현대소설을 연구하고 가르치는 교수들이 매 2001년 11월부터 2002년 10월까지 각종 문예지에 게재한 중·단편 소설을 대상으로 하여 문학성이 뛰어나다고 생각되는 작품, 혹은 문제성을 내포한 작품을 선정하였다. 선정된 작품 소개는 물론 각 소설마다 명쾌한 해설이 첨부되어 있다.

값 10,000원

- 강영숙   검은 밤 / 정신적 외상으로서 외로움과 배고픔 최병우
- 김경욱   거미의 계략 / 사인(死因)을 찾아서 명현대
- 김종광   낙서문학사 창시자편 / 작품 속에 숨어 있는 사실과 허구 그리고 진실 찾기 김현숙
- 김향숙   감이 익을 무렵 / 감이 익으면서 왜 단 맛을 내는가 조동길
- 이청준   들꽃 씨앗 하나 / 운명보다 강한 희망 이동하
- 이화경   외국어 / 애증을 넘어 자기 확인의 지평으로 김승환
- 전경린   낙원빌라 / 탈리오 법칙의 유혹 공종구
- 전상국   플라나리아 / 플라나리아, 그리고 그네는 어디로 갔을가 유인순
- 정미경   호텔유로, 1203 / 현대인, 그 허황한 각질성의 신체 김정자
- 정 찬   희고 둥근달 / 비동시대적인 소설가의 진정성 최유찬
- 하창수   추상화(抽象話) / 나선형 궤도와 존재 해명 황국명
- 한승원   그러나 다 그러는 것만은 아니다 / 농현(弄絃)의 시간, 역설의 미학 김춘섭

현대문학 교수 350명이 뽑은

2002 올해의 문제소설

한국현대소설학회 엮음

- 관(觀) > 강석경
- 우리는 누구이며 어디서 와서 어디로 가는가 > 공지영
- 세상은 그저 밤 아니면 낮이고 > 구효서
- 미귀(未歸) > 김하기
- 에코르체 혹은 보이지 않는 남자 > 박정규
- 비밀 > 서하진
- 그 해 겨울을 우리는 이렇게 보냈다 > 송하춘
- 나비의 전설 > 윤후명
- 검은 나무 > 이승우
- 일식(日蝕) > 이혜경
- 동시에 > 조경란
- 눈보라콘 > 천운영

푸른사상